Ursula Poznanski · Layers

Bisher von Ursula Poznanski im Loewe Verlag erschienen:

Erebos

Saeculum

Die Verratenen
Die Verschworenen
Die Vernichteten

Layers

Elanus

Aquila

Thalamus

Erebos 2

Cryptos

U. POZNANSKI

LAYERS

Loewe

FSC
www.fsc.org
MIX
Papier aus verantwortungsvollen Quellen
FSC® C014496

ISBN 978-3-7855-8729-4
1. Auflage als Loewe-Taschenbuch 2021

Dieses Werk wurde vermittelt durch die
AVA International GmbH Autoren- und Verlagsagentur, München.
www.ava-international.de
Umschlagfotos: © iStockphoto.com/Rike_
© David M. Schrader/Shutterstock.com
Coverillustration und Umschlaggestaltung: Franziska Trotzer, Michael Dietrich
Printed in Germany

www.ursula-poznanski.de
www.loewe-verlag.de

Kapitel 1

Er befand sich noch im Halbschlaf, trotzdem spürte er genau, dass der Hauch, der sein Gesicht streifte, kein Wind war. Zu warm, zu übel riechend.

Atem.

Dorian vertrieb die letzten Traumbilder, drehte sich zur Seite und öffnete die Augen. Noch bevor er erkennen konnte, wer sich da über ihn beugte, fühlte er, wie sich eine Hand in seinem Haar verkrallte.

»Rucksack her.«

Es war Emil, verdammt. Der sein Reich doch eigentlich neben den alten Telefonzellen hatte, am wärmsten Platz der ganzen U-Bahn-Unterführung. Dorian hatte diese Ecke extra gemieden und sich in die Nische zwischen Bäckerei und Rolltreppe gelegt, aber leider hatte Emil ihn trotzdem gefunden.

»In meinem Rucksack ist fast nichts drin. Nur eine Flasche Wasser und ein Pulli. Ganz sicher kein Geld.«

Emil zog den Beutel so schnell unter Dorians Kopf weg, dass dessen Kopf beinahe auf den harten Asphalt knallte. »Das sehe ich mir selbst an.« Er zerrte den Pulli heraus und warf ihn in einer achtlosen Bewegung zur Seite. Das war zu erwarten gewesen, in den würde sein Bierbauch nie im Leben hineinpassen. Kurz danach rollte die halb volle Plastikflasche über den Boden und Emil drehte den Rucksack um. Ein paar Centmünzen fielen heraus, eine Mütze und Dorians Taschenmesser.

»Na also!« Grinsend steckte Emil das Messer ein und packte Dorian mit der anderen Hand am Kragen. »Hosentaschen ausleeren.«

»Ich denke überhaupt nicht dran.« Dorian war nun endgültig wach und nicht bereit, den Verlust seines Taschenmessers hinzunehmen. Es war das einzige Werkzeug, das er besaß, und hatte einen Dosenöffner, auf den er angewiesen war. »Gib mir mein Messer zurück und ich bringe dir heute Abend etwas zu trinken mit.« Damit musste er bei Emil eigentlich offene Türen einlaufen. Den Rotwein, den der gestern in sich hineingeschüttet haben musste, konnte man immer noch riechen, bei jedem Wort, das er sprach. Rotwein, Zwiebeln und ungeputzte Zähne.

Doch Emil lachte und schüttelte den Kopf, dass seine fettigen, kinnlangen Haare flogen. »Das kannst du vergessen.« Er zog Dorian hoch, seine Hand wühlte sich in dessen linke hintere Jeanstasche und förderte einen zerknitterten Fünfeuroschein zutage.

»Aha. Kein Geld, wie?« Er versetzte Dorian einen Stoß gegen die Brust, der ihn bis zur nächsten Wand taumeln ließ.

Doch nun war er wach und die Wut über diesen fetten, stinkenden Drecksack, der ihn im Schlaf überrumpelt hatte, kochte heiß in ihm hoch. Er brauchte seine ganze Beherrschung, um sich nichts anmerken zu lassen. Ohne Emil anzusehen, packte er seine Decke und die Wasserflasche wieder in den Rucksack und hängte ihn sich über die Schultern. Dann erst baute er sich vor seinem Gegner auf. Zwei von Emils Freunden hatten sich mittlerweile zu ihnen gesellt und beobachteten das Schauspiel grinsend. Egal, dachte Dorian.

»Ich will mein Messer zurück. Und mein Geld.«

Im ersten Moment sah Emil verdutzt drein, dann schlug er sich lachend auf die Schenkel. »Hau lieber ganz schnell ab, du kleiner Scheißer, bevor ich dir deinen restlichen Kram auch noch wegnehme und dich in der Unterhose –«

Weiter kam er nicht. Dorian hatte sich mit einem Sprung auf ihn gestürzt, ihn aus dem Gleichgewicht und zu Fall gebracht. Er setzte ihm ein Knie auf die Brust und verlagerte sein ganzes Gewicht darauf.

Das tat weh, wie er aus eigener Erfahrung wusste.

»Bist du ...« Emil schnappte nach Luft, bekam kein weiteres Wort heraus. Er wehrte sich nicht, als Dorian sich sein Messer und den Fünfer zurückholte. Da war noch mehr Geld in Emils Taschen, doch das rührte Dorian nicht an. Bislang war er ohne Stehlen durchgekommen. Er hatte nicht vor, heute damit anzufangen.

Im Hintergrund Lachen. Emils Freunde dachten offenbar nicht daran, ihrem Kumpel zu Hilfe zu eilen.

»Das wirst du bereuen«, ächzte Emil, kaum dass er wieder Luft bekam. »Du kannst dir gar nicht vorstellen, wie sehr du das bereuen wirst.«

Allein die Tatsache, dass er Emil angefasst hatte, ekelte Dorian plötzlich so furchtbar an, dass er sich hätte schütteln können. Er erwiderte nichts, sondern lief auf den Ausgang der U-Bahn-Station zu, begierig darauf, das fahle Licht der Neonröhren gegen das erste Grau des beginnenden Morgens zu tauschen.

Der dritte Supermarkt heute. Dorian umrundete ihn ohne Eile, die Hände tief in den Hosentaschen vergraben. Ein scharfer Wind fegte um die Ecke. Keine Frage, es wurde jetzt jeden Tag kälter, er musste unbedingt eine vernünftige Jacke auftreiben.

Da waren die Müllcontainer. Bevor er den ersten öffnete, warf er einen Blick über die Schulter. Keine Zuseher.

Leider auch kein Jagdglück. Der Geruch, der ihm aus der

Tonne entgegenschlug, war widerlich. Er ließ den Deckel zufallen und wandte sich dem nächsten Container zu.

Obst. Überreife Bananen und Äpfel mit Druckstellen. Er griff nach den Stücken, die am besten aussahen, und verstaute sie in seinem Rucksack. Der, bei näherer Betrachtung, dringend wieder einmal gewaschen werden musste. Sich äußerlich sauber zu halten, hatte Dorian sich zur obersten Regel gemacht – wenn man schon auf der Straße lebte, sollte einem das niemand ansehen, fand er. Solange man ihn für einen normalen Teenager hielt, würde man ihm keine Schwierigkeiten machen.

Und man würde ihn nirgends rauswerfen.

Er schlenderte auf die gläsernen Schiebetüren des Supermarkts zu, direkt hinter einer Frau und ihrem quengelnden Kind, das vergeblich versuchte, sich von ihrer Hand loszureißen. Sein Ziel war die Feinkosttheke. Genauer gesagt, die Teller mit den Gratiskostproben.

Eine neue Art von Salami, in Röllchen, mit einem Zahnstocher aufgespießt, ebenso wie die Goudawürfel ein paar Schritte weiter. Dorian nahm nie mehr als zwei oder drei Stück, nicht auffallen war oberstes Gebot. Schon gar nicht unangenehm.

Trotzdem sprach ihn eine der Verkäuferinnen hinter der Theke an. »Schmeckt gut, nicht wahr? Darf ich dir etwas davon mitgeben?«

Er schüttelte den Kopf. »Nein danke. Aber ich werde meiner Mutter einen Tipp geben.« Gewinnendes Lächeln aufsetzen. *Meiner toten Mutter.*

Die Verkäuferin lächelte zurück, schnitt eine Scheibe Schinken von dem Stück ab, das gerade in der Wurstschneidemaschine lag, und reichte es ihm über die Theke.

»Probier den mal, da ist Rosmarin drin. Vielleicht auch etwas für deine Mutter.«

Dorian kostete, hob anerkennend die Augenbrauen und verabschiedete sich dann.

Die nächsten paar Wochen würde er diesen Supermarkt hier besser meiden – er legte keinen Wert darauf, irgendwo wiedererkannt zu werden. Er wollte nicht, dass man ihm Fragen stellte. Oder dass jemand begann, sich über diesen Teenager zu wundern, der immer nur durchs Geschäft streunte, ohne je etwas zu kaufen.

Für heute war er ohnehin versorgt. Obst, drei Stück altes Gebäck, eine verbeulte Dose Fertiggulasch. Das er kalt würde essen müssen, aber egal.

Es war erst kurz nach zehn Uhr. Dorian machte sich auf den Weg zum Stadtpark, dafür würde er etwa eine halbe Stunde brauchen. Eine halbe Stunde, in der er etwas zu tun hatte, immerhin. Er würde sich an seinen Lieblingsplatz am Ententeich setzen und dann …

Dann würde der Tag lang werden. Wie jeder Tag, den er auf der Straße verbrachte. Ohne Ziel, ohne vertraute Menschen. Alle Welt beschwerte sich darüber, zu wenig Zeit zu haben, doch es war viel schlimmer, im Zeitüberschuss fast zu ertrinken. Das wusste Dorian jetzt. Zeit, mit der man nichts anfangen konnte, fühlte sich endlos an.

Leichter wäre es gewesen, wenn er ein Ziel gehabt hätte, auf das er hätte hinarbeiten können. Aber das Einzige, was er wirklich wollte, war, seinem Vater nie wieder zu begegnen. Wenn ihm das gelang, war das schon etwas. Alles andere schien ihm derzeit unerreichbar zu sein. Ein Schulabschluss, ein Dach über dem Kopf – dafür hätte er nach Hause zurückkehren müssen. Und bevor er das tat, würde er sich eher im Ententeich ersäufen.

Die Parkbank neben der alten Kastanie war frei und warm von der Sonne. Dorian setzte sich und schloss die Augen.

Der Gedanke, die nächste Nacht wieder in Emils Nähe verbringen zu müssen, war alles andere als verlockend. Allerdings boten die Ecken in den anderen U-Bahn-Stationen viel weniger Schutz. Und die Gesellschaft war noch übler: Junkies, Schläger, Jugendbanden. Dagegen war Emil ein angenehmer Zeitgenosse, er war nicht der Typ, der jemandem ein Butterfly-Messer in den Bauch rammte.

Oder war es wieder einmal Zeit für eine Übernachtung in der Notschlafstelle? Der Gedanke war verlockend: endlich duschen, statt sich nur notdürftig an den Waschbecken der öffentlichen Toiletten zu säubern. Aber mehr als fünf Mal pro Monat durfte man sich dort nicht einquartieren und Dorian fand es deutlich klüger, sich diese Gelegenheiten für Nächte voller Regen und Wind aufzusparen.

Vielleicht war es ja auch Zeit, die Stadt zu wechseln. Für eine Fahrkarte reichte sein Geld zwar nicht und betteln würde er nur im äußersten Notfall – aber per Autostopp?

Er rieb sich mit beiden Händen übers Gesicht, bis die Haut sich heiß anfühlte. Nein. Was er brauchte, war keine neue Stadt, sondern ein neues Ziel. Eine Perspektive. Er war gerade mal siebzehn und auf dem besten Weg, eine Karriere als Obdachloser einzuschlagen. Dabei hatte er vorgehabt, Anwalt zu werden. Seine Noten waren gut gewesen, verdammt noch mal, und unter normalen Umständen hätte er das Gymnasium niemals abgebrochen.

Ob es die Möglichkeit gab, eine Schule zu besuchen, ohne einen festen Wohnsitz zu haben?

Vielleicht. Aber nicht ohne Geld, und sei es nur für Bücher, Hefte, Schreibzeug. Er würde sich nach Hilfe umsehen müssen. Vom Staat oder wohltätigen Organisationen. Egal von wem, Hauptsache, es war nicht sein Vater.

Der musste kurz nach Dorians Verschwinden immerhin eine Vermisstenanzeige aufgegeben haben, denn ein Sozialarbeiter der Notschlafstelle hatte Dorian erkannt und ihm angeboten, ihn nach Hause zu bringen. Nachdem Dorian mehrfach abgelehnt hatte, war er in Ruhe gelassen worden.

Gut fünf Stunden blieb Dorian im Park. Fischte Zeitungen und Zeitschriften aus den Papierkörben und las sie von der ersten bis zur letzten Seite. Wünschte sich brennend, wieder einmal ein Buch lesen zu können, irgendeines. Aber Bücher warf niemand weg.

Erst als eine dicke Schicht hellgrauer Wolken die Sonne verdeckte und kühler Wind das Wasser des Ententeichs kräuselte, machte Dorian sich wieder auf den Weg. Falls es doch noch regnen sollte, würde er die Nacht in der Notschlafstelle verbringen, beschloss er.

Bis dahin klapperte er die Altkleidercontainer in der Umgebung ab. Die Einwurfklappen machten es unmöglich, an den Inhalt heranzukommen, aber wenn die Container überfüllt waren, stellten die meisten Leute ihr Zeug lieber daneben, als es wieder mit nach Hause zu nehmen. Und je früher Dorian an eine Winterjacke kam, desto besser.

Doch seine Suche blieb erfolglos. Nur neben einem der Sammelbehälter standen zwei zugeschnürte Müllsäcke, beide voll mit Babystramplern und rosa Kleidchen in Kindergartengrößen. Nichts, was irgendwie brauchbar gewesen wäre.

Er streunte durch die Fußgängerzone, als der Abend hereinbrach, wartete auf den Moment, wenn die Straßenbeleuchtung aufflackerte. Bald würde das Wetter herbstlicher werden, windiger, kälter. Was er tun sollte, sobald der erste Schnee fiel, konnte Dorian sich überhaupt noch nicht vorstellen. Er betrachtete seine Turnschuhe. Es war Zeit, eine Lösung zu finden.

Das Wetter blieb trocken und innerlich seufzend hakte Dorian die wohlige Vorstellung von einer Übernachtung in der Notschlafstelle ab. Vielleicht morgen. Für heute würde er sich noch einmal an die gleiche U-Bahn-Station wie letzte Nacht halten, sich aber eine andere Stelle suchen. Ein paarmal hatte er nahe dem Ausgang geschlafen, der in den Park führte – dort war es zwar zugig, aber dafür hielten sich Kerle wie Emil meist fern.

Dorian wartete, bis es fast dreiundzwanzig Uhr war – zu dem Zeitpunkt waren die Menschenströme in den Unterführungen großteils verebbt, zumindest an einem normalen Wochentag wie heute.

Nicht mehr lange, sagte er sich, während er den Boden auf Kaugummireste und Schlimmeres inspizierte. Diese Nische hier konnte man kaum als solche bezeichnen, aber er würde beim Schlafen eine Wand im Rücken und vor sich zwei Säulen als dürftigen Sichtschutz haben.

Und den Nachtwind als Gefährten. Schon jetzt fegte er trockene Blätter aus dem Park in die Unterführung. Dorian zog den zusätzlichen Pullover an und wickelte sich in seine Decke. Das Taschenmesser behielt er diesmal in der Hand, sicher war sicher.

Mit der Wasserflasche als einzigem Inhalt gab der Rucksack ein dürftiges Kopfkissen ab, aber egal. Ein paar Stunden würde Dorian schlafen können, todmüde, wie er war.

Er schloss die Augen, konzentrierte sich auf die Geräusche, die die unterirdischen Gänge erfüllten. Klappernde Schritte. Schlurfende Schritte. Gelächter, bei dem weibliche und männliche Stimmen sich vermischten. Das Summen der Belüftungsanlage … und immer wieder der Wind.

Dorian hatte nicht gemerkt, dass er eingeschlafen war, doch er spürte genau, wie etwas ihn weckte. Einerseits waren es Kopfschmerzen, die sich von einer Schläfe zur anderen zogen. Andererseits war es eine Berührung an seinem Kinn.

Nein, keine Berührung. Der Boden wurde nass. Hatte es doch noch zu regnen begonnen?

Verschlafen tastete er mit der Hand nach seinem Gesicht, wollte das Wasser abwischen. Nur dass es kein Wasser war.

Zu warm.

Zu klebrig.

Und der Geruch …

Seine Augen öffneten sich langsam, als täten sie es gegen seinen Willen. Sahen etwas Rotes im fahlen Schein der Leuchtröhren auf sich zufließen.

Dorians Körper reagierte, noch bevor er selbst wirklich begriffen hatte, dass es Blut war, das da auf ihn zulief. Er zuckte zurück, was die Kopfschmerzen verdoppelte; richtete sich mit hämmerndem Herzen auf.

Blut. Und dahinter ein Schatten, ein Körper, der verkrümmt auf dem Boden lag, kaum zwei Schritte von Dorian entfernt.

Emil? War das Emil?

Auf jeden Fall war es seine hässlich gemusterte Strickjacke und es war sein halblanges braungraues Haar, mit dem der Wind spielte.

Hektisch, fast panisch, wischte Dorian sich mit dem Ärmel übers Gesicht, dort, wo es … nass geworden war. Alles in ihm schrie danach abzuhauen, wegzulaufen, schnell, doch kaum stand er auf, wurde ihm so schwindelig, dass er sich mit einer Hand an der nächsten Säule festhalten musste. Trotzdem, wer auch immer Emil das angetan hatte, war vielleicht noch in der Nähe. Vielleicht gleich um die Ecke, bei der Rolltreppe.

Der Boden schwankte, durch das Rauschen in Dorians Ohren drang so etwas wie eine Stimme, doch er nahm sie kaum wahr, denn er hatte etwas entdeckt, das seine ganze Aufmerksamkeit beanspruchte. Es lag da mitten in all dem flüssigen Rot und es sah schauderhaft vertraut aus.

Sein Taschenmesser, mit aufgeklappter Klinge.

Aber … das ergab überhaupt keinen Sinn! Dorian atmete gegen die immer heftiger werdende Übelkeit an. Er schaffte es nicht, sich zusammenzureimen, was passiert sein könnte. Er hatte geschlafen, ruhig und fest.

Ja, mit dem Messer in der Hand.

Langsam und ohne es wirklich zu wollen, ging er auf Emil zu, der bäuchlings vor ihm lag. Vielleicht atmete er ja noch. Dann würde Dorian Hilfe holen, so schnell er konnte.

Sobald er konnte.

Sein Kopf pulsierte schmerzhaft im Rhythmus seines rasenden Herzschlags.

Das viele Blut schien aus einer Wunde am Hals zu stammen, aber um sicher sein zu können, hätte Dorian Emil umdrehen müssen. Allein bei der Vorstellung schnürte sich ihm die Kehle zu.

Nein, er würde zur nächsten Polizeistation gehen oder notfalls kriechen. Allerdings … sollte er vorher sein Taschenmesser aus der Blutlache holen. Und wegwerfen, irgendwo.

Nur dass er sich wie versteinert fühlte. Es nicht schaffte, sich zu bewegen, obwohl er es versuchte – wie in einem dieser Träume, in denen einem der Körper plötzlich nicht mehr gehorcht.

Und dann fiel ein langer dunkler Schatten über Emil und die Blutlache.

Endlich reagierte Dorians Körper, er schaffte es, den Kopf zu drehen, erwartete entweder den Täter oder jemanden von der

Polizei. Es wäre besser, viel besser gewesen, dachte er, sie selbst zu alarmieren, als auf diese Weise ertappt zu werden …

Doch hinter ihm stand kein Polizist, sondern ein junger Mann mit dunklem Haar, der die Hände vor den Mund gelegt hatte und Emil mit großen Augen anstarrte.

Letzte Chance, dachte Dorian. Wegrennen, schnell, und hoffen, dass der Kerl dein Gesicht nicht gesehen hat. Doch wieder spielte sein Körper nicht mit. Nach zwei Schritten musste Dorian sich mit den Händen auf seinen Knien abstützen, um nicht umzukippen.

»Es war Notwehr.« Die Stimme des Mannes zitterte, aber nicht allzu sehr. »Ich habe vorhin mitbekommen, wie er dich angegriffen hat, und bin gelaufen, um Hilfe zu holen, aber da war niemand und ich habe mein Handy im Auto vergessen –« Er fuhr sich durchs Haar und ließ seinen Blick langsam von Emil zu Dorian gleiten. »Ich habe zwar nicht gesehen, wie es passiert ist, aber es war sicher Notwehr«, wiederholte er.

»Nein.« Dorian setzte zu einem Kopfschütteln an, doch schon die erste Bewegung trieb ihm vor Schmerz fast Tränen in die Augen. »Ich habe gar nichts getan. Nur geschlafen, und als ich aufgewacht bin …«

Der Fremde lächelte verständnisvoll. »Nimmst du Drogen?«

»Ich? Nein! Habe ich noch nie.«

»Aber du trinkst?«

»Auch nicht.« Was sollte das denn? Ach, natürlich: Der Mann wollte ihn in ein Gespräch verwickeln, bis doch noch die Polizei eintraf. Dorian wich drei Schritte zurück. Er würde jetzt wegrennen, auch wenn sein Kopf explodierte, doch die Art, wie der Mann die Hand hob, ließ ihn noch einmal innehalten.

»Warte«, sagte er leise. »Weißt du, möglicherweise kann ich dir helfen. Ich bin ja nicht zufällig hier, ich arbeite für eine Organisation, die jugendliche Obdachlose von der Straße holt, und …«

Vor Dorians Augen verschwamm die Welt, er fühlte, wie seine Knie nachgaben und ihn im nächsten Moment jemand unter den Achseln packte.

»Vermutlich hat er dir eins auf den Kopf gegeben, kann das sein? Ist dir übel? Dann hast du wahrscheinlich eine Gehirnerschütterung.«

Das klang, als könnte es wahr sein. Aber Dorian erinnerte sich nicht an einen Kampf. Er hatte sich einfach nur in dieser Nische schlafen gelegt. Da war er sicher, vollkommen sicher.

»Sie wollen mir helfen?«, brachte er mühsam hervor. »Mich decken?« Die letzten Monate hatten Misstrauen zu einer seiner hervorstechendsten Eigenschaften werden lassen. Warum stand dieser Kerl immer noch bei ihm? Jeder andere Passant wäre längst davongestürzt, um einen Mord zu melden.

Wenn der Mann aber wirklich so etwas wie ein Sozialarbeiter war, würde er eher versuchen, Dorian dazu zu bringen, dass er sich freiwillig stellte. *Ich würde es tun, wenn ich wüsste, dass ich es wirklich gewesen bin.*

»Du musst mir nicht vertrauen«, sagte der Fremde mit völlig ernstem Gesicht. »Aber ich kann dir anbieten, dass wir uns um dich kümmern. In unserer Organisation wissen fast alle, wie es ist, auf der Straße leben zu müssen. Viele erinnern sich gut an Nächte, in denen sie plötzlich ein Messer oder eine scharfe Glasscherbe an den Hals gedrückt bekamen. So lange, bis sie alles herausrückten, was sie mühsam erbettelt hatten.«

Die Kopfschmerzen machten das Denken unfassbar schwer. »Ich kann doch nicht einfach so gehen«, flüsterte Dorian, »und Emil hier liegen lassen. Vielleicht …«

»Vielleicht lebt er noch, wolltest du sagen?« Der junge Mann seufzte tief. »Ich fürchte, da dürfen wir uns nichts vormachen. Sieh dir an, wie viel Blut hier geflossen ist. Ich begleite dich sehr gern zur Polizei, aber vielleicht solltest du zuerst einmal versuchen, dich wieder an das zu erinnern, was passiert ist.« Er blickte zur Seite. »Sonst hast du einfach viel schlechtere Karten. Auch vor Gericht.«

Ein Geräusch unterbrach ihr Gespräch. Bisher war die Unterführung menschenleer gewesen, nun waren in einiger Entfernung Schritte zu hören, die von den Wänden widerhallten. Und näher kamen.

Dorian traf seine Entscheidung. Er überwand seine Schmerzen und seinen Ekel, bückte sich – wobei ihm beinahe wieder schwarz vor Augen wurde – und hob mit spitzen Fingern das Taschenmesser aus der Blutlache. »Gut. Ich komme mit Ihnen. Egal ob zur Polizei oder sonst wohin. Aber sagen Sie mir vorher noch Ihren Namen?«

Diesmal lächelte der Mann so herzlich, dass sich Fältchen in seinen Augenwinkeln bildeten. »Gerne. Ich heiße Nicolas Korte, aber in Bornheims Villa nennen mich alle Nico.«

Kapitel 2

Sie steuerten auf einen teuren dunklen Lieferwagen zu, der am Rand des Parks abgestellt war. Als sie näher kamen, stieg ein groß gewachsener Mann aus und öffnete die Hecktür.

»Du steigst besser hinten ein«, sagte Nico an Dorian gewandt. »Zur Sicherheit, du verstehst?«

Natürlich verstand er. In Kürze würde es hier von Polizisten nur so wimmeln und sobald Emils Kumpel aus ihrem Rausch erwachten, würden sie sich garantiert noch an den Zwischenfall von vergangener Nacht erinnern. Als Dorian sich sein Taschenmesser zurückgeholt hatte. Wie sehr er jetzt wünschte, er hätte es nicht getan.

Die Hecktüren schlossen sich und sperrten jegliches Licht aus, ließen ihn in undurchdringlicher Dunkelheit zurück. Dann wurde der Motor gestartet.

Panik. Nur einen Augenblick lang, aber so heftig, dass Dorian keine Luft mehr bekam und sich nun beinahe wirklich übergeben musste. Er hatte sich diesem Nicolas Korte einfach ausgeliefert, ohne ihn zu kennen, ohne zu wissen, was er wirklich vorhatte. Vielleicht fuhren sie gerade zu einem abgelegenen Ort, wo man in ein paar Tagen oder Wochen Dorians Leiche finden würde …

Nur – was hätte der Kerl davon? Außer er war ein irrer Mörder, der gerne Teenager tötete.

Bilder aus den Horrorfilmen, die Dorian früher so oft gesehen hatte, tauchten in seinem Kopf auf. Er schüttelte sie ab. Nein, das war bloße Fantasie, so etwas passierte in Wirklichkeit nicht.

Außerdem hatte er nach wie vor das Taschenmesser, dessen Griff er immer noch zwischen Daumen und Zeigefinger festhielt, ohne dass es ihm richtig bewusst gewesen war.

Er unterdrückte den Impuls, es einfach fallen zu lassen, obwohl der Ekel ihn fast schüttelte. Aber so dumm, seine einzige Waffe wegzuwerfen, war er nicht.

Die Fahrt dauerte lange und bot Dorian jede Gelegenheit, sich den Kopf über das zu zerbrechen, was passiert sein mochte.

War er Schlafwandler und hatte Emil im Zuge einer Episode getötet? Oder hatte er es bewusst getan und danach verdrängt? War es möglich, dass Nicos Theorie mit dem Schlag auf den Kopf, der die Erinnerung an das Geschehene ausgelöscht hatte, stimmte?

Jeder dieser Gedanken fühlte sich falsch an. Da war es doch wahrscheinlicher, dass ihm das Messer im Schlaf gestohlen worden war …

Sie mussten nun schon mindestens eine halbe Stunde unterwegs sein. Vielleicht auch eine ganze. Dorians Arm, mit dem er das Messer so weit wie möglich von sich weghielt, begann mehr und mehr zu erlahmen.

Irgendwann ließ er es doch fallen. Weil er müde war und die Schmerzen kaum nachließen. Weil ohnehin alles verloren war. Weil nichts mehr einen Sinn ergab. Nun schlitterte das Messer bei jeder Kurve klappernd von einer Wagenseite zur anderen.

Nach geraumer Zeit wurde das Auto langsamer, die Straße holpriger, und dann hielten sie an.

Dorian blinzelte ins graue Morgenlicht, als der Fahrer die Hecktüren öffnete. Insgeheim hatte er mit weiterer Dunkelheit gerechnet, einem Wald oder einem anderen finsteren Ort. Doch sie standen in der Auffahrt eines alten Herrenhauses, umgeben von einem gepflegten Park. Sorgsam geschnittene Hecken, mächtige Laubbäume, ein von Marmorstatuen gesäumter Weg.

Vorhin hatte Nico eine Villa erwähnt. Bornheims Villa. Das war sie wohl. Nun wies er auf die Freitreppe, die zum Eingang führte. »Herzlich willkommen, Dorian. Du solltest etwas essen und du wirst duschen wollen. Antonia wartet im Haus auf dich, sie wird dich mit allem versorgen, was du brauchst.«

Das Taschenmesser lag in greifbarer Nähe, die Stöße gegen die Autowände hatten die Klinge halb wieder eingeklappt. Es widerstrebte Dorian, danach zu greifen; das Blut, das das Messer vorhin an seiner rechten Hand hinterlassen hatte, war teils abgewischt, teils eingetrocknet. Er wollte nicht noch einmal damit in Berührung kommen.

»Lass es ruhig liegen.« Nico hatte seinen Blick offenbar bemerkt. »Wir kümmern uns darum, dass niemand es zu sehen bekommt, und in nächster Zeit wirst du es nicht brauchen.«

Der Kies knirschte unter Dorians Schuhen, während er auf das Anwesen zuging. Erst als er die Treppe betrat, wurde ihm klar, was eben passiert war, und einen Moment lang überlegte er, einfach kehrtzumachen und davonzulaufen.

Nico hatte ihn mit seinem Namen angesprochen. Doch den hatte Dorian ihm gar nicht genannt.

Antonia erwies sich als sommersprossiges rothaariges Mädchen in Jeans und grünem Rollkragenpullover. Sie streckte Dorian die Hand hin und zuckte nur mit den Schultern, als er ihr seine nicht reichte. Er wollte nichts und niemanden mit diesen schmutzigen Fingern anfassen; da war es ihm lieber, Antonia hielt ihn für unhöflich.

»Möchtest du etwas essen?«, erkundigte sie sich, während sie durch die Eingangshalle voranging. »Wir haben ein normales, ein vegetarisches und ein Diätmenü. Bist du laktoseintolerant? Irgendwelche Allergien?«

Beinahe hätte Dorian laut herausgelacht – aus Erschöpfung, aber auch, weil er das Gefühl hatte, in einer völlig fremden Welt gelandet zu sein. Seit sechs Monaten ernährte er sich hauptsächlich von Supermarktmüll, an guten Tagen von dem, was in der Notschlafstelle gekocht wurde. Oder bei der Caritas. Und nun wurden ihm drei verschiedene Menüs angeboten.

»Zuerst würde ich mich gern waschen.« Unwillkürlich versteckte er seine rechte Hand hinter dem Rücken. »Und falls du eine Kopfschmerztablette hast …«

»Kann ich verstehen und habe ich.« Weder in Antonias Stimme noch in ihrem Blick lag Ironie. »Komm mit.«

Sie führte ihn ein Stockwerk höher, in ein luxuriöses Badezimmer mit acht Duschen und ebenso vielen Waschbecken. Heller Marmor, indirekte Beleuchtung. Aus einem Medizinschrank, für den sie den Schlüssel an einem Bund trug, holte sie Schmerztabletten und drückte eine davon aus dem Blister. »Hier hast du Seife und zwei Handtücher und hier«, sie zeigte auf einen ordentlich zusammengelegten Haufen Kleidung, »etwas zum Umziehen.« Ein knappes Lächeln, schon war sie aus der Tür.

Als Erstes schluckte Dorian die Tablette, dann zog er sich langsam aus. Alle seine Instinkte schlugen Alarm. Das alles hier war viel zu gut, um harmlos zu sein. Keine Sekunde lang glaubte er, dass irgendjemand aus reiner Menschenliebe junge Leute von der Straße holte, um sie in seiner Villa auf Fünf-Sterne-Niveau einzuquartieren. Schon gar nicht, wenn man annahm, dass sie gerade jemanden getötet hatten.

Sofort stand Dorian wieder Emil vor Augen, wie er bäuchlings auf dem dunklen Asphalt lag, in einer größer und größer werdenden Blutlache …

Er musste längst gefunden worden sein. Wahrscheinlich tot.

Für einen Moment schloss Dorian die Augen. Ich war es nicht, sagte er sich immer wieder. Ich war es nicht. Aber ich hätte versuchen müssen, ihm zu helfen.

Die Erinnerung und das schlechte Gewissen verblassten erst allmählich, als Dorian unter der Dusche stand. Es war unfassbar schön, sich endlich wieder richtig säubern zu können; zudem kam das Wasser nicht nur von oben, sondern auch aus seitlichen Düsen, es prasselte auf ihn ein, hüllte ihn in Dampf.

Es mussten fünfzehn oder zwanzig Minuten vergangen sein, ehe er die Dusche wieder verließ und sich mit einem der dicken weißen Handtücher abtrocknete.

Die Kleidung, die man für ihn vorbereitet hatte, bestand aus Unterwäsche, einer grauen Jeans und einem ebenso grauen Langarmshirt. Die Sachen passten, als hätte er sie vorher anprobiert.

Ein wenig später, an dem langen Tisch im Speisezimmer, versuchte er, Antonia behutsam auszufragen.

»Nico hat dieses Haus Bornheims Villa genannt. Weißt du, wer Bornheim ist?«

Bei der Nennung des Namens ging ein Strahlen über Antonias Gesicht. »Natürlich weiß ich das. Raoul Bornheim, der großartigste Mensch, dem ich je begegnet bin.« Sie stupste Dorian an. »Oder dem du je begegnen wirst. Er hat jeden Einzelnen hier aus einer Notsituation geholt, manche von uns säßen ohne ihn längst im Gefängnis, andere wären tot.«

Für mich gilt Ersteres, dachte Dorian bitter. »Und das tut er einfach, weil er nett ist?«

»Wenn du das so ausdrücken willst. Er tut es, weil die Menschen ihm am Herzen liegen. Er setzt sich für eine ganze Menge guter Ziele ein, hat drei eigene wohltätige Organisationen und unterstützt sieben oder acht andere.«

Dorian zog die Augenbrauen hoch, was nun immerhin schon ging, ohne dass er die Zähne zusammenbeißen musste. Die Tablette wirkte.

»Glaub nicht, du bist der Erste, der sich fragt, ob Bornheim bescheuert ist«, fuhr Antonia fort, während sie einen Teller voll herrlich duftendem Hühnercurry aus der Mikrowelle holte und vor ihm abstellte. »Alle, die hier landen, sind erst misstrauisch und bei manchen dauert es zwei oder drei Monate, bis sie kapieren, dass niemand ihnen etwas Böses will.« Sie reichte ihm eine Serviette – aus *Stoff* – und setzte sich neben ihn. »Es gibt trotzdem Leute, die es nicht lange hier aushalten. Weil Bornheim Wert auf Benehmen legt und darauf, dass wir den Unterricht ernst nehmen. Da ist er ziemlich strikt.«

Unterricht. Wahrscheinlich war er der Einzige im Haus, vermutete Dorian, bei dem dieses Wort Vorfreude auslöste. Während er aß, musterte er Antonia von der Seite. »Haben sie dich auch von der Straße aufgelesen?«

Sie nickte. »Gewissermaßen. Ich habe mit ein paar anderen in einem einsturzgefährdeten Haus gewohnt, das inzwischen abgerissen wurde. Damals hat Bornheim mich aufgegabelt, persönlich. War echt Glück.«

Glück ja, Zufall eher nicht. Ebenso wenig wie Nicos Auftauchen in der U-Bahn-Station, das hatte er ja sogar selbst zugegeben. War es möglich, dass er gezielt nach Dorian gesucht hatte? Immerhin …

»Nico hat mich mit meinem Namen angesprochen, aber ich hatte mich ihm gar nicht vorgestellt.« Er ließ Antonia nicht aus den Augen, wartete auf eine Reaktion. »Hat er Erkundigungen über mich eingeholt? Schon vorher?«

»Kann sein.« Sie nahm einen Schluck aus ihrem Wasserglas. »Jeden nimmt Bornheim hier auch nicht auf, weißt du?«

Das konnte Dorian gut verstehen, nur war es dann umso merkwürdiger, dass er kein Problem mit jemandem hatte, der möglicherweise eben erst einem Mann die Kehle durchgeschnitten hatte. Oder würde Nico ihm das verschweigen? Nachdem ja niemand wirklich wusste, wer Emil auf dem Gewissen hatte …

Trotz der grausamen Bilder in seinem Kopf hatte Dorian den Teller schon fast leer gegessen, wie er eben erst bemerkte. Antonia deutete mit dem Finger darauf.

»Möchtest du noch eine Portion?«

»Nein. Aber wenn du mir den nächsten Computer mit Internetanschluss zeigen könntest?« Mittlerweile gab es bestimmt schon eine Meldung auf einer der Nachrichtenplattformen. „Obdachloser ermordet aufgefunden, vom Täter keine Spur". Oder so ähnlich.

»Es gibt kein Internet im Haus«, unterbrach Antonia seine Gedanken. »Auch kein Fernsehen, tut mir leid.«

»Ernsthaft?« Dorian ließ die Gabel wieder sinken, mit der er gerade den letzten Bissen zum Mund hatte führen wollen. »Wieso denn das?«

»Bornheim will, dass sich alle aufs Wesentliche konzentrieren, und damit meint er ihre Ausbildung und Zukunft.« Sie lächelte. »Zukunft ist ein Wort, das du hier sehr oft hören wirst.«

Insgeheim hatte Dorian darauf gebrannt, nach gut einem halben Jahr wieder einmal vor einem Computer sitzen zu können. Natürlich vor allem, um zu verfolgen, was rund um Emils Tod in den Medien berichtet wurde. Aber auch, um zu sehen, wer ihm während dieser langen Zeit Mails geschickt hatte, ob es Facebook-Messages gab, alle diese Dinge.

War Nico sich eigentlich sicher, dass niemand gesehen hatte, wie Dorian in den Lieferwagen gestiegen war? Er selbst war viel zu verstört und mit seinen Kopfschmerzen beschäftigt gewesen, um darauf zu achten. Was, wenn gleich die Polizei an die Tür hämmerte?

»Beunruhigt dich etwas?« Antonia hatte seinen Teller genommen und war schon auf dem Weg zur Tür.

Er zögerte einen Moment, wusste nicht, ob er sich ihr anvertrauen konnte. »Ich habe mich nur gefragt, ob noch jemand wissen könnte, dass ich hier bin. Jemand von außerhalb.«

Sie lachte. »Bisher ist noch keiner von denen, die sich hier versteckt haben, gefunden worden. Da wärst du wirklich der Erste.«

Sein Zimmer befand sich im Westtrakt, wie Antonia ihm erklärte, während sie vorausging. Ihrer beider Schritte wurden von dicken Läufern gedämpft, die sich über den gesamten Gang und die Treppen hinauf zogen. Im zweiten Stock blieb Antonia vor einer der vielen Türen stehen, die vom Flur abgingen, und steckte einen langen Messingschlüssel ins Schloss.

»Hier wohnst du. Am besten, du schläfst noch ein bisschen. Soweit ich informiert bin, hattest du eine unruhige Nacht …« Sie öffnete die Tür und drückte ihm den Schlüssel in die Hand. »Bis später.«

Das Zimmer war geräumig und es war gemütlich. Roter Teppich auf hellem Holzboden, ein Kleiderschrank, ein breites Bett, eine Couch und ein Schreibtisch. Außerdem ein hohes, bogenförmiges Fenster, das Ausblick auf eine Wiese und den dahinterliegenden Wald bot. Leichter Wind bewegte das Gras.

Dorian legte die Stirn gegen die Scheibe und blickte nach draußen. Erst jetzt erlaubte er den Bildern in seinem Kopf, ihre scharfen Umrisse zu zeigen.

Emil. Sein Blut, das auf Dorian zufloss. Das Taschenmesser, das er beim Einschlafen in der Hand gehalten hatte, beim Aufwachen aber nicht mehr.

Was, wenn ich es wirklich war?

Eine naheliegendere Erklärung gab es nicht. Immerhin hatte Nico ihn mit Emil kämpfen sehen – aber beim Ende dieses Kampfes war er nicht dabei gewesen. Vielleicht hatte sich noch ein Dritter eingemischt? Hatte Dorian niedergeschlagen und Emil getötet?

Oder Dorians Unterbewusstsein hatte einen Selbstverteidigungsmechanismus entwickelt, einen gewalttätigen Teil seines Ichs, der außerhalb seiner Kontrolle lag.

Vielleicht hatte sich aber auch nur der Hass, den er auf seinen Vater hatte, gegen den Falschen gerichtet.

Dorians Kehle verengte sich. Er verabscheute Gewalt, sie hatte ihn jahrelang täglich begleitet. Vaters Schläge, Tritte, Stöße. Sein Gebrüll. Die Vorstellung, dass er, Dorian, sich möglicherweise zu etwas noch viel Schlimmerem hatte hinreißen lassen, schnürte ihm die Luft ab.

Er legte sich aufs Bett und bohrte sein Gesicht tief ins Kissen. Wartete, bis Tränen kamen, und ließ sie fließen. Lautlos, so wie früher.

Er musste eingeschlafen sein, denn er erwachte plötzlich und mit hämmerndem Herzen. Jemand klopfte an die Tür.

»Dorian? Es gibt jetzt Kaffee, wenn du möchtest. Danach kannst du dich für deine Kurse einteilen lassen.«

»Ja. Danke. Ich komme gleich.«

Er richtete sich langsam auf. Das Licht, das durch das Fenster hereinfiel, hatte sich verändert und über dem Wald lag der rötliche Schimmer eines Spätsommernachmittags.

Kaffee. Das Wort hatte etwas Tröstliches. Es klang nach Normalität, nach gemütlichem Beisammensein, nach gemeinsamem Lachen. Er hatte ewig keinen Kaffee mehr getrunken. Als er nun aus seinem Zimmer trat, konnte er ihn bereits riechen.

Das Haus war jetzt belebter als zuvor. Auf der Treppe begegnete er zwei Mädchen, etwa in seinem Alter. Eines davon mit deutlichem Übergewicht und unzähligen Tätowierungen auf den Armen, das andere mit tiefschwarz geschminkten Augen und streichholzkurz geschorenem Haar.

Er nickte grüßend, sie nickten zurück, ohne dabei ihre Unterhaltung zu unterbrechen. Den Weg zum Speisezimmer fand Dorian auf Anhieb und auch dort war inzwischen etwas mehr los. Am Tisch saßen drei Jugendliche: zwei Jungen und ein Mädchen.

»Frederick, Melvin und Stella«, erklärte Antonia, die gleichzeitig mit ihm den Raum betrat, ein Tablett mit Kaffeetassen und einem Teller voller Kekse in den Händen. »Du kannst dir jeden Stuhl nehmen, den du willst, es gibt keine feste Sitzordnung.«

Am liebsten hätte Dorian sich möglichst weit von den anderen weggesetzt, er fühlte sich nicht zu Gesprächen aufgelegt. Andererseits wollte er nicht vom ersten Tag an als ungesellig gelten. Er setzte sich neben den groß gewachsenen Kerl, von dem er vermutete, dass es Frederick war. »Hi. Ich heiße Dorian.«

Die drei wirkten unbeeindruckt. Niemand musterte ihn forschend oder ängstlich – das bedeutete wohl, es hatte sich noch nicht herumgesprochen, dass Nico ihn neben der blutüberströmten Leiche eines Obdachlosen gefunden hatte.

Stella fischte sich einen der Kekse vom Teller, ohne Dorian dabei aus den Augen zu lassen. Dunkle Augen unter ebensolchen Augenbrauen. Ihr Haar dagegen hatte die Farbe von Karamell und kräuselte sich in wilden Locken bis weit über die Schultern.

»Do-ri-an«, stellte sie zufrieden fest. »Cooler Name. Wie alt bist du?«

»Siebzehn.«

»Hey. Ich auch, in drei Wochen.« Sie steckte den Keks in den Mund und legte den Kopf schief, kauend. »Wirst du einer von den Schwierigen sein?«

Von den Schwierigen? Er begriff nicht, was sie meinte, zuckte mit den Schultern.

»Na ja. Einer von denen, die aggressiv werden oder jede Nacht im Schlaf schreien oder plötzlich abhauen und sich nie wieder blicken lassen.« Stella stützte ihr Kinn auf die Hände. »Seltsam sind wir hier alle, zumindest ein bisschen. Melvin zum Beispiel klaut und er ist wahnsinnig geschickt dabei.« Sie rempelte den Jungen neben ihr freundschaftlich mit dem Ellenbogen an. »Nicht wahr, Melvin? Netterweise gibst du einem die wichtigsten Dinge anschließend wieder zurück.« Sie grinste Dorian an. »Das muss er, sonst wirft Bornheim ihn nämlich raus. Wir sind hier lauter Engel, gezwungenermaßen. Keine Zigaretten, kein Alkohol und Drogen sowieso nicht. Junkies bringt Bornheim grundsätzlich nicht her.«

Dorian nickte Melvin zu, war aber nicht sicher, ob der das mitbekam. Ihm hing das dunkle Haar so tief in die Stirn, dass es die Augen praktisch verdeckte. »Wie lange wohnst du schon hier?«, fragte er Stella.

»Sieben Monate. Und ja, am Anfang war ich auch skeptisch und habe mich ständig gefragt, ob man mich in eine Falle gelockt hat. Aber es geht wirklich alles mit rechten Dingen zu.« Sie lehnte sich in ihrem Stuhl zurück. »Überraschenderweise.«

Trotz ihres offenen Blicks wusste Dorian nicht, ob es klug war, Stella zu vertrauen. Es war schließlich möglich, dass Antonia ihn zu den dreien gesetzt hatte, damit die ihm erzählten, was er glauben sollte. »Hat jemand von euch Kontakt zu seiner Familie? Oder zu Freunden von früher?«

Diesmal war es Frederick, der antwortete, in schleppendem, mürrischem Ton. »Wenn wir brauchbare Familien oder Freunde hätten, wären wir nicht auf der Straße gelandet, oder?« Er stand auf und trug sein Geschirr in Richtung Küche; Melvin folgte seinem Beispiel. An der Tür drehte Frederick sich noch einmal um. »Ach, und wenn du dir später Kurse aussuchen sollst: Literatur ist ganz witzig. Englisch auch. Von Russisch würde ich die Finger lassen.«

Stella, die keine Anstalten machte, den Tisch ebenfalls zu verlassen, lachte auf. »Das sagt er vor allem, weil er Pjotr nicht leiden kann.« Sie wartete, bis die beiden anderen endgültig draußen waren, dann lehnte sie sich über den Tisch. »Es ist so: Wir unterrichten uns hier praktisch gegenseitig. Es gibt nur zwei richtige Lehrer, den Rest erledigen wir entweder in Gruppenarbeit oder einer von uns übernimmt den Job, wenn er etwas richtig gut kann. Pjotr ist Russe, also …« Sie breitete die Arme aus.

Diese Art von Unterricht hatte Dorian nicht erwartet. »Und … das funktioniert?«

»Aber hallo. Du kannst dir nicht vorstellen, wie gut. Ich stehe zum Beispiel total auf Geschichte und Bornheim war damit einverstanden, dass ich das Fach übernehme, obwohl ich erst sechzehn bin. Ich strenge mich echt an, damit jeder, der meinen Kurs besucht, klüger rausgeht, als er reingekommen ist. Und die Schüler sind auch ehrgeizig, weil keiner vor den anderen dumm dastehen will. Spitzensystem, kannst du mir glauben.« Sie nahm einen Schluck aus ihrer Kaffeetasse.

Unwillkürlich fragte Dorian sich, ob es ein Fach gab, in dem er gut genug war, um es lehren zu können. Physik vielleicht.

Ja, und Selbstverteidigung mit Taschenmessern. Der Gedanke hatte sich ungebeten in seinen Kopf geschlichen und bevor Dorian es verhindern konnte, hatte er wieder Emil vor Augen. Er schluckte.

»Alles in Ordnung?« Über Stellas Nase hatte sich eine Längsfalte gebildet.

»Ja, sicher.« Von draußen waren gedämpfte Motorengeräusche zu hören und er wandte den Kopf in Richtung Fenster, dankbar für die Ablenkung. »Denkst du, das ist der nächste Neuzugang?«

Es war hübsch anzusehen, wie Stellas Locken mitschwangen, wenn sie den Kopf schüttelte. »Das sind die anderen. Die, die heute gearbeitet haben.«

Ah, okay. Es gab also doch eine Art Gegenleistung, die man erbringen musste für das Privileg, hier wohnen zu dürfen. Das war beinahe eine Erleichterung.

»Welche Arbeit ist das denn?«, erkundigte er sich.

Draußen schlug eine Wagentür zu.

»Unterschiedlich«, erklärte ihm Stella. »Aber es sind immer völlig einfache Dinge. Kleine Erledigungen für die Villa oder für Bornheim persönlich. Oder Flugblätter verteilen. Das vor allem.«

»Flugblätter? Du meinst Werbezettel, ja?«

»So ähnlich. Meistens sind es Infoblätter von den wohltätigen

Organisationen, die Bornheim unterstützt. Inklusive Zahlscheinen. Wir sollen freundlich lächeln und auch dann nicht sauer reagieren, wenn jemand uns beschimpft.« Sie warf ihr Haar hinter die Schulter zurück. »Das ist es, was mir dabei am schwersten fällt.«

Das konnte Dorian sich gut vorstellen. Ihm selbst wurde kalt bei dem Gedanken, draußen auf der Straße stehen zu müssen, sichtbar für alle, in dem Wissen, dass jederzeit die Polizei um die Ecke biegen konnte. Würde man das von ihm verlangen? Obwohl zumindest Nico wusste, welche Folgen das vielleicht haben würde?

Er murmelte eine Entschuldigung und stand auf, wollte in sein Zimmer zurück, um nachzudenken. Doch Stella fing ihn noch vor der Tür ab und hakte sich bei ihm ein. Ihre plötzliche Nähe verschlug ihm für einen Moment die Sprache. Es war lange her, dass jemand ihn auf diese Weise berührt hatte. Freundschaftlich. Ohne eine Bedrohung zu sein.

»Ich stelle dir noch ein paar Leute vor und dann begleite ich dich zu Paula, mit der du deinen Stundenplan zusammenstellen solltest.« Sie zwinkerte ihm zu. »Ausreden lasse ich nicht gelten, ich weiß, dass du nichts Besseres zu tun hast.«

Die nächste halbe Stunde lang schüttelte er Hände von anderen Bewohnern der Villa. Manche von ihnen freuten sich sichtlich über seine Anwesenheit, andere würdigten ihn kaum eines Blickes. Die ganze Zeit über war Stella neben ihm, und sosehr er ihre Nähe genoss, so nervös machte sie ihn auch.

Was daran liegen konnte, dass Stella auf eine Art und Weise duftete, die ihm noch nie begegnet war. Zweimal ertappte er sich dabei, wie er an ihrem Haar schnupperte, und rief sich selbst zur Ordnung. Sie wollte nichts von ihm, sondern war nur nett, das war alles. Und er war Nettigkeit nicht mehr gewohnt, kein Wunder also, dass sie gleich so heftige Reaktionen bei ihm hervorrief.

Dafür war Paula alles andere als freundlich. Dorian schätzte sie auf etwa neunzehn und konnte kaum den Blick von dem Tattoo wenden, das sich von ihrer rechten Schläfe bis über den Wangenknochen wand. Dunkelblaue, ineinander verschlungene Dornenranken, die den Charakter ihrer Trägerin bestens widerspiegelten.

Sie musterte Dorian von oben bis unten, bevor sie einen zerknitterten Zettel aus ihrer Schreibtischschublade zog, den sie vor ihn hinlegte. »Da. Das ist das Angebot, mehr gibt's nicht. Wochentage und Uhrzeiten stehen überall dabei. Such dir aus, was du möchtest – das ist dann aber auch verpflichtend. Du musst hingehen, außer du hast Dienst, aber das hat dir Stella sicher schon gesagt.«

Dorian suchte Paulas Blick, erfolglos. »Nein. Hat sie noch nicht.«

»Ehrlich? Die kriegt doch den Mund nicht zu, wenn sie einmal zu quatschen angefangen hat. Und diesmal war gar nichts Nützliches dabei?«

Stella lächelte weiter, sogar noch etwas herzlicher als zuvor. »Ich wollte dir nicht ins Handwerk pfuschen.«

Genervt verdrehte Paula die Augen. »Also: Du kannst so viele Kurse belegen, wie du willst. Fünf müssen es mindestens sein, verpflichtend sind Ethik und Deutsch.« Sie atmete lautstark aus, als hätte sie eben etwas sehr Anstrengendes hinter sich gebracht.

Dorian zog den Zettel näher zu sich heran. Sport gab es am Dienstag und am Freitag. Deutsch am Montag, Mittwoch und Freitag. Ethik jeden Tag außer Montag. Ganz unten auf der Liste fand er Geschichte und daneben Stellas Namen. Donnerstag.

Mit dem Stift, den Paula ihm widerwillig entgegenhielt, kreiste Dorian die Kurse ein, die er sich ausgesucht hatte, und ließ den Freitag frei.

»Okay.« Paula warf einen kurzen, verächtlichen Blick auf seine Auswahl, legte das Blatt in den Kopierer und drückte den Knopf. »Die Kurse beginnen pünktlich und es ist egal, ob dein Lehrer älter oder jünger ist als du – du musst ihn höflich behandeln. Oder sie. Klar? Bornheim wird sonst richtig sauer.«

»Klar.« Dorian nahm die Kopie seines Plans entgegen und steckte sie zusammengefaltet in die Hosentasche. Wobei ihm erstmals bewusst wurde, dass sie alle das gleiche Hosenmodell trugen und im Prinzip auch die gleichen Shirts, nur in unterschiedlichen Farben. Paulas war blau, das von Stella grün.

»Haben die Farben eine Bedeutung?«, erkundigte er sich, als sie wieder draußen auf dem Gang waren.

Stella grinste. »Das frage ich mich auch seit Monaten. Irgendeine bestimmt, aber so richtig hat das bisher niemand durchschaut. Mit dem Alter hat es jedenfalls nichts zu tun und mit den Arbeitseinsätzen auch nicht. Wir machen praktisch alle das Gleiche.« Sie zupfte demonstrativ an ihrem Ärmel. »Zu Beginn hatte ich blaue Sachen, erst seit ungefähr zwei Monaten bekomme ich grüne. Ist mir lieber. Steht mir besser.«

Dorian blickte an sich hinunter. »Außer mir habe ich bisher aber noch niemanden mit einem grauen Shirt gesehen.«

»Weil du der Frischling hier bist.« Sie nahm seinen Arm. »Sobald Bornheim sich mit dir unterhalten hat, bekommst du neue Sachen in irgendeiner anderen Farbe.« Bevor sie wieder nach unten gingen, blieb Stella am Treppenabsatz stehen und betrachtete Dorian nachdenklich. »Ich hoffe nur, es ist nicht Schwarz.«

Kapitel 3

Dorian kam nicht mehr dazu, sie zu fragen, was sie damit meinte, weil sich im nächsten Moment ein sehr dünnes, kurzhaariges Mädchen auf Stella stürzte, sie umarmte und mit sich zog. Den restlichen Abend über bekam er sie nicht mehr zu Gesicht, obwohl er beharrlich nach ihr Ausschau hielt. Es waren gut vierzig Jugendliche in dem Raum, den man laut Antonia „Salon" nannte, aber Stella war nicht unter ihnen.

Dafür gesellte Melvin sich irgendwann zu ihm, schob die dunklen Strähnen so weit aus der Stirn, dass Dorian seine Augen sehen konnte, und versetzte ihm einen leichten Stoß gegen den Arm. »Okay. Und was ist deine Geschichte?«

Das war eine ungewöhnliche Art, ein Gespräch zu beginnen. Dorian hob zögernd die Schultern. »Was meinst du?«

»Warum du auf der Straße warst. Wie du hier gelandet bist.«

In den letzten Monaten hatte Dorian nur selten Unterhaltungen geführt, die über mehr als ein paar schnelle Sätze hinausgegangen waren. Kurze Wortwechsel mit Feinkostverkäuferinnen, das Abnicken freundlicher Tipps von Sozialarbeitern, das Beschwichtigen betrunkener Kerle wie Emil. Es fiel ihm schwer, jetzt aus dem Nichts seine Geschichte zu erzählen, ganz abgesehen davon, dass er gar nicht wusste, ob er es wollte.

Melvin schien das zu merken. »Also, ich bin mit vierzehn zu Hause abgehauen, wobei *zu Hause* die Sache irgendwie nicht trifft. Ich bin aus der Wohnung verschwunden, in die meine betrunkene Mutter jeden zweiten Abend einen anderen Kerl geschleppt hat. Genau weiß ich nicht, wann sie bemerkt hat, dass ich fort bin, aber drei Tage wird es schon gedauert haben. Ich war dann eine Zeit lang im Heim, das war fast genauso beschissen, also habe ich beschlossen, nach Spanien zu trampen.« Er pustete die wieder nach unten gerutschten Haare aus seiner Stirn. »Spanien war geil. Vier Monate am Strand schlafen, ein bisschen kellnern, Trinkgeld von deutschen Touristen abstauben. Aber dann hatte ich eine Fischvergiftung und wäre fast krepiert. Danach war ich zu schwach zum Arbeiten und dachte, ich müsste auf Knien zu meiner Mutter zurückkriechen. Mein letztes Geld habe ich für ein Zugticket nach Hause ausgegeben, was mir schon Stunden vor der Ankunft leidgetan hat. Ich konnte einfach nicht mehr bei meiner Mutter leben, nur leider ist mir das ein bisschen spät eingefallen. In meiner vierten Nacht am Bahnhof hat Bornheim mich aufgegabelt.« Melvin nahm Dorian am Arm und zog ihn zu einem der Ledersofas, das gerade frei geworden war. »Ich dachte erst, er will weiß Gott was. War aber ein Irrtum. Falls du dir Sorgen machen solltest: Er rührt niemanden an. Keinen von uns, weder Mädchen noch Jungs.«

Die Frage war Dorian tatsächlich durch den Kopf gegangen. »Das ist gut zu wissen.«

»Ja, nicht wahr? Und jetzt du.«

»Na ja.« Es war praktisch unmöglich, auf Melvins Offenheit mit Zurückhaltung zu reagieren. Dorian nahm innerlich Anlauf. »Ich bin vor meinem Vater davongelaufen. Er hat mich regelmäßig grün und blau geschlagen, irgendwann war es mir zu viel.«

»Oh.« Melvin runzelte die Stirn. »Säufer?«

»Nein. Arschloch. Klingt vielleicht blöd, aber wenn er ein

Säufer wäre, könnte ich ihm den ganzen Mist leichter verzeihen.«

»Was ist mit deiner Mutter?«

»Tot.« Ein Schatten der alten Trauer legte sich wieder über die Welt, grau und schwer. »Sie ist an Krebs gestorben, da war ich dreizehn.«

»Scheiße.« Melvin sagte es mit so viel Inbrunst, dass Dorian unwillkürlich lächeln musste.

»Ja. Genau. Scheiße.«

Einen Moment lang schwiegen sie, während rundherum die Gespräche weiterplätscherten.

Dorian betrachtete Melvins Shirt. »Wieso bist du rot angezogen und Stella grün? Irgendeine Bedeutung hat das, oder?«

Melvin strich über den Stoff, als wolle er ihn glätten. »Weiß nicht. Ich bin ja der Meinung, sie haben mir Rot gegeben, weil ich damit einfach super aussehe.«

Womit er recht hatte. Eine bessere Farbe hätte er sich zu seinem dunklen Haar nicht aussuchen können.

»Manche von uns tragen auch Schwarz, stimmt das?«, hakte Dorian nach. »Ich habe es nämlich noch an niemandem gesehen.«

»Wirst du auch nicht.« Melvin zog die Knie an und wechselte in den Schneidersitz. »Offiziell gibt es die in Schwarz nicht, aber irgendwie hält sich das Gerücht. Keine Ahnung, woher es kommt. Meine Theorie ist ja, dass das die schweren Fälle sind. Die, die drogenabhängig waren oder richtige Gewalttäter, die werden nämlich manchmal aufgelesen, tauchen kurz hier auf und verschwinden sofort wieder.« Er senkte seine Stimme und blinzelte verschwörerisch. »Irgendjemand hat den Schwarzen den Spitznamen ‚Mambas' gegeben. Weil sie angeblich lautlos und gefährlich wie Giftschlangen sind. Allerdings kannst du hier fragen, wen du möchtest, begegnet ist ihnen noch niemand.« Er verschränkte die Arme hinter dem Kopf. »Weil sie nicht existieren. Bornheim will uns ja schließlich zu wertvollen Mitgliedern der Gesellschaft machen, nicht zu einer Kampf-Spezialeinheit.«

Dorian fühlte, wie sein Herz sank. Er hoffte sehr, dass Melvin recht hatte, denn wenn es die Mambas doch gab, konnte er sich leicht ausrechnen, welche Farbe man ihm zuteilen würde. Bornheim würde ihn zu den Junkies und Schlägern stecken. Zu den Gefährlichen. Weit weg von Stella.

In diesem Fall war es ein Wunder, dass er überhaupt Kontakt zu den anderen hatte haben dürfen.

Da war es wieder, das Bild von Emils totem Körper und dem Taschenmesser, das in Blut schwamm. Dorian wollte nicht darüber nachdenken, wo es sich nun befand – Nico hatte versprochen, sich darum zu kümmern. Es verschwinden zu lassen. Aber wer weiß, vielleicht bewahrte er es auch auf, um etwas gegen Dorian in der Hand zu haben, um ihn unter Druck setzen zu können, wenn es nötig war.

»Hallo? Bist du noch da?« Melvin bewegte die flache Hand vor Dorians Augen hin und her.

»Ja. Sorry, ich bin kurz abgedriftet. Sag mal, auch wenn es kein Internet und kein Fernsehen im Haus gibt – Zeitungen schon, oder?«

Es war Melvin am Gesicht abzulesen, dass er sich darüber noch nie Gedanken gemacht hatte. »Ehrlich gesagt … ich glaube nicht. Aber ich habe darauf noch nie geachtet, ich komme gut ohne Nachrichten aus.«

Bis vor Kurzem war es Dorian ebenso gegangen, aber jetzt hätte er viel dafür gegeben zu erfahren, was über den Mord an Emil geschrieben wurde. Ob es Verdächtige oder Zeugen gab.

Ob nach jemandem gesucht wurde, auf den seine Beschreibung zutraf.

Er erklärte Melvin, dass er müde war und früh schlafen gehen würde, dann drehte er eine Runde durchs Haus, auf der Suche nach einer Zeitung von heute. Und nach Stella. Doch beides blieb erfolglos.

Sie liefen durch den kühlen Nieselregen, immer um den Sportplatz herum. Dorian hatte die weitläufigen Parkanlagen der Villa von seinem Fenster aus bewundert, aber nicht damit gerechnet, dass sich hinter der Baumgruppe zu seiner Rechten ein Leichtathletikplatz finden würde. Roter Sand, Laufbahnen. Die Sportschuhe, die man ihm zur Verfügung gestellt hatte, passten wie angegossen und Dorian genoss die Bewegung, den selbstverständlichen, gleichmäßigen Rhythmus, in den er nach der zweiten Runde gefallen war.

Zwei Stunden Sport. Der Lehrer war keiner von den Gleichaltrigen, sondern ein groß gewachsener, breitschultriger Mann von geschätzt Mitte vierzig. Sein Haar war leicht angegraut an den Schläfen und er trug allen Ernstes eine Trillerpfeife um den Hals.

Boris hieß er, hatte Melvin erklärt. Und sein ganzer Ehrgeiz sei es, ihnen allen beizubringen, was Kondition war.

Bis jetzt hielt Dorian sich ziemlich gut. Drei der Schüler hatten schon aufgegeben, sie standen vornübergebeugt am Rand und rangen nach Luft. Einer hatte sich sogar hingesetzt. Aber Dorian hatte das Gefühl, heute ewig laufen zu können. Als mache jeder Schritt seinen Kopf ein wenig freier und bringe ihn weiter von dieser furchtbaren Nacht fort.

Dann riss die Trillerpfeife ihn aus seiner Selbstvergessenheit.

»He, Neuer!« Boris winkte ihn zu sich. »Nicht schlecht bisher, wenigstens was das Laufen angeht. Ich möchte dich gleich noch ein paar andere Sachen probieren lassen, damit ich dich besser einschätzen kann. Sprint, Weitsprung, Werfen – okay?«

Dorian nickte und folgte dem Trainer, absolvierte sämtliche von ihm verlangte Übungen und erntete jeweils einen anerkennenden Blick.

»Nicht schlecht. Du machst regelmäßig Sport, nicht wahr?«

So hätte Dorian es nicht genannt. In den vergangenen Monaten war er manchmal wie ein Verrückter durch Parks gelaufen, um sich aufzuwärmen oder einfach nur um seinen Kopf frei zu bekommen. Nicht mehr an seinen Vater denken zu müssen. Er war immer wieder über Zäune und Mauern geklettert oder über Hindernisse gesprungen, um ruhige Plätzchen zum Schlafen zu finden, aber Sport …

»Früher«, sagte er. »Früher habe ich Volleyball gespielt und war in einem Ruderklub.«

»Das merkt man.« Boris musterte ihn von oben bis unten. »Okay. Dann kannst du jetzt wieder zu den anderen zurück.«

Am Ende der Trainingseinheit war Dorian ausgepowert wie seit Jahren nicht mehr. Auf eine gute, befriedigende Art und Weise. Von den Nudeln, die es zum Mittagessen gab, holte er sich zwei Portionen, die er so schnell wie möglich hinunterschlang, um pünktlich bei seiner Englischstunde einzutreffen.

Im Klassenraum saß bereits Stella, gähnte und wickelte eine ihrer Locken um einen Bleistift. Ihr Blick hellte sich auf, als sie Dorian sah. »Hey! Wie geht's dir? Hast du die erste Nacht gut überstanden?«

Der Platz neben ihr war noch frei und Dorian ergriff die Gelegenheit. »Ja, alles bestens«, sagte er und rückte sich den Stuhl zurecht. »Die Sportstunde vorhin war toll. Ich wünschte, die würde jeden Tag stattfinden.«

»Englisch ist auch nicht schlecht.« Sie klopfte auf das Buch, das vor ihr auf dem Tisch lag. *The Catcher in the Rye.* »Das lesen wir gerade. Klassischer Schulstoff, aber echt besser, als ich dachte.«

Dorian erwiderte ihr Lächeln und verbiss sich die Frage, die ihm mehr als alles andere auf der Zunge brannte. Was ihr zugestoßen war, welche Umstände sie hier hatten landen lassen. War es möglich, dass sie auch auf der Straße gelebt hatte? Wenn ja, war es ihr nicht anzusehen. Allen anderen, denen er bisher in der Villa begegnet war, war diese gewisse Wachsamkeit gemeinsam, die man sich fast von selbst aneignete, da draußen. Sogar Melvin, so offen er sich auch gegeben hatte, war gleichzeitig auf der Hut gewesen, hatte Dorian während ihres Gesprächs kaum aus den Augen gelassen.

Bei Stella war das anders. Sie wirkte … unbeschwert. Ja, genau, das war der Begriff, nach dem er gesucht hatte. Dem Rest der Bewohner merkte man an, dass sie in ihrem Leben durch üble Phasen gegangen waren. Ihr nicht.

»Was ziehst du denn für ein Gesicht?« Spielerisch stupste sie mit ihrem Knie gegen seines. »Kann ich dir beim Grübeln helfen?«

»Ich grüble gar nicht«, log er. »Ich kenne bloß dieses Buch schon. Aber das macht nichts, es ist ja wirklich gut.«

Das Mädchen, das sie unterrichtete, betrat kurz darauf den Raum. Sie hieß Tamara, war klein und wirkte schreckhaft, aber ihr Englisch war eindrucksvoll. Innerhalb kurzer Zeit entwickelte sich eine lebhafte Diskussion zwischen den Schülern und Dorian versuchte, sich zu beteiligen, so gut es ging. Doch seine Gedanken drifteten immer wieder zu Stella ab. Von Minute zu Minute wurde die Vorstellung, er könnte zu den Schwarzgekleideten gesteckt und von ihr getrennt werden, unerträglicher. Sie war seit ewigen Zeiten das erste wirklich Gute, was ihm in seinem Leben begegnete.

Verliebt? War er das? So schnell? Oder sehnte er sich nur nach diesem Alles-ist-in-Ordnung-Gefühl, das ihn in ihrer Nähe durchströmte?

Die Frage beschäftigte ihn den ganzen restlichen Tag über, während er darauf achtete, Stella nicht aus den Augen zu verlieren.

Beim Abendessen setzte sie sich wie selbstverständlich neben ihn, was Dorian für einen Moment so glücklich machte, dass er fast laut herausgelacht hätte.

Okay, es war wirklich Zeit, einen Schritt zurückzutreten und sich zusammenzunehmen. Er hatte keine Ahnung, was in Stella vorging – dass sie hier saß, war wohl einfach Zufall. Wenn Dorian nicht aufpasste, würde er sich in seinen eigenen Hirngespinsten verfangen, sich Dinge einreden, die mit der Realität nicht das Geringste zu tun hatten.

Er atmete tief durch und wandte sich seinem Sitznachbarn zur Rechten zu, einem müde dreinblickenden Kerl namens Fabian, der auf sämtliche Fragen nur mit Ja, Nein oder Schulterzucken antwortete. Die ganze Zeit über war Dorian sich Stellas Anwesenheit überdeutlich bewusst, er würde nur seine Hand ein Stück weiterschieben müssen, um ihre zu berühren.

So etwas hatte er noch nie empfunden. Und dabei wusste er nicht das Geringste über sie. Vielleicht hatte sie ja einen Freund, hier in der Villa. Oder auch außerhalb.

Allein die Vorstellung tat auf eine so unsinnige Weise weh, dass Dorian über sich selbst den Kopf schüttelte.

Nein. Was sich da in ihm abspielte, war unvernünftig und viel zu viel. Hatte bestimmt mit der Extremsituation zu tun, in der er sich befand.

Hastig aß er seinen Teller leer, dann stand er vom Tisch auf. »Ich gehe heute früh schlafen.«

War das Enttäuschung in Stellas Augen? Er widerstand der Versuchung, sich wieder hinzusetzen. »Bis morgen.«

»Ja, bis dann«, sagte sie lächelnd.

Den restlichen Abend zwang Dorian sich dazu, auf seinem Bett zu liegen und *The Catcher in the Rye* zu lesen, aber er schaffte es nicht, sich auf die Geschichte zu konzentrieren. Alles, was er wollte, war, doch noch nach unten zu gehen und in Stellas Nähe zu sein.

Er verbrachte eine unruhige Nacht und verfluchte sich am nächsten Morgen dafür, seinem eigenen Wunsch nicht gefolgt zu sein, denn Stella war nicht beim Frühstück. Sie arbeitete heute und würde den ganzen Tag in der Stadt verbringen.

Vor Dorian lag ein Vormittag mit Deutschunterricht und einer Stunde Psychologie. Er hatte sich voll Vorfreude dafür angemeldet; jetzt wünschte er sich, einfach zurück ins Bett gehen und sich die Decke über den Kopf ziehen zu können.

Die Deutschlehrerin war etwa dreißig, hübsch und fröhlich, doch auch das hellte seine Stimmung nicht auf. Er hörte nur mit halbem Ohr zu, als sie begann, über Schillers Balladen zu sprechen, und dann einen der Schüler bat, *Der Handschuh* vorzulesen.

Stella war jetzt da draußen, in der Stadt. Der gleichen Stadt, durch die er monatelang gestreift war, ziellos. Warum hatte er sie nie zu Gesicht bekommen? Oder hatte er das und sie war ihm nicht aufgefallen? Es gab so viele Zettelverteiler in den Fußgängerzonen, meistens hatte er sie gemieden.

Sie hatten gerade zum nächsten Gedicht gewechselt, zu *Der Taucher*, als sich die Tür zum Unterrichtsraum öffnete.

Ein blasser Junge mit glattem blondem Haar spähte herein. »Dorian? Hier müsste ein Dorian sein.«

»Das bin ich.«

»Gut. Komm bitte mit.«

Polizei war das Erste, was ihm durch den Kopf schoss. Sie würden in der Halle warten, zu dritt oder zu viert, ihm Handschellen anlegen und ihn in ihr Auto zerren. Man würde ihm den Mord an Emil nachweisen und er würde Stella nie wiedersehen …

Doch der Junge führte ihn nicht in die Halle, sondern in einen anderen Trakt des Herrenhauses; einen, den Dorian noch nie betreten hatte. Hier waren die Teppiche dicker und die Gemälde an den Wänden sichtlich teuer und alt.

Vor einer hohen, doppelflügeligen Holztür hielten sie an. Dorians Begleiter klopfte und wartete auf das »Ja?« von innen.

»Du kannst reingehen.« Er setzte sich auf einen mit rotem Samt bezogenen Stuhl neben dem gegenüberliegenden Fenster. »Ich warte hier.«

Kapitel 4

Noch bevor er den Raum betrat, war Dorian klar, was jetzt auf ihn zukam. Er würde Bornheim kennenlernen, den Mann, dem die Villa gehörte, der obdachlosen Jugendlichen ein Zuhause gab.

Ihm gleich von Angesicht zu Angesicht gegenüberzustehen, nachdem er bisher schon so viel von ihm gehört hatte, machte Dorian nervös und weckte in ihm den Wunsch, einen guten Eindruck zu hinterlassen. Denn danach würde er irgendeine Farbe zugeteilt bekommen. Und falls es Schwarz war, dann …

Er öffnete langsam die Tür und fand sich in einem Büro von der Größe eines Ballsaals wieder. Es waren gut zwanzig Meter von dort, wo er stand, bis zu dem enormen Schreibtisch an der Fensterfront. Der Mann dahinter war gegen das Licht nur als Schatten zu erkennen. Groß, schlank, sehr gerade Schultern.

Er stand auf und winkte Dorian näher. Schüttelte ihm die Hand und wies dann auf den Lederstuhl auf der ihm gegenüberliegenden Seite des Schreibtischs. »Willkommen. Ich bin Raoul Bornheim und ich freue mich sehr, dass du jetzt zu uns gehörst. Setz dich doch bitte.«

Dorian kam der Aufforderung schweigend nach, wobei er Bornheims Gesicht musterte, so unauffällig wie möglich. Er schätzte den Mann auf Mitte fünfzig. Freundliche Augen. Hellgraues Haar. Hellgrauer Bart, der Oberlippe und Kinn bedeckte.

Ich freue mich sehr, dass du jetzt zu uns gehörst. Die Worte hallten in Dorian nach. Sie klangen, als wäre er einem Klub beigetreten. War das ein gutes Zeichen? Hieß es, dass Bornheim ihn in der Villa bleiben lassen würde? Trotz Emil? Trotz allem?

Dass er davon wusste, davon ging Dorian mittlerweile aus. Nico würde es seinem Boss erzählt haben.

»Ich hoffe, es gefällt dir hier bei uns. Du bist noch nicht lange da, aber ich denke, du könntest einen ersten Eindruck gewonnen haben.«

Dorian räusperte sich. Er durfte jetzt keinesfalls unsicher klingen und schon gar nicht schuldbewusst. »Natürlich gefällt es mir hier. Sehr gut sogar. Ich habe mich schon lange nicht mehr so wohlgefühlt.«

»Das freut mich.« Bornheim stützte die Ellenbogen auf und legte die Finger zusammen, sodass sie eine Spitze unter seinem Kinn bildeten. »Ich hoffe, du nutzt die Möglichkeiten, die du hier bekommst. Das ist mir außerordentlich wichtig. Ich habe sehr viel Zeit und Planung in dieses Institut investiert, weil ich daran glaube, dass in euch das Zeug steckt, alles zu erreichen, was ihr wollt. Ihr seid jung und ihr seid klug – sonst hättet ihr euch da draußen entweder dem Alkohol oder den Drogen zugewandt.«

Er hielt inne, den Kopf leicht schief gelegt. Ganz offensichtlich wartete er darauf, dass Dorian etwas sagte.

»Ich bin wirklich dankbar für diese Chance.« Die Worte waren heraus, bevor er sie noch einmal auf ihre Tauglichkeit hatte prüfen können. Klangen sie kriecherisch? Hoffentlich nicht. »Ich werde sie ganz sicher nutzen. So gut ich kann.«

»Davon bin ich überzeugt.« Jetzt lächelte Bornheim. »Du wirst hier eine Menge lernen. Ich halte dich für sehr vielversprechend. Wenn ich damit recht behalte und wenn du möchtest, stehen dir später alle Möglichkeiten offen. Du kannst zum Beispiel eines Tages in einem meiner Unternehmen arbeiten, vorausgesetzt, ich halte dich für qualifiziert. Nico zum Beispiel – du kennst ihn ja schon …«

Dorian nickte zögernd. Kam jetzt die Sache mit Emil zur Sprache?

»Nico habe ich ebenfalls von der Straße geholt, als einen der Ersten. Damals war er jünger als du jetzt und ziemlich schwer zu bändigen. Wenn du ihn dir heute ansiehst, ist das kaum zu glauben. Er spricht vier Sprachen, ist technisch hochbegabt und wird wohl mein Nachfolger werden.«

Bornheim beugte sich ein Stück vor. »Das alles steht dir auch offen. Wenn du mich nicht enttäuschst. Ich stelle am liebsten Mitarbeiter an, die ich gut kenne, mit allen ihren Stärken und Schwächen.«

Da war ein warmer Ton in Bornheims Stimme, bei dem Dorian sich fast automatisch entspannte. Er lehnte sich in seinem Stuhl zurück und überlegte, ob er selbst die Sache mit Emil ansprechen sollte. Um seine Ehrlichkeit zu demonstrieren.

Nein. Nicht jetzt. Wenn Bornheim Genaueres wissen wollte, würde er ihn fragen.

»Unsere Gemeinschaft ist etwas Besonderes«, fuhr der fort. »Jeder hier weiß, was es bedeutet, nichts zu haben oder sogar weniger als nichts. Solange du hier bist, werden dir weder Nahrung, Kleidung noch Wärme fehlen. Dafür musst du nichts tun, als das Beste aus dir herauszuholen. Herauszufinden, was du vom Leben möchtest.« Er hielt kurz inne. »Und du solltest mit uns an einem Strang ziehen. Wir haben viel vor, wir brauchen jeden Einzelnen.«

Dorian hatte nicht erwartet, dass Bornheim eine Hand auf seine legen würde, und als es passierte, wollte er sie im ersten

Moment reflexartig zurückziehen, fand das aber unhöflich und ließ sie liegen. Umso mehr, als die Berührung keinen komischen Beigeschmack hatte. Es war eher so, als würde er dadurch erst richtig Teil dieser Gemeinschaft. Zudem hatte die Geste etwas Väterliches. Auf eine Art, die Dorian sich oft gewünscht hatte, wenn auch von jemand anderem. Bornheims nächste Worte unterstrichen diesen Eindruck noch.

»Ich vertraue dir, auch wenn es dir vielleicht schwerfällt, das zu glauben. Nico hat mit mir über dich gesprochen, er hat mir erzählt, was dir zugestoßen ist. Du musst dir keine Sorgen machen. Hier bist du in Sicherheit.«

Was mir zugestoßen ist? Es half nichts. Das Gefühl, die Dinge richtigstellen zu müssen, ließ sich nicht länger unterdrücken. »Ganz ehrlich, ich weiß nicht, was passiert ist«, sagte Dorian, seine Hand immer noch im Griff seines Gegenübers. »Aber ich denke, Sie sollten wissen, dass ich vielleicht jemanden –«

»Deine Offenheit spricht für dich«, unterbrach ihn Bornheim. »Ich wünsche mir sehr, dass du sie dir erhältst. Und ich verstehe gut, dass dich das, was geschehen ist, noch nicht loslässt, auch wenn es vermutlich nicht deine Schuld war.« Er betrachtete Dorian nachdenklich. »Bevor du mit den anderen nach draußen gehst, werden wir trotzdem dein Haar färben. Zur Sicherheit, falls jemand der Polizei deine Beschreibung gegeben hat.« Er drückte Dorians Hand noch einmal, dann ließ er sie los. »Hast du noch Fragen? Befürchtungen, die ich dir nehmen kann?«

»Ich weiß nicht.« Dorian senkte den Blick, betrachtete die Schreibtischplatte. Sollte er noch die Sache mit den Farben ansprechen? Darum bitten, nicht zu den Schwarzen gesteckt zu werden? Wenn es sie überhaupt gab – da war Melvin ja selbst unsicher gewesen.

»Okay.« Bornheim griff nach einem Stift und machte ein paar

schnelle Notizen auf dem Schreibblock, der neben ihm lag. »In nicht allzu langer Zeit wirst du bestimmt Fragen haben. Ich garantiere dir auch, du wirst nicht immer alles verstehen, was hier passiert, und manchmal ist das auch gut so. Wenn du Fragen hast, komm zu mir oder zu Nico. Ich kann dir nicht versprechen, dass du immer eine Antwort bekommst, aber belügen werden wir dich nicht. Und bitte bleib beim Spazierengehen in der Nähe der Villa.«

»Ja. Danke.« Mein Gott, klang das dürftig. Er war doch sonst nicht so auf den Mund gefallen. »Ich möchte gern noch mal sagen, dass ich sehr froh bin, hier zu sein. Und dass ich mich anstrengen werde. Mit allem.« Na bestens. Er hörte sich nicht nur an wie ein Schleimer, sondern wie ein grenzdebiler Schleimer.

Was Bornheim nicht im Mindesten zu irritieren schien. »Gute Einstellung. Ich bin Unternehmer, weißt du? Ich schätze es, wenn die Menschen in meiner Umgebung sich Mühe geben. Bei dir mache ich mir da nicht die geringsten Sorgen. Du weißt, wie man spricht, sich benimmt – damit hast du schon halb gewonnen.«

Dorian setzte ein Lächeln auf, von dem er hoffte, dass es souverän wirkte. Versuchte, etwas ins Gespräch einzubringen, das über „Ja", „Danke" und „Ich weiß nicht" hinausging. »Ich wollte immer Anwalt werden.«

Anerkennend hob Bornheim die Augenbrauen. »Na, das klingt doch nach einem großartigen Plan. Ehrgeizig. Das gefällt mir. Einer der wichtigsten Berufe, wenn man es sich zur Aufgabe machen will, Benachteiligten zu helfen.« Er nickte und erhob sich. »Ich schlage vor, du erholst dich noch eine Woche lang. Danach wirst du froh sein, wenn du mal wieder nach draußen kommst. Die Straße ist ein viel schönerer Ort, wenn man weiß, dass es ein warmes Plätzchen gibt, an das man zurückkehren kann.«

Vor der Tür wurde Dorian wieder von dem blassen Jungen in Empfang genommen, der, wie sich herausstellte, Jasper hieß. Er wollte Dorian zum Unterrichtsraum zurückbringen, doch der blieb kurz vor der Treppe stehen.

»Ich komme gleich, ja? Ich muss nur ganz schnell noch auf mein Zimmer.«

Er lief den Gang entlang und fischte schon währenddessen den Schlüssel aus seiner Hosentasche. Erst die Zimmertür öffnen. Dann die Schranktür.

Fünf T-Shirts, drei Polos, drei Sweater. Säuberlich gefaltet und Kante auf Kante gelegt. Alle im gleichen satten Grünton.

Die schönste Farbe, die er sich hätte vorstellen können. Alles war gut und zum ersten Mal seit Jahren war Dorian mit seiner Situation vollkommen glücklich. Er würde nicht zu den schweren Fällen verlegt werden, sondern in der Villa bleiben können, er würde Stella wiedersehen und wenn man Bornheim glauben konnte, würde der ihn vor der Polizei verstecken. Alles war so viel besser, als er befürchtet hatte … Zumindest, wenn er es schaffte, den Gedanken an Emil zu verdrängen, für den nichts jemals wieder besser sein würde.

Vor dem Mittagessen zog er sich um, froh, endlich nicht mehr der einzige Graue im Speisesaal zu sein.

Als Stella nach Einbruch der Dunkelheit eintraf und sich wieder neben ihn setzte, fühlte Dorian sich so unverwundbar, dass er seinen Arm um ihre Schultern legte. In diesem Augenblick würde er es verkraften, wenn sie ihn wegstieß. Sich abwandte. Sich an einen anderen Platz setzte.

Doch das tat sie nicht. Nichts davon.

Zwei Tage später zog eines der älteren Mädchen Dorian beiseite. »Du wirst heute hübscher gemacht. Anweisung von oben.« Sie bugsierte ihn in einen der Waschräume, drückte ihn auf den bereitgestellten Stuhl und schob ein Friseurbecken hinter ihn.

Eine halbe Stunde später war sein Haar deutlich kürzer und dunkelbraun. Fast schwarz. Beim ersten Blick in den Spiegel erkannte er sich nicht, was wahrscheinlich gut war.

Beim zweiten Blick gefiel er sich sogar besser als vorher. Das dunkle Haar ließ ihn interessanter und ein wenig älter wirken, es verlieh ihm einen Hauch von Geheimnis.

Trotzdem war sein neues Aussehen nicht das beherrschende Thema beim Abendessen. Stella strich ihm zwar spielerisch über den Kopf und nickte anerkennend, doch bei der Sache war sie nicht. Alle Gespräche kreisten um einen gewissen Max, der nach der Arbeit nicht zum vereinbarten Treffpunkt gekommen war. Sie hatten ihn gesucht, waren zu dem Ort zurückgegangen, wo er heute Zettel verteilt hatte, hatten eine halbe Stunde lang gewartet. Nichts.

»Manchmal treffen die Leute Freunde von früher, geraten wieder unter schlechten Einfluss.« Es war Antonia anzuhören, was sie über diese Art des Verhaltens dachte. »Ich hätte Max zwar nicht so eingeschätzt, aber ich habe mich schon mal geirrt. Das war bei Romina, wisst ihr noch?«

»Ehrlich gesagt, mache ich mir eher Sorgen, dass Max etwas zugestoßen ist«, warf Stella ein. »Er war doch gern hier, er war ein Freund. Ich glaube nicht, dass er einfach so abhauen würde.«

Dorian fand das Gespräch interessant, obwohl er nichts dazu beitragen konnte. Mit Max hatte er in der kurzen Zeit, seit er hier war, kein einziges Wort gewechselt, also konnte er das Erstaunen über dessen Entscheidung nicht teilen. Begreifen, warum jemand die Villa zugunsten der Straße verlassen sollte, konnte er allerdings auch nicht. Er hatte beides probiert. Man musste schon ziemlich bescheuert sein, um eine solche Wahl zu treffen.

Irgendwann im Lauf des Abends setzte sich Melvin zu ihm und deutete grinsend auf Dorians frisch gefärbtes Haar. »Jetzt könnte man uns fast für Brüder halten.«

»Ist deins auch gefärbt?«, erkundigte sich Dorian.

»Nein. Hab ich von meiner Mutter geerbt. Die ist zur Hälfte Chinesin.«

Die ständig betrunkene Mutter, Dorian erinnerte sich. Melvin war bisher der Einzige der Bewohner, der ihm seine Geschichte anvertraut hatte. Nicht ausgeschlossen, dass es dabei bleiben würde, denn so viel hatte Dorian mittlerweile begriffen: Man fragte die Leute hier nicht nach dem, was ihnen passiert war, wenn man sich nicht unbeliebt machen wollte. Soweit er das beurteilen konnte, hielten sich alle an dieses ungeschriebene Gesetz.

»Was war dieser Max für ein Typ?«, erkundigte er sich. Über andere konnte man schließlich reden. Und Melvin schien ohnehin auskunftsfreudig.

»Ziemlich normal, wenn du mich fragst. Nicht strahlend hell in der Birne, aber auch nicht dämlich. Hat sich mit allen gut verstanden.« Melvin zerknüllte eine Papierserviette zwischen den Händen und begann dann, kleine Fitzelchen davon abzureißen. »Ich habe mich vor vier oder fünf Wochen länger mit ihm unterhalten, beim Lauftraining. Er war genauso froh wie ich, in der Villa gelandet zu sein. Hat von einer Tischlerlehre geredet, handwerklich hat er nämlich echt was drauf. Bornheim hat ihn immer wieder Sachen reparieren lassen.« Das Häufchen zerrupfter Papierstückchen auf dem Tisch vor Melvin wuchs.

»Keine Ahnung, warum er dann plötzlich abhaut. Vielleicht eine Laune. Oder ein Mädchen. Oder wirklich ein Kumpel von früher.« Er warf den Rest der Serviette fort und drehte sich zu Dorian um. »Möglicherweise ist er ja doch dümmer, als ich dachte. Eine Chance so mit Füßen zu treten. Mir würde das im Traum nicht einfallen.«

Max' Verschwinden blieb zwei Tage lang Thema. Die einen machten sich Sorgen – war doch möglich, dass ihm etwas zugestoßen war? Er hatte kein Handy, um jemanden informieren zu können.

Die anderen zuckten nur mit den Schultern. Jeder hier war ein freier Mensch, immer wieder hauten Leute ab und nur die wenigsten hatten sich zuvor verabschiedet.

Verstehen konnte es allerdings niemand und alle Gespräche mündeten in die Einsicht, dass man sich in Max offenbar völlig getäuscht habe und nie auf dieselbe Idee kommen würde.

Das versicherten sie auch Bornheim, als er am Abend vorbeikam, um gemeinsam mit ihnen zu essen. Ihn schien Max' Fehlen sehr zu berühren.

»Ich habe ihn selbst hergebracht, im letzten Februar«, sagte er betrübt. »Wie schade, dass er sich hier offenbar doch nicht zu Hause gefühlt hat. Ich hatte gehofft …« Er vollendete den Satz nicht, blickte nur nachdenklich zur Seite. »Wahrscheinlich hätte ich mich mehr um ihn kümmern sollen.« Er sah in die Runde. »Gibt es etwas, das euch fehlt? Ihr kennt die Regeln: Computer, Handys und Ähnliches möchte ich nicht in der Villa haben und dafür gibt es Gründe. Aber davon abgesehen?«

Allgemeines Kopfschütteln.

»Ist doch fast wie im Hotel hier«, meinte eines der Mädchen.

»Manchmal sind die Dienste ein bisschen … langweilig«,

warf ein anderes ein. »Aber das ist schon okay«, fügte es hastig hinzu. »Ich weiß ja, dass sie wichtig sind. Und … für eine gute Sache.«

Bornheim nickte ihr lächelnd zu. »Genau darum geht es«, sagte er. »Dass wir die Welt besser machen. Erst ein kleines Stück und dann ein richtig großes.« Der Gedanke hellte seine Laune sichtbar auf. »Ich kann euch im Moment noch nicht so viel verraten, wie ich gern möchte. Aber wenn es so weit ist, werdet ihr euch freuen, ein Teil davon zu sein.«

Kapitel 5

Es dauerte noch sechs Tage, bis Dorian erstmals für einen der Dienste eingeteilt wurde. So nannten es die anderen in der Villa. Innendienst – wenn man wie etwa Antonia für die Essensausgabe sorgte – oder Außendienst. Dorian wurde, wie die meisten, nach draußen geschickt. Pünktlich um sieben stand er am Ausgang, wo einer der Transporter bereits wartete. Bisher hatte er sie immer nur abends ankommen sehen, Schatten in der Dunkelheit, verborgen hinter den gleißenden Lichtkegeln der Scheinwerfer.

Bei Tag wirkte das Ganze weniger geheimnisvoll. Anthrazitgrau, ein Lieferwagen mit Schiebetüren und Sitzen im Laderaum. Die Sonne spiegelte sich in der Windschutzscheibe und ein warmer Wind bewegte die Äste der Bäume in der Auffahrt.

Dorian fuhr sich durch sein gefärbtes Haar. Er freute sich auf einen Tag in der Stadt. Die Lebendigkeit der Straßen hatte ihm gefehlt – zu seiner eigenen Überraschung. Nicht dass er sich nach dem ziellosen Umherirren durch Parks und enge Gassen sehnte – nein, darauf konnte er für alle Ewigkeiten verzichten. Aber er mochte die Atmosphäre der Stadt und diesmal würde er eine Aufgabe haben.

Gestern hatte er noch eine kurze Einweisung erhalten, von Melvin, Frederick und einem Mädchen namens Vera. Oberstes Gebot war, höflich zu bleiben. Zu lächeln, auch wenn jemand keinen Zettel nehmen wollte oder sich im Ton vergriff.

»Letztens hat mich jemand ‚Arschloch‘ genannt, völlig grundlos«, hatte Frederick erzählt. »Da muss man dann drüberstehen. Sich nicht provozieren lassen, verstehst du?«

Und ob Dorian das verstand. Im Nicht-provozieren-Lassen war er wahrscheinlich Landesmeister; das hatte er im Zusammenleben mit seinem Vater bis zum Abwinken trainiert.

Nach und nach trafen nun die anderen Bewohner ein, die ebenfalls für den Außendienst eingeteilt waren. Das Einzige, was Dorians Vorfreude auf den Tag noch hätte steigern können, wäre Stellas Gesellschaft gewesen, aber sie blieb heute in der Villa.

Diesmal würde er es sein, der am Abend etwas zu berichten hatte.

Der einzige Wermutstropfen an diesem Morgen war, dass sie wie Gepäck im Dunkel des Laderaums transportiert wurden. Auf bequemen Sitzen zwar, aber ohne ein Fenster, durch das Dorian hätte hinaussehen können. Auf seiner ersten Fahrt war er darüber froh gewesen – auf diese Art versteckt, hatte er sich sicherer gefühlt. Unwillkürlich fragte er sich, ob es genau der gleiche Wagen wie damals war und wenn ja, ob schon alle Blutspuren vom Boden beseitigt worden waren.

»Fahren wir immer in diesen Wagen?«, erkundigte er sich bei den anderen. »Immer im Dunkeln?«

»Sei froh, dann kannst du wenigstens noch ein bisschen weiterschlafen.«

Es war ein Junge gewesen, der geantwortet hatte, doch anhand der Stimme allein erkannte Dorian ihn nicht.

»Ja«, bestätigte eines der Mädchen. »Ich habe Bornheim einmal danach gefragt und er meinte, er möchte nicht, dass wir die Lage der Villa völlig Fremden beschreiben können. Manchmal ist er ein ziemlicher Geheimniskrämer.«

Aha. Das passte ja. „Ich kann euch im Moment noch nicht so viel verraten, wie ich gern möchte", hatte Bornheim letztens gesagt. Offenbar zählte dazu auch ihre eigene Adresse.

Etwa eine Stunde dauerte es, schätzte Dorian, bis der Fahrer den ersten seiner Passagiere aussteigen ließ. Er versorgte ihn mit einem riesigen Stapel Flugblätter, gab ihm genaue Anweisungen, wo er Stellung beziehen sollte, und setzte die Fahrt dann fort.

Dorian wurde beim dritten Stopp hinausgewinkt. Der Fahrer – Bertold? Bertram? – drückte ihm einen der schweren Papierstapel in die Arme, über Kreuz mit einer Schnur zusammengebunden. „Gegen den Hunger" hieß die Kampagne. Auf dem dazugehörigen Foto streckte ein kleines Kind mit riesigen Augen dem Betrachter eine leere Holzschüssel entgegen. Darunter befand sich ein abtrennbarer Zahlschein.

»Du stellst dich an den Sockel des Reiterdenkmals da drüben«, erklärte der Fahrer. »Entferne dich nicht mehr als zehn Meter von dort, okay? Das ist eine Regel, die alle befolgen müssen; halte dich bitte daran. Mittags hast du eine halbe Stunde Pause, ich bringe dir Essen vorbei. Abends hole ich dich wieder hier ab, um fünf Minuten nach sechs. Bitte sei auf jeden Fall da.«

Die Sache mit Max steckt ihnen noch in den Knochen, dachte Dorian. Deshalb wohl die detaillierten Anweisungen.

Er wiederholte auf Wunsch des Fahrers noch einmal alle Eckdaten, dann bezog er seinen Platz am Denkmal. Schnürte das Paket mit den Flugblättern auf, griff sich das oberste Drittel und begann, sie den Passanten und Touristen entgegenzuhalten. Lächelnd.

Die meisten ignorierten ihn. Liefen an ihm vorbei, ohne ihn

eines Blickes zu würdigen. Die, die nach dem angebotenen Blatt griffen, warfen im Allgemeinen nur einen kurzen Blick darauf und schmissen es dann in den nächsten Papierkorb. Oder zu Boden.

Dorian machte das nichts aus. Es fiel ihm auch nicht schwer, unfreundlich dreinblickende Leute anzulächeln, im Gegenteil. Manche von ihnen hoben dann immerhin die Mundwinkel, wenn auch nur halbherzig. Irgendwann blieb eine alte Frau stehen und verwickelte ihn in ein Gespräch, sichtlich dankbar, dass er bereit war, ihr zuzuhören. Sie nahm eines seiner Flugblätter, faltete es sorgfältig zusammen und versprach, heute noch zu spenden.

Es gab für Dorian nur drei unbehagliche Momente an diesem Tag. Gegen zehn Uhr spazierten zwei Polizisten auf ihn zu, musterten ihn eingehend, gingen dann aber wortlos an ihm vorbei.

Danach dauerte es gut fünf Minuten, bis sein Herzschlag sich wieder beruhigt hatte. Hatte man ihn zur Fahndung ausgeschrieben? Wurde nach jemandem mit seinem Äußeren gesucht und den Polizisten war die Ähnlichkeit trotz neuer Haarfarbe aufgefallen?

Maximal zehn Meter sollte er sich vom Denkmal entfernen, hatte der Fahrer gesagt. Der nächste Papierkorb war nur geringfügig weiter weg und so wörtlich war die Angabe sicher nicht gemeint gewesen. Vorhin hatte Dorian jemanden eine Zeitung hineinwerfen sehen, die holte er sich jetzt. Blätterte sie durch.

Nahostkrise. Ein berühmter Schauspieler war gestorben. Vier Menschen waren im Krankenhaus wegen bakterieller Verseuchung eines Energydrinks. Aber kein Bericht über den ungeklärten Mord an einem Obdachlosen. Das war ein gutes Zeichen … Obwohl es natürlich sein konnte, dass die Meldung längst aus den Nachrichten verschwunden war. Dorian lebte seit fast zwei Wochen in der Villa; so lange wurde nur selten über Fälle wie diesen berichtet.

Internet, das war es, was er wirklich brauchte. Aber das würde er in einem Umkreis von zehn Metern nicht finden.

Und wenn er einen Passanten darum bat, sein Smartphone verwenden zu dürfen? Nein, nicht heute. Nicht am ersten Tag. Er nahm seinen Stapel mit Flugblättern wieder auf und fuhr fort, sie zu verteilen.

Als der Fahrer – Bertold hieß er, wie Dorian auf sein Nachfragen hin erfuhr – ihm das Mittagessen brachte, war etwa die Hälfte der Flugzettel verteilt.

»Du bist gar nicht schlecht«, stellte Bertold fest. »Also, wenn man bedenkt, dass du heute erst anfängst. Bis später dann. Wie besprochen, fünf nach sechs.«

Zwei dick belegte Sandwiches, eine Banane und einen Schokoriegel fand Dorian in seiner Lunchbox vor. Er schraubte die Wasserflasche auf und nahm einen tiefen Schluck, bevor er sich über das Essen hermachte.

Ein weiterer unbehaglicher Moment ergab sich, als er das erste Mal wieder hochblickte, aus dem Gefühl heraus, beobachtet zu werden.

Tatsächlich. Nicht weit entfernt stand ein älterer Mann mit Hut und Brille, der ihn interessiert betrachtete. Und auch nicht damit aufhörte, als klar sein musste, dass Dorian ihn bemerkt hatte.

Ihre Blicke trafen sich. Der Mann mit dem Hut lächelte ein wenig und nickte, nicht im Geringsten peinlich berührt. Keine Sekunde lang wandte er seine Augen ab.

Bornheim hat sich geirrt, dachte Dorian. Haare färben allein genügt nicht. Der Mann ist schon der Zweite, der sich fragt, ob mein Gesicht ihm nicht bekannt vorkommt. Gleich wird ihm einfallen, woher, und dann ist es vorbei. Alles.

Exakt in dem Moment, als er aufstehen und offen auf den Gaffer zugehen wollte, drehte der sich um und spazierte davon. Ohne Eile.

Als hätte er ein Schaufenster betrachtet und am Ende beschlossen, doch nichts zu kaufen, dachte Dorian. Ihn ließ diese Begegnung nicht los, auch nachdem der Mann längst außer Sichtweite war. Je länger er überlegte, desto mehr kam er zu dem Schluss, dass der Mann ihn nicht angesehen hatte, als fragte er sich, woher er Dorians Gesicht kannte. Nein, er hatte es einfach nur betrachtet. Interessiert. Wie ein Bild im Museum.

Allerdings – er war bereits älter gewesen, vielleicht auch schon ein bisschen wunderlich. Wie einer von den einsamen, alten Menschen, denen Dorian so oft im Park beim Taubenfüttern zugesehen hatte. Viele von ihnen hatten Selbstgespräche geführt, den Vögeln Geschichten erzählt oder einen Gesprächspartner beschimpft, den offenbar nur sie selbst sehen konnten. Den Mann von vorhin in diese Kategorie von freundlichen Spinnern einzureihen, fühlte sich gut an und Dorian hätte den Vorfall damit abgehakt, wäre nicht eine Stunde vor Abholzeit eine Frau aufgetaucht, die sich genauso verhielt.

Sie stand etwas weiter entfernt als der Mann vorhin, aber ganz ohne Zweifel galt ihr Interesse Dorian. Und sie war keineswegs alt, sie wirkte wie eine Geschäftsfrau, trug ein Businesskostüm und hohe Schuhe. Einige Minuten lang betrachtete sie ihn, reglos, dann nickte sie, drehte sich um und ging davon.

Den Rest der Zeit brauchte Dorian seine gesamte Konzentration, um die Passanten anzulächeln, denen er seine Flugblätter entgegenhielt. Fast erwartete er, dass wieder Polizisten auftauchten, und diesmal würden sie nicht an ihm vorbeilaufen.

Doch diese Befürchtung bewahrheitete sich nicht, dafür tauchte pünktlich um fünf nach sechs der dunkle Van auf, mit Bertold am Steuer. Dorian ließ sich in den Sitz fallen, lehnte seinen Kopf gegen die Seitenwand und schloss die Augen. Er kannte niemanden im Wagen gut genug, um seine Erlebnisse mit ihm oder ihr zu teilen. Deshalb konnte er es kaum erwarten, zurück in die Villa zu kommen. Er würde Stella fragen, ob ihr bei einem ihrer Dienste schon einmal etwas Ähnliches passiert war.

»Klar«, antwortete sie fröhlich, als er sie in einem ungestörten Augenblick vor dem Abendessen beiseitenahm. »Glaub mir, als Mädchen musst du noch viel mehr Geglotze aushalten. Und dumme Sprüche. Und echte Frechheiten.«

Er nickte, war aber nicht überzeugt. Dass manche Leute auf seine Kosten ihren Spaß hatten, war ihm schon früher passiert und irritierte ihn nicht. Aber das heute war anders gewesen.

Je länger er darüber nachdachte, desto mehr erinnerte ihn der Blick, mit dem der alte Mann ihn betrachtet hatte, an den eines Arztes, der versuchte, den Gesundheitszustand seines Patienten einzuschätzen. Er hatte Dorian begutachtet, als wolle er ihn … analysieren.

Und später, die Frau – sie hatte ihn auf eine ganz ähnliche Art gemustert.

Wenn Stella das so noch nie erlebt hatte, dann lag es wohl doch an Dorian selbst. All das ergab Sinn, falls ein Foto von ihm in der Zeitung gewesen war im Zusammenhang mit Emils Tod.

Aber warum schickte Bornheim Dorian dann nach draußen? Er wusste doch sicher, was die Presse schrieb. Warum setzte er ihn diesem Risiko aus? War es ihm egal? Oder verließ er sich tatsächlich darauf, dass die dunklen Haare Tarnung genug waren?

Melvin vertrieb Dorians düstere Gedanken zumindest teilweise, als sie etwas später beim Abendessen nebeneinandersaßen. »Wenn es dich tröstet, mich starren die Leute oft auch unfassbar blöd an. Als hätten sie noch nie einen Flugblattverteiler gesehen. Das könnte ja sogar spaßig sein, wenn wir angemessen reagieren dürften. Wenigstens Zunge rausstrecken oder einen Erstickungsanfall vortäuschen, aber leider ist das nicht drin. Höflich lächeln heißt das Motto.«

Kurz vor dem Schlafengehen hatte Dorian es geschafft, das unbehagliche Gefühl beiseitezuschieben. Niemand hatte ihm etwas angetan, niemand hatte die Polizei gerufen. Hätte jemand ihn erkannt und für verdächtig gehalten, wäre die naheliegendste Reaktion doch gewesen, die Polizei zu informieren. Oder einfach ein Foto mit dem Handy zu schießen und damit zur nächsten Wache zu gehen, oder? Statt ihm minutenlang ins Gesicht zu starren.

Am nächsten Tag blieb Dorian in der Villa, ebenso wie am übernächsten. Er verließ sie nur, um in den unterrichtsfreien Stunden gemeinsam mit Stella den Park zu durchstreifen.

Sie suchte seine Nähe ebenso wie er ihre, hatte er in der letzten Zeit festgestellt. Und sie war es, die ihre Hand in seine schob, als sie nun langsam den Weg entlanggingen, auf ein kleines Wäldchen zu, hinter dem sich ein Hügel wölbte. Dorian konnte sich nicht erinnern, wann er das letzte Mal etwas so sehr genossen hatte wie Stellas Nähe. Sie waren sonst kaum alleine.

»Vielleicht ist Max gegangen, weil er jemanden in der Stadt hat, der ihm sehr am Herzen liegt.« Der Gedanke war Dorian schon früher gekommen und jetzt war er plötzlich so einleuchtend wie nie. Er blieb stehen und nahm Stellas Gesicht zwischen seine Hände, dieses wunderschöne Gesicht. »Wärst du nicht hier, sondern irgendwo da draußen, würde ich auch nicht bleiben wollen.«

Sie lächelte, ihre dunklen Augen lächelten mit. »Nein?«

»Nein. Auf keinen Fall. Und umgekehrt würde ich die Villa nie verlassen, solange du hier bist.«

Es war nicht kitschig, sondern einfach nur die Wahrheit.

Er beugte sich zu ihr, legte seine Lippen auf ihre, ganz leicht. Wartete, ob sie zurückwich, bevor er sie richtig küsste, sie so küsste, wie er es tun wollte, seit er ihr das erste Mal begegnet war.

Danach schmiegte sie sich an ihn, schlang ihre Arme um seinen Rücken und legte ihren Kopf an seine Schulter. »Ich würde auch nicht ohne dich gehen«, sagte sie leise.

Sich gemeinsam mit Stella nach Kastanien bücken, die sie spielerisch nach ihm warf, wenn er frech wurde. Sich gegenseitig den Hügel hinaufjagen, zusammen ins Gras fallen, sich wieder küssen. Sich im Blick des anderen verlieren und rundum alles, alles vergessen.

Es war so einfach mit ihr. So selbstverständlich. So unbeschreiblich schön. Am liebsten hätte Dorian sofort jedes Detail über sie gewusst, sich alles erzählen lassen, doch er würde sie jetzt noch nicht fragen. Vor allem nicht nach den Ereignissen, die sie in die Villa gebracht hatten, denn es war klar, dass es keine fröhliche Geschichte sein würde. Ebenso wenig wie seine eigene, die er sich ebenfalls gern für später aufheben wollte. Vor allem den Teil, in dem es um Emil ging – obwohl die Vorstellung, Stella sein Herz ausschütten zu können, unglaublich verlockend war. Doch Dorian wollte nicht, dass ein Schatten über diesen goldenen Tag fiel.

Sie stiegen den Hügel zur Gänze hinauf, von dort aus hatte man einen herrlichen Blick auf das Herrenhaus.

Dorians rechter Arm lag um Stellas Taille, in der linken Hand drehte er eine sonnenwarme Kastanie. »Ich würde jetzt gerne die Zeit anhalten«, sagte er leise.

Stellas Kopf berührte seine Schulter. »Ja«, flüsterte sie. »Das Leben ist gerade richtig gut, nicht wahr?«

»Und wie.« Mit aller Kraft drückte Dorian den Gedanken an Emil fort, der nie wieder in der Sonne stehen und den Arm um ein Mädchen legen würde, sondern irgendwo … anders war, kalt und tot.

Aber ich habe das nicht getan.

Stellas Hand glitt sanft über seinen Rücken. »Hat es in deinem Leben bisher viele Momente gegeben, von denen du wolltest, dass sie nicht vergehen?«

Also würden sie in diesen perfekten Tag doch einen Spalt reißen, durch den die Vergangenheit hereinwehen konnte wie kalter Wind.

Dorian zog Stella noch ein Stück näher an sich heran. »Nein. Dafür gab es viele Momente, von denen ich wünschte, sie wären nie passiert.«

Er fühlte, wie sie nickte. »Ja, davon habe ich auch eine ganze Liste.«

»Das merkt man dir nicht an.«

Sie lachte kurz auf. »Ich weiß. Das ist mein Ding. So lange Fröhlichkeit spielen, bis sie echt wird.« Sie sah zu ihm hoch. »Das funktioniert komischerweise. Und wirkt außerdem wie ein Schutzschild. Macht dich unangreifbar.«

Er wollte etwas sagen, zum Beispiel, wie sehr er sich wünschte, dass sie bei ihm ihre Schutzschilde senken würde. Vielleicht nicht gleich, aber wenn sie sich besser kannten. Doch bevor er dazu kam, fuhr sie herum. Spähte die andere Seite des Hügels hinab.

Er hatte die Laute auch gehört. Stimmen, ziemlich weit entfernt.

Sie gingen ein Stück weiter und nun kamen Gebäude in Sicht, drei einstöckige, schlichte Häuser. Vor einem stand ein Mann, ein zweiter kam gerade auf ihn zu.

»Wohnt dort unten auch jemand?« Dorian beobachtete, wie der eine Mann dem anderen etwas in die Hand drückte, bevor er im nächstliegenden Haus verschwand.

»Keine Ahnung. Das da sind jedenfalls keine Jugendlichen. Vielleicht gehören sie zu Bornheims Mitarbeitern?«

Das war gut möglich. »Eventuell sind das ja Verwaltungsgebäude und die Leute da kümmern sich um den Wald …«

Nur dass sie nicht so aussahen. Der eine, der immer noch an der Hauswand lehnte und gelegentlich einen Schluck aus einer Wasserflasche nahm, trug ein Jackett, der andere war mit Hemd und Jeans bekleidet gewesen. Sie wirkten wie Büroleute, nicht wie Gärtner.

»Komm.« Stella zog ihn am Arm zurück. »Ich bin nicht sicher, aber ich glaube, Bornheim hat diese Gebäude nicht umsonst so weit von der Villa entfernt bauen lassen.«

„Bitte, bleib beim Spazierengehen in der Nähe der Villa", hatte Bornheim ihn gebeten. Dorians Empfinden nach waren sie das immer noch. Die Villa lag in Sichtweite. Ein Streifzug die andere Hügelseite hinab konnte also nicht verboten sein.

Stella zog fester an seinem Ärmel. »Wahrscheinlich ist dort eine seiner Firmen untergebracht und die gehen uns nichts an.«

Dorian zuckte mit den Schultern und warf einen letzten Blick in die Senke, die vor ihnen lag, dann folgte er Stella. Die mit allem, was sie eben gesagt hatte, vermutlich richtiglag.

Kapitel 6

Sein nächster Dienst zwei Tage später verlief vor allem langweilig. Zumindest in den ersten vier Stunden. Bertold hatte ihn an einer ruhigen Ecke abgesetzt, wo nur wenige Leute vorbeikamen, trotzdem sollte er sich keinesfalls weiter als zehn Meter von seinem Platz entfernen.

Als schlimm empfand Dorian das nicht, denn er wusste, am Abend würde er Stella wiedersehen. Dass es sie gab, änderte alles. Die Farben und Töne, die ihn umgaben, den Geruch des Windes, die Gesichter der Menschen um ihn herum. Bis vor Kurzem war ihm nicht aufgefallen, wie großartig das alles war. Das begriff er jetzt erst, seitdem er wusste, dass es zu einer Welt gehörte, in der Stella lebte. Es störte ihn auch kein bisschen, dass die Flugzettel in seiner Hand kaum weniger wurden.

Das änderte sich schlagartig, als am frühen Nachmittag eine Horde Jugendlicher auftauchte. Ihnen war offenbar noch langweiliger als Dorian, also rissen sie ihm seinen Stapel aus den Händen und stopften die Zettel teils durchs Kanalgitter, teils verstreuten sie sie über die Straße.

Das mit der Höflichkeit und dem Lächeln hatte er schon beim ersten Angriff aufgegeben, aber sein Zögern – sollte er sich wehren, weglaufen? – machte jede Chance zunichte, die er sonst vielleicht gehabt hätte. Sie rempelten ihn um, einer trat halbherzig nach ihm, dann zogen sie lachend davon.

Dorian rieb sich die Seite, wo der Stiefel dieses Arschlochs ihn getroffen hatte. Nun war ihm eiskalt vor Wut. Was, bitte, war bei Zwischenfällen wie diesem vorgesehen? Galt da immer noch die Zehn-Meter-Regel? Durfte er auch dann nicht wegrennen, wenn ein Rudel bissiger Hunde auf ihn zustürmte? Das war doch irre!

Aber er würde keinen Fehler riskieren, der ihn eventuell seinen Platz in der Villa kosten würde. Um keinen Preis.

Er sammelte einige der Blätter, die auf dem Gehsteig lagen, wieder ein und setzte sich damit auf eine Bank. Bis zur Abholung dauerte es noch fast fünf Stunden und zu verteilen gab es ohnehin so gut wie nichts mehr.

Dass ihn diesmal die Leute seltsam ansahen, konnte er verstehen. Er war schmutzig, hatte Abschürfungen an den Händen und vermutlich auch am Kinn, so wie es sich anfühlte. Trotzdem saß er hier, allein, und klammerte sich an ein paar zerknitterte Flugblätter.

Als Bertold um sechs Uhr mit dem Van vor ihm hielt, war Dorian so geladen, dass er all seine Beherrschung brauchte, um seine Stimme ruhig klingen zu lassen.

»Kannst du mir verraten, wie ich reagieren soll, wenn irgendwelche Idioten mich angreifen? Und mir die Zettel wegnehmen?« Er atmete tief durch. »Auf so was habt ihr mich nicht vorbereitet.«

Bertold betrachtete ihn von oben bis unten. »Ist auch fast noch nie passiert. Einmal hat ein Betrunkener eins der Mädchen angepöbelt und einmal sind ein paar Schläger auf Frederick losgegangen.« In einer Geste des Bedauerns tätschelte er Dorians Schulter. »Umso schöner ist es zu sehen, dass du dich trotzdem an unsere Abmachung gehalten hast und an Ort und Stelle geblieben bist.«

Dorian verkniff sich die Bemerkung, dass er das nicht unter

„schön“, sondern unter „bescheuert“ einsortierte, und setzte sich auf einen der freien Plätze im Wagen. Neben ihm lag ein zusammengeschnürtes Zettelbündel, dessen Inhalt er gerade noch überfliegen konnte, bevor die Tür zuschlug und der Laderaum in Dunkelheit getaucht wurde. Spendenaufrufe für Flutopfer in China.

Er fragte sich, ob irgendjemand von den Leuten, die bisher einen Flugzettel von ihm genommen hatten, wirklich schon etwas gespendet hatte. Insgeheim tippte er auf Nein und das würde es ihm künftig nicht leichter machen, sich die Beine in den Bauch zu stehen.

Am Abend kam Bornheim persönlich zu ihm, besah sich seine Abschürfungen und legte ihm dann eine Hand auf die Schulter. »Bertold sagt, du bist trotz dieses Überfalls innerhalb der zehn Meter geblieben. Das sagt viel über dich aus, Dorian.«

Ja, dass ich einen richtig heftigen Knall habe. Er verkniff sich den Satz, weil er wusste, dass Bornheim es anders gemeint hatte. Anerkennend.

»Du zeigst mir, dass ich dir vertrauen kann. Und das bedeutet, dass ich dir wahrscheinlich bald eine neue Aufgabe übertragen werde.«

Obwohl Dorian sein eigenes Verhalten nach wie vor dämlich fand, freuten ihn die Worte. Machten ihn irgendwie stolz und als Bornheim ihm signalisierte, dass er ihm in einen der Nebenräume folgen sollte, tat Dorian das bereitwillig. Setzte sich in den Ledersessel, auf den Bornheim deutete, und wartete.

Eine Zeit lang sah er Dorian nur an. »Ich bin Geschäftsmann«, sagte er dann, »aber viele meiner Entscheidungen treffe ich aus dem Bauch heraus. Bisher hat sich das für mich immer bezahlt gemacht. Es gibt da eine Aufgabe, für die du mir geeignet scheinst. Sie ist anspruchsvoll, aber mein Bauchgefühl signalisiert mir, dass du der Richtige dafür bist.«

Dorian konnte sein Lächeln nicht unterdrücken, wollte es eigentlich auch nicht. Er fühlte sich nicht nur geschmeichelt, sondern … geschätzt. Eine Empfindung, die er schon lange nicht mehr gehabt hatte.

»Was ist es?«

Zwei Atemzüge lang zögerte Bornheim. »Etwas, das Menschenleben retten wird. Ein Produkt, das die Welt verändern könnte.« Er strich sich über den kurzen grauen Bart. »Wenn es richtig eingesetzt wird.«

Am nächsten Tag waren die Flugzettel Thema in der Ethikstunde. Ethik war eines der Fächer, in denen sie sich nicht selbst unterrichteten, sondern einen erwachsenen Lehrer hatten. Und zwar einen, den Dorian bereits kannte.

Nico begrüßte ihn mit einer herzlichen Umarmung vor dem Unterrichtsraum. »Du machst von Mal zu Mal einen besseren Eindruck. Es geht dir gut, nicht wahr? So siehst du jedenfalls aus!«

Dorian nickte halbherzig. Nico selbst war auf eine Art gut aussehend, die ihn immer wieder wünschen ließ, Stella würde ihn am besten gar nicht zu Gesicht bekommen. Allerdings machte Nico nicht den Eindruck, als würden die Blicke der Mädchen ihn beeindrucken. Stattdessen war er sichtlich Feuer und Flamme für sein Fach, für Diskussionen, für den Austausch mit seinen Schülern. Dass Dorian dem Verteilen von Flugblättern für den guten Zweck etwas abgewinnen konnte, begeisterte ihn.

»Es ist eine Tätigkeit, bei der unter dem Strich Gutes herauskommt«, erklärte Nico. »Deshalb fühlt sie sich gut an. Für mich persönlich ist das eine wichtige Richtlinie in meinem Leben:

Entsteht aus einer bestimmten Handlung mehr Gutes oder mehr Schlechtes? Danach entscheide ich.«

Hätte ein dickbäuchiger Professor mit weißem Haar ihnen diese Dinge erzählt, hätten sie gegähnt und innerlich abgeschaltet, da war Dorian ziemlich sicher. Aber Nicos Ausstrahlung konnte sich niemand entziehen.

»Auf diese Weise gibt man der Welt einen Schubs in die richtige Richtung«, sagte er zum Abschluss der Stunde. »Was ihr da draußen in der Stadt macht, ist wichtig. Ihr gebt anderen Menschen Gelegenheit, Gutes zu tun.«

Vielleicht war das ja der Grund, warum Nico Dorian gedeckt und nicht zur Polizei geschleppt hatte. Um ihm die Gelegenheit zu geben, Gutes zu tun?

Wenn ja, dann war das ziemlich durchgeknallt. Oder gab es da irgendein religiöses Motiv, das Nico ebenso wie Bornheim antrieb? Kaum, denn sonst hätte doch längst einer von ihnen versucht, die Jugendlichen in der Villa zu missionieren. Was aber bisher noch nicht passiert war. Keiner hatte sie zum Beten oder Meditieren aufgefordert, nirgendwo hingen entsprechende Bilder an den Wänden.

Nein, eine religiöse Gemeinschaft war das nicht in der Villa.

Dorian fragte sich, warum der Gedanke ihn so erleichterte. Vielleicht weil er wusste, dass er dann nicht hierhergepasst hätte. Oder weil er sich wünschte, dass Bornheim ihn um seiner selbst willen schätzte und ihm das nicht vorgaukelte, damit er ihm später seine religiösen Überzeugungen aufs Auge drücken konnte.

Was ihr da draußen in der Stadt macht, ist wichtig. Es gelang Dorian nicht, ohne einen gewissen Hohn an Nicos Worte zu denken, als er das nächste Mal wieder mit dem Flugblatt-Verteilen dran war. Es regnete. Er stand in Jacke und Stiefeln am Eingang einer Einkaufspassage und niemand, wirklich niemand nahm ihm einen seiner Zettel ab.

Was er hier tat, war nicht wichtig, sondern völlig sinnlos. Das einzig Gute an diesem Tag war, dass manche der Passanten wenigstens flüchtig zurücklächelten, wenn er sie anstrahlte, was er die erste Zeit über noch versuchte. Doch nach drei Stunden kam er sich mit seinem unpassenden Gegrinse so dumm vor, dass er es bleiben ließ.

Er lehnte sich so gegen die Hauswand, dass der Regen ihn nicht erwischte, und beschloss, Bertold mittags zu fragen, ob er nicht mit ihm zurück in die Villa fahren könnte. Er würde seinen Dienst an einem der folgenden Tage nachholen, gern sogar. Aber das hier war einfach sinnlos.

Als Dorian das nächste Mal hochblickte, wäre er aus Reflex zurückgewichen, hätte er nicht die Mauer im Rücken gehabt.

Vor ihm, höchstens vier Schritte entfernt, stand ein Mann im Regen und betrachtete ihn völlig unverhohlen, ein leichtes Lächeln im Gesicht. Die Tropfen, die über seine Brillengläser liefen, schienen ihn nicht zu stören, offenbar sah er Dorian auch so deutlich genug.

Höflich bleiben, ermahnte er sich.

Er legte den Kopf schief und erwiderte den Blick des Mannes. Fragend. Skeptisch. Ohne damit die geringste Reaktion hervorzurufen.

Na gut. Dann würde er auf andere Weise demonstrieren, dass er keinen Wert darauf legte, angestiert zu werden.

»Sagen Sie, kann ich Ihnen irgendwie helfen?« Es klang selbstsicher. Noch nicht angriffslustig, aber das war hörbar die nächste Stufe.

Der Mann wandte seinen Blick nicht ab. Er war teuer gekleidet, allein seine Uhr musste ein Vermögen gekostet haben. »Das tust du bereits«, sagte er langsam. »Aber wenn du schon fragst … Du könntest mir etwas verraten.« Er machte einen Schritt auf Dorian zu, nun stand er wirklich unmittelbar vor ihm. »Bist du froh, deinen Vater los zu sein? Und weißt du eigentlich, wo dein Taschenmesser ist?«

Dorian fühlte, wie ihm die Flyer entglitten, er hörte den Laut, den er von sich gab, doch beides konnte er nicht verhindern. »Was …«, stammelte er, doch weiter kam er nicht, denn der Mann hatte sich bereits umgedreht und war gegangen.

Etwa eine halbe Stunde später brachte Bertold das Mittagessen vorbei. Zu Dorians Leidwesen weigerte er sich sowohl, ihn mit zurück in die Villa zu nehmen, als auch, die Begegnung mit dem Mann von vorhin besonders seltsam zu finden.

»Du hast doch lange genug auf der Straße gelebt. Merkwürdige Typen laufen überall herum, das kann doch nichts Neues für dich sein.«

Nein, allerdings nicht. Aber es gab verschiedene Arten von merkwürdig. Mit jemandem, der sichtlich verwirrt war und Selbstgespräche führte oder einen unsichtbaren Gegner anbrüllte, hätte Dorian keinerlei Probleme gehabt. Selbst wenn derjenige ihm mit offener Aggression begegnet wäre, damit hätte er umgehen können.

Dieser gut gekleidete Mann hingegen hatte absolut nicht so gewirkt, als würde etwas mit seinem Kopf nicht stimmen. Im Gegenteil. Er hatte Dorian auf seinen Vater angesprochen. Das konnte man eventuell als Zufall abtun, aber die Sache mit dem Taschenmesser keinesfalls.

Und dann dieser mysteriöse Satz, auf die Frage, ob Dorian ihm helfen könne. *Das tust du bereits.*

Er hatte doch in diesem Moment gar nichts getan. Noch nicht einmal seine Zettel verteilt. Nur den Boden angestarrt und sich gewünscht, die Zeit möge schneller vergehen.

Aber vielleicht hatte der Mann die Flugblätter ja gesehen und seine Bemerkung war darauf gemünzt gewesen. Dass Dorians Verdienst im Einsatz für den guten Zweck bestand.

Nein. Wenn er ihn bloß hätte loben wollen, hätte er anschließend kaum das Messer erwähnt. Das alles passte vorne und hinten nicht zusammen.

Den restlichen Tag über konzentrierte Dorian sich auf jeden Einzelnen, der in seiner Nähe stehen blieb. Egal ob es eine Mutter war, die ihrem Kind die Nase putzte, oder eine alte Frau, die eine kurze Verschnaufpause einlegte. Doch niemand warf ihm mehr als einen flüchtigen Blick zu. Die meisten vermieden es, ihn anzusehen, um bloß keinen der Flugzettel angeboten zu bekommen.

Das war ein Verhalten, wie Dorian es kannte. Normal. Unverdächtig. Ignoriert zu werden war ihm vertraut. Umso weniger ging ihm der Mann von heute Mittag aus dem Kopf, mit seiner teuren Kleidung, seiner nass geregneten Brille und seinem amüsierten Lächeln.

Kapitel 7

Am nächsten Tag war Stella zum Dienst eingeteilt, ebenso wie Melvin. Vor Dorian lagen viele leere Stunden, nur unterbrochen von Unterrichtslektionen in Englisch und Ethik. Danach würde er … lesen? So wenig Technik es in der Villa gab, so gut war sie mit Büchern bestückt. Es gab eine beachtlich große Bibliothek, auf die alle Bewohner freien Zugriff hatten.

Dorian schlenderte zwischen den Regalen herum und entschied sich am Ende für einen amerikanischen Krimi. Spannung gegen Langeweile und dabei vielleicht ein bisschen frische Luft schnappen.

Er spazierte aus dem Haus, das Buch in der Jackentasche, und schlug wie selbstverständlich den gleichen Weg ein, den er letztens auch mit Stella genommen hatte.

Mit jedem Schritt vermisste er sie mehr. Hier hatten sie Kastanien gesammelt, an dieser Hecke hatten sie sich geküsst. Er schloss die Augen, versuchte, ein Echo des Gefühls zu empfinden, das ihn dabei durchflossen hatte. Viereinhalb Stunden noch, dann würde sie wieder hier sein.

Er stieg den Hügel hinauf, von dem aus man einen so großartigen Blick auf die Villa hatte, und versuchte, das schmerzliche Ziehen in seinem Inneren zu ignorieren. Sehnsucht. Dabei würde er Stella bald wiedersehen, aber das änderte leider nichts an dem, was er empfand. Er wollte sie bei sich haben, jetzt.

Einen Augenblick lang dachte er, sein Wunsch hätte sofort

Wirkung gezeigt, denn der dunkle Van bog in die Auffahrt zur Villa ein. Viel zu früh.

Doch es war nicht Stella, die zurückkam, und auch sonst niemand, den Dorian kannte. Bertold öffnete die Beifahrertür und Bornheim stieg aus. Er half einem Mädchen aus dem Wagen, das sich unsicher umsah und die Arme um den eigenen Körper schlang, als würde es frieren.

Jemand Neues. Zum ersten Mal, seit Dorian in der Villa eingetroffen war. Er beobachtete, wie Bornheim und das Mädchen hineingingen, und wandte sich dann um.

Zu den Wirtschaftsgebäuden.

Diesmal stand niemand dort herum. Alles war ruhig.

Dorians Beine setzten sich wie von selbst in Bewegung. Er stieg den Hügel hinunter, ohne Eile, aber mit dem unbestimmten Gefühl, etwas Unerlaubtes zu tun.

Spazieren gehen nur nahe der Villa, darum hatte Bornheim ihn gebeten, doch er hatte nichts ausdrücklich verboten. Es gab keine Sperrzonen, keine Tabus, die man Dorian dargelegt hätte.

Eben. Also. »Nahe« war relativ.

Er war nun fast beim ersten Gebäude angelangt und bisher hatte niemand ihn aufgehalten, niemand sich gezeigt. Es machte ganz den Eindruck, als lägen die Häuser verlassen da.

Dorian näherte sich einem der Fenster, wo ihm eine helle Jalousie den Blick ins Innere des Gebäudes versperrte.

Sein erster Impuls war es kehrtzumachen. Es ging ihn nichts an, was hier hinter verschlossenen Türen und Fenstern passierte.

Langsam ging er um das Haus herum. Nein, keine Chance, alles dicht. Die Eingangstür verfügte über keine Klinke, aber Dorian hätte ohnehin nicht versucht, einfach hineinzugehen. Nur gesehen hätte er verdammt gerne etwas.

Bei den beiden Nebengebäuden hatte er ebenso wenig Glück, doch etwa fünfzig Schritte entfernt befand sich ein weiteres Haus. Es war von einem gut drei Meter hohen Sicherheitszaun umgeben, dessen nach außen gebogene Spitzen ein Überklettern unmöglich machten. Auch hier war niemand, weder zu sehen noch zu hören.

Wenn je ein Gebäude nach absoluter Sperrzone ausgesehen hatte, dann dieses. Aber nun war er schon einmal hier. Wegen eines schnellen Blicks würde Bornheim nicht sauer sein.

Langsam ging Dorian näher. Wenn man von der Hügelkuppe aus in die Senke schaute, lag dieses Haus hinter Bäumen versteckt, es blieb völlig unsichtbar, dabei war es größer als die anderen.

Was mochte auf einem Herrensitz so bedeutsam sein, dass man es mit einem solchen Zaun schützen musste? Oder schützte man die Außenwelt vor dem, was sich innerhalb befand?

Noch einmal blickte Dorian sich um. Keine Warnschilder, keine Menschen. Auch keine Überwachungskameras, soweit er das beurteilen konnte.

Er ging einige Schritte weiter nach rechts. Von hier sah es so aus, als stünde das Tor des Zauns ein kleines Stück offen, ein paar Zentimeter nur, aber immerhin.

Er traf seine Entscheidung schnell. Ein unverschlossenes Tor war eine Einladung, er würde nur eine einzige Runde um das Haus drehen und dann sofort wieder gehen.

Das Gebäude verfügte über zwei Stockwerke und jede Menge Fenster, in die Dorian seine ganze Hoffnung gesetzt hatte. Jetzt allerdings musste er feststellen, dass die Sicht nach innen durch Jalousien unmöglich gemacht wurde.

Geduckt schlich Dorian die Hausfront entlang, versuchte bei jedem der Fenster, einen Blick in den dahinterliegenden Raum zu erhaschen. Vergeblich. Er bog um die Ecke, arbeitete sich die nächste Wand entlang.

Beim vierten Fenster hatte er Glück. Die Jalousie war nicht bis ganz nach unten gezogen, etwa zwei Handbreit der Scheibe blieben unbedeckt.

Er atmete tief durch, bevor er sich aufrichtete und hineinspähte. Er wusste nicht genau, womit er gerechnet hatte, aber jedenfalls nicht damit.

Im ganzen Herrenhaus gab es keinen einzigen Computer, dafür war dieser Raum hier voll davon. Monitore auf langen Tischen, einer neben dem anderen, daneben die dazugehörigen Rechner. Hinter vier der Terminals saß jemand und arbeitete, zwei Personen standen ein Stück abseits und unterhielten sich.

Mehr als das konnte Dorian durch den Spalt nicht erkennen, sosehr er sich auch bemühte. Klar war nur, dass er die Menschen in diesem Raum noch nie in der Villa gesehen hatte. Keiner von ihnen gehörte zu den Bewohnern, sie waren alle mindestens fünfundzwanzig, die meisten weit älter. Erwachsene, die hier offenbar ihrem Job nachgingen.

Vermutlich gehörte dieses Gebäude zu Bornheims Konzern. Er hatte ein paarmal erwähnt, dass er Unternehmer war – vielleicht befand sich hier sein Rechenzentrum.

Dorian duckte sich wieder, schlich die Hauswand weiter entlang, in der Hoffnung, noch von einer anderen Stelle aus in das Gebäude hineinsehen zu können. Aber die restlichen Fenster waren alle lückenlos abgedeckt.

Also schnell zurück, durch das Tor im Zaun, das hoffentlich, hoffentlich noch offen war. Er hätte es blockieren sollen, warum hatte er daran nicht gedacht? Aber alles war gut. Er lief auf den Ausgang zu, schlüpfte hindurch und rannte zurück zum ersten Haus. Suchte Deckung und blickte zurück zu dem eingezäunten

Gebäude, wollte sichergehen, dass er wirklich nicht beobachtet worden war. Nein. Niemand in Sicht. Glück gehabt.

Dorian verharrte noch kurz in seiner Position, überlegte sich den besten Weg zurück über den Hügel in Richtung Villa.

Doch plötzlich waren da Stimmen. Eine männliche und eine weibliche, die lachte.

»… läuft jetzt völlig reibungslos«, sagte eine Frau. »Und die Datenbank ist gigantisch mittlerweile, du musst wieder einmal einen Probelauf machen. Es ist ein Erlebnis.«

»Das glaube ich dir gerne«, antwortete der Mann. »Was hast du getestet? Den Starter oder den Master?«

»Den Master natürlich. Eine halbe Stunde und du weißt, wofür wir uns hier die Nächte um die Ohren schlagen.«

Nun lachte der Mann. »Für viel Geld.«

»Ja, das auch, aber vor allem für –«

Sie bogen um die Hausecke, viel schneller, als Dorian angenommen hatte. Und natürlich sahen sie ihn. Beide waren um die dreißig; die Frau hatte kastanienfarbenes Haar, der Mann war hellblond.

Dorian wich erschrocken zurück, mit klopfendem Herzen und dem beschämenden Gefühl, ertappt worden zu sein. Einige Sekunden starrten die zwei ihn nur an, ohne ein Wort. Er unterdrückte den Impuls wegzulaufen – das wäre sinnlos und völlig albern gewesen.

»Hallo«, sagte die Frau schließlich. Sie trug die Haare zu einem straffen Zopf geflochten. »Was verschlägt denn dich hierher?«

Sie klang nicht vorwurfsvoll, aber kühl. Es war klar, dass sie Dorian nicht gern hier sah.

»Nichts Besonderes.« Er erwiderte ihren Blick und gab sich Mühe, gelassen zu wirken. Hatten die beiden ihn innerhalb des umzäunten Areals gesehen? »Ich war spazieren. Ist ja ein schöner Tag heute.«

»Da hast du recht.« Diesmal war es der Mann, der sprach. »Ich hatte auch vor, ein bisschen frische Luft zu schnappen. Was meinst du, sollen wir gemeinsam eine Runde drehen?«

Dorian wünschte, ihm wäre ein guter Grund eingefallen, um das Angebot abzulehnen, aber so blieb ihm nichts anderes übrig, als zu nicken. »Klar.«

Die beiden nahmen ihn in die Mitte. »Wie heißt du denn?«, fragte der Mann.

»Dorian.« Einen Sekundenbruchteil lang war er versucht gewesen zu lügen, aber etwas sagte ihm, dass das sehr bald aufgeflogen wäre.

»Okay, Dorian.« Der Mann klopfte ihm freundschaftlich auf die Schulter und schlug mit schnellen Schritten den Weg zum Hügel ein. »Wie lange bist du denn schon hier?«

Meinte er hier unten oder in der Villa? Dorian entschloss sich für die zweite Möglichkeit, die war weniger verfänglich. »Ich bin noch relativ neu. Deswegen dachte ich mir, ich sehe mir mal in Ruhe das Gelände an, wenn das Wetter schon so schön ist.« Es war gar nicht so einfach, mit dem Mann Schritt zu halten. »Riesiges Grundstück, nicht wahr?«

»Oh ja.« Sein Begleiter deutete auf eine Baumgruppe rechts von ihnen. »Siehst du diese Buchen? Die sind über zweihundert Jahre alt. Es gibt vier Gärtner, die sich um all das kümmern, und die haben wirklich viel zu tun.«

»Glaube ich gern.« Dorian drehte sich um, wollte sehen, ob die Frau ihnen hinterherkam, doch sie war stehen geblieben und schaute ihnen nach. Hielt sich dabei ein Handy ans Ohr, na großartig. Als sie seinen Blick bemerkte, drehte sie sich um und marschierte in die entgegengesetzte Richtung davon.

»Wie gefällt es dir hier? Nicht übel, oder?«

War der Kerl so gesprächig, weil er sonst nie mit Bewohnern der Villa zusammentraf? Oder wollte er einfach Small Talk machen, während er Dorian auf freundliche Weise aus dem Bereich des Geländes führte, der offenbar nicht für seine Augen bestimmt war?

»Es ist schön hier«, bestätigte er.

Sie hatten den halben Weg bis zur Hügelkuppe hinter sich gebracht, als der Mann stehen blieb. »Ich sollte zurück an die Arbeit«, sagte er. »Aber du findest den Weg zum Haus sicher alleine.«

»Natürlich.«

»Wenn du zu viel Zeit hast, sprich doch mit Herrn Bornheim. Ich bin sicher, er findet eine Beschäftigung für dich, bei der du nicht Gefahr läufst, dich an Sicherheitszäunen zu verletzen.«

Es klang harmlos, aber Dorian war nicht dumm. Es war mehr eine Warnung gewesen als ein freundlicher Hinweis.

Gab es außer Computern noch etwas in diesem Haus? Hinweise auf dieses Ding, das Bornheim erwähnt hatte?

Ein Produkt, das die Welt verändern könnte. War es das gewesen, wovon die Frau gesprochen hatte? Das Ding, mit dem sie den Probelauf gemacht hatte, der ein solches Erlebnis gewesen war? Dorian konnte sich nichts darunter vorstellen.

Je näher er der Villa kam, desto mehr fiel das Grüblerische von ihm ab. Nicht mehr lange, dann würde er Stella sehen. Und vielleicht würde er ihr von dem umzäunten Gebäude erzählen, von dem Computerraum …

Er sah auf die Uhr. Ihm blieb noch etwas Zeit und nach dem langen Spaziergang konnte ihm eine Dusche nicht schaden.

Vor dem Eingang der Villa begegnete er Antonia und Frederick, ließ sich aber in kein Gespräch verwickeln, sondern ging auf sein Zimmer. Pfeifend und voller Vorfreude auf den Abend öffnete er den Kleiderschrank und erstarrte.

Jemand musste hier gewesen sein. Seine Shirts, seine Hemden, die Jacke – nichts davon war mehr da.

Unwillkürlich wanderte sein Blick zu dem grünen Oberteil, das er eben auf den Boden hatte fallen lassen. Er hatte mehr als zehn davon gehabt, nun war kein einziges mehr im Schrank.

Aus den Fächern leuchtete ihm nur eine einzige Farbe entgegen: Rot, Rot und noch einmal Rot.

Als Dorian zur Essenszeit die Treppe hinunterging, kam er sich wie verkleidet vor. Viel auffälliger als in seinem grünen Outfit und tatsächlich zog er deutlich mehr Blicke auf sich.

»Hey, du hast die Farbe gewechselt?«, begrüßte ihn Melvin. Er lümmelte auf einem der Ledersofas im Salon und unterhielt sich mit dem Mädchen, das Dorian heute Nachmittag hatte ankommen sehen. Vicky hieß sie und war von oben bis unten in Grau gekleidet.

Dorian zupfte einen seiner Ärmel zurecht. »Ja. Ich war spazieren und in der Zeit muss jemand alle meine Sachen ausgetauscht haben. Keine Ahnung, warum, ich finde es echt seltsam.«

Melvin grinste. »Ist immerhin die coolste Farbe hier und jetzt gehören wir zum gleichen Klub.«

Was auch immer das für ein Klub sein mochte. Es musste diesem Farbcode doch irgendein Muster zugrunde liegen … Hatte wirklich noch niemand hier durchschaut, welches?

Dorian schob den Gedanken beiseite. »Hast du Stella schon gesehen?«

»Nein. Aber ihr Trupp ist gerade vom Dienst zurückgekommen.«

Ein Blick durchs Fenster nach draußen bestätigte, was Melvin gesagt hatte. Der Lieferwagen stand in der Einfahrt; Bertold war dabei, die Außenspiegel zu putzen. Auf der Motorhaube lag eine Zeitung – und Dorian wünschte sich brennend, sie wenigstens durchblättern zu können. Noch besser wäre ein Computer, einer mit Internetzugang, über den sich »Mord an Obdachlosem« googeln ließe.

Wehmütig dachte er an den Computerraum, den er am Nachmittag entdeckt hatte. Zehn Minuten dort hätten ihm gereicht – ach was, fünf Minuten! Das Bewusstsein, dass es eine Informationsquelle gab, die so nah war, machte es noch schwieriger als –

»Hallo, du.« Eine Hand auf seiner Schulter, ein Kuss auf seine Wange. Stella. »Seit wann bist du denn rot?«

Er nahm sie in die Arme und drückte sie an sich. Sollten die anderen denken, was sie wollten, ihre Nähe tat ihm einfach gut. »Seit gerade eben erst. Ich wüsste echt gern, was das bedeutet.«

»Keine Ahnung, sieht aber gut aus.« Sie schmiegte sich an ihn. »Heute war es wirklich anstrengend draußen. Lauter Idioten unterwegs. Ein paar davon fanden es witzig, mir Kaugummi in die Haare zu kleben.« Sie tastete nach einer Strähne, die deutlich kürzer war als die anderen. »Ich hab ihn mir gerade rausgeschnitten. Und wie war dein Tag?«

»Ging so.« Es fiel Dorian nicht leicht, einfach über den Kaugummi-Zwischenfall hinwegzugehen. Es war nichts Schlimmes passiert, sicher, aber die Vorstellung, dass jemand Stella in eine so unangenehme Situation brachte, ohne dass er etwas dagegen tun konnte, machte ihm zu schaffen. »Ich war spazieren, wieder den Hügel hinauf. Und … du hast mir die ganze Zeit über gefehlt.«

Dorian erzählte ihr alle möglichen harmlosen Einzelheiten, erwähnte aber weder das eingezäunte Gebäude noch den Computerraum. Er fühlte sich nach wie vor nicht schuldig, weil er die Gelegenheit genutzt hatte und durch die Lücke geschlüpft war – doch immer stärker wuchs in ihm das Gefühl, es könnte ein Fehler gewesen sein.

Die nächsten zwei Wochen ließen aber keinen Hinweis darauf erkennen. Dorian besuchte regelmäßig alle seine Kurse, verteilte Flyer und genoss es, Stella immer näherzukommen. Hätte die Sache mit Emil ihm nicht weiterhin auf der Seele gelegen, wäre er glücklich gewesen. Sorgenfrei und einfach nur verliebt.

Wenn er draußen in der Stadt war, nutzte er jede Gelegenheit, an Informationen zu kommen. Durchforstete Zeitungen nach Berichten über die Ermittlungen zu Emils Tod, aber ihm war klar, dass die Chancen auf einen entsprechenden Artikel mit jedem Tag kleiner wurden. Alte Nachrichten waren eben keine Nachrichten. Es lohnte sich erst wieder, etwas über den Fall zu schreiben, wenn es neue Erkenntnisse gab.

So gesehen war das Schweigen der Presse gut, sosehr die Ungewissheit Dorian auch quälte.

Es war ein windiger Nachmittag, bald würde der Abend anbrechen und Dorian hatte alle Mühe zu verhindern, dass seine Flugblätter ihre buchstäbliche Bestimmung erfüllten. Er presste den Stapel gegen seine Brust und versuchte, den Passanten jeweils eines so zu reichen, dass der Wind es nicht sofort zerknüllte oder zerriss. Die meisten Leute machten den üblichen Bogen um ihn, nur sehr wenige ließen sich einen der Zettel in die Hand drücken. Ein Spendenaufruf für ein Projekt, das ehemaligen Kindersoldaten helfen sollte, wieder ein normales Leben zu führen.

»Dorian?« Eine männliche Stimme, freundlich.

Dorian fuhr herum.

Vor ihm stand ein relativ junger Mann, mittelgroß, mit intelligentem Gesicht.

Hektisch durchforstete Dorian sein Gedächtnis, aber er kannte sein Gegenüber nicht, da war er sich sicher. Wenn dieser Fremde seinen Namen wusste, dann war er vermutlich Polizist. Kriminalpolizei. Jetzt war es also so weit.

»Kein Grund zu erschrecken«, stellte der Mann zufrieden fest und rückte seine Brille zurecht. »Was würdest du sagen, wenn ich dich nach Emil frage?«

Kein Grund zu erschrecken? Dorian wich zurück, sein Herz hämmerte so heftig in der Brust, dass es beinahe schmerzte. Er würde Stella nie wiedersehen. Der Polizist würde ihn mitnehmen, ihn einsperren, man würde ihm den Prozess machen. Es war vorbei.

»Wirklich faszinierend«, sagte der Mann freundlich. »Na dann. Einen schönen Tag wünsche ich dir noch.« Damit ging er. Drehte sich kein einziges Mal mehr zu Dorian um, rief keine Kollegen zu Hilfe, nichts. Er verschwand einfach um die nächste Ecke.

Dorian sank zitternd auf die Treppen im nächsten Hauseingang. Ihm war übel, am liebsten wäre er davongelaufen, hätte sich versteckt und auf die Zehn-Meter-Regel gepfiffen, obwohl sie ihm mittlerweile in Fleisch und Blut übergegangen war. Es konnte nicht mehr lange dauern, bis Bertold ihn abholen kam, vielleicht würde er noch vor der Polizei hier sein. Immerhin eine Chance.

Was war da eben passiert? Wieso hatte der Mann ihn auf Emil angesprochen, war dann aber gegangen, ohne weitere Schritte einzuleiten? Er musste doch damit rechnen, dass Dorian abhauen würde, sobald er wusste, dass er aufgeflogen war. Trotzdem hatte der Mann ihm den Namen einfach so hingeworfen, als wäre er begierig auf die Reaktion, die er damit auslöste.

Ja, eine Reaktion hatte er bekommen. Und was für eine. Dorian vergrub das Gesicht in den Händen. Ebenso gut hätte er ein Geständnis ablegen können.

Es würde nicht lange dauern, bis der Mann zurück war, und er würde sicher nicht alleine kommen. Bei jedem Passanten, der um die Ecke bog, rechnete Dorian damit, dass es nun so weit war, doch seine Befürchtungen erfüllten sich nicht.

Dafür erfasste ein Windstoß den Stapel mit den Flugblättern und verteilte sie über die ganze Straße. In einem ersten Impuls wollte Dorian aufspringen und die Zettel wieder einsammeln, aber ihm wurde innerhalb von Sekunden klar, wie sinnlos der Versuch sein würde. Dem Wind war er nicht gewachsen.

Und dem Leben auch nicht, dachte er niedergeschlagen. Vielleicht war es am besten, einfach auf die nächste Polizeistation zu gehen und sich zu stellen.

Wenn da nicht Stella gewesen wäre. Die Vorstellung, sie zu verlieren, war so niederschmetternd, dass Dorian buchstäblich die Tränen in die Augen traten. Deshalb bemerkte er den dunklen Lieferwagen auch erst, als Bertold kurz hupte.

»Na, was ist? Das war's für heute.«

Dorian sprang auf und wäre beinahe umgekippt, im letzten Moment hielt er sich an der Wand fest. Überstanden. Wenn die Polizei noch kam, würde sie ihn nicht mehr vorfinden. Zumindest eine Galgenfrist hatte er sich verschafft.

Er öffnete die Schiebetür und kletterte in den Wagen. Zog die Jacke enger um sich, obwohl es hier deutlich wärmer war als draußen.

»Wie ist es gelaufen?« Bertold stand hinter dem Wagen und hielt die Hecktür noch einen Spalt offen. Seine Frage klang beiläufig, aber er stellte sie selten und wenn, erwartete er eine Antwort.

»Ich bin kaum Flugblätter losgeworden. Bei dem Wetter wollen die Leute sie nicht.«

»Ja, und der Großteil ist davongeweht worden, ich hab's gesehen.« Es klang nicht vorwurfsvoll, eher amüsiert. »Sonst noch etwas Erwähnenswertes?«

Es würde guttun, es loszuwerden. Und immerhin war Bertold dabei gewesen, als Nico Dorian von der Straße geholt hatte. Er musste das blutige Messer in seiner Hand gesehen haben. Er wusste Bescheid.

»Jemand hat mich erkannt.«

»Ah. Jemand von früher?«

»Nein.« Das wäre bei Weitem weniger schlimm gewesen. »Ein Mann, dem ich noch nie begegnet bin. Er wusste meinen Namen … und nicht nur meinen.« Dorian achtete auf seine Worte – außer ihm saßen noch vier andere Villenbewohner im Auto.

Bertold schien nicht sonderlich beeindruckt. »Aber du bist trotzdem auf deiner Position geblieben, hm?«

»Ja.« Weil Dorian keine Ahnung gehabt hatte, wohin er sonst hätte gehen sollen. Und vor allem wegen Stella.

»Das finde ich gut.« Bertold lächelte ihm zu. »Und ich weiß, das wird auch Bornheim gefallen.«

Kapitel 8

An diesem Abend ließ Dorian keine Minute lang die Augen von Stella. Er wollte sich alles einprägen, was sie ausmachte: die Farbe ihrer Augen, den Schwung ihres Kinns, den Klang ihres Lachens. Falls sie ihn doch noch holen und einsperren sollten, würde er all das mitnehmen. Die Erinnerung an den Geruch ihres Haares und an die Berührung ihrer Haut.

Wenn das kitschig war, dann sollte es eben so sein. Es war ihm egal. Seit wenigen Wochen gab es wieder einen Menschen in Dorians Leben, der ihm wirklich nahestand, und er würde dieses Gefühl jede Sekunde auskosten.

Stella schien zu fühlen, wie sehr er sie an diesem Abend brauchte. Nach dem Essen und einer fröhlichen halben Stunde im Salon nahm sie ihn bei der Hand und zog ihn in eines der Nebenzimmer, auf eine rotsamtene Couch unterhalb eines der riesigen Bücherregale.

»Dir geht es nicht gut, oder?« Sie strich ihm eine Haarsträhne aus der Stirn, bevor sie ihn küsste.

Er antwortete nicht. Schüttelte nur irgendwann den Kopf. »Nein. Mir ist heute klar geworden, dass ich vielleicht eines Tages vom Dienst nicht zurückkommen könnte.«

Sie rückte ein Stück von ihm ab. »Hast du daran gedacht abzuhauen?«

»Was? Nein!« Wie konnte sie ihn so missverstehen? »Ich würde nie freiwillig wegbleiben. Nicht, solange du hier bist.« Er nahm ihre Hand. »Was ich gemeint habe, sind äußere Umstände. Dass jemand mich … Ach, egal.«

Stella nahm sein Gesicht zwischen die Hände. »Nein, das ist nicht egal. Erzähl mir, was los ist, Dorian. Hast du jemanden von früher getroffen? Der dir gedroht hat? Das ist schon ein paar Leuten passiert. Sag es Bornheim, der kümmert sich darum.«

Ein paar Sekunden lang überlegte er, Stella von Emil zu erzählen, von dem Moment, als er aufgewacht war und gesehen hatte, wie das Blut auf ihn zufloss. Von dem klebrigen Gefühl im Gesicht, von dem entsetzlichen Anblick.

Aber was, wenn sie dann schockiert war? Vor ihm zurückwich und ihm nie wieder diesen vertrauensvollen Blick schenkte, mit dem sie ihn jetzt umfing?

Er konnte das nicht riskieren.

»Du hast recht, mir ist heute wirklich jemand begegnet, der mich von früher kannte.«

Nein, der etwas von früher wusste, korrigierte ihn eine innere Stimme. Er drängte sie beiseite. »Das war ein … merkwürdiges Gefühl.«

Stella nickte verständnisvoll, was nichts daran änderte, dass er sich fühlte, als hätte er sie belogen.

Also erzählte er ihr alles andere, worüber sie bisher nie gesprochen hatten. Wie er seine Mutter verloren, wie sein Vater plötzlich sein anderes Gesicht gezeigt hatte. Er ließ nichts aus – nicht die Prügel, nicht die Demütigungen, nicht die Lügen, die er in der Schule hatte erzählen müssen, um seine Verletzungen zu erklären. Wie er dann schließlich abgehauen war.

Er gab Stella so viel Wahrheit, wie möglich war. Und später, wenn sie sich länger kannten …

Sie hatte ihn kein einziges Mal unterbrochen. Auch als er geendet hatte, sagte sie zunächst kein Wort, sondern küsste ihn nur lange und zärtlich. Streichelte sein Haar, seinen Hals. »Danke«, flüsterte sie fast unhörbar. »Sobald ich genug Mut zusammenkratzen kann, erzähle ich dir meine Geschichte.«

Sofort drängte sein schlechtes Gewissen sich wieder in den Vordergrund. Er war nicht mutig gewesen, im Gegenteil, er hatte ihr nur das gestanden, was ihm leichtgefallen war. Wofür sie Verständnis haben würde.

»Lass dir Zeit«, sagte er deshalb. »Ich kann warten.«

Sie schmiegte sich an ihn. »Danke«, murmelte sie und er vergrub sein Gesicht in ihrem Haar, atmete ihren Duft ein und war überzeugt davon, dass eine lange gemeinsame Zeit vor ihnen lag.

Die nächsten Tage waren angefüllt mit Sport, verschiedenen Lektionen und Spaziergängen auf den Aussichtshügel, wie Dorian ihn mittlerweile nannte. Stella begleitete ihn jedes Mal. Sie spähten zu dem Haus hinunter, wo Dorian Bornheims Angestellten begegnet war, doch es war nie jemand zu sehen. Kein Mensch weit und breit.

Eines Abends wurde er zu Bornheim gerufen, in das gleiche riesige Büro wie beim letzten Mal.

Bornheim streckte ihm über den Schreibtisch hinweg die Hand entgegen. »Ich freue mich, dich wiederzusehen. Nimm bitte Platz.«

Als ginge es um ein Bewerbungsgespräch, dachte Dorian. Er beobachtete seinen Mentor dabei, wie er eine Mappe heranzog und darin blätterte. Hatte er eine Akte über ihn angelegt?

»Bertold sagte mir, du seist nach deinem letzten Dienst beunruhigt gewesen. Ein Mann hat dich angesprochen? Und dich erkannt?«

»Ja.« Dorians Mund war trocken. »Er hat meinen Namen gewusst. Und … er hat mich nach Emil gefragt. Nein, das stimmt nicht ganz«, korrigierte er sich sofort. »Seine genauen Worte waren: ‚Was würdest du sagen, wenn ich dich nach Emil frage?'«

Bornheim verschränkte die Hände auf dem Tisch. »Hast du eine Erklärung dafür?«

»Ich vermute, der Mann war von der Polizei«, sagte Dorian zögernd. »Jemand wird mich doch bei Emils Leiche gesehen haben und nun sucht man mich.« Er wusste nicht genau, wie er den nächsten Satz so formulieren sollte, dass er nicht verzweifelt klang. »Könnten Sie … Ich meine, wäre es möglich, mich erst mal keine Dienste mehr in der Stadt machen zu lassen? Ich helfe sehr gern stattdessen hier im Haus, wirklich. Büroarbeiten könnte ich zum Beispiel erledigen oder vielleicht gibt es etwas zu reparieren. Oder Arbeit im Park. Mache ich alles gerne, ehrlich!«

Bornheim reagierte nicht. Doch er betrachtete ihn mit einem so ernsthaften Blick, dass Dorian Angst bekam, er würde überlegen, ihn hinauszuwerfen.

»Notfalls putze ich auch«, platzte es aus ihm heraus. »Aber ich will nicht verhaftet werden. Ich glaube noch immer nicht, dass ich Emil umgebracht habe, obwohl mir klar ist, dass es so aussehen muss.«

Bornheim seufzte. Blätterte wieder in seinen Unterlagen. »Du bist bei deinem letzten Einsatz erneut auf deinem Platz geblieben, obwohl dieser Mann aufgetaucht ist, richtig?«

Dorian nickte mutlos. Ja, das war vermutlich dumm gewesen und er war jederzeit bereit, das zuzugeben.

»Das wiegt die Tatsache, dass du den gesperrten Bereich betreten hast, wieder auf.« Bornheim schob die Papiere zur Seite. »Gut, Dorian. Ich habe es dir ja letztens schon gesagt: Es gibt noch andere Aufgaben als das Verteilen von Flugblättern. Bessere, einerseits, aber auch schwierigere.« Er hielt einen Moment inne. »Du wirst viel mehr Verantwortung tragen als bisher und möglicherweise in unangenehmere Situationen kommen. Traust du dir das zu?«

»Ja.« Dorians Antwort kam wie aus der Pistole geschossen. Alles war besser, als für jeden sichtbar auf der Straße zu stehen, abholbereit für die Polizei. »Vielen Dank.«

Beschwingt verließ er das Büro. Das Gespräch war viel entspannter gelaufen, als er zu hoffen gewagt hätte, und er würde Bornheim nicht enttäuschen, er würde seine neuen Aufgaben so gut erledigen, wie er nur konnte.

Doch als er zu den anderen in den Salon zurückkehrte, fand er sie in gedrückter Stimmung vor. Es hatten sich kleine Grüppchen gebildet, die leise miteinander sprachen.

»Was ist passiert?« Er legte Stella einen Arm um die Schultern. Sie blickte zu ihm hoch – ihre Augen waren rot, als hätte sie geweint.

»Vor zehn Minuten ist der Wagen zurückgekommen. Sie sagen, Melvin sei abgehauen. Er war nicht am Platz, als Bertold ihn abholen wollte, und ist auch nicht aufgetaucht, obwohl sie fast eine Viertelstunde gewartet haben.«

Das war unmöglich. Dorian schüttelte entschieden den Kopf. Melvin war der Letzte, der sich einfach aus dem Staub machen würde; sie hatten mehr als einmal darüber gesprochen, wie verrückt das wäre. »Kann es nicht sein, dass sie sich verpasst haben? Oder dass er pinkeln musste und hinter dem nächsten Busch verschwunden ist? Und jetzt schon längst wieder dort steht?«

Oder dass auch ihn jemand erkannt hat? Erkannt und fortgeschleppt?

Dorian schob den Gedanken beiseite. »Ich weiß ganz genau, dass Melvin hier nicht wegwollte. Da muss etwas anderes dahinterstecken.«

Stella blickte zu Boden. »Hoffentlich. Bertold ist jedenfalls noch mal losgefahren und sucht nach ihm. Aber du weißt ja, die Stadt ist groß …«

Je später der Abend wurde, ohne dass der Vermisste auftauchte, desto größer wurden die Sorgen, die Dorian sich machte. Er wusste noch genau, was Melvin gesagt hatte, damals, als dieser Max verschwunden war: „Eine Chance so mit Füßen zu treten. Mir würde das im Traum nicht einfallen."

Es hatte ernsthaft geklungen und völlig ehrlich. Dorian konnte sich einfach nicht vorstellen, dass Melvin seine Einstellung so schnell geändert hatte. Er war nicht aus Nachlässigkeit vom Treffpunkt weggeblieben und auch nicht aus einer Laune heraus. Es musste einen anderen Grund geben.

An diesem Abend kam Bornheim vorbei, saß in einem hohen Ledersessel am Fenster und wirkte außerordentlich bekümmert. Irgendwann winkte er Dorian zu sich heran. »Du bist doch mit Melvin befreundet, nicht wahr?«

»Ja. Und ich mache mir ziemliche Sorgen, er wohnt so gern hier – ich kann mir nicht vorstellen, dass er freiwillig geht. Vielleicht ist es ein Missverständnis gewesen.«

Bornheim strich sich mit dem Daumen übers Kinn. »Ja, vielleicht. Wir suchen nach ihm, natürlich, aber wenn es wirklich so sein sollte, dass er nicht mehr zurückkommen will, dann wird niemand ihn zwingen.«

»Er will!« Stella hatte sich unbemerkt zu ihnen gesellt. »Ganz sicher. Er liebt das Leben hier, das hat er oft gesagt.«

Es musste ihre unverstellte Begeisterung sein, die Bornheim

zum Lächeln brachte. »Ja, mir gegenüber hat er das auch einige Male betont. Aber manchmal ändern sich die Dinge schneller, als man glaubt.« Er blickte auf, sah erst Stella, dann Dorian an. »Es täte mir sehr, sehr leid um ihn. Die Tür hier steht ihm immer offen, aber er muss hindurchgehen wollen.«

Dorian schlief schlecht und war schon um fünf Uhr morgens wach. Die Sorge um Melvin hatte sich wie ein grauer Faden durch seine Nacht gezogen und alle Träume durchwebt.

Er setzte sich im Bett auf. Vielleicht hatte sich längst alles geklärt und Bertold hatte Melvin gefunden. Dann schlief der jetzt zwar tief und fest, aber wenn Dorian seine Tür ganz leise öffnete, würde er ihn nicht wecken.

Er zog sich an und schlich in Socken den Gang entlang. Melvins Zimmer war das vierte auf der rechten Seite; Dorian kannte es gut. Sie hatten einige Abende dort plaudernd verbracht.

Vorsichtig presste er sein Ohr an die Tür. Hoffte, Schnarch- oder Atemgeräusche zu hören, doch das einzige Geräusch, das er wahrnahm, war das Rauschen seines eigenen Blutes.

Also drückte er langsam die Klinke nach unten. Nur die wenigsten sperrten ab, zu stehlen gab es nichts.

Die Tür öffnete sich geräuschlos. Dorian schob den Kopf durch den Spalt, spähte zum Bett. Trotz der Dunkelheit ließen sich Umrisse erkennen und es war auf den ersten Blick klar, dass das Zimmer leer war.

Doch es war nicht nur Melvin, der fehlte. Das Gleiche galt auch für sein Kopfkissen, seine Decke, die Bücher, die sonst überall herumlagen.

Dorian öffnete die Tür zur Gänze und betrat den Raum. Es war noch völlig ruhig in der Villa und er würde sich beeilen. Kein Licht einschalten.

Nein, er hatte sich nicht getäuscht. Das Bett war abgezogen, der Schrank war leer. Kein einziges rotes Shirt mehr, keine Jacke, keine Schuhe.

Langsam drehte Dorian sich um und verließ das Zimmer. Schloss lautlos die Tür hinter sich.

Sein Herz lag ihm steinschwer in der Brust. „Die Tür hier steht ihm immer offen", hatte Bornheim gesagt. Trotzdem war man sich in der Villa offenbar sehr sicher, dass Melvin nicht mehr zurückkommen würde.

Kapitel 9

Oder nicht mehr zurückkommen durfte? Konnte? Den ganzen Tag über ging Dorian Melvins Verschwinden keine Sekunde lang aus dem Kopf. In der Ethikstunde redeten sie über Gerechtigkeit und ob es sie gab; Nico stellte die Theorie in den Raum, dass man, um Gerechtigkeit zu erreichen, nachhelfen könne, wenn man sich sozusagen selbst als Gewicht in die richtige Waagschale warf. Aber das alles drang nur halb bis zu Dorian durch.

Melvin musste etwas zugestoßen sein. Anders war die Situation nicht zu erklären. Etwas war mit ihm geschehen und in der Villa wusste man davon, sonst hätte man nicht sein Zimmer leer geräumt.

Aber warum sagte ihnen niemand, was passiert war? Dafür musste es doch einen Grund geben.

Auch Stella wirkte bedrückt. Immer wieder griff sie nach Dorians Hand, als wolle sie sich durch die Berührung vergewissern, dass er noch da war. Und dass er bleiben würde.

Das Wetter war für einen Spaziergang heute zu grau, immer wieder regnete es, also verbrachten sie den Nachmittag im Salon. Blickten wider besseres Wissen ständig aus dem Fenster, in der Hoffnung, Melvin die Auffahrt heraufkommen zu sehen.

Angenommen, er würde es versuchen – konnte es ihm gelingen, allein zur Villa zurückzukehren? Sie alle waren die Strecke in die Stadt und zurück nun schon häufig mitgefahren, aber immer in der fensterlosen Dunkelheit des Laderaums. Dorian hätte keinen Ortsnamen nennen können, nur eine ungefähre Richtung einschätzen, und selbst da war es gut möglich, dass er sich irrte.

Aber vielleicht wusste Melvin mehr über die Lage der Villa, schließlich hatte er lange hier gewohnt.

»Was denkst du, wo er jetzt steckt?« Stella drehte eine ihrer Haarsträhnen zwischen den Fingern. Sie saß so dicht neben Dorian, dass ihre Beine sich berührten – das einzig Tröstliche an diesem Nachmittag.

»Ich habe keine Ahnung. In Schwierigkeiten, fürchte ich. Er war so zufrieden hier, er wollte nicht weg.« Es war mindestens das fünfte Mal, dass er diese Tatsache heute feststellte. Bisher hatte er Stella noch nicht von dem leer geräumten Zimmer erzählt – etwas hielt ihn zurück, er wusste nicht genau, was es war. Wahrscheinlich das unbehagliche Gefühl, das ihn selbst jedes Mal durchzuckte, wenn er daran dachte. Der Gedanke, dass die Dinge in der Villa vielleicht ein wenig anders lagen, als es den Anschein hatte.

Am liebsten hätte er mit Bornheim darüber gesprochen. Der wusste, was es mit Melvins Fernbleiben auf sich hatte, da war Dorian sich nahezu sicher. Möglicherweise war es ja auch so, dass Melvin sich falsch verhalten hatte und deshalb nicht mit zurückgedurft hatte.

War so etwas möglich? Von Sanktionen hatte niemand je gesprochen, weder Bornheim noch Bertold. Auch keiner der erwachsenen Lehrer.

Den ganzen Abend über blieb die Stimmung in der Villa gedrückt. Sogar Paula, die mürrische Verwalterin der Stundenpläne, schien Melvin gemocht zu haben.

»Es passiert immer wieder«, sagte sie, während sie in ihrem

Essen stocherte. »Manchmal hauen auch die ab, bei denen man am wenigsten damit gerechnet hätte.«

Erst heute, bei näherem Hinsehen, erkannte Dorian, dass die eintätowierten Dornenranken, die sich über Paulas halbes Gesicht zogen, darunterliegende Narben verdeckten. Teils flach, teils wulstig. Er fragte sich, ob es ein Unfall gewesen war, der das Mädchen so entstellt hatte. Oder ob das jemand mit Absicht getan hatte. Mit so etwas wie einer Glasscherbe.

»Ich glaube nicht, dass Melvin von hier wegwollte.« Je öfter Dorian es sagte, desto überzeugter war er davon.

Von Paula erntete er dafür nur einen verächtlichen Blick. »Du kanntest ihn doch überhaupt nicht. Nur weil ihr ein paarmal zusammengesessen und euch gut verstanden habt, weißt du noch lange nicht, was in ihm vorging.«

Am nächsten Morgen hätte er eigentlich wieder Dienst gehabt, doch nachdem Bornheim ihn freigestellt hatte, ließ Dorian sich mit dem Frühstück Zeit. Es würde ein langer Tag werden, ohne Arbeit und ohne Unterricht. Er würde unendlich viel Zeit haben, über Melvins Verbleib nachzudenken, und er würde sich wie gelähmt fühlen, weil er keine Chance hatte, auch nur das Geringste herauszufinden.

Und kein Fernsehen, um sich abzulenken, von Internet ganz zu schweigen. Allerdings – eine Bibliothek.

Es musste Ewigkeiten her sein, dass Dorian das letzte Mal bäuchlings auf einem Bett gelegen und den ganzen Tag lang nur gelesen hatte. Aber genau das würde er heute tun.

Seine Laune verbesserte sich schlagartig, er räumte sein Frühstücksgeschirr in die Küche und machte sich auf den Weg zur Treppe in den oberen Stock.

»Dorian?«

Er hatte Bertold nicht kommen gehört. Als er sich umdrehte, sah er den Fahrer mit verschränkten Armen im Türrahmen lehnen.

»Hallo. Hast du die anderen schon alle abgeliefert?«

»Ja, natürlich. Es ist gleich neun. Kommst du bitte? Wir sollten in zehn Minuten losfahren.«

Lächelnd schüttelte Dorian den Kopf. »Nein, das ist ein Missverständnis, Bornheim hat mich freigestellt, ich muss nicht –«

»Ich sage das auf Bornheims Anweisung hin. Wir haben etwas zu erledigen – nein, eigentlich du.« Er klimperte mit seinem Schlüsselbund. »Ich fahre dich nur.«

»Okay. Ich hole nur schnell meine Jacke.« Warum war er eigentlich so verwundert? Bornheim hatte schließlich angekündigt, dass er andere Aufgaben für ihn finden würde. Nur hatte Dorian nicht erwartet, dass das so schnell gehen würde.

»Nicht die Sportjacke. In deinem Schrank hängen ein Hemd und ein Sakko, zieh das bitte an. Bis gleich.«

Das Sakko. Es war gleichzeitig mit den roten Sachen aufgetaucht und Dorian hatte das anfangs für einen Irrtum gehalten. Falsch gedacht, offenbar.

Er zog sich um und betrachtete sich im Spiegel. Wie ein Musterschüler, dachte er. Oder als würde ich zu einem Begräbnis gehen.

Bertold wartete am Wagen auf ihn. »Setz dich bitte hinten rein. Wir besprechen kurz, was du zu erledigen hast. Es ist nicht schwer, aber du solltest dich trotzdem konzentrieren, ja?«

»Sicher.« Dorian sah ihn von der Seite an. Fühlte eine Anspannung in sich aufsteigen, die er sich nicht erklären konnte.

»Also: Im Prinzip musst du nur etwas abgeben. Eine Art Werbegeschenk. Aber du musst sichergehen, dass du es der richtigen Person in die Hand drückst. Du darfst dich weder abwimmeln noch einschüchtern lassen und vor allem darfst du dich nicht irren.«

Das klang machbar. Wozu Dorian sich dafür so in Schale werfen musste, begriff er zwar nicht, nahm es aber hin. Vielleicht lag es einfach daran, dass er Bornheims Firma repräsentieren würde, auch wenn er nur etwas lieferte.

»Der Mann, um den es heute geht, heißt Gerstner. In dem Kuvert neben dir liegt ein Foto von ihm, hol es bitte heraus.«

Ernsthaft? Dorian warf Bertold einen halb fragenden, halb spöttischen Blick zu, doch der blieb vollkommen ernst.

Also öffnete Dorian den Umschlag und fand dort tatsächlich ein Foto. Der abgebildete Mann musste zwischen vierzig und fünfzig sein. Er hatte, abgesehen von einem buschigen Kranz, der von einem Ohr zum anderen verlief, fast keine Haare mehr. Hellblaue Augen, fleischige Nase, Doppelkinn. Ein Durchschnittsgesicht, über das man hinwegsehen würde, wenn man dem Mann auf der Straße begegnete. Doch Dorian gab sich Mühe, sich die Züge einzuprägen. Achtete auf Kleinigkeiten wie ein Muttermal im rechten Augenwinkel. Eine ausgeprägte Stirnfalte zwischen den Augenbrauen. Legte dann das Foto zurück.

»Du wirst nicht erwartet, das ist das Problematische bei der Sache. Also musst du erst am Pförtner und dann an der Sekretärin vorbei. Beiden kannst du sagen, du hättest eine Lieferung für Herrn Gerstner.« Bertold drehte kurz den Kopf in Dorians Richtung. »Aber du darfst sie niemandem außer ihm persönlich übergeben. Sobald du vor Gerstner stehst, wird er dir wahrscheinlich Fragen stellen. Von denen du keine einzige beantwortest.«

Irritiert runzelte Dorian die Stirn. »Warum nicht?«

»Weil Bornheim das nicht will. Du gehst aber auch nicht sofort, sondern wartest etwa fünf Minuten. Außer, Gerstner wirft dich schon vorher raus.«

Wenn Dorian es richtig verstanden hatte, bestand seine Aufgabe darin, sich Zugang zu einem bestimmten Büro zu verschaffen, dort etwas abzugeben und dann schweigend herumzustehen, bis es seinem Gegenüber zu blöd wurde.

Das klang bescheuert. Da hätte er lieber weiterhin Flugzettel verteilt. Wenn es bloß diesen Typen nicht gegeben hätte, der aus heiterem Himmel begonnen hatte, von Emil zu reden.

Das würde ihm in einem Büro nicht passieren. So gesehen war die neue Aufgabe wahrscheinlich die bessere. Obwohl er sie im Unterschied zur letzten nicht verstand.

Sie fuhren etwa eine halbe Stunde, bevor Bertold Dorian aussteigen ließ. Vor einem Hochhaus mit Glasfassade, mindestens zwanzig Stockwerke hoch, in einem der Bürobezirke. Irgendwo auf halber Höhe prangte das Logo einer großen Bank.

»Setz dich auf den Beifahrersitz und mach die Tür zu.« Bertold griff nach dem Koffer, der zwischen den Sitzen stand, öffnete ihn und nahm ein längliches Kästchen aus Hartplastik heraus, etwa fünfzehn Zentimeter lang und vier Zentimeter hoch. Versiegelt. Es war deutlich zu groß, um es in die Hosentasche stecken zu können, aber vielleicht ließ es sich im Inneren des Sakkos verbergen.

»Denk daran, was wir besprochen hatten. Mach keinen Fehler. Du gibst das nur Walter Gerstner. Niemandem sonst, unter keinen Umständen.«

»Okay«, sagte Dorian.

»Er wird dich wahrscheinlich fragen, wer dich geschickt hat. Und wie du heißt. Beides sagst du ihm nicht.«

Unbehaglich rutschte Dorian im Autositz hin und her. »Ist das nicht unhöflich?«

»Darüber zerbrich dir nicht den Kopf. Du sagst nur einen einzigen Satz, wenn du ihm die Schachtel gibst: ›Das ist die zweite Lieferung.‹ Sonst nichts.«

Das klang alles völlig abwegig. Wie aus einem Film. Man musste Dorian die Zweifel am Gesicht ablesen können, denn Bertold schlug ihm lachend auf die Schulter.

»Mach dir keine Sorgen, wahrscheinlich wird Gerstner weniger überrascht reagieren, als du denkst«, sagte er grinsend.

»Nur … wozu das ganze Theater? Warum schickt Bornheim die Schachtel nicht mit der Post? Aber was ich vor allem nicht verstehe, ist, warum ich nichts sagen darf. Ist das nicht albern?«

Bertolds Gesicht wurde wieder ernst. »Nein. Das ist Marketing. Manche Firmen entwickeln spezielle Strategien, um auf sich aufmerksam zu machen und aus der Masse der Konkurrenten herauszustechen. Bornheim traut dir zu, bei diesen Strategien eine Rolle zu spielen, aber wenn du das nicht möchtest, ist das natürlich auch in Ordnung.«

Nein. Das war es nicht, wie Dorian mühelos an Bertolds leicht genervtem Ton bemerkte.

»Ist schon okay«, beeilte er sich zu sagen. »Ich wollte ja nur den Grund verstehen. Also, ich gehe rein, gelange irgendwie zu diesem Gerstner, gebe ihm das Päckchen, bleibe ein paar Minuten stehen und haue dann wieder ab.« Er dachte kurz nach. »Was, wenn sie mich aufhalten? Oder … die Polizei rufen?«

Allein der Gedanke drückte ihm die Luft ab. „Anspruchsvoll" hatte Bornheim den Job genannt. Von „riskant" war keine Rede gewesen.

»Das würde mich außerordentlich wundern. Wenn du es einmal bis zu Gerstner geschafft hast, wirst du vermutlich keine Probleme mehr bekommen. Solltest du tatsächlich nicht zu ihm durchgelassen werden, musst du deine Fantasie spielen lassen.

Die solltest du doch trainiert haben, während du auf der Straße gelebt hast.« Um Bertolds Mund spielte ein amüsiertes Lächeln. »Du könntest vor der Herrentoilette auf ihn warten. Oder notfalls bis zum Abend, wenn er das Gebäude verlässt. Wichtig ist, dass am Ende das Werbegeschenk zu demjenigen kommt, für den es gedacht ist. Direkt aus deinen Händen.«

Allmählich begriff Dorian. Ein Scheitern kam nicht infrage, er konnte seine Vorstellung von einem schnellen Hallo-und-auf-Wiedersehen-Auftrag vermutlich begraben. Stattdessen würde er seinen ganzen Grips strapazieren müssen, um seine Aufgabe zu erfüllen.

Er spürte, wie sein Herzschlag sich beschleunigte, seine Handflächen feucht wurden. Nervosität. Ganz schlecht, in dieser Situation. Mehr aus dem Bedürfnis, noch ein bisschen Zeit zu gewinnen, als aus echter Neugierde heraus hob er die Kunststoffschachtel hoch. »Ich erfahre vermutlich nicht, was da drin ist?«

In Bertolds Gesicht rührte sich kein Muskel. »Da hast du völlig recht.«

»Aber es ist nichts Illegales, oder? Eine Waffe, irgendwas Gesundheitsschädliches …«

»Nein.« Die Antwort kam mit aller Bestimmtheit. »So etwas ist es nicht. Darüber musst du dir keine Sorgen machen. Aber du darfst es niemals, unter keinen Umständen, aufmachen.«

»Okay.«

»Und du darfst es nur demjenigen geben, für den es bestimmt ist. Bevor es jemand anders in die Finger bekommt, zerstörst du es besser. Wirfst es von hoch oben aus dem Fenster, zum Beispiel. Hast du verstanden?«

Das klang … beunruhigend. Warum das alles, wenn es doch nur um ein Werbegeschenk ging?

»In Ordnung«, sagte Dorian trotzdem und griff widerstrebend nach dem Hebel, der die Autotür öffnete. »Du wartest hier?«

»Nicht hier.« Bertold deutete die Straße entlang. »Siehst du den Supermarkt dort drüben? Dreihundert, vierhundert Meter entfernt? Der hat einen großen Parkplatz und dort hole ich dich ab, sobald du alles erledigt hast.«

Im Moment wünschte Dorian sich nichts sehnlicher, als dass es schon so weit wäre. »Wie soll ich dich informieren, wenn ich fertig bin? Falls es länger dauert. Oder willst du die ganze Zeit dort drüben warten?«

Wieder lächelte Bertold, diesmal auf eine Art, die Dorian nicht gefiel. »Ich werde wissen, wenn du es geschafft hast. Mach dir keine Gedanken.«

Ach. Was sollte denn der Blödsinn? »Woher willst du das wissen?«

»Das spielt doch keine Rolle. Sobald du Erfolg hattest, warte ich auf dem Parkplatz hinter dem Supermarkt. Und jetzt: viel Glück.«

Kapitel 10

Der gläserne Turm ragte hoch vor ihm auf. Dorian ging mit schnellen Schritten darauf zu – er hatte die Erfahrung gemacht, dass man umso unverdächtiger wirkte, je zielstrebiger man sich benahm. Zögern ließ leicht auf ein schlechtes Gewissen schließen.

Er betrat die Eingangshalle durch eine Drehtür. Ja, da vorne rechts saß ein Portier, der allerdings Zeitung las und nur flüchtig aufblickte, als er Dorians Schritte hörte. Spätestens jetzt war klar, warum das Sakko eine gute Idee von Bornheim gewesen war, denn in diesem Aufzug unterschied Dorian sich auf den ersten Blick kaum von den Geschäftsleuten, die da und dort zu sehen waren. Viele waren es nicht – um diese Tageszeit saßen die meisten wohl schon in ihren Büros –, aber es waren immerhin genug, um in der Halle für betriebsame Atmosphäre zu sorgen.

Immer noch flott, als wüsste er genau, wo er hinwollte, ging er an dem Portier vorbei, nickte ihm sogar lächelnd zu. Wartete darauf, dass der Mann ihm nachrufen, ihn aufhalten würde, aber nichts dergleichen geschah. Ein Glück, dass er diesen Auftrag nicht in den USA durchführen musste, wo es in jeder Firma von Security wimmelte, dachte Dorian erstmals mit etwas leichterem Herzen.

Die erste Hürde war genommen und hatte sich als lächerlich niedrig erwiesen. Dort vorn waren die Aufzüge, drei Stück. Er drückte einen der Knöpfe, der daraufhin rot aufleuchtete, und hoffte, dass eine der Kabinen schnell da sein würde. Bevor der Portier sich doch noch auf seine Pflichten besann.

Nur wenige Sekunden später öffnete sich die linke Tür und Dorian trat ein. Die Kunststoffschachtel hielt er völlig offen in der linken Hand, die ganze Zeit über schon. Besser so, sonst wirkte er noch, als wolle er etwas verstecken.

Achtundzwanzig Stockwerke hatte das Gebäude. Achtundzwanzig Knöpfe auf dem Bedien-Panel im Inneren der Kabine.

Ohne lange nachzudenken, drückte Dorian die Nummer fünfundzwanzig. Wenn Bornheim diesen Gerstner durch Marketingmaßnahmen beeindrucken wollte, musste er wichtig sein. Die Menschen, die höhere Positionen einnahmen, hatten meist auch ihre Büros in den oberen Stockwerken. Sie thronten über den anderen. Jedenfalls glaubte Dorian, so etwas einmal gehört zu haben.

Im vierzehnten Stockwerk hielt der Aufzug und eine junge Frau stieg zu. Sie grüßte Dorian mit einem Nicken, das er erwiderte, und drückte die Einundzwanzig.

Aus den Augenwinkeln bemerkte er, dass sie ihn ansah. Sie stand nahe genug, um bemerken zu können, dass er deutlich zu jung war, um ein Mitarbeiter zu sein. Als Praktikant wäre er durchgegangen, aber war er dafür nicht zu gut angezogen?

Er wusste es nicht. Er wusste nur, dass sie ihn verstohlen betrachtete und wahrscheinlich überlegte, ob sie ihn hier überhaupt schon einmal gesehen hatte.

Einundzwanzigster Stock. Die Tür schob sich zur Seite, die Frau stieg aus. Verabschiedete sich, diesmal heftete sich ihr Blick für zwei oder drei Sekunden konzentriert auf sein Gesicht.

Rührte ihr Interesse etwa anderswoher? Hatte sie ein Foto

von ihm in der Zeitung gesehen? Im Internet? Auf jeden Fall würde sie ihn wiedererkennen, wenn es darauf ankam. Verdammt.

Der Aufzug setzte sich in Bewegung und hielt erst wieder an Dorians Ziel. Fünfundzwanzigstes Stockwerk. Er trat auf den Gang hinaus.

Unschlüssig stehen zu bleiben war auf keinen Fall gut, also ging er sofort zielstrebig los, als er aus einiger Entfernung Stimmen hörte. Zwei Männer, die sich unterhielten und lachten.

Dorian bog mit großen Schritten in den nächsten Korridor zur Rechten ein. Hier war alles außerordentlich elegant: Marmorböden, dunkle Holztüren, warme, indirekte Beleuchtung.

Keine Namensschilder neben den Büros.

Er fluchte innerlich. Gerstner in diesem Gebäude zu finden konnte Tage dauern, außer Dorian hatte richtig großes Glück und lief ihm zufällig in irgendeinem der Stockwerke über den Weg.

Was nicht passieren würde. Der einzige Weg, die Dinge zu beschleunigen, war zu fragen. Am besten jemanden, der ebenfalls noch jung war und möglichst unsicher wirkte …

Doch Dorian begegnete ausschließlich Leuten, die gut doppelt so alt waren wie er und es meist eilig hatten. Dadurch schenkten sie ihm wenigstens keine Aufmerksamkeit, trotzdem wurde er mit jeder Minute nervöser. Bei der nächsten Gelegenheit verschwand er im Treppenhaus und ging eine Etage tiefer. Dort befanden sich weitere Büros, ein paar Besprechungsräume … und eine Art Empfangstisch, hinter dem eine freundlich wirkende Frau mit blonder Hochsteckfrisur saß.

Bisher war sie die erste Anlaufstelle, die Dorian geeignet erschien.

Ich suche Herrn Gerstner, würde er sagen. Doch dann würde

die Frau ihn fragen, aus welchem Grund er ihn sprechen wollte, und Dorian hätte keine Ahnung, was er antworten sollte.

Außerdem würde die Frau Gerstner vermutlich anrufen, um Dorians Besuch anzukündigen, und dann brauchte er erst recht eine Erklärung für sein Auftauchen.

Nein. Alles nicht gut.

Ich bin sein Sohn. Nein, sein Neffe.

Klang nicht übel, nur dass er leider nicht wusste, wie Gerstners Familienverhältnisse aussahen.

Trotzdem, da war etwas in seinem ganzen Gedankenwirrwarr gewesen, das sich vielversprechend angefühlt hatte. Er wusste nur dummerweise nicht mehr, was.

Die Frau hinter dem Empfang hatte ihn bisher noch nicht bemerkt und Dorian machte ein paar Schritte zurück, damit das möglichst so blieb.

Kaum fünf Sekunden später klingelte in nächster Nähe ein Telefon.

Dorian wagte sich wieder ein Stück weiter vor, gerade so viel, dass er sie sehen konnte. Die Frau am Empfangstisch hatte den Hörer abgehoben und machte sich Notizen. »Selbstverständlich, Herr Reichert. Ich kümmere mich sofort darum.«

Telefon. Dorians Idee, die er fast zu greifen bekommen hätte, stand in Verbindung mit dem Telefon.

Genauer gesagt … mit dem Telefonverzeichnis.

Die blonde Frau war aufgestanden, sie suchte etwas in einer Schublade, fand es offenbar und lief mit einer hellgelben Aktenmappe unter ihrem Arm davon.

Mehr Glück hätte Dorian sich nicht wünschen können, trotzdem zögerte er noch. Wenn er beim Wühlen auf fremden Schreibtischen erwischt wurde …

Egal, er musste es riskieren. Eine solche Chance würde er

heute nicht noch einmal bekommen. Und ihm blieb sicher nicht allzu viel Zeit, also lief er los.

Der Arbeitsplatz war perfekt aufgeräumt. Außer ein paar Stiften und einem blütenweißen Schreibblock lag nichts herum. Der Computer war im Stand-by-Modus und, wie Dorian durch ein hastiges Drücken der Space-Taste feststellte, passwortgeschützt.

Keine Pinnwand, keine Ablagefächer. Das hier war nicht der Arbeitsplatz einer Sekretärin, wie seine Mutter es gewesen war, sondern der einer Empfangsdame. Die hauptsächlich dazu da war, Gästen den Weg in die richtigen Büros oder Besprechungszimmer zu zeigen, Kaffee zu kochen und ... Anrufer zu verbinden. Hundertprozentig gab es ein Telefonverzeichnis der Firma auf dem Computer, aber mit ein bisschen Glück ...

Dorian fand es in der untersten Schreibtischschublade. Sicher zehn oder zwölf Seiten, jede in Schutzfolie verschweißt, mit Spiralbindung zusammengehalten.

Und – noch mehr Glück – alphabetisch geordnet.

Mit fliegenden Fingern blätterte er zum G. Fand Walter Gerstner auf Anhieb: Durchwahl 1233, 20. Stockwerk, Zimmer 015.

Hastig ließ Dorian das Verzeichnis wieder in die Schublade gleiten, schloss sie mit einem Ruck – zu laut, viel zu laut – und lief in Richtung Treppenhaus.

Zwanzigster Stock, Zimmer 015, sagte er sich in Gedanken immer wieder vor, während er die Treppen hinunterrannte. Als ob er das vergessen könnte.

Das Gefühl, Bornheims Aufgabe bewältigen zu können, beflügelte ihn. Dabei war er immer noch nicht am Ziel – gut möglich, dass weitere Hindernisse auftauchten, dass Gerstner heute gar nicht da war oder dass er sofort die Security rief ...

Zwanzigster Stock. Dorian drückte die Tür auf, die in den Bürotrakt führte. Diesmal zögerte er keinen Wimpernschlag lang, obwohl auf dieser Etage deutlich mehr los war als auf der fünfundzwanzigsten. Er lief die Korridore entlang, suchte nach dem Raum mit der richtigen Nummer und wurde schließlich fündig.

015. Das Büro befand sich ganz am Ende eines Gangs, nicht rechts oder links, sondern so, dass man frontal darauf zuging. Ein Chefbüro, gar keine Frage. Neben der Tür befand sich eine kleine lederne Sitzgruppe rund um einen Glastisch, auf dem Golf- und Jachtmagazine aufgefächert lagen.

Jetzt nicht stehen bleiben. Weitergehen. Nicht nachdenken.

Dorian wischte die Kunststoffschachtel an seiner Hose ab, um die Abdrücke zu beseitigen, die er mit seinen schweißnassen Händen darauf hinterlassen hatte.

Dann öffnete er die Tür, ohne anzuklopfen, ignorierte die Sekretärin, die irgendetwas wie »Sie wünschen?« sagte, und steuerte direkt auf die nächste Tür zu, hinter der das tatsächliche Chefbüro liegen musste.

Egal wie es lief, gleich würde er es hinter sich haben. Er drückte die Klinke hinunter, riss die Tür auf und stand Walter Gerstner gegenüber. Er war es, keine Frage. Der kahle Kopf mit dem buschigen Haarkranz, das Muttermal neben dem Auge.

Wie durch einen Schleier hörte Dorian die Tür ins Schloss fallen. Versuchte, sich zu erinnern, was genau er jetzt tun sollte.

Das Kästchen auf den Schreibtisch legen. Und etwas sagen …

»Das ist die zweite Lieferung«, stieß er hervor und unterdrückte seinen Fluchtreflex, der sich nun mit aller Heftigkeit meldete. Nein. Du wartest, hatte Bertold gesagt. Fünf Minuten.

Das würde er nie schaffen.

Gerstner hatte sich halb von seinem Stuhl erhoben, als Dorian hereingeplatzt war. Nun ließ er sich wieder zurücksinken und blickte irritiert zwischen Dorian und dem Kästchen hin und her.

»Was soll das?«, fragte er schließlich.

Nicht antworten. Nur stehen bleiben. Dorian glaubte nicht, dass er sich jemals zuvor so lächerlich vorgekommen war. Er erwiderte Gerstners Blick, bat ihn stumm, nicht die Polizei zu rufen.

Alles an diesem Mann wirkte teuer: der Anzug, die Brille, der schwere Siegelring an seiner Hand. Er war wohlhabend, einflussreich und er zeigte es. Ebenso klar war, dass er sich nicht für dumm verkaufen lassen würde.

»Soll das ein Geschenk sein?« Gerstner musterte Dorian eindringlich. »Von dir?«

Nichts sagen. Nur dastehen. Sekunden zählen.

Hinter Dorian wurde die Tür aufgerissen. »Es tut mir leid!« Die Stimme der Sekretärin hatte einen unangenehm quäkenden Ton. »Aber … er ist einfach an mir vorbeigestürmt. Soll ich –«

»Nein, Sie sollen nicht«, sagte Gerstner knapp. »Gehen Sie und machen Sie die Tür zu.«

Er hatte Dorian nicht aus den Augen gelassen, betrachtete ihn mit der gleichen Intensität, wie einige der Passanten es vor Kurzem auf der Straße getan hatten.

Lag es an ihm? Hatte er irgendetwas Merkwürdiges an sich?

»Die zweite Lieferung also, ja?«

Dorian unterdrückte den Impuls zu nicken. Wie lange musste er das hier noch aushalten? Vier Minuten wahrscheinlich, mindestens.

Gerstner nahm das Kästchen und schüttelte es vorsichtig. »Ich denke, ich weiß, was das ist, aber du hast keine Ahnung, hm?« Er grinste schief. »Gibt es nichts, was du mir noch sagen sollst? Irgendwelche Zusatzinformationen?« Er wartete. Betrachtete Dorian wieder mit diesem intensiven Blick. »Okay, dann nicht.«

Dorian begriff nicht, was Gerstner meinte; er hätte ihn gern gefragt, war aber fest entschlossen, sich an die Anweisungen zu halten. Nichts sagen. Nur warten. Es war ihm schleierhaft, welche Art von Effekt Bornheim sich von dieser bescheuerten Vorstellung erhoffte, aber für dieses eine Mal hatte er sich darauf eingelassen und nun würde er es auch durchziehen. So gut er eben konnte.

Einige Sekunden lang herrschte Stille. Vielleicht wollte Gerstner ausprobieren, ob sie Dorian dazu veranlassen würde, endlich zu sprechen. Doch am Ende war es wieder Gerstner selbst, der das Schweigen brach.

»Sehe ich das richtig: Du willst einfach hier stehen bleiben, ja?« Die Situation schien ihn zunehmend zu amüsieren.

Dorian trat unbehaglich von einem Bein aufs andere. Wenn er jetzt ging, müsste Bertold eigentlich zufrieden sein. Zwar waren die fünf Minuten sicher noch nicht abgelaufen, aber allzu viel konnte nicht mehr fehlen. Unschlüssig wich er zwei Schritte zurück. Und zwei weitere, als Gerstner den Telefonhörer abhob und eine Taste drückte.

»Sicherheitsdienst? Gerstner spricht. Es könnte sein, dass ich hier ein kleines Problem habe, und ich wäre froh, wenn Sie sich darum kümmern würden. Ja, in meinem Büro. Danke.«

Damit war die Sache klar. Dorian wandte sich um und verließ das Zimmer ebenso schnell, wie er gekommen war – wieder wortlos an der Sekretärin vorbei und diesmal auf die Aufzüge zu. Im besten Fall würden die Sicherheitsleute gleichzeitig mit dem Lift nach oben fahren.

Die Tür zur rechten Aufzugskabine öffnete sich schneller, als er zu hoffen gewagt hatte. Dorian stürzte hinein und wählte den Knopf für den ersten Stock. Nicht für das Erdgeschoss – gut möglich, dass sie dort auf ihn warteten. Mit ein bisschen Glück würde es zwischendurch keinen Halt geben – er wollte auf keinen Fall erwischt werden, jetzt, wo er seine Aufgabe fast bewältigt hatte.

Keine Sekunde lang ließ er die roten Zahlen, die die Stockwerke hinunterzählten, aus den Augen: 19, 18, 17 …

Die Kabine glitt tiefer, ohne zu bremsen, stoppte erst am von Dorian gewählten Ziel. Als sich die Tür beiseiteschob, warf Dorian schnelle Blicke nach rechts und links, aber da war niemand, der auf ihn zu warten schien. Keine schwarz gekleideten Männer mit Funkgeräten.

Die letzte Etage lief er zu Fuß und verließ das Haus nicht durch die Eingangshalle, sondern durch einen Hinterausgang, der in eine Nebenstraße führte und vor dem jede Menge Müll- und Altpapiertonnen standen.

Zwischen diesen Containern legte Dorian eine kurze Pause ein, um sich zu orientieren. Und um wieder zu Atem zu kommen; er merkte erst jetzt, dass die Anspannung ihm fast die Luft genommen hatte.

Wo war von hier aus gesehen der Supermarkt? Konnte er dort auch hingelangen, ohne noch einmal an der Vorderfront des Gebäudes vorbeizumüssen?

Wahrscheinlich war es klug, einen Haken zu schlagen. Erst mal weg von hier, schnell. Zwei, drei Gassen zwischen sich und den Ort des Geschehens bringen und dann auf den Supermarkt zusteuern.

Zielstrebig marschierte Dorian los, die Hände tief in den Taschen seines Sakkos vergraben. Innerlich bereitete er sich darauf vor, stundenlang auf diesem Parkplatz herumstehen und auf Bertold warten zu müssen. Der würde noch nicht wieder da sein, jede Wette.

Alle paar Meter warf Dorian prüfende Blicke über die Schulter. Hielt sich nah an den Hauswänden, damit niemand einfach neben ihm bremsen und ihn ins Auto zerren konnte. Aber … vielleicht waren die Sicherheitsleute ja auch schon zufrieden, wenn sie feststellten, dass er das Haus verlassen hatte? Es gab keinen Grund, ihm nachzustellen.

Außer natürlich, der Inhalt des Kästchens entpuppte sich als bedenklich. Dann würde er sie in Kürze wieder im Nacken haben, sie würden ihn verfolgen und wissen wollen, wer ihn geschickt hatte.

Dorian verlangsamte seine Schritte. Er hatte immer noch nicht die geringste Vorstellung davon, was die Schachtel enthalten haben könnte. So ziemlich alles eigentlich, was nicht größer als ein Taschenbuch und nicht schwerer als ein Handy war.

Vielleicht war es ein Handy? Aber ebenso gut konnte es ein schickes Schreibset gewesen sein oder ein gravierter Brieföffner – eines dieser Dinge, die gern als Werbeartikel verschenkt wurden. Dorian dachte an den langen, metallenen Schuhlöffel, den sein Vater einmal von einer Firma bekommen hatte, mit der er Geschäfte machte. Und daran, wie dieses Geschenk sich auf seinem Rücken angefühlt hatte, auf seiner linken Hüfte. An die zwei Striemen, die es hinterlassen hatte, bevor Dorian sich in sein Zimmer flüchten und sich dort einschließen konnte. Daran, wie die Striemen sich innerhalb von einer Stunde schwarz verfärbt hatten.

Angewidert schob er den Gedanken beiseite. Das alles lag hinter ihm und im Moment gab es andere Dinge, auf die er sich konzentrieren musste. Nicht erwischt werden, den Parkplatz finden.

Letzteres schien kein Problem zu sein. Der Supermarkt befand sich genau da, wo er ihn trotz aller Umwege vermutet hatte. Als er um die nächste Ecke bog, konnte er bereits die Seitenfront erkennen. Sah Kunden, die vollgepackte Einkaufswagen zu ihren Autos schoben.

Aber noch keine Spur von Bertold.

Dorian schlenderte betont gelassen auf den Parkplatz zu und ließ seinen Blick in alle Richtungen schweifen. Wirklich gut, fiel ihm auf, eignete sich dieser Ort nicht für ein Treffen, besonders dann, wenn er gezwungen sein würde, längere Zeit hier zu warten. Irgendwann würde jemand auf die Idee kommen, dass er vielleicht darauf aus war, ein Auto zu knacken.

Er stellte sich ganz an den Rand der Parkfläche, dorthin, wo fast alle Stellplätze leer waren. Auch das fühlte sich nicht gut an, hier stand er völlig ungeschützt und war für jeden weithin sichtbar.

Sollte er eine Runde durch den Supermarkt drehen? In altbewährter Weise? Nur, was dann? Früher war er danach einfach weitergezogen, meistens in den nächsten Park, aber diesmal musste er in der Nähe bleiben, wenn er Bertold nicht verpassen wollte.

Er war mit seinen Überlegungen eben an diesem Punkt angelangt, als der dunkle Van von der Straße her einbog. Keine fünf Minuten nachdem Dorian angekommen war.

Hinter der dunklen Scheibe erkannte er Bertolds Silhouette. Der Wagen fuhr zügig an den parkenden Autos vorbei und blieb direkt neben Dorian stehen.

Bertold grinste ihn an, sprang heraus und öffnete die Hecktür. »Du warst schnell, alle Achtung! Los, steig ein.«

»Okay«, sagte Dorian, bereits wieder in der Dunkelheit des Laderaums gefangen. »Hörst du Gerstners Telefongespräche ab?«, setzte er nach, so laut, dass Bertold es auch vorne in der Fahrerkabine hören musste. »Woher weißt du, dass ich das Ding schon abgegeben habe?«

Kurzes Auflachen. »Spielt doch keine Rolle. Hauptsache, du –«

»Für mich spielt es durchaus eine Rolle«, unterbrach ihn Dorian. »Ich lasse mich sehr gern für alles Mögliche einspannen, aber nicht für blöd verkaufen. Und diese ganze Geheimnistuerei ist mir ziemlich zuwider, um ehrlich zu sein.«

Er biss sich auf die Lippen. So deutlich hatte er nicht werden wollen, das war die Nervosität, die langsam von ihm abfiel. »Ich weiß ja nicht einmal, was ich Gerstner da überreicht habe. Irgendwann zwischendurch kam mir der Gedanke, es könnte eine Bombe sein und ich würde gemeinsam mit ihm und dem ganzen Haus in die Luft fliegen.« Dorian tastete im Dunkel nach dem Sicherheitsgurt.

»Ich garantiere dir, du hast keine Bombe übergeben. Und auch sonst nichts, das sich damit vergleichen ließe«, erwiderte Bertold seelenruhig. »Aber Tatsache ist, du hast dich sehr geschickt angestellt. Verrätst du mir, wie du so schnell an den richtigen Mann herangekommen bist?«

Möglicherweise war es nur kindlicher Trotz, der Dorian Nein sagen ließ. »Du weichst schließlich auch jeder meiner Fragen aus.«

Wieder lachte Bertold auf. »Na gut. Dann belassen wir es einfach dabei, dass du extrem geschickt warst. Ist dir jemand gefolgt?«

Ein Satz wie aus einem Kinofilm. *Ist dir jemand gefolgt?*

»Ich glaube nicht«, antwortete Dorian zögernd. »Ich habe niemanden gesehen. Dieser Gerstner hat zwar den Sicherheitsdienst gerufen, aber er war meinetwegen nicht wirklich beunruhigt. Eher genervt.«

»Du solltest ihn ja auch nicht beunruhigen, sondern ihm nur ein Geschenk überreichen.« Immer noch wirkte Bertold amüsiert. »Das hast du bestens hinbekommen, wie es scheint.«

Allmählich kam Dorian sich leicht veräppelt vor. Hatte hinter dieser Aufgabe überhaupt ein tieferer Sinn gesteckt? Oder war er nur in das Bürogebäude geschickt worden, um Bertold und Bornheim zu unterhalten? So, wie man eine Maus in ein Labyrinth setzte und beobachtete, auf welche Weise sie wieder herausfinden würde? Es fühlte sich tatsächlich so an.

Nein, Dorian kapierte es nicht. Das alles passte nicht zusammen. Die Flugzettel, der Unterricht in der Villa, das verborgene Haus voller Computer und nun dieser behämmerte Auftrag. Nichts sagen, aber stehen bleiben und Löcher in die Luft starren.

Bildete er es sich ein oder dauerte der Weg zurück zur Villa diesmal länger als sonst?

Der Gedanke machte ihn plötzlich nervös. Und ein anderer tauchte unvermittelt auf: Hatte er diesen neuen Job bekommen, weil Melvin nicht mehr da war? Hatte er ihn in gewisser Weise von ihm übernommen?

Es konnte doch sein, dass Melvin ebenfalls ein Kästchen hatte überbringen sollen. Und geschnappt worden war.

Bertold würde ihm die Wahrheit sicher nicht verraten. Dafür ließ die Dunkelheit um Dorian herum neue, erschreckende Bilder in seinem Kopf entstehen: Vielleicht hatte Melvin bei seinem Auftrag versagt. Und danach …

»Wir fahren nach Hause, oder?«

Es entstand eine kurze Pause, bevor Bertold antwortete. »Natürlich. Was dachtest du denn?«

Das wusste Dorian selbst nicht, aber für Sekundenbruchteile hatte die Vorstellung von abgelegenen Waldstücken und einem vorsorglich ausgehobenen Grab seine Fantasie durchzuckt.

Nein. Was für ein Quatsch. Wie kam er auf derart abstruse Ideen?

Trotzdem war er über alle Maßen froh, bald darauf das Knirschen des Kieses unter den Reifen zu hören, froh, als Bertold die Hecktür öffnete und das Herrenhaus mit seiner Freitreppe und den Säulen zum Vorschein kam.

Kapitel 11

Die Mahlzeit, die Antonia ihm anbot, lehnte Dorian ab und bezog Warteposition vor dem Raum, in dem Stella gerade Englischunterricht hatte. Eine halbe Stunde noch.

Eine halbe Stunde, die sich anfühlte wie eine Ewigkeit. Dorian zählte die Bücher im Regal vor ihm und seine eigenen Herzschläge. Falls es überhaupt möglich war, ließ das die Zeit noch langsamer fließen, doch dann, endlich, öffnete sich die Tür.

Stella war die Dritte, die herauskam, und sie fiel Dorian strahlend um den Hals. »Ich habe gehofft, dass du hier bist! War dir sehr langweilig bisher, so ganz ohne Arbeit und ohne Unterricht?«

Dorian zog sie ein Stück von den anderen weg. »Es lief ein bisschen anders, als ich gedacht hatte«, sagte er leise. »Ich erzähle es dir gleich. Wollen wir nach draußen gehen?«

Ihm war wohler dabei, im Freien zu sprechen. Die Villa war alt und verwinkelt, manchmal genügte es, in einer der Nischen zu sitzen und zu lesen, um unfreiwillig Zeuge privater Gespräche zu werden.

Im Park steuerte Dorian ganz automatisch die Hecke an, hinter der eine kleine Holzbank stand, deren Bretter von der Sonne gewärmt wurden.

»Ich war arbeiten heute. Allerdings habe ich keine Flugblätter verteilt.« Durfte er Stella davon erzählen? Es hatte ihm niemand das Versprechen abgenommen zu schweigen, nur war die ganze

Aktion von einer eigenartigen Aura der Geheimhaltung umgeben gewesen. »Ich habe jemandem etwas gebracht, das angeblich ein Werbegeschenk war.« Er nahm Stellas Hand, spielte mit ihren Fingern, streichelte sie. »Aber es war wie ein Hindernislauf. Der Mann, zu dem ich von Berthold geschickt wurde, wusste nichts davon und ich musste ihn erst in einem riesigen Bürogebäude ausfindig machen. Dann durfte ich nur einen einzigen Satz sagen und danach auf keine seiner Fragen antworten.« Er blickte auf, sah ihr in die Augen. »Verstehst du das? Warten sollte ich auch, möglichst lange. Ich bin erst abgehauen, als der Typ den Sicherheitsdienst alarmiert hat.«

Stella schüttelte den Kopf, erst langsam, dann immer schneller. »Keine Ahnung, was das soll. Für mich klingt es, als hätte dich jemand für dumm verkauft. Oder auf die Probe stellen wollen.«

Ja, den Anschein hatte es. Nur dass Dorian Bertold nicht für jemanden hielt, der sich solche schwachen Witzchen einfallen ließ.

Stellas zweite Vermutung klang da schon viel wahrscheinlicher. Aber wozu sollte man ihn auf die Probe stellen? Das ergab einfach keinen Sinn.

»Hat Bertold dir gesagt, was du tun sollst, falls sie dich erwischen?«, unterbrach sie seine Gedanken.

»Nein. Kein Wort.« Aber Dorian wusste, was er auf keinen Fall hätte tun dürfen: verraten, wer ihn hergeschickt hatte.

Er grübelte den ganzen Nachmittag über das Erlebte nach. Versuchte zu begreifen, was hinter der Aufgabe steckte, die er erhalten hatte.

Doch eine andere Frage beschäftigte ihn noch viel mehr: was sich in dem Kästchen befunden hatte.

Vier Tage später war es wieder so weit. Nachdem die Zettelverteiler längst fort waren, holte Bertold Dorian ab. Zeigte ihm diesmal das Foto eines bärtigen Mannes mit Haaren, die ihm fast bis auf die Schulter reichten.

»Conrad Lang. Das gleiche Vorgehen wie bei Gerstner, die gleichen Regeln.«

Dorians erster Impuls war, sich mit Kopfschmerzen oder etwas Ähnlichem aus der Sache herauszuwinden. Allein die Vorstellung, wieder in einem riesigen Gebäude nach einer einzigen Person suchen zu müssen, machte ihn gleichzeitig müde und nervös.

Doch wie sich herausstellte, war es diesmal viel, viel einfacher als beim letzten Mal. Nicht weil Dorian schon Übung hatte, sondern weil Conrad Lang offenbar Journalist war. Das Redaktionshaus, in dem er arbeitete, war überschaubar und das Großraumbüro vollgepackt mit Schreibtischen und laut telefonierenden Menschen.

Keiner achtete groß auf Dorian. Er spazierte zwischen den Arbeitsplätzen hindurch, ohne dass man ihm Aufmerksamkeit schenkte; wahrscheinlich hielt man ihn für jemanden von einem Botendienst. Was in gewisser Weise der Wahrheit recht nahe kam.

Er fand Conrad Lang innerhalb von drei oder vier Minuten, obwohl der nicht in dem großen Büro saß, sondern in einem eigenen. *Chefredakteur* stand auf dem Schild, das daneben angebracht war.

Dorian trat durch die Glastür, ohne zu klopfen. So wie die meisten in der Redaktion telefonierte Lang gerade, lächelte Dorian aber freundlich zu und bedeutete ihm mit einer Handbewegung zu warten.

Worum es in dem Gespräch ging, war nur vage zu erahnen.

Irgendetwas Politisches, wie es den Anschein hatte. Lang machte sich permanent Notizen, verabschiedete sich lachend, warf dann schwungvoll sein Handy auf den Schreibtisch und rückte seine Brille zurecht.

»Bringen Sie die bestellten Bücher?«, fragte er, korrigierte sich aber im nächsten Augenblick selbst. »Nein … ich sehe schon«, sagte er, auch wieder mit diesem Blick, der Dorian gleichzeitig zu durchleuchten und doch nicht zu erfassen schien.

Sie haben alle den gleichen Ausdruck im Gesicht, wenn sie mich sehen, dachte er mit leichtem Schaudern.

Dorian schluckte, dann legte er das Kästchen auf den Tisch, genauer gesagt auf einen der hohen Papierstapel, die ihn bedeckten. Holte Luft für den einzigen Satz, der ihm erlaubt war. »Das ist die zweite Lieferung.«

Zurücktreten. Warten.

Lang reagierte völlig anders, als Gerstner es getan hatte. Er streckte die Hand nach der Kunststoffschachtel aus, berührte sie fast, zog sie dann aber wieder zurück, als hätte er Angst, sich daran zu verbrennen. »Wirklich?«, flüsterte er. »Ist es … wirklich? Ja?«

Dorian stand stumm und unbeweglich da. Erwiderte Langs Blick und hoffte mit aller Intensität, dass er das Kästchen öffnen würde. Jetzt.

Doch der nahm es nur vorsichtig mit beiden Händen auf, als wäre es zerbrechlich. »Großartig«, sagte er mit belegter Stimme. »Wenn sie alles hält, was sie verspricht … Tut sie das denn?«

Die Frage war wieder an Dorian gerichtet. Der nicht reagierte und sich dabei diesmal nicht nur unhöflich, sondern auch dumm vorkam. Im Gegensatz zu Gerstner ging der Chefredakteur so freundlich mit ihm um, dass er auf jeden Fall eine Antwort verdient hatte.

In einer halbherzigen Geste hob Dorian die Schultern und senkte sie wieder.

Wenn sie alles hält, was sie verspricht. Sie?

»Schon gut, du musst nichts sagen, du weißt ja auch gar nicht, worum es geht, stimmt's?«

Die Hoffnung, dass Lang das Kästchen jetzt öffnen und ihm einen Blick auf den Inhalt ermöglichen würde, erfüllte sich nicht. Stattdessen kramte er einen Zehner aus seinem Portemonnaie, rollte ihn zusammen und hielt ihn Dorian entgegen.

»Für deine Bemühungen. Danke dir.«

Wieder einer dieser eindringlichen Blicke. »Du kannst dann gehen, ich will dich nicht weiter aufhalten.«

Es waren noch keine fünf Minuten verstrichen, trotzdem wandte Dorian sich um und verließ das Büro. Warf von draußen einen Blick zurück über die Schulter, in der Hoffnung, dass Lang neugierig genug war, das Kästchen sofort aufzumachen, sobald er allein war.

Möglicherweise würde er das sogar tun. Allerdings ließ er zuvor noch die Jalousien hinter seiner Glastür herunter.

Seufzend machte Dorian sich auf den Weg nach draußen. Heute war es viel glatter gegangen, aber auf gewisse Weise trotzdem merkwürdiger gewesen als beim letzten Mal. Lang hatte ganz offensichtlich gewusst, was Dorian ihm da brachte.

Bertold traf diesmal nur drei Minuten nach ihm an der Bushaltestelle ein, die sie als Treffpunkt vereinbart hatten. »Gut gemacht«, sagte er. »Wieder sehr schnell, du bist ja wie geschaffen für den Job.«

Dorian setzte sich in den finsteren Transportraum. Bertold wusste, was sich in den Kästchen befand, jede Wette. Aber er machte daraus ebenso ein Geheimnis wie aus dem Weg, den sie zur Villa nahmen.

Ein Schlagloch, durch das sie fuhren, hob Dorian ein Stück aus seinem Sitz und ließ ihn unsanft wieder landen.

Zum Teufel, zumindest eine der Fragen, die ihn ständig beschäftigten, würde er Bertold jetzt noch einmal stellen. Er klopfte an die Trennwand zur Fahrerkabine.

»Woher weißt du eigentlich, dass ich wirklich getan habe, was du von mir wolltest? Und wann du mich abholen musst?«

Hatte Bertold ihn gehört? Es kam keine Antwort, also klopfte Dorian noch einmal.

»Das ist nicht wichtig für dich«, hörte er Bertold nach einer weiteren kurzen Pause sagen.

»Dann hätte ich es nicht angesprochen.« Dorian war nicht in der Stimmung, sich schon wieder abwimmeln zu lassen. »Ich hätte das Kästchen genauso gut in die nächste Mülltonne werfen oder es einem Bettler schenken können. Vielleicht habe ich das ja auch.«

Bertold lachte auf. »Nein. Hast du nicht.«

Er klang, als wäre er sich in dieser Sache absolut sicher. Und wahrscheinlich steckte auch gar nichts Ungewöhnliches dahinter. Wer sagte, dass Lang nicht einfach schnell angerufen und das Eintreffen des Werbegeschenks bestätigt hatte?

Gut möglich. Warum konnte Dorian es sich dann trotzdem nicht vorstellen? Er lehnte seine Stirn gegen das kühle Metall des Laderaums. Wartete, bis sein Ärger verflog.

Am besten war es wohl, er zerbrach sich nicht weiter den Kopf über alle diese Dinge. So eigenartig die Art und Weise auch war, wie er seine Aufträge durchführen musste, am Ende war er doch nur eine Art Botenjunge. Und es war egal, ob er sich etwas mehr Information gewünscht hätte – er bekam Unterkunft, Essen, Unterricht, ohne viel dafür tun zu müssen.

Nur eben das, was man ihm auftrug.

Vielleicht war es ja das, was ihm so gegen den Strich ging.

Tu, was ich dir sage, und stell keine blöden Fragen. Sonst …

Die Worte waren in sein Gedächtnis eingebrannt, in jeder denkbaren Lautstärke: von drohendem Flüstern bis zu einem Brüllen, das in den Ohren schmerzte. Doch die Stimme war immer die gleiche. Die seines Vaters.

Er fühlte, wie der alte Trotz sich regte, obwohl Bertold ihm das Fragen kein einziges Mal verboten hatte. Nur vernünftige Antworten hatte er ihm verweigert.

Stella war heute in der Stadt, also verbrachte Dorian den Nachmittag mit Frederick. Sie spielten Schach, drei Partien, und Dorian verlor jede einzelne davon. Seine Gedanken waren in der Redaktion, bei Lang und seinen zitternden Fingern, die sich nach dem Kästchen ausstreckten. *Wenn sie alles hält, was sie verspricht …*

Beim nächsten Mal würde Dorian länger stehen bleiben, wenn es irgendwie möglich war. Die vereinbarten fünf Minuten und vielleicht sogar mehr, falls die Chance bestand, dass er erfuhr, was er da eigentlich lieferte.

»Ausblenden«, erklärte Nico. »Das ist der Trick, den wir alle anwenden. Wir blenden schlimme Dinge aus, damit wir unser Leben möglichst ungestört genießen können.«

Dorian hatte heute nicht die geringste Lust auf Ethikunterricht; anders als sonst ging Nicos Begeisterung ihm auf die Nerven. Seit seinem Besuch in der Redaktion hatte er noch zwei der ominösen Kästchen übergeben. Eines an einen Richter, das andere an eine Diplomatin. Beide Male war es schwierig gewesen; weder ins Gericht noch in die Botschaft war er hineingekommen, also hatte er draußen gewartet. Stundenlang, bis endlich die Person das Gebäude verließ, deren Gesicht er von dem jeweiligen Foto kannte.

Es war zermürbend gewesen und natürlich hatte keiner der beiden das Siegel des Kästchens direkt auf der Straße geöffnet. Dorian hatte also immer noch keine Ahnung, wie der Inhalt aussah.

»Wir können mit Ungerechtigkeit, Krieg, Hunger und Gewalt leben, weil wir sie nicht sehen«, fuhr Nico zwischenzeitlich fort. »Was denkt ihr, würde passieren, wenn wir alle diese Dinge plötzlich nicht mehr ausblenden könnten?«

»Dann müssten wir uns ununterbrochen betrinken«, sagte das Mädchen, das nach Dorian in die Villa gekommen war. Vicky hieß sie, genau.

»Oder wir würden etwas gegen die Ungerechtigkeit tun«, sagte eines der anderen Mädchen.

Offenbar war ihre Antwort genau die, die Nico hatte hören wollen. Er strahlte über das ganze Gesicht.

Dorian wandte sich ab.

Das einzig Gute an dieser Stunde war, dass Stella direkt neben ihm saß. Sie hielten sich an den Händen, hatten ihre Finger ineinander verschränkt und immer wieder fühlte Dorian, wie sie mit dem Daumen seine Handinnenfläche streichelte.

Draußen war es windig und es sah aus, als würde es demnächst zu regnen beginnen. Flüchtig dachte Dorian an Frederick, der heute mit Zettelverteilen dran war. Reine Zeitverschwendung, niemand würde ihm seine Flugblätter abnehmen.

Warum eigentlich ließ Bornheim sie nichts Vernünftiges tun? Stundenweise Dienst im Altersheim machen, zum Beispiel. Vorlesen in Krankenhäusern. Hausaufgabenhilfe bei lernschwachen Kindern. Das alles wäre so viel nützlicher.

»... sind die Menschen grundsätzlich anständig«, sagte Nico

gerade. »Aber eben auch bequem, besonders dann, wenn es ihnen gut geht. Sie würden jederzeit helfen, wenn sie jemanden direkt vor Augen haben, der ihre Hilfe braucht, aber wenn nicht, ist es einfacher, das Schicksal der anderen auszublenden.«

Sentimentales Geschwafel, dachte Dorian und vertrieb den Hauch von schlechtem Gewissen, den er dabei empfand. Wieso musste er sich überhaupt mit Nicos Sicht der Dinge beschäftigen? Er würde sich gern Mathematik oder Sprachen beibringen lassen, aber die Weltanschauung anderer interessierte ihn nicht. Jedenfalls nicht heute.

»Ich möchte gehen«, teilte er Stella mit gedämpfter Stimme mit und drückte ihre Hand ein wenig fester. »Kommst du mit?«

In ihrem Blick stand reine Verwunderung. »Aber … es dauert noch eine halbe Stunde.«

»Eine halbe Stunde zu viel. Ich hab keine Lust mehr.« Er sah sie bittend an. »Ich wäre gern mit dir alleine.«

Endlich ein Lächeln. »Ja. Wenn die Stunde vorbei ist, okay?«

Dorian wusste nicht, wieso die Situation ihn so wütend machte. Obwohl – eigentlich wusste er es doch. Es waren diese schwachsinnigen Dienste, die er absolvieren musste. Diese dämlichen Regeln, die er befolgte, ohne dass jemand sie ihm je erklärt hätte. Bertolds überhebliches Grinsen. Seine Art, so zu tun, als wäre er allwissend.

Abrupt stand Dorian auf, ließ Stellas Hand los und verließ den Raum. Grußlos.

Draußen kam er sich plötzlich albern vor. Nico und die anderen würden entweder denken, ihm sei schlecht geworden, oder ihn für zickig halten.

Im Grunde war ihm das egal; wichtig war nur, was Stella dachte. Die ersten zwei, drei Minuten nach seinem Abgang hoffte er noch, sie würde ihm folgen, doch das tat sie nicht. Er stand an einem der bogenförmigen Gangfenster und sah nach draußen auf den Hügel. Wartete, wie er sich unwillig eingestand. Als Stella ihm nach fünf Minuten immer noch nicht nachkam, ging er in den Salon, der menschenleer war. Er setzte sich auf einen der Ledersessel und schüttelte über sich selbst den Kopf.

Es war nicht schlimm gewesen, was er getan hatte, und es würde sich ganz leicht eine Ausrede dafür finden lassen. Trotzdem wünschte er sich im Nachhinein, er hätte sich beherrscht, die Unterrichtseinheit ausgesessen und eben an andere Dinge gedacht als an Nicos Weltverbesserungsgerede.

Offenbar war auch Stella dieser Meinung. Als sie eine knappe halbe Stunde später zu ihm stieß, war ihre Laune alles andere als blendend. Mit verschränkten Armen blieb sie vor ihm stehen. »Was war das denn vorhin?«

»Ach … nichts. Ich musste nur da raus, das ist alles.«

»Genau. Mitten im Satz, wenn jemand anderes spricht, und ohne sich zu entschuldigen. So macht man das.«

Er konnte nicht verhindern, dass sein Mund sich zu einem spöttischen Lächeln verzog. »Meine Güte, wir sind doch hier nicht in der Benimmschule. Ich bin nur rausgegangen, ich habe niemanden beleidigt oder so.«

Stellas Augen wurden schmal und sie blickte ihn zornig an. »Nein. Aber du trittst mit Füßen, was wir hier gratis und ohne große Gegenleistung bekommen. Ein Zuhause und Bildung. Ehrlich, Dorian, ein bisschen Langeweile aushalten kann doch nicht so schwer sein! Statt allen zu demonstrieren, wie genervt man ist. Tut mir leid, aber ich verstehe dich nicht.« Sie drehte sich um und ging.

Vor dem Abendessen kam Nico auf Dorian zu und zog ihn in eine ruhige Ecke des Salons. Sein Gesicht war ernst und Dorian erwartete eine Standpauke; er nahm sich vor, sie regungslos über sich ergehen zu lassen.

Aber Nico überraschte ihn. »Du hast die Botendienste satt, stimmt's?«

Dorian erwiderte stumm seinen Blick, nickte erst nach einiger Zeit, langsam und zögernd. »Ich verstehe nicht, was ich da tue. Und warum es mir keiner erklärt.«

Würde Nico das tun? Wenigstens eine Andeutung machen?

Der schwieg, betrachtete Dorian nur abwartend.

»Aber mir ist schon klar, dass niemand mir eine Erklärung schuldig ist«, fügte Dorian hastig hinzu. »Es ist nur alles so … merkwürdig.«

»Das ist es«, bestätigte Nico. »Und wenn du den Job nicht gern machst, wirst du ihn auch nicht mehr lange gut machen. Ich finde, du hast ein Recht darauf zu wissen, was genau du tust. Was hinter deiner Aufgabe steckt.«

»Schon gut.« Das Letzte, was Dorian wollte, war, dass Nico mit Bornheim über ihn sprach, keinesfalls wollte er als undankbarer Nörgler dastehen. »Ich kriege das schon hin. Ich gewöhne mich dran, ganz sicher.«

Nico betrachtete ihn mitfühlend. »Glaub mir, ich weiß, wie es ist, wenn man Energie in eine Sache stecken muss, von der man nicht weiß, wozu sie gut ist. Du hast eine schwierige, verantwortungsvolle Aufgabe bekommen, du hast Klarheit verdient.« Er lächelte Dorian zu, klopfte ihm auf die Schulter und ging zurück in den Salon. Wo sich auch Stella mittlerweile wieder eingefunden hatte.

Sie ließ sich von Dorian in den Arm nehmen, doch es fühlte sich anders an als sonst, sie rückte bald wieder von ihm ab und gesellte sich zu einer Gruppe von Mädchen am anderen Ende des Raums.

Den Rest des Abends hatten sie kaum noch Kontakt, und das Gefühl, in Stellas Achtung gesunken zu sein, machte Dorian die halbe Nacht lang zu schaffen. Doch er würde das in Ordnung bringen. Sie hatten schließlich Zeit.

Kapitel 12

»Sein Name ist Philipp Regener und so sieht er aus.«

Dorian nahm das Foto entgegen. Ein dunkelhaariger Mann Mitte dreißig, mit schmalem Gesicht und eng stehenden Augen.

»Du gehst genauso vor wie die letzten Male. Vielleicht sogar noch ein bisschen wachsamer – er ist nicht ganz einfach im Umgang.« Bertold drückte Dorian wieder ein Kästchen in die Hand. »Wir treffen uns im Parkhaus des Einkaufszentrums dort drüben. Warte im ersten Untergeschoss am Kassenautomaten, okay?«

»Ja.« Zufrieden stellte Dorian fest, dass seine Antwort weniger widerwillig geklungen hatte als befürchtet. Diese Übergabejobs waren stressig und jedes Mal auf eine andere Art peinlich; je länger er darüber nachdachte, desto mehr stimmte er Nicos Ansicht zu: Alles wäre einfacher, wenn er wenigstens wüsste, was er da überbrachte. Andererseits hatte auch Stella recht gehabt: Es war unverschämt, Forderungen zu stellen, wenn man bedachte, was für ein sorgenfreies Leben Dorian seit einigen Wochen führte. Und im Großen und Ganzen war die Tätigkeit harmlos.

Es war windig heute, Dorian zog seine rote Jacke über dem Sakko enger, als er die Straße überquerte und auf die angegebene Adresse zuging. Diesmal war es wieder ein großes Bürogebäude, das Haupthaus eines Mobilfunkunternehmens.

Dorian marschierte hinein, am Portier vorbei, in der Erwartung, dass der ihn aufhalten würde. Irgendwann musste es passieren. Doch der Mann hing am Telefon und blickte nicht einmal hoch.

Als wollte das Schicksal es ihm besonders leicht machen, fand Dorian diesmal neben dem Aufzug sogar eine Tafel, auf der beschrieben wurde, was man auf den jeweiligen Etagen fand. Die Direktionsbüros beispielsweise im zwölften Stock.

Er hatte bisher nie etwas an Untergebene abliefern müssen, immer waren es Mitglieder der Führungsebene, Leute in hohen Positionen gewesen. Der zwölfte Stock klang also goldrichtig für ihn.

Während er auf den Aufzug wartete, sah Dorian sich um. Dachte einmal mehr, was er doch für ein Glück hatte, dass der Eingang nicht strenger kontrolliert wurde. Hier gab es nur den telefonierenden Portier.

Als hätte er sein Glück mit diesem Gedanken vertrieben, stieß Dorian prompt auf ein unerwartetes Hindernis: Die Aufzüge fuhren nur dann nach oben, wenn man in der Kabine einen Betriebsausweis vor das Lesegerät hielt.

Er überlegte. Zwölf Stockwerke waren eine Menge, aber sie waren bewältigbar. Bevor er lange hier herumstand und doch noch Aufmerksamkeit auf sich zog, würde er es zu Fuß versuchen.

Bereits im achten Stock wünschte Dorian sich, eine Pause einlegen zu können, andererseits wollte er diese Sache so schnell wie möglich hinter sich bringen. Er verdrängte den Gedanken, dass sein Aufstieg umsonst sein würde, wenn Regener beispielsweise bei einem Außentermin war.

Nein. Es würde klappen. Hatte es bisher immer.

In der zwölften Etage angekommen, hielt er kurz inne, bevor

er das Treppenhaus verließ und die Bürogänge betrat. Er zog die schwere Tür auf und wandte sich nach links. Ging bis ganz zum Ende des Gangs und bog dann rechts ab, prüfte die Namensschilder an jeder Tür. Systematisch vorgehen, das war bislang die beste Strategie gewesen.

Jemand kam ihm entgegen. Das war nicht ungewöhnlich, doch diesmal stellte es Dorian vor ungeahnte Probleme. Der Mann, der mit großen, eiligen Schritten auf ihn zukam, war Philipp Regener. Kein Zweifel.

Es blieb nicht viel Zeit zum Nachdenken. Dorian würde ihm entweder ausweichen oder ihn aufhalten müssen. Für seinen Auftrag kam aber nur eine der beiden Möglichkeiten infrage und das war die viel unangenehmere. Egal. Dafür würde Dorian es schnell hinter sich haben.

Er trat dem Mann in den Weg und hielt ihm das Kästchen mit ausgestreckten Armen entgegen.

»Das ist die zweite Lieferung.«

Regeners Reaktion war ebenso verblüffend wie erschreckend. Er blieb mit einem Ruck stehen und wich dann ein paar Schritte zurück. Sah sich nach allen Seiten um, als hätte er Angst, jemand könnte die Begegnung beobachten. Als er sprach, war seine Stimme hektisch und leise. »Ich mache da nicht mit. Ich will das nicht, verstehst du?« Er rückte seine Brille zurecht und starrte Dorian an, als würde er ihn jetzt erst richtig sehen. »Mir genügt die erste und die könnt ihr meinetwegen auch wiederhaben. Aber ich werde nicht tun, was ihr von mir verlangt. Das kann mich den Kopf kosten.«

Darauf war Dorian nicht gefasst gewesen. Nicht, nachdem bisher immer alles glattgegangen war. Er holte bereits Luft, um Regener zu beschwichtigen, als ihm die Anweisung einfiel: Nur diesen einen Satz sagen.

Also schwieg er, suchte stumm und verzweifelt nach einer Möglichkeit, die Situation zu entschärfen.

»Du weißt gar nichts davon, oder?« Der Mann trat auf Dorian zu, der fast automatisch zurückwich. »Was hast du ihnen eigentlich getan, dass sie dir so etwas antun wollen? Wenn ich du wäre, würde ich abhauen. Ganz schnell. Du ahnst ja gar nicht, was …« Er unterbrach sich. Schüttelte den Kopf. Wandte sich ab.

Immer noch hielt Dorian das Kästchen in beiden Händen. Mit einer Reaktion, wie Regener sie zeigte, hatte er nicht gerechnet und er hätte unglaublich gern nachgefragt, wovon zum Teufel die Rede war. Aber das durfte er nicht und er hatte ohnehin das Gefühl, dass der Mann nicht in der Lage war, große Erklärungen zu liefern. Er wirkte völlig verstört. *Dass sie dir so etwas antun wollen* – was konnte er damit meinen? Im Moment sah es eher aus, als wolle Regener gleich auf Dorian losgehen, so, wie er jetzt auf ihn zukam.

»Ich steige aus, sofort, ich habe mich zu nichts verpflichtet. Ich bin froh, wenn sie sich abschaltet, und das wird sie ja wohl bald, nicht wahr?« Nun lachte er. »Du solltest mir dankbar sein, Junge.« Er blinzelte ihn an. »Dorian. Sag Danke und dann renn, so schnell dich deine Beine tragen. Lauf! Versteck dich!«

Er wusste seinen Namen. Woher? Dorian wich noch weiter zurück, das Kästchen mittlerweile gegen seinen Körper gepresst. Was, um Himmels willen, war hier los?

»Sag mir, wer dich geschickt hat.« Allmählich hatte Regener sich wieder ein wenig im Griff. »Sag mir einen Namen und ich versuche, uns beiden zu helfen, aber mach schnell.«

Er blieb kaum eine Armlänge entfernt vor Dorian stehen, der kurz davor war, wirklich davonzulaufen, wie Regener es ihm vorgeschlagen hatte. »Einen Namen!«, schrie der Mann jetzt. »Sie wollen dich töten, verstehst du?«

Er war übergeschnappt, gar keine Frage, trotzdem wurde Dorian innerlich eiskalt. Wer wollte ihn töten? Bornheim und seine Leute? Niemals, das war doch völliger Quatsch …

»Ich hätte mich nie darauf einlassen dürfen.« Regener packte Dorian am Arm, so fest, dass es wehtat. »Ich rufe jetzt die Polizei, vielleicht wirst du dann ja gesprächiger. Wir legen die Karten auf den Tisch und dann wollen wir mal sehen.«

Das Wort „Polizei" riss Dorian aus seiner Starre. Mit einem Ruck befreite er sich aus Regeners Griff, machte kehrt und rannte zurück zum Treppenhaus. Flog förmlich die Stufen hinunter, ein Stockwerk nach dem anderen. Das Blut rauschte in seinen Ohren, er konzentrierte sich darauf, nicht zu stolpern, und hoffte inständig, dass er schnell genug sein würde.

Wie kam Regener auf die wahnsinnige Idee, jemand wollte ihn umbringen? Und woher wusste er seinen Namen?

Es war fast unheimlich gewesen. Du solltest mir dankbar sein, Junge, hatte er zuerst gesagt. Danach erst: Dorian. Als hätte es ihm jemand ins Ohr geflüstert.

Ich bin froh, wenn sie sich abschaltet. Sie? Wen meinte er damit?

Unten beim Treppenausgang wartete bereits der Portier, von Regener offenbar verständigt, doch Dorians Schwung hatte er nichts entgegenzusetzen. Sie prallten kurz gegeneinander, dann lief Dorian weiter, auf die Drehtür zu. Garantiert gab es in diesem Foyer Kameras – egal, er musste raus hier, schnell.

Er rannte die Straße entlang, ohne sich vorher zu vergewissern, ob die Richtung stimmte. Das Einkaufszentrum konnte er später immer noch suchen, jetzt war es vor allem wichtig, aus der Nähe dieses Bürogebäudes zu verschwinden.

Sag Danke und dann renn, so schnell dich deine Beine tragen. Die Worte hallten in seinem Bewusstsein wider.

Er bog in die erste Seitengasse ein, wich einer alten Frau auf Krücken aus, lief an einem Rudel Bauarbeiter vorbei, die gerade Pause machten. Hörte er Sirenen näher kommen oder bildete er sich das nur ein?

Irgendwann blieb er stehen und hielt sich die Seite, während er sich umsah.

Immerhin wusste er, wo er war. Durch das monatelange Leben auf der Straße hatte er alle möglichen Ecken der Stadt kennengelernt. Wenn er sich ab sofort links hielt, würde er wieder auf das Einkaufszentrum stoßen.

Er setzte seinen Weg jetzt langsamer fort. Falls er vorhin wirklich die Sirenen von Polizeiautos gehört hatte, waren sie nun verstummt. Hoffentlich ein gutes Zeichen.

Zwanzig Minuten später betrat Dorian die Tiefgarage mit dem Gefühl, Angst und Unbehagen im Tageslicht zurückzulassen. Bertold würde schon warten, diesmal war Dorian einen riesigen Umweg gelaufen, er würde keinesfalls der Erste am Treffpunkt sein. Sobald er die Autotür hinter sich schloss, würde er Bertold fragen, was das Ganze eigentlich sollte. Aus welchem Grund Regener die Fassung verloren hatte, wovor er sich so sehr fürchtete. Wie er auf die Idee kam, jemand wolle Dorian töten.

Auf die Antworten war er extrem gespannt.

Erstes Untergeschoss beim Kassenautomaten. Er suchte die Reihen der geparkten Autos ab, doch der dunkle Van war nirgendwo zu sehen.

Merkwürdig, fand er. Er drehte eine größere Runde, achtete gleichzeitig auf alle neu einfahrenden Autos und fand sich schließlich wieder beim Kassenautomaten ein.

Kein Bertold, in der ganzen Etage nicht. Wahrscheinlich war er aufgehalten worden.

Dorian lehnte sich gegen die Wand, gab sich Mühe, möglichst im Schatten zu bleiben. Wenn es zu lange dauerte, würde irgendwann jemandem auffallen, dass er hier herumlungerte.

Er versuchte, so zu tun, als wäre er beschäftigt, und registrierte dabei, dass er das Kästchen ja noch in der Hand hielt. Das Regener einen solchen Schreck eingejagt hatte.

Dorian schüttelte den Behälter vorsichtig. Nichts, kein Geräusch. Dafür kehrte die klare Erinnerung an Regeners Worte zurück: *Sag mir, wer dich geschickt hat. Sag mir einen Namen und ich versuche, uns beiden zu helfen, aber mach schnell.* Und dann wieder diese andere Sache: *Ich bin froh, wenn sie sich abschaltet.*

Er hatte von einer *sie* gesprochen, genau wie Lang.

Dorian versuchte, sich vorzustellen, was oder wen er damit gemeint haben konnte. Eine Lampe? Blödsinn. Aber vielleicht … eine Uhr? Oder doch eine Bombe?

Nein, nichts davon passte. Zudem hatte Bertold ihm versichert, dass es nichts Illegales war, was Dorian übergab.

In seinem Magen rumorte es, während er das Kästchen vors Gesicht hob und daran schnupperte. Plötzlich dachte er an Mafiamethoden – abgeschnittene Körperteile zum Beispiel. Finger oder Ohren hätten in die Schachtel hineingepasst. Dann hätte er verstanden, wieso Regener so außer sich gewesen war.

Nein. Unsinn. Wie kam Dorian überhaupt auf so etwas?

Sag mir, wer dich geschickt hat.

Auch diese Worte hallten in seinem Kopf nach. Und er fragte sich mehr und mehr, ob er das eigentlich wusste.

Zwanzig Minuten später war Bertold immer noch nicht da und Dorians Ratlosigkeit wuchs. Was sollte er tun? Er konnte niemanden kontaktieren, er konnte nicht durch die Stadt laufen und nach dem Auto Ausschau halten und er wusste nicht, wie er ohne Hilfe zurück zur Villa kommen sollte.

Es war ein verdammtes Schlamassel.

Oder hatte er Bertold falsch verstanden? War nicht vom *ersten*, sondern vom *zweiten* Untergeschoss die Rede gewesen? Das war tatsächlich eine Möglichkeit. Wieso dachte er erst jetzt daran?

Dorian rannte die Treppe hinunter, so schnell, dass er fast hingefallen wäre. Auf diesem Stockwerk standen deutlich weniger Autos. Dass Bertolds nicht dabei war, erkannte Dorian auf den ersten Blick.

Warum lief heute alles schief?

Er setzte sich neben der Treppe auf den Boden, bereit, sofort aufzuspringen, wenn jemand kommen sollte. Drehte gedankenverloren das Kästchen zwischen den Händen. Es war mit einem Kunststoffsiegel verschweißt; wenn er das aufbrach, würde jeder wissen, dass er sich den Inhalt angesehen hatte.

Er strich über die Oberfläche. Ein dunkles Blau, fast Schwarz. Nein. Es zu öffnen wäre auf jeden Fall ein Fehler, wie sollte er das denn später erklären? Damit, dass er neugierig gewesen war? Oder sauer, weil Bertold nicht am vereinbarten Treffpunkt erschienen war?

Dass der graue Lieferwagen immer noch nicht hier war, zeigte allerdings, dass auch Bertold Missgeschicke passierten. Er war nicht allwissend – es war Dorian ohnehin schleierhaft, wie er bisher immer gewusst hatte, wann ein Auftrag ausgeführt worden war.

Diesmal war das offenbar anders. Oder …

Ein neuer Gedanke ließ Dorian schwer schlucken. Konnte es sein, dass Bertold auf sich warten ließ, weil das Kästchen nicht in Regeners Besitz übergegangen war? Dass man ihn erst in die

Villa zurückholen würde, wenn er getan hatte, was von ihm verlangt worden war?

Dorian wehrte sich gegen diese Idee, die trotzdem mit jeder Minute plausibler schien. Er lief die Treppen wieder hinauf, stellte sich neben den Kassenautomaten, suchte verzweifelt nach dem dunklen Lieferwagen … ohne Erfolg. Er spurtete weiter, ins Einkaufszentrum, vielleicht parkte Bertold aus irgendeinem Grund draußen und wartete hier bei den Geschäften.

Noch ein Fehlschlag.

Zwei Stunden später hatte Dorian jeden Mut verloren. Wahrscheinlich war es wirklich so, dass Bertold erst dann kommen würde, wenn alles zu seiner Zufriedenheit erledigt war. Woher auch immer er das erfahren mochte. Vielleicht riefen die Beschenkten ja an? Bei einer Telefonnummer, die sich im Kästchen befand?

Sollte Dorian tatsächlich zurückgehen? Riskieren, dass die Polizei ihn schnappte? Am Portier würde er kein weiteres Mal vorbeikommen, so viel war klar. Aber wie riskant konnte es sein, draußen zu warten, mit genügend Sicherheitsabstand?

Er würde es versuchen müssen, ihm blieb gar nichts anderes übrig.

Jetzt war es kurz vor drei Uhr nachmittags – normalerweise verließen Geschäftsleute ihre Büros nicht vor fünf oder sechs. Jedenfalls hoffte Dorian das.

Langsam und voller Widerwillen machte er sich auf den Weg zurück zu dem Gebäude, aus dem er vor Stunden geflüchtet war. Schräg gegenüber stand eine alte Telefonzelle. Sie wirkte nicht, als würde sie noch funktionieren, aber sie eignete sich prächtig als Sichtschutz. Dorian lehnte sich dagegen und richtete seinen Blick auf den Eingang. Nirgendwo Polizei, das war gut. Sobald Regener herauskam, würde er auf ihn zulaufen, ihm das Kästchen in die Hand drücken oder in eine Jackentasche schieben und dann rennen, so schnell er konnte.

Die Zeit schlich dahin. Dorian sah ihr dabei zu, er hatte gute Sicht auf die Uhr, die über dem Eingang eines Nachbargebäudes angebracht war. Rote Ziffern, die immer heller zu leuchten schienen, je weiter die Dämmerung hereinbrach.

Sein Hauptaugenmerk lag aber auf der Drehtür des Mobilfunkanbieters, trotzdem konnte er nicht verhindern, dass seine Konzentration gelegentlich nachließ und seine Gedanken abschweiften. Jedes Mal, wenn ihm das auffiel, zwang er sich sofort wieder zu voller Aufmerksamkeit. Doch er entdeckte Regener nicht.

Dafür sah er irgendwann den Portier aus dem Haus treten, eine Zigarette im Mundwinkel und ein Feuerzeug in der Hand. Noch bevor er sie anzündete, bemerkte er Dorian, der zu spät reagiert hatte, viel zu spät. Er drehte sich zwar sofort weg, sah aber aus den Augenwinkeln, wie der Portier hastig ins Gebäude zurückkehrte.

Ob er den hauseigenen Sicherheitsdienst rief oder die Polizei, war für Dorian egal. Seine Mission war gescheitert, er musste hier weg. Wenn sie ihn fassten, würden sie ihm das Kästchen abnehmen und Dorian war überzeugt davon, dass es Bertold lieber war, er brachte das Werbegeschenk in Sicherheit, als dass er gezwungen war, es vor ein Auto zu werfen.

Ohne lange nachzudenken, sprintete er los, erreichte innerhalb von fünf Minuten die nächste U-Bahn-Station und fuhr in Richtung Innenstadt. Vielleicht konnte er Bertold abfangen, wenn er die Zettelverteiler von ihren Standorten abholte.

Doch dafür war es offenbar schon zu spät. Weder am Reiterdenkmal noch bei der Einkaufspassage noch an einem anderen der Orte, die Dorian kannte, war jemand von den Villenbewohnern zu sehen.

Er würde heute Nacht in der Stadt bleiben müssen, es war chancenlos zu versuchen, auf eigene Faust zum Herrenhaus zu gelangen. Auch wenn Dorian die ungefähre Richtung wusste – spätestens ab der Stadtgrenze war er auf Vermutungen angewiesen. Würde Leute fragen müssen, ob sie das Haus vielleicht kannten. Wenn überhaupt, klappte das nur bei Tageslicht. Und davon war schon jetzt kaum noch etwas übrig.

Er wanderte die Straße entlang, merkte bei jedem Schritt, wie unendlich müde er war. Wie sehr er Stella vermisste.

Und er fragte sich, wo er die Nacht am besten verbringen sollte. Auf keinen, auf gar keinen Fall würde er die U-Bahn-Station in Betracht ziehen, wo Nico ihn aufgestöbert hatte. Der Gedanke an den toten Emil war schon so kaum zu vertreiben; zu dem Platz zurückzukehren, an dem vielleicht noch dunkle Schatten der Blutlache zu sehen waren, würde Dorian nicht ertragen.

Allerdings war es kalt – im Park zu schlafen war also ebenfalls keine gute Idee. Zur Notfallstelle wagte Dorian sich nicht – falls nach ihm gefahndet worden war, hatten die dortigen Sozialarbeiter sicherlich sein Gesicht in der Zeitung erkannt. Sie würden ihn anzeigen, keine Frage.

Einen einzigen Ort gab es, der ihm einfiel, und er musste hoffen, dass der nicht schon besetzt war. Ein Stück überdachter Gehweg am Fluss, wo der Boden warm war, weil die Abluftrohre der U-Bahn direkt darunter verliefen. Dort hatte er schon einmal geschlafen und es war eine erholsame Nacht gewesen.

Allerdings hatte er damals noch eine Decke besessen.

Kapitel 13

Die Lichter der Bürohausfassaden spiegelten sich auf dem nachtschwarzen Wasser. Langsam stieg Dorian die Treppen zum Kai hinunter. Zum ersten Mal seit Stunden besserte sich seine Laune ein wenig. Der Platz, den er sich gewünscht hatte, war frei und es war niemand in der Nähe, der Ärger machen würde. Noch nicht, jedenfalls.

Er setzte sich auf den Boden und zog seine Jacke enger um sich. Es würde gehen – wahrscheinlich würde er nicht besonders gut schlafen, aber er würde die Nacht überstehen und anschließend vielleicht nicht einmal krank werden.

Das Kästchen in seiner Hand fühlte sich mittlerweile auch kalt an und es glänzte, fast wie der Fluss. Von seiner Kleidung abgesehen war es alles, was Dorian im Moment besaß.

Regener hatte es angestarrt, als ob sich alles Übel dieser Welt darin befände.

Was, wenn doch etwas Illegales darin war? Etwas Ekelerregendes? Etwas Angsteinflößendes?

Dorians Finger spielten mit dem verschweißten Kunststoffsiegel. Nicht zum ersten Mal an diesem Tag, aber zum ersten Mal nestelten sie an der Stelle, wo es sich öffnen ließ.

Ich finde, du hast ein Recht darauf zu wissen, was genau du tust. Was hinter deiner Aufgabe steckt, hatte Nico gesagt.

Vielleicht würde der Inhalt des Kästchens Dorian ja helfen, aus der vertrackten Situation herauszukommen, in der er steckte. Ja, Bertold hatte ihm unter allen Umständen verboten, es zu öffnen. Aber Nico würde Verständnis für Dorians Entscheidung haben und der war immerhin Bornheims Nachfolger – Bertold nur sein Fahrer.

Möglicherweise stand Dorian kurz davor, etwas falsch zu machen. Das Kästchen zu öffnen war ein unwiderruflicher Schritt und falls Bornheim ihn wirklich nicht guthieß, war Dorian die Villa von diesem Zeitpunkt an vielleicht versperrt.

Moment … Eventuell war es genau das, was hinter Melvins Verschwinden steckte, ebenso wie hinter dem des anderen Jungen. Max. Es konnte doch sein, dass die beiden ebenfalls Werbegeschenke hatten überbringen müssen und dabei gescheitert waren, so wie Dorian heute. Dann streiften sie möglicherweise auch durch die Stadt und versuchten, zur Villa zurückzufinden.

War ein einziges Missgeschick genug, um rausgeworfen zu werden? Hatte Dorian so schnell die Chance auf eine Rückkehr zu den anderen vertan? Oder musste man anschließend noch den einen, entscheidenden Fehler begehen? Das Kästchen öffnen, zum Beispiel?

Doch vielleicht liefen die Dinge genau umgekehrt und es war der rettende Schritt. Vielleicht erhielt Bertold ein Signal, sobald die Versiegelung aufgebrochen wurde …

Dorian hatte keine Ahnung, ob oder wie das möglich war, aber wenn es sich so verhielt, dann gab es immerhin eine Chance. Er würde das Kästchen öffnen und anschließend zurück zum Einkaufscenter laufen, auch wenn die Tiefgarage schon längst geschlossen hatte. Falls Bertold gleich losfuhr, würden sie etwa zur selben Zeit dort ankommen.

Falls nicht … würde es eine lange, kalte Nacht werden.

Er drehte das Kästchen um. Da war die Lasche, an der man das Versiegelungsband abziehen konnte. Es lief einmal rundherum, durch den harten Kunststoff der Schatulle, ähnlich wie bei einer eingeschweißten Kaugummipackung. Wenn sie einmal offen war, war sie offen, unwiderruflich.

Dorian blickte auf den Fluss hinaus, dann wieder auf das, was er in seinen Händen hielt. Nachdenken würde ihn nicht weiterbringen. Und es war klar, dass er die ganze Nacht kein Auge zumachen würde, wenn er nicht wusste, was genau es war, das er da mit sich trug.

Er hakte seinen Zeigefinger in die Lasche. Zog.

Der Versiegelungsstreifen löste sich nur langsam und mit viel Kraftaufwand. Zentimeter für Zentimeter. Wer ihn öffnete, musste das mit Absicht tun, es würde nicht aus Zufall oder Ungeschicklichkeit passieren.

Nach einer knappen Minute hatte Dorian ihn abgezogen. Er legte ihn neben sich und betrachtete das Kästchen einige Sekunden lang. Dann öffnete er es.

Er wusste nicht genau, womit er gerechnet hatte. In seinem Kopf hatten sich im Verlauf der letzten Wochen verschiedene Bilder abgelöst: eine mit rotem Band umwickelte Schriftrolle, ein silberner Brieföffner, ein Set teurer Kugelschreiber, eine wertvoll wirkende Uhr …

Doch damit hatte er zu keiner Zeit gerechnet.

Das war also *sie*.

Eine Brille.

Ihre Gläser waren ziemlich groß, die Seitenbügel dunkel und breit. Wieso schickte Bornheim seinen Kunden eine Brille?

Dorian suchte in dem Kästchen nach einem Begleitbrief oder wenigstens einem Werbezettel, auf dem etwas wie *Mit uns haben Sie den Durchblick* stand – aber nichts dergleichen war zu finden.

Vorsichtig nahm er die Brille heraus.

Sie – *sie!* – war ziemlich schwer. Und definitiv keine Sonnenbrille. Die Bügel gabelten sich bei den Gläsern und ragten noch ein kleines Stück ins Blickfeld hinein.

Als Werbegeschenk war das wirklich ungewöhnlich, nur dass die Strategie mit den überfallartigen Besuchen dazu irgendwie nicht passte. So wie hier überhaupt nichts zusammenzupassen schien. Regeners Reaktion auf das Kästchen, zum Beispiel. Ich mache da nicht mit, hatte er gesagt. Wobei genau?

Dorian klappte die Brillenbügel auf und hörte sie mit einem satten Klicken einrasten. War das normal? Er trug keine Brille, glaubte aber nicht, ein solches Geräusch jemals bei der Sehhilfe seines Vaters oder seiner kurz- oder weitsichtigen Schulfreunde gehört zu haben.

Skeptisch hielt er die Brille hoch, gegen das Licht der Straßenlaterne neben ihm. Etwas funkelte im Glas. Das war keine normale Brille. Ich bin froh, wenn sie sich abschaltet, waren Regeners Worte gewesen. Dorian hatte nur von einer Art Brille gehört, die sich ein- und ausschalten ließ. Okay. Gleich würde er es genau wissen.

Er suchte sich ein Ziel und entschied sich für das verspiegelte Bankgebäude auf der anderen Seite des Flusses. Betrachtete es einen Augenblick lang und setzte dann die Brille auf.

Hörte sich im nächsten Moment einen Schrei ausstoßen und riss sie sich wieder vom Gesicht.

Ein Irrtum, das musste ein Irrtum gewesen sein.

Da war die Fassade der Bank. In ihrer Nachtbeleuchtung – ein Teil der Fenster war erhellt, sodass ein funkelndes Rechteck entstand.

Von dem Wort, das eben noch die ganze Breite des Gebäudes eingenommen hatte, war nun keine Spur mehr. Was nicht bedeutete, dass es nicht mehr da war, obwohl Dorian sich genau das mit aller Kraft wünschte. Es half nichts, er musste es genau wissen. Kurz kniff er die Augen zusammen, öffnete sie wieder und setzte die Brille noch einmal auf.

MÖRDER.

Giftgrüne Buchstaben mitten in dem leuchtenden Quadrat. Meterhoch.

Dorian blinzelte, schüttelte den Kopf, doch die Schrift blieb. Schrie ihm entgegen, was er die ganze Zeit zu verdrängen versuchte. Hier stand es nun, riesengroß und unübersehbar.

Im nächsten Augenblick verdunkelten sich die Gläser ein wenig und in eleganter hellgrauer Schrift erschienen vier Zeilen:

Welcome

Bienvenue

Willkommen

Добро пожаловать

Ein Menü. Also war das hier tatsächlich so etwas wie eine Datenbrille, eine mit besonderen Fähigkeiten. Sie konnte ihn zum Beispiel anklagen, ganz persönlich.

Nun erschienen Anweisungen, die riesigen grünen Buchstaben bildeten ein verschwommenes Hintergrundbild.

Please select your language

Choisissez votre langue s'il vous plaît

Wählen Sie Ihre Sprache

Выберите язык

Die Sachlichkeit der Anweisungen hatte etwas Beruhigendes. Es fühlte sich an, als würde man bloß ein neues Handy konfigurieren.

Aber wie sollte Dorian wählen? Er suchte an den Bügeln nach einer Stelle, die auf Berührungen reagierte, fand aber nichts.

Moment. Möglicherweise war es ja viel einfacher. Dorian fixierte die erste Zeile mit den Augen und sah, wie die Schrift innerhalb kürzester Zeit dunkler wurde. Es klappte. Er konnte die Zeile markieren. Sein Blick wanderte nach unten, bis er die richtige erfasst hatte.

`Wählen Sie Ihre Sprache.`

Und jetzt: Augen zusammenkneifen und wieder öffnen.

Tatsächlich. Es war wie anklicken.

`Konfigurieren Sie Ihren Visioner.`

Ein Visioner? War das das Produkt, das laut Bornheim die Welt verändern sollte?

Eine kurze Liste mit Optionen erschien in Dorians Sichtfeld. Er ging sie eine nach der anderen durch. Schaltete die Personenerkennung ein, das GPS aus, die Übersetzungsfunktion ein.

`Warnungen: Ein`

`Spezielle Informationen: Ein`

Direkt darunter eine Option, bei der Dorian im ersten Moment meinte, sich verlesen zu haben.

`Wahrheit.`

Es stand tatsächlich da. Probehalber wählte er `Aus.`

Innerhalb eines Sekundenbruchteils verschwanden die grünen Buchstaben im Hintergrund.

Das war im ersten Moment eine Erleichterung, trotzdem entschied Dorian sich nach kurzem Nachdenken, die Wahrheit sehen zu wollen. Oder wenigstens das, was der Visioner dafür hielt. Wenn noch weitere Beschuldigungen über die Stadt verteilt waren, dann wollte er das wissen.

Eine Mischung aus Trotz und Traurigkeit regte sich in ihm.

Er war kein Mörder, was er getan hatte, war Notwehr gewesen. *Falls* er es getan hatte. Dennoch stand das Wort wieder da. War es das, was Bornheim über ihn dachte? In *Wahrheit*?

Dann klickte er auf `fertig`, doch die Auswahl verschwand nicht. Stattdessen erschien noch ein weiterer Menüpunkt.

`Hugo rufen.`

War das ein Scherz? Oder vielleicht eine Möglichkeit, sich mit der Villa in Verbindung zu setzen?

Dorian ließ seinen Blick so über die Zeile gleiten, dass sie markiert wurde. Blinzelte.

Er wusste nicht genau, womit er gerechnet hatte – auf keinen Fall mit dem, was nun passierte.

Etwas Schwarzes, Kugelförmiges schoss von der Flussseite daher, drehte eine Runde über Dorians Kopf und landete dann ein paar Meter vor ihm auf dem Boden. Piepend.

Ein Vogel, ganz klar kein realer, sondern einer, der aussah, als wäre er aus einem Disney-Film entkommen. Schwarzes Gefieder, riesengroße Kulleraugen, orangefarbener Schnabel.

»Ich bin Hugo, was kann ich für dich tun?«

Dorian konnte seine Stimme hören, sie musste über kleine Lautsprecher in den Brillenbügeln kommen. Der Vogel bot ihm seine Hilfe an. Das war großartig.

»Kannst du Bertold oder jemand anderen in der Villa informieren, dass ich hier bin und bitte abgeholt werden möchte?«

Hugo klimperte mit den Lidern. »Leider nein. Diese Funktion ist nicht verfügbar. Ich bin keine Brieftaube.«

Mist. »Was kannst du dann für mich tun?«

Der Vogel begann, sich das Gefieder zu putzen. »Dich informieren. Ich kann dir helfen, schwierige Entscheidungen zu treffen. Ich kann dir aber zum Beispiel auch erzählen, wann diese Brücke gebaut wurde, die du vor dir siehst. Nämlich im Jahr –«

»Nein danke«, unterbrach ihn Dorian. »Aber vielleicht kannst du mir dann sagen, wie ich zur Villa komme.«

Hugo nickte eifrig. »Natürlich. Welche Villa meinst du? Die Villa Medici zum Beispiel befindet sich in Rom, auf dem Pincio-Hügel an der Viale della Trinità dei Monti, und –«

»Stopp«, fiel Dorian ihm erneut ins Wort. »Die meine ich nicht. Ich suche die Villa, in der ich wohne. Sie gehört Raoul Bornheim, ist höchstens vierzig Kilometer von hier entfernt und ich wüsste gern, wo genau sie liegt.«

Hugo gelang es, seinem Vogelgesicht einen nachdenklichen Ausdruck zu verleihen. »Raoul Bornheim kenne ich nicht. Aber wir finden bestimmt eine Villa für dich, die Auswahl in diesem Umkreis ist sehr groß. Wenn du eine kaufen willst, gehe ich gern die Datenbank mit den Angeboten durch.«

Das war ein guter Witz. »Nein danke. Such lieber noch einmal nach der Adresse von Raoul Bornheim. Kann auch sein, dass es mehrere gibt, dann zähle sie mir bitte alle auf.«

Hugo legte den Kopf schief, nur um ihn kurz darauf zu schütteln. »Ich finde keinen Raoul Bornheim.«

Das war ausgesprochen seltsam. Er kannte Bornheim nicht? Na ja, vielleicht wollte der das ja so, auf diese Weise war es für ihn wahrscheinlich sehr einfach, sich virtuell unauffindbar zu machen.

»Ich möchte einfach nur zurück nach Hause«, murmelte Dorian. Leiser jetzt, nachdem sich vorhin ein paar vorbeischlendernde Jugendliche schon nach ihm umgedreht hatten. »Was denkst du, Hugo? Soll ich es noch einmal beim verabredeten Treffpunkt versuchen?«

»Halte ich für eine gute Idee.«

»In Ordnung. Danke. Wo schalte ich dich aus?«

Der Vogel schüttelte sein Gefieder. »Musst du nicht. Kann ich selbst.« Er spreizte die Flügel und flatterte hoch, verschmolz mit der Finsternis des nächtlichen Himmels.

Okay, also zurück auf Start. Einmal drehte Dorian sich noch im Kreis. Hatte er etwas Spannendes übersehen? Die grüne „Mörder"-Anklage versuchte er zu ignorieren, er hatte sie während seiner Unterhaltung mit Hugo beinahe vergessen. Aber da war tatsächlich noch etwas anderes. Eine Zahl, an der Mauer des gegenüberliegenden Flussufers. Eine mattgrüne 19.

Er nahm die Brille ab. Nun, mit bloßem Auge, war sie nicht mehr zu erkennen.

Dorian versuchte, die Brille wieder zusammenzuklappen, aber die Bügel rührten sich keinen Millimeter weit. Er drückte sie zueinander, bis er fürchtete, etwas kaputt zu machen, doch sie schienen zu klemmen. So konnte er die Brille nicht im Etui verstauen.

Erst als er mit den Fingern eine kaum sichtbare, längliche Erhebung an den Seiten der Fassung fand und daraufdrückte, senkten die Bügel sich fast wie von selbst. Sorgfältig verpackte er die Brille und steckte sie in die Jackentasche.

Seitdem er durch die Gläser hindurchgesehen hatte, hatte er es noch eiliger, zur Villa zurückzukehren. Er musste mit Nico reden, oder noch besser mit Bornheim. Sie würden ihm erklären können, wieso die Brille ihm dieses Wort gezeigt hatte.

War es möglich, dass sie sein Unterbewusstsein spiegelte? Nach außen projizierte? Quatsch. Die Brille war ja eigentlich für Regener bestimmt gewesen. Wie Dorian es auch drehte und wendete, es ergab keinen Sinn.

Er stand auf, ein wenig unsicher auf den Beinen, hielt sich an der Mauer fest. Einen Moment lang kämpfte er gegen das Schwindelgefühl in seinem Kopf an und den leichten, ziehenden Schmerz, der sich dort regte.

Er würde also zum Einkaufszentrum zurückkehren, so schnell wie möglich. Hugo war seiner Meinung gewesen. Wahrscheinlich würde es Ärger wegen des geöffneten Kästchens geben, aber das war jetzt nebensächlich.

Zwei Stationen fuhr Dorian mit der U-Bahn, den Rest lief er zu Fuß. Er war schnell, kaum zwanzig Minuten nach seinem Aufbruch stand er neben dem geschlossenen Parkhaus und hoffte bei jedem Auto, das die Straße entlangkam, es würde der dunkle Lieferwagen sein.

Wieder schlich die Zeit dahin. Die oberen Stockwerke des Bürogebäudes, in dem Dorian am Vormittag so kläglich versagt hatte, waren von hier aus gut zu sehen. Fünf der Fenster waren beleuchtet und er fragte sich, ob das von Regener dabei war.

Und würde ihm auch diese Fassade „Mörder" entgegenschreien, wenn er die Brille aufsetzte? Nicht dass er das vorhatte. Ganz bestimmt nicht. Wenn Bornheim und die anderen ihm später vorhielten, dass er sie überhaupt ausgepackt und benutzt hatte, wollte er guten Gewissens sagen können, dass das ein einmaliger Fehltritt gewesen war.

Dorian stieg von einem Fuß auf den anderen. Allein mit sich und seinen Gedanken, ging ihm jedes Zeitgefühl verloren. Gab es tatsächlich noch eine Chance, dass Bertold auftauchte? Oder hatte er längst Feierabend gemacht? Wahrscheinlich schlief er schon und Dorian würde den Rest der Nacht in die Dunkelheit starren, bis die Müdigkeit ihn überwältigen und neben der Garageneinfahrt zusammensacken lassen würde.

Später konnte er nicht sagen, ob es Zufall oder Instinkt gewesen war, was ihn schon nach einer knappen Viertelstunde seine Warteposition aufgeben ließ. Er überquerte die Straße, bog in die nächste Seitengasse ein und schlenderte die Häuser entlang. Er würde sich nicht weit entfernen, aber dort vorn war eine

Bushaltestelle, an der Leute standen – da konnte er jemanden nach der Uhrzeit fragen.

Trotzdem warf er regelmäßige Blicke über die Schulter zurück – nur um sicherzugehen, dass er Bertold innerhalb dieser wenigen Minuten nicht verpassen würde.

Dorian war fast an der Haltestelle angekommen, als zwei Autos an der Einfahrt zur Tiefgarage hielten. Keines davon war der Van, nach dem Dorian die ganze Zeit Ausschau gehalten hatte; trotzdem wusste etwas in ihm, dass sie seinetwegen hier waren.

Er zählte insgesamt fünf Leute, die aus den Autos stiegen. Alle in schwarzer Kleidung, alle älter als er. Einer davon sah auf die Entfernung aus wie Boris, sein Sporttrainer. Die Männer schwärmten aus, verteilten sich rechts und links des Einkaufszentrums.

Es wäre das Natürlichste gewesen, einfach wieder hinüberzulaufen und sich zu freuen, dass sie ihn gefunden hatten. Dass sie ihn zurückbringen würden. Wäre Bertold alleine oder mit ein bis zwei anderen Leuten aus der Villa aufgetaucht, hätte Dorian genau das getan.

Aber er konnte den Fahrer bei keinem der Wagen stehen sehen. Und die Art, wie der Trupp von Schwarzgekleideten losgelaufen war, ließ ihn zurückschrecken. Sie wirkten nicht, als wollten sie ihn finden. Sie wirkten, als wollten sie ihn fangen.

Dorian presste sich an die Hauswand, bedacht darauf, sich im Schatten zu halten. Die Angst kroch nicht langsam in ihm hoch, sondern war mit einem Schlag da. Sie wollen dich töten, hatte Regener ihm entgegengeschleudert. Mit einem Mal fühlte es sich an, als könnte das stimmen.

Aber warum? Dorian hatte sich nichts zuschulden kommen lassen, nichts! Er hatte das Brillenetui geöffnet, okay. Aber das war doch kein Grund. Er wäre jetzt ganz friedlich in den Van eingestiegen, wie immer – wieso dachten sie, man müsste ihn mit Gewalt dazu bringen? Mit einer Überzahl an Leuten?

Er begriff es nicht und sie jagten ihm Angst ein, die schwarzen Schemen, die nun wieder hinter dem Einkaufszentrum hervorkamen, einer nach dem anderen, und in Richtung Straße liefen …

Sich verstecken oder gar davonrennen war keine gute Idee. Sobald er sich rührte, würde er ihre Aufmerksamkeit auf sich lenken, es war schließlich nicht viel los hier.

Der Erste aus der schwarz gekleideten Truppe überquerte die Straße. Blickte sich suchend um. Dorian presste sich noch enger an die Hauswand.

Im gleichen Moment fuhr der Bus um die Ecke und in die Haltestelle ein.

Dorians Entscheidung fiel in Sekundenschnelle. Sobald die Türen sich zischend geöffnet hatten, glitt er aus dem Schatten der Häuser und huschte durch den hinteren Eingang ins Innere des Busses. Das hell beleuchtet war – wenn einer seiner Verfolger hersah, würde er ihn entdecken, gar keine Frage. Er tat, als hätte er etwas verloren, bückte sich und tastete mit einer Hand den Boden ab.

Es fühlte sich an, als dauerte es Stunden, bis die Türen endlich geschlossen wurden und der Bus sich langsam in Bewegung setzte.

Vorsichtig richtete Dorian sich auf. Spähte aus einem der Seitenfenster nach draußen und versuchte, sich die Züge des Mannes einzuprägen, den er vorhin nur undeutlich gesehen hatte. Buschige Augenbrauen, breite Nase. Er hielt sich ein Mobiltelefon ans Ohr und sprach hektisch gestikulierend hinein.

Sie hatten ihn nicht bemerkt. Niemand folgte dem Bus, weder

zu Fuß noch mit dem Auto. Fürs Erste war Dorian in Sicherheit.

Er befühlte das Etui in seiner Jackentasche. Konnte es ihn verraten haben? Er hatte die GPS-Funktion ausgeschaltet, aber wenn man den Visioner auch anders orten konnte, würden sie ihm in Kürze wieder auf den Fersen sein.

Er begriff es nicht. Und warum suchten sie plötzlich nachts nach ihm, nachdem er den ganzen Tag lang vergeblich auf Abholung gewartet hatte? Auf irgendeine Weise musste es mit der Brille zu tun haben. Damit, dass er sie in Betrieb genommen hatte.

Sie befand sich noch in seiner Jackentasche. Er holte das Kästchen heraus und öffnete es, bedacht darauf, es zwischen der Sitzbank und seinem Körper vor Blicken abzuschirmen.

Nichts daran leuchtete oder blinkte. Es war eine ganz gewöhnliche Brille, groß, aber nicht so, dass es auffällig gewesen wäre. Das Schimmern der Gläser wirkte, als gäbe es zwei Schichten, die einander reflektierten. Doch das konnte auch an der schummrigen Beleuchtung im Bus liegen.

Er steckte sie wieder weg und blickte nach draußen. Hielt Ausschau nach den Autos von vorhin, rechnete damit, jeden Moment eines oder alle beide neben seinem Seitenfenster auftauchen zu sehen. Bei jedem schwarzen Wagen, der den Bus passierte, schlug Dorians Herz ein wenig heftiger – er hatte sich weder die Modelle gemerkt noch die Kennzeichen gesehen. Aber schwarz waren sie gewesen. So wie es die Mambas angeblich waren.

Kapitel 14

In der Nähe des Hauptbahnhofs stieg Dorian aus, innerlich darauf gefasst, dass gleich jemand aus einem der Autos springen würde, die hinter dem Bus warteten. Doch es passierte nichts dergleichen. Der Bus fuhr ab, die kleine Autokolonne folgte ihm und Dorian verzog sich in die nächste Seitengasse. Er kannte diese Gegend gut und er wusste, wohin er wollte: Es gab einen Friedhof, nicht weit von hier, auf dem er schon einige Male übernachtet hatte. Die Gruften waren überdacht und windgeschützt; warm würde es nicht sein, aber Dorian hatte sich dort immer sicher gefühlt.

Er kletterte über den Zaun und machte sich auf den Weg zu der Ecke des Friedhofs, die er am liebsten mochte, mit ihren lebensgroßen, efeuumrankten Marmorengeln.

Das einzige Licht um ihn herum kam von den Grablaternen; rote, flackernde Punkte im Schwarz der Nacht. Dorian hatte die Atmosphäre hier noch nie gruselig gefunden, sondern immer friedlich. Besonders nachts, denn da gab es nur ihn und die Gräber. Und die Lichter.

Heute fühlte er sich hier nicht nur wohl, sondern fast geborgen. Er suchte und fand den großen steinernen Sarkophag in seiner Ecke direkt an der Friedhofsmauer. Dazwischen war genug Platz, um sich hinzulegen – eine enge Nische, ein perfekter Sichtschutz. Er rollte sich zusammen und lauschte den Geräuschen, die durch die Dunkelheit zu ihm drangen. Das Rascheln der Blätter im Wind. Das Huschen kleiner Tiere über trockenes Laub. Das Aufflattern eines Vogels.

Eines echten Vogels.

Aber keine Schritte, kein Husten. Keine Menschen.

Er war allein und im Moment war das ein beruhigendes Gefühl. Schlafen würde er trotzdem nicht, das konnte er einfach nicht riskieren. Stattdessen würde er nur hier liegen und an Stella denken, obwohl der Gedanke an sie schmerzte wie ein Rasiermesser in der Brust.

Wahrscheinlich hatte es in der Villa geheißen, er sei abgehauen. Nicht am Treffpunkt erschienen, wie Melvin. So etwas passierte schließlich immer wieder.

Glaubte Stella das? Lag sie in ihrem Bett und hasste ihn, weil sie dachte, er sei einfach gegangen, ohne ihr etwas zu sagen, ohne sich zu verabschieden?

Die Vorstellung trieb Dorian beinahe die Tränen in die Augen.

Du weißt, dass das nicht so ist, Stella. Ich war am Treffpunkt, aber Bertold hat mich hängen lassen. Wenn sie behaupten, ich sei abgehauen, glaub ihnen nicht.

Es würde ihm gelingen, mit ihr in Kontakt zu treten. Irgendwie …

Als er die Augen wieder öffnete, war es hell und im ersten Moment begriff Dorian nicht, was dieser rechteckige Steinklotz vor ihm bedeutete. Erst langsam stellten die Bilder des vergangenen Tages sich ein und Dorian tastete mit fahrigen Bewegungen nach dem Kästchen in seiner Jackentasche.

Ja. Da war es. Samt Inhalt.

Er streckte die Beine, fühlte erst jetzt die Kälte, die sich durch seinen gesamten Körper zog. Aufstehen war schwierig und tat ein bisschen weh, ebenso wie sein Kopf, der auf der Steinplatte gelegen hatte.

Noch war der Friedhof menschenleer. Allerdings stand in einiger Entfernung ein Lieferwagen mit tuckerndem Motor vor der Blumenhandlung. Ein *weißer* Lieferwagen, zu Dorians Erleichterung.

Er wischte sich Laub von der Kleidung und aus den Haaren, dann ging er langsam auf den Ausgang zu. Das Tor war bereits geöffnet – das würde ihm immerhin eine weitere Kletterpartie ersparen. Er blickte sich um … niemand in Sichtweite, das war gut. Konfrontationen mit Friedhofsgärtnern hatte er schon einige gehabt und dabei mit Laubrechen und geschwungenen Spaten Bekanntschaft gemacht. Dem fühlte er sich heute nicht gewachsen.

In dem Gefühl, heimatloser zu sein denn je, stolperte er die Straße entlang. Sosehr er in die Villa zurückwollte, so klar war ihm, dass er damit in eine Falle gehen würde.

Sein Magen erinnerte ihn daran, dass es fast vierundzwanzig Stunden her war, seit er das letzte Mal etwas gegessen hatte. Aber der Gedanke, sich jetzt durch Müllcontainer zu wühlen, war im Moment nur schwer erträglich. Dann lieber Hunger.

Vom Hauptbahnhof aus fuhr er in Richtung Innenstadt. In den Menschenmengen würde er sich anonym fühlen. Und sicher.

Vielleicht so sicher, dass er es noch einmal wagen würde …

Der Gedanke war die ganze Zeit da gewesen, hatte irgendwo im Hintergrund von Dorians Bewusstsein gewartet und drängte nun an die Oberfläche: Es war doch denkbar, dass er es sich gestern nur eingebildet hatte – dieses Wort auf der Fassade. Er war müde gewesen, erschöpft und ratlos. Gut möglich, dass seine Fantasie ihm etwas vorgegaukelt hatte.

Hier, in der Fußgängerzone, unter Hunderten von Leuten, würde es anders sein.

Im Gehen holte er das Etui aus seiner Jackentasche und öffnete es. Nahm den Inhalt heraus. Befühlte kurz die beiden Druckpunkte, über die die Bügel sich schließen ließen, dann atmete er tief durch und setzte die Brille auf.

Na eben. Da war gar nichts. Nirgendwo leuchtete ihm das Wort „Mörder" entgegen, alles war wie –

Er blieb abrupt stehen. Da vorn, auf dem Schaufenster einer Buchhandlung, prangte in großen mattgrünen Ziffern eine 18.

Dorian ging näher an die Auslage heran. Keine 19 wie gestern, eine 18. Diesmal stand die Zahl nicht allein da, es gab auch Text dazu, der allerdings war rot.

`Noch zweieinhalb Wochen bis zur Show.`

Das war nicht bedrohlich. Aber trotzdem merkwürdig. Show? Welche Show?

Dorian wandte sich ab und lief beinahe in einen groß gewachsenen, dickbäuchigen Mann mit Hängebacken und blondem Haar hinein.

»Entschuldigen Sie bi–«

Neben dem Gesicht des Mannes erschienen Worte.

```
Dr. Norbert Handler
Rechtsanwalt, Schwerpunkt Arzneimittelrecht
49 Jahre, verheiratet mit Brigitte Handler,
47 Jahre
Kinder: Isabella und Florian. Wohnadresse ...
```

Dann war der Mann an ihm vorbei. Es hatten noch eine ganze Menge weitere Informationen da gestanden, es war nur nicht genug Zeit gewesen, um sie alle zu lesen.

War es das, was Dorian sich unter „Personenerkennung“ vorstellen musste? Dass er bei jedem Spaziergang alles Mögliche über wildfremde Leute erfahren würde? Das war … spannend.

Fasziniert sah er sich um. Aber keiner der anderen Menschen, die an ihm vorbeiliefen, trug seine persönlichen Daten mit sich herum.

Er bog von der Fußgängerzone in eine der Seitengassen ab. Da! An der Wand eines eleganten, frisch renovierten Altbaus … ein Arztschild aus Messing, sichtbar für jeden.

„Dr. Martin Wilhelmer, Chirurg“.

Das, was daneben stand, war in der gleichen leuchtend grünen Schrift geschrieben, die Dorian vergangene Nacht an der Bankfassade gesehen hatte. Nur kleiner und wesentlich ausführlicher.

```
Dr. Martin Wilhelmer, Herz- und Gefäßchirurg
Beging in den letzten zwei Jahren drei schwere
ärztliche Kunstfehler, einen davon mit tödli-
chem Ausgang. Konnte einem Gerichtsverfahren
dank einflussreicher Freunde bisher entgehen.
MEIDEN
```

Dorian ging weiter und mit jeder Minute war es mehr, als ginge er durch eine fremde Welt. Eine, die über die reale Welt gelegt worden war und sie ihm erklärte.

Es gab ganz normale, harmlose Kommentare, zum Beispiel zu Gebäuden – wann und von wem sie erbaut worden waren. Gelegentlich auch Hinweise darauf, wer dort wohnte oder arbeitete.

Dann gab es … Warnungen. Wie die vor Dr. Wilhelmer. Drei Mal begegneten Dorian Menschen, die ihren eigenen Lebenslauf neben sich hertrugen. Und immer wieder tauchte die Zahl 18 auf. An Wänden, Kirchentüren, in Schaufenstern.

Eine halbe Stunde lang lief er durch die Stadt, als hätte er sie noch nie zuvor gesehen, was in gewisser Weise sogar stimmte. An fast jeder Ecke stieß er auf Neues, auf Überraschungen – oder genauer gesagt auf Merkwürdigkeiten. Ein frisch renovierter Altbau zum Beispiel, mit wunderschönen Erkern und vergoldeten Ranken neben den Fenstern.

> Zu verkaufen – Insiderinformation, vertraulich. In achtzehn Tagen wird der Eigentümer in Konkurs gehen. Derzeit würde er ein Angebot von drei Millionen Euro akzeptieren, der Wert des Hauses beläuft sich auf mehr als das Doppelte. Kontakt: Ludwig Schrenk, R. T. B. Management.

Bei einigen Geschäften, an denen Dorian vorbeilief, fand sich der Hinweis MEIDEN, allerdings ohne eine Erklärung, wie sie vorhin an der Arztpraxis zu lesen gewesen war.

Ab und zu lugte er über den oberen Rand der Brille, um zu überprüfen, ob wirklich nur er die Informationen sehen konnte, merkte aber, dass das jedes Mal leichte Kopfschmerzen mit sich brachte. Wahrscheinlich war es anstrengend für seine Augen, sich von einer Art der Wahrnehmung auf die andere umzustellen.

Nach etwa einer halben Stunde nahm Dorian die Brille ab, steckte sie in ihr Etui und setzte sich an den steinernen Rand eines Brunnens, möglichst so, dass er nicht von fotografierenden Touristen abgelichtet wurde. Er hielt eine Hand ins kühle Wasser, gedankenversunken, und rieb sich dann die schmerzenden Schläfen.

Als er wieder aufblickte, entdeckte er sie.

Sie waren zu dritt, zwei beugten sich über ein Daten-Tablet, der Dritte sah sich suchend um. Die gleichen Männer wie in der vergangenen Nacht. Doch diesmal war einer von ihnen Bertold.

Langsam glitt Dorian vom Brunnenrand, ging in die Hocke. Sie würden sich verteilen, vermutete er und dann war es nur eine Frage der Zeit, bis sie ihn fanden. Wenn er jetzt losrannte und den Überraschungseffekt nutzte – hatte er dann eine Chance, ihnen zu entkommen?

Er würde es nicht riskieren, sondern versuchen, ungesehen von hier wegzukommen. Sofort. Nur drei Schritte von seiner Position entfernt standen parkende Autos dicht an dicht, die ihm fürs Erste Sichtschutz bieten würden.

Schritt für Schritt bewegte er sich gebückt vom Brunnenrand weg. Ignorierte die verwunderten Blicke der Umstehenden und verfluchte sie gleichzeitig. Wenn sie ihm zu viel Aufmerksamkeit schenkten, würde das auch Bertold und seinen Leuten auffallen.

Ein dunkelblauer Geländewagen. Blitzschnell sprang Dorian an seinem Heck vorbei und verschwand hinter dem großen Auto. Durch die Seitenfenster erhaschte er einen unscharfen Blick auf die Dreiergruppe, die immer noch mit dem Tablet beschäftigt war.

Er würde, er *musste* die Gelegenheit ergreifen. Einmal noch holte er tief Atem, dann sprintete er los. Über die Straße, dann weiter bis zur nächsten Ecke. Hörte er da jemanden hinter sich rufen? Egal. Er bog nach rechts ab, da war wieder die Fußgängerzone, die er in höllischem Tempo durchquerte, wobei er fast in einen Kinderwagen hineinrannte.

Weiter. Durch eine schmalere Straße, dann bei der zweiten

Möglichkeit nach links. Zum ersten Mal wagte Dorian einen Blick über die Schulter. Zu sehen war niemand, aber er hörte sie trotzdem, ihre rhythmischen Laufschritte, und gleich würde zumindest einer von ihnen um die Ecke biegen.

In Dorians Kopf hatte sich ein Plan geformt, doch wenn der funktionieren sollte, musste er schnell sein. Und Glück haben. Obwohl er das Gefühl hatte, dass seine Lunge gleich platzte, legte er noch einmal an Tempo zu. Bog nach rechts ab, steuerte auf einen der Altbauten zu, von dem er wusste, dass er innen gerade saniert wurde. Er hatte ein paarmal in dem Gebäude übernachtet, bevor man ihn von dort vertrieben hatte; die Tür schloss nicht richtig und Dorian flehte den Himmel an, dass sich bisher niemand die Mühe gemacht hatte, sie zu reparieren …

Mit voller Wucht drückte er die Klinke hinunter, warf sich gegen das grün lackierte Holz. Und – allen guten Mächten sei Dank – die Tür öffnete sich. Er schlüpfte hindurch und zog sie hinter sich zu.

War er schnell genug gewesen? Oder hatte einer der Verfolger gesehen, wie sich an dem Haus etwas bewegte?

Dorian kauerte sich vor die Eingangstür, presste sein Ohr gegen das Holz. Da waren sie, die Laufschritte, näherten sich, ohne langsamer zu werden oder gar anzuhalten. Ein wenig später hörte er Rufe in einiger Entfernung, glaubte, Bertolds Stimme zu erkennen, verstand allerdings die Worte nicht.

Er wartete, während sein Atem sich nach und nach wieder beruhigte. Hörte wieder jemanden vorbeilaufen und rufen, diesmal deutlich näher. »Dorian!«

Ja, das war Bertold. »Du bist doch hier irgendwo! Komm raus! Wir bringen dich nach Hause, dir wird nichts passieren!«

Fast hätte Dorian laut herausgelacht. Das war ja armselig.

Wenn er darauf hereinfiel, hatte er es wirklich nicht besser verdient.

Aber etwas Gutes hatte Bertolds hilfloser Versuch: Er machte klar, dass sie Dorian nicht orten konnten, sonst hätten sie ihn schon gefunden. Also brauchte er nur noch Geduld. Langsam bewegte er sich von der Tür weg, bemühte sich, leise zu sein. Betrat das Treppenhaus und ging hinauf bis in den zweiten Stock. Die Arbeiter befanden sich im dritten, er konnte hören, wie sie Verputz über die Wände wischten.

Dorian betrat eine der leer stehenden Wohnungen – hier war die Renovierung noch nicht sehr weit fortgeschritten. Keine neuen Böden bisher, dafür Löcher in den Wänden. Aber intakte Fenster, die auf die Straße hinausgingen.

Er würde warten, eine oder zwei Stunden lang, und immer wieder hinausspähen. Erst dann rausgehen, wenn er sicher sein konnte, dass seine Verfolger aufgegeben hatten. Sich jetzt noch erwischen zu lassen wäre unverzeihlich und dumm.

Erschöpft setzte er sich auf ein Stück dicken Karton und lehnte sich gegen die Wand. Tastete in seiner Jackentasche nach dem Kästchen und fand es. Gut.

Er musste sich zusammennehmen, durfte nicht aus lauter Verzweiflung irgendwann doch weich werden. Wir bringen dich nach Hause, das war genau das, was Dorian sich wünschte. Damit würden sie ihn ködern, auch weiterhin. Damit und mit Stella, was irgendwie das Gleiche war.

Er fragte sich, was sie tatsächlich mit ihm machen würden, wenn sie ihn fanden. Ihn töten, wie Regener behauptet hatte? Ohne wirklichen Grund?

Was hast du ihnen eigentlich getan, dass sie dir so etwas antun wollen?, hatte Regener ihn gefragt, aber weder damals noch jetzt hatte Dorian eine Antwort darauf.

Andererseits, vielleicht war das Risiko geringer, als Dorian glaubte. Konnte ja sein, dass Bornheim ganz gezielt obdachlose Jugendliche von der Straße holte. Weil niemand sie vermisste, wenn sie vollends verschwanden. So wie Max. So wie Melvin. Es war so einfach zu behaupten, sie hätten sich wieder für ihr altes Leben entschlossen. Keiner, wirklich keiner, konnte das nachprüfen.

Es wurde Zeit, einen Blick nach draußen zu werfen. Dorian stand auf und ging vorsichtig auf das Fenster zu, jederzeit bereit zurückzuspringen, falls jemand von der Straße zu ihm nach oben schauen sollte.

Doch das war nicht der Fall. Es fuhren Autos vorbei, Passanten hasteten durch den beginnenden Nieselregen, aber keiner seiner drei Verfolger war dort unten zu sehen.

Trotzdem würde er warten, denn er glaubte nicht, dass sie so schnell aufgegeben hatten. Wahrscheinlich durchforsteten sie die Umgebung, suchten sie auf mögliche Verstecke ab. Fragten vielleicht sogar herum, ob ihn nicht irgendjemand gesehen hatte.

Einige Minuten länger noch beobachtete Dorian das Geschehen zwei Stockwerke tiefer, dann setzte er sich wieder an die Wand und schloss die Augen.

Schlafen wäre wunderbar, doch das wagte er nicht. Seine Angst, sich beim Aufwachen Bertold und seinen Handlangern gegenüberzusehen, war zu groß. Er musste wachsam bleiben.

Das bedeutete auch, er musste in Betracht ziehen, dass es die jugendliche Einsatztruppe, von der Melvin gesprochen hatte, wirklich gab. Die Mambas. Bisher waren seine Verfolger alle deutlich älter gewesen als er selbst, aber besser war es, auch auf schwarz gekleidete Jugendliche zu achten, die in Gruppen auftauchten. Falls sie tatsächlich immer in Schwarz unterwegs waren – wenn nicht, konnte buchstäblich jede und jeder, dem er über den Weg lief, dazugehören. Kein sehr ermutigender Gedanke. Dorian schloss die Augen.

Die Kleiderfarben in Bornheims Villa gingen ihm wieder durch den Kopf: Seine Farbe war an exakt dem Tag geändert worden, als er sich das Gebäude mit dem riesigen Computerraum genauer angesehen hatte. Nach seiner Unterhaltung mit den beiden Mitarbeitern. Danach hatte er nur noch rote Sachen in seinem Schrank vorgefunden.

Auch Melvins Kleidung war rot gewesen. Diesen Max, der ebenfalls verschwunden war, hatte Dorian nicht gekannt und damals auch nicht nach seiner Farbe gefragt – dafür hatte es keinen Grund gegeben. Aber wenn er nun einen Tipp abgeben sollte – er hätte genau gewusst, welchen.

Rot für die, die dann irgendwann verschwinden, dachte er. Warum auch immer. Weil einer ihrer Aufträge schiefgeht. Dann ist so eine rote Jacke über dem Sakko praktisch, die macht das Verstecken schwer.

Unwillkürlich musste er lachen. Was für ein Hohn, dass Bornheim in der Villa Ethik unterrichten ließ. Verpflichtend.

Die rote Jacke war also riskant. Und die Datenbrille wohl erst recht, wobei man sie offenbar nicht orten konnte. Sonst hätten sie ihn gestern schon gefunden, am Fluss.

Mörder.

Das Bild stand ihm sofort wieder vor Augen. Heute begriff er noch weniger als gestern, wie diese Botschaft gemeint gewesen war. Hatte man sie wirklich an ihn gerichtet? Aber wie war das möglich? Es konnte doch niemand voraussehen, wo er die Brille aufsetzen würde.

Seine Verfolger waren auch nicht am Fluss aufgetaucht, sondern bei der Tiefgarage. Dort hatte er die Brille nicht angerührt.

Aber vielleicht waren sie ja auch zuerst an die Stelle gefahren, von wo aus das Signal gesendet worden war. Waren den Fluss entlanggelaufen – oben, neben der Straße, und unten, neben dem Wasser. Vergebens. Weil Dorian nicht mehr dort gewesen war.

Dann musste einer von ihnen den richtigen Schluss gezogen und die Suchaktion zum Einkaufszentrum verlegt haben. An den vereinbarten Treffpunkt. Wo sie Dorian mit etwas mehr Glück auch erwischt hätten.

Wieder rappelte er sich hoch und stellte sich für ein paar Minuten ans Fenster. Es regnete jetzt stärker. Ob das für seine Verfolger ein Grund war aufzugeben?

Wohl kaum. Er konnte sich gut vorstellen, dass sie kein freundlicher Empfang erwarten würde, wenn sie unverrichteter Dinge wieder zurückkehrten.

Auf der Straße war allerdings keine Spur von ihnen zu entdecken. Wahrscheinlich hatten sie ihren Suchradius erweitert oder warteten, dass er die Brille wieder aktivieren und sich damit auf irgendeine Weise sichtbar machen würde.

Das kam natürlich nicht infrage. Er würde die Brille nie wieder benutzen, er war ja nicht verrückt. Am besten war es vermutlich, sie loszuwerden. Keine Spuren mehr hinterlassen, sondern möglichst schnell das Weite suchen.

Nur dass das Weite kein richtiges Ziel war. Die Vorstellung, dass er wieder ins Nichts hineinleben musste, war kaum erträglich. Mülltonnen durchwühlen und Zeit totschlagen – diesmal jedoch mit der ständigen Angst im Nacken, von den falschen Leuten aufgespürt zu werden.

Nein. Er brauchte eine bessere Idee.

Dorian wartete den Nachmittag in der Wohnung ab; tatsächlich gelang es ihm sogar, ein oder zwei Stunden zu schlafen.

Bevor er ging, warf er einen letzten, prüfenden Blick durchs Fenster. Die Straßenbeleuchtung war schon an und warf glänzende Spiegelungen auf den nassen Asphalt. Aber es regnete nicht mehr. Ein Stockwerk über sich hörte er die Arbeiter zusammenpacken. Wenn er sich ein wenig beeilte, würde er vor ihnen aus dem Haus sein. Dann hatte ihn hier niemand gesehen.

Mit leichten, leisen Schritten lief er die Treppe hinunter. Drückte die Tür auf und trat auf die Straße, halb in der Erwartung, dass jemand ihn packen oder niederschlagen würde. Was nicht passierte – keiner beachtete ihn. Ein eng umschlungenes, kicherndes Pärchen wich ihm aus, ohne auch nur einen kurzen Blick in sein Gesicht zu werfen.

Dorian senkte den Kopf und ging los. Die Hände vergrub er tief in den Jackentaschen, wobei er mit der rechten auf das Etui stieß. Jetzt, wo er im Freien war, wuchs sein Bedürfnis, die Brille doch wieder zu benutzen. Obwohl er wusste, dass es Wahnsinn war, aber die Tatsache, dass überall um ihn herum Informationen und Botschaften existierten, die er nicht sehen konnte, machte ihn unruhig und kribbelig. Vielleicht betraf etwas davon ja ihn?

Schluss damit. Vor allem anderen musste er sich um seine Sicherheit kümmern und der erste Schritt dazu würde sein: eine neue Jacke finden. Am besten in Schwarz oder Grau.

Es gab ein paar Altkleidercontainer in der Nähe, die würde er ansteuern.

Beim dritten hatte er Glück. Er war so übervoll, dass fünf zugebundene Säcke danebenstanden, nass vom Regen. Dorian versuchte, durch das transparente hellgrüne Plastik eines der Säcke zu erkennen, was er beinhaltete, und schöpfte Hoffnung: Männerkleidung.

Er gab sich Mühe, den Sack so zu öffnen, dass er nicht kaputtging. Zuoberst lag eine Jeans mit durchlöcherten Knien und direkt darunter: eine Jacke. Gefüttert und olivgrün. Sie war ziemlich lang, würde ihm bis über den halben Oberschenkel reichen, aber das konnte um diese Jahreszeit nur von Vorteil sein.

Er zog sie an und stellte fest, dass sie zu eng war, um sich über dem Sakko schließen zu lassen, also würde es in die Altkleidersammlung wandern, ebenso wie die rote Jacke. Als er die Brille aus der Tasche herausnahm, stellte er erfreut fest, dass seine neue Errungenschaft über zwei Innentaschen und eine äußere Tasche an der rechten Vorderseite verfügte, deren Reißverschluss dafür sorgen würde, dass er das Etui nicht versehentlich verlieren konnte. Auch nicht, wenn er rannte wie ein Verrückter.

Er fühlte sich wohler jetzt. Sicherer. Und er merkte, dass sein Magen bereits rebellierte vor Hunger.

Hier, so dicht am Zentrum, gab es keine großen Supermärkte, an deren Containern man sich bedienen konnte, aber dafür war die U-Bahn ganz nah.

Er fuhr an den Stadtrand, zu einem Markt, den er schon lange kannte und dessen Abfallbehälter mit der Ausschussware an der Hinterseite standen und somit vor den Blicken der hinein- und hinausgehenden Kunden geschützt waren.

Viel Zeit nahm Dorian sich heute nicht, er riss einen Container nach dem anderen auf und griff nach dem Erstbesten, was ihm essbar schien. Eine aufgerissene Packung geschnittenes Brot, eine angeknickte Salatgurke – mehr brauchte er nicht.

Mit seiner Beute zog er sich in den nächstgelegenen Park zurück, der eigentlich nur aus einem traurigen Stück Grünfläche mit ein paar Bänken bestand. Dort aß er die Hälfte des Brotes und die ganze Gurke, während er sich überlegte, wie und wo er die nächste Nacht überstehen sollte.

In gewisser Weise war er jetzt schlechter dran als vor seiner Zeit in der Villa. Früher hatte er einen Rucksack und eine Decke besessen, damit war es vorbei. Außerdem war er damals nicht verfolgt worden.

Kurz überlegte Dorian, ob er die Nacht wieder auf dem Friedhof verbringen sollte, entschied sich aber dagegen. Nicht zweimal in Folge. Auch die Wohnung von heute Nachmittag würde er meiden. Vielleicht ein andermal.

Nein. Er würde es bei einer der U-Bahn-Stationen in den Außenbezirken versuchen. Die Tatsache, dass er einfach nur in einen Zug springen musste, um von dort sehr schnell verschwinden zu können, fand er unglaublich verlockend.

Kapitel 15

Die Nacht war ruhiger verlaufen, als Dorian zu hoffen gewagt hatte. Keine Polizeistreifen, keine Betrunkenen, keine anderen Obdachlosen, die ihr Revier verteidigen wollten. Und vor allem kein Bertold. Keine Mambas.

Dorian hatte sechs Stunden geschlafen, seinen Jackenkragen bis zu den Ohren hochgezogen; erholt fühlte er sich trotzdem nicht, dazu war ihm die Kälte aus dem Boden zu tief in den Körper gedrungen. Er schaffte es kaum aufzustehen, erst nach ein paar Schritten kehrte das Gefühl in den Beinen zurück.

Gestern Abend, kurz vor dem Einschlafen, hatte ihn noch ein Einfall gestreift. Er war riskant, ja, aber er würde es darauf ankommen lassen.

Am besten gleich. Es war noch nicht einmal sechs Uhr, um diese Zeit würde Bertold gerade erst aufstehen. Auch wenn jemand rund um die Uhr darauf achten sollte, ob Dorian sich wieder zeigte, würde es lange dauern, bis seine Verfolger hier landeten.

Und dann war er längst fort.

Er zog die Brille in ihrer Umhüllung aus der Tasche. Holte sie aus dem Etui heraus und klappte sie auf.

Jetzt. Konnten sie ihn jetzt sehen? Wahrscheinlich.

Allein dieses Bewusstsein schnürte ihm fast den Atem ab. Fünf Minuten würde er sich geben, maximal. Dann die Brille deaktivieren und in den nächsten Zug steigen.

Der erste Blick durch die Gläser zeigte nichts Ungewöhnliches. Nirgendwo plötzlich auftauchende Schriftzüge, auch keine Informationen zu einem der Menschen, die zunehmend die Station bevölkerten.

Dorian lief die Treppen hinauf. Draußen auf der Straße waren die Chancen größer. Doch auch hier: nichts.

War die Brille defekt? Er drehte sich suchend im Kreis. Alles unauffällig. Als hätte jemand die Datenfunktion abgeschaltet. Hieß das auch, dass sie ihn nicht weiter verfolgen würden?

Er wusste es nicht. Verstand auch nicht, wieso er so enttäuscht war. Bisher hatte er mit den Informationen, die die Brille ihm zugänglich gemacht hatte, nicht das Geringste anfangen können. Warum also –

Sein Blick glitt nach unten, ohne Absicht oder Erwartung, fiel auf das Etui.

Doch, die Brille funktionierte noch. Und was er diesmal zu lesen bekam, richtete sich direkt an ihn.

```
Du hast dich unseren Grundsätzen verpflichtet.
Der Kader begrüßt dich als einen seiner Master.
Du wirst mehr wissen als alle anderen und die-
ses Wissen wird dein Lohn und deine Bürde zu-
gleich sein.
Unsere Ziele sind größer als wir, bedeutender
als wir und sie rechtfertigen jedes Opfer.
Auch unser Leben.
Auch dein Leben.
```

Er las die Botschaft zweimal, dreimal, versuchte, aus ihr schlau zu werden. Welcher Kader? Was sollte das heißen? Und von welchen Zielen war die Rede?

Aus dem Tunnelschacht der Station ertönte das Signal, das das Schließen der Zugtüren ankündigte, und holte Dorian in die Wirklichkeit zurück. Er riss sich die Brille aus dem Gesicht und klappte sie hektisch zu. Garantiert hatte er sie zu lange aufgehabt und wahrscheinlich war Bertold bereits auf dem Weg hierher.

Konnte natürlich auch sein, dass er jemanden geschickt hatte. Dorian blickte sich um. Schenkte jemand ihm besondere Beachtung? Die alte Frau zum Beispiel, die ihren Dackel spazieren führte? Oder der Bettler, der eben einen weißen Plastikbecher vor sich abstellte, auf dem mit schwarzem Filzstift „Bitte!" geschrieben stand?

So rasch er konnte, lief er die Treppen zum Bahnsteig hinunter. Er würde den ersten Zug nehmen, der kam, und so schnell wie möglich von hier verschwinden.

Drei Minuten noch, wenn die Anzeige stimmte. Für die Bahn stadteinwärts. Stadtauswärts würde es vier Minuten dauern. Damit war die Richtung schon mal geklärt.

Dorian stellte sich so an eine Säule, dass man ihn von der Rolltreppe aus nicht sehen konnte. Fahrig vor Nervosität holte er noch einmal das Kästchen aus seiner Jackentasche, vergewisserte sich, dass er die Brille auch wirklich deaktiviert hatte.

Vielleicht war es ein Fehler gewesen, sie wieder in Betrieb zu nehmen. Was, wenn sie es diesmal schafften, die Verbindung aufrechtzuerhalten?

Dorian atmete durch, als der Zug endlich einfuhr, und war der Erste, der in den Waggon stieg. Niemand im Abteil beachtete ihn. Die Leute wirkten großteils schlecht gelaunt und müde, viele von ihnen hatten Kopfhörer in den Ohren, doch keiner sah aus, als wäre er hinter irgendwem her, schon gar nicht hinter ihm.

Er stieg knapp vor dem Stadtzentrum aus. Achtete wieder genau darauf, ob jemand ihm folgte, aber er wurde kaum eines Blickes gewürdigt. Niemand blieb stehen, als er sich bückte und seine Schuhbänder richtete.

Immer noch nicht völlig beruhigt, fuhr er mit der Rolltreppe zum Ausgang. War es möglich, dass man ihn oben schon erwartete, dass er seinen Verfolgern direkt in die Arme laufen würde?

Seine Befürchtungen waren unbegründet, das Einzige, was ihn auf der Straße erwartete, war Regen, der kürzlich eingesetzt haben musste. Dorian zog seine neu erworbene Jacke enger um sich und dankte stumm dem Vorbesitzer, der sie offenbar gewaschen hatte, bevor er sie in die Altkleidersammlung gab. Der Geruch nach Waschmittel war das einzige Angenehme, was dieser Tag bisher zu bieten hatte.

Ein Tag, der gerade erst angefangen hatte und noch sehr lange dauern würde. Angst ließ die Zeit nicht schneller verstreichen, Ziellosigkeit erst recht nicht.

Was, wenn er versuchte, an Geld zu kommen, ein Bahnticket zu kaufen und aus der Stadt zu verschwinden?

Doch damit wäre Stella für ihn endgültig verloren.

Er hatte die letzten Stunden nicht bewusst an sie gedacht, trotzdem war sie ihm immer gegenwärtig gewesen. Und umgekehrt?

Sie würde denken, dass ihm etwas zugestoßen war. Er hatte so oft betont, dass er ohne sie nicht gehen würde. Sie musste gespürt haben, wie ernst es ihm damit war. Oder? Falls sie glaubte, er sei abgehauen, würde sie ihn einfach nur noch verachten. Allein wie sie nach der Ethik-Stunde reagiert hatte. Du trittst mit Füßen, was wir hier gratis und ohne große Gegenleistung bekommen, hatte sie ihm vorgeworfen.

Nein, keinesfalls würde er die Stadt verlassen, bevor er nicht noch einmal mit ihr gesprochen hatte. Nicht zuletzt, weil er sie warnen wollte. Vielleicht trug sie ja mittlerweile auch schon Rot und wurde mit den verdammten Kunststoffkästchen in Bürogebäude geschickt.

Aber wenn nicht, dann stand sie irgendwo herum und verteilte Flugblätter, zweimal die Woche.

Die Wahrscheinlichkeit, sie zu finden, war winzig, das wusste Dorian. Doch es gab verschiedene Orte, wo Bertold die Leute besonders gern stehen ließ. Das Reiterdenkmal war einer davon, außerdem der Platz vor dem Dom und ein Durchgang, der zwei Einkaufsstraßen miteinander verband. Wenn Dorian es dort versuchte, regelmäßig, am besten jeden Tag, und auch die anderen Stellen abklapperte, an denen er selbst gestanden hatte …

Die Idee verbesserte seine Laune schlagartig. Es war ein Plan, etwas, das er tun konnte. Und wenn es klappte, würde er Stella wiedersehen und sie überreden, aus der Villa zu verschwinden und mit ihm … Ja, was? Auf der Straße zu leben?

Egal. Das würde er sich später überlegen. Fürs Erste machte ihn schon die Vorstellung glücklich, sie nur zu Gesicht zu bekommen.

Bloß war es dazu jetzt noch zu früh. Vor halb neun waren die Zettelverteiler nicht an ihren Plätzen und dann war es wahrscheinlich klug, noch eine weitere halbe Stunde zu warten. Sonst würde er Bertold noch aus blanker Dummheit in die Arme laufen.

Er holte das Brot, das er von gestern noch übrig hatte, aus seiner linken Jackentasche. Die Hälfte davon war zerbröselt, aber das war jetzt einerlei, Hauptsache, er bekam etwas in den Magen und die Zeit verging ein wenig schneller.

Bei der nächsten U-Bahn-Station, an der er vorbeikam, schnappte Dorian sich eine der Gratistageszeitungen. Wenn er die von vorne bis hinten durchlas, würde das mindestens eine Dreiviertelstunde dauern. Und vielleicht …

Nein. Über Emil würde vermutlich nichts mehr drinstehen, sein Tod war nun schon zu lange her.

Mit der Zeitung in der Hand suchte Dorian nach einem ruhigen, möglichst wettergeschützten Platz und fand ihn innerhalb weniger Minuten.

Eine Kirche. Das Tor stand eine Handbreit offen, innen war niemand. Jeder von Dorians Schritten hallte in dem hohen Gewölbe wider und der Geruch von kaltem Weihrauch hing in der Luft.

Er suchte sich eine Bank im Seitenschiff, dort, wo die kleinen roten Opferkerzen brannten. Es waren noch nicht sehr viele heute – erstaunlich genug, dass um diese Uhrzeit überhaupt schon Menschen zum Kerzenanzünden herkamen.

Dorian bemühte sich, leise zu sein, obwohl er allein war. Langsam kaute er seine letzte Brotscheibe und legte die Zeitung auf die Buchablage des Kirchengestühls.

Bankräuber mit 200.000 Euro Beute auf der Flucht lautete die Schlagzeile. Viel mehr Information gab der restliche Artikel auch nicht her. Der Räuber hatte eine Pistole gehabt und sein Gesicht hinter einer Skimaske versteckt. Umblättern, nächste Headline:

Hotel-Millionär stirbt bei Absturz von Privatjet.

Dorian überflog die Zeilen, es war von einem Flugfehler die Rede, eine technische Ursache wurde ausgeschlossen.

So etwas war Pech. Da war man unglaublich reich und dann …

Sein Blick blieb an dem Foto hängen, das rechts vom Text

platziert war, ein Porträt des toten Millionärs. Mit freundlich reserviertem Lächeln im Gesicht.

Ein Gesicht, das Dorian bekannt vorkam. Schmal, mit hohlen Wangen und ausgeprägten Stirnfalten. Wo hatte er diesen Mann schon einmal –

Die Eingebung kam plötzlich, mit einem Schlag. Es hatte geregnet, stärker als heute, und Dorian hatte mit seinen Flugblättern vor der Einkaufspassage gestanden. War erschrocken, als er hochblickte und dieser Mann da stand, regungslos, trotz des schlechten Wetters. Ihn anstarrte, ihn nicht aus den Augen ließ.

Dorian hatte ihn angesprochen und der Mann hatte verstörende Dinge gesagt: *Bist du froh, deinen Vater los zu sein? Und weißt du eigentlich, wo dein Taschenmesser ist?*

Jetzt sah Dorian es genau vor sich: die elegante Kleidung, die teure Uhr und dieses Gesicht. Nur dass es damals halb von einer Brille verdeckt gewesen war.

Einer Brille.

Er fühlte, wie sein Magen sich verkrampfte.

Nun war der Mann tot.

Unsere Ziele sind größer als wir, bedeutender als wir und sie rechtfertigen jedes Opfer. Auch unser Leben. Auch dein Leben.

Offenbar auch das Leben dieses Mannes.

Dorian hatte seinen Namen eben gelesen, aber schon wieder vergessen, nun fuhr er mit zitterndem Finger die Zeilen in der Zeitung entlang.

Julian Bering. So hatte er geheißen.

Weswegen hatte er Dorian so interessiert betrachtet? War es möglich, dass …

Mit einem Mal ergaben die Dinge Sinn. Ja, natürlich war es möglich. Wer Dorian durch die Brille ansah, erfuhr von seinem Vater. Las wahrscheinlich auch, was mit Emil passiert war. Und möglicherweise stand da auch etwas darüber, dass Dorian sterben sollte. Konnte das sein? Dann würde Regeners Warnung Sinn ergeben.

Dorian duckte sich unwillkürlich, obwohl er sich nach wie vor alleine in der Kirche befand. Also war er nun – im wahrsten Sinne des Wortes – ein offenes Buch. Für jeden, der eine dieser Datenbrillen trug.

Das war schlimmer, als sich vor irgendeiner Bankfassade dem Wort „Mörder" gegenüberzusehen. Es war, als hätte Bornheim ihm dieses Wort auf die Stirn tätowiert.

Die Menschen, die ihn immer wieder so interessiert gemustert hatten, sie hatten ihn nicht betrachtet, sondern die Informationen gelesen, die er gewissermaßen bei sich trug. Auf ihre Brillen hatte er damals nicht geachtet, aber jetzt erinnerte er sich daran.

Was hatte Bornheim davon, den Leuten Details aus seinem, Dorians, Leben zu verraten? Wen interessierte das?

Er rieb sich über das Gesicht, als könne er dadurch die Zeilen zum Verschwinden bringen. Was natürlich Unsinn war, aber irgendeine Möglichkeit musste es geben, oder?

Darüber würde er sich später den Kopf zerbrechen, zuvor würde er herausfinden, was genau man denn sah, wenn man ihn betrachtete. Dazu brauchte er einen Spiegel und einen Ort, von dem aus die Brille keine Informationen senden konnte.

Er dachte an gestern. Eine Tiefgarage wäre ideal, aber sie musste mindestens drei oder vier Etagen unter die Erde reichen.

Allerdings: Würde er dann überhaupt etwas lesen können? Wenn die Brille nicht sendete, empfing sie vermutlich auch nicht.

Aber zumindest versuchen würde Dorian es. Obwohl alles in ihm dagegen protestierte, die Einsamkeit der Kirche zu verlassen, jetzt, wo er wusste, dass jeder Mensch da draußen, der eine Brille trug, ihm vielleicht die geheimsten Dinge vom Gesicht ablesen konnte.

Die nächste Tiefgarage war nicht weit entfernt und sie war groß. Dorian ging mit tief gesenktem Kopf aus der Kirche, sah weder nach rechts noch nach links, beeilte sich.

Er nahm die Treppen, lief die vier Stockwerke unter die Erde, so schnell er konnte. Es gab dort eine Toilette, zum Glück – er speicherte sie innerlich als möglichen Schlafplatz ab.

Und es hing ein Spiegel über dem Waschbecken.

Dorian checkte jede der drei Toilettenkabinen und warf dann noch einen letzten Blick nach draußen. Doch um diese Zeit war in der untersten Etage des Parkhauses noch nichts los.

Sein Herz schlug spürbar gegen die Rippen, als er das Etui aus seiner Jackentasche holte, es öffnete und die Brille herausnahm. Aufklappen.

Vielleicht sahen sie ihn jetzt schon, über ihre Bildschirme und Tablets gebeugt. Vielleicht schickten sie jetzt ihre Häschertrupps los.

Er schluckte gegen einen Widerstand im Hals an, betrachtete sich kurz im Spiegel. Setzte dann die Brille auf.

Nichts. Sein Spiegelbild blieb unverändert. Er wartete, aber es erschien kein Text.

Dorian schwankte zwischen Enttäuschung und Erleichterung. Vermutlich lag es daran, dass die Brille keinen Empfang hatte – aber das hieß auch, dass dieser Versuch ohne böse Konsequenzen bleiben würde. Er hatte nichts gesehen und niemand hatte ihn gesehen.

Langsamer als zuvor ging er die Treppen nach oben, zurück ans Tageslicht. Sein Problem war immer noch ungelöst; er musste wissen, was die Menschen an ihm ablesen konnten.

Was Julian Bering gesehen hatte.

Sehr viele Möglichkeiten, es herauszufinden, gab es nicht. Klar, er konnte die Brille jemand anderem in die Hand drücken und ihn bitten vorzulesen, was er sah. Aber wem? Ganz sicher keinem Wildfremden.

Ihm fielen eigentlich nur zwei Menschen ein, denen er dafür genug Vertrauen entgegenbrachte. Stella natürlich. Und Melvin. Wenn der überhaupt noch lebte.

Blieb die Möglichkeit, es noch einmal mit einem Spiegel zu versuchen, diesmal mit Empfang – und das war riskant. Eine spiegelnde Fensterscheibe würde nicht reichen, vermutete er, und er wollte nicht rumprobieren. Es sollte schnell gehen und er musste die Informationen klar lesen können.

Ein Café? Nein, die Bedienungen schätzten es gar nicht, wenn man vom Eingang direkt auf die Toilette zusteuerte, das wusste er aus Erfahrung. Am besten war ein Laden, in dem man interessiert herumschlendern konnte, als wollte man etwas kaufen. Nur musste dort irgendwo ein Spiegel hängen.

Natürlich: ein Bekleidungsgeschäft, am besten eine der großen Ketten. Die waren unübersichtlich, kein Verkäufer drängte sich auf und wollte einen beraten – und es gab Umkleidekabinen, in die einem niemand folgte.

Allerdings war es erst acht Uhr. Vor neun würde keiner dieser Läden aufsperren.

Diese eine Stunde schien Dorian so lang zu dauern wie ein ganzer Tag. Er lief zur Kirche zurück, doch dort fand mittlerweile eine Messe statt. Zu viele Menschen, also umkehren, sich unbelebte Gassen suchen. Einen Park, doch auch der war keine gute Lösung, denn offenbar führten zu dieser Zeit besonders viele Leute ihre Hunde spazieren.

Je später es wurde, desto weniger einsame Plätze gab es in der

Stadt. Als es endlich neun war, stürzte Dorian förmlich in den Laden, den er ausgewählt hatte. Er war weder nobel noch teuer, hier arbeiteten und kauften hauptsächlich junge Leute mit wenig Geld. Keiner in diesem Geschäft würde über eine der kostbaren Brillen verfügen, weder Kunden noch Verkäufer.

Also konnte Dorian es wagen, den Kopf wieder zu heben, wenigstens für kurze Zeit. Er bemühte sich, nicht aufzufallen – niemand sollte ihn für einen Ladendieb halten –, und schlenderte in die Herrenabteilung. Griff sich eine Hose und einen Pullover, ohne auf die Größen zu achten, und trug beides in eine Umkleidekabine, deren Vorhang er sorgfältig zuzog.

Außer ihm war nur noch ein einziger anderer Kunde da. Dorian hörte ihn pfeifen, drei oder vier Kabinen weiter. Er hängte die mitgebrachten Kleidungsstücke an einen Haken und packte erneut das Etui aus.

Diesmal würde er wieder Empfang haben, gar keine Frage. Und damit irgendeine Form von Signal an Bornheims Leute schicken, also musste er sich beeilen. Lesen, die Brille deaktivieren, die Kleider wieder nach draußen tragen und verschwinden, so schnell er konnte.

Er klappte die Bügel auseinander. Setzte die Brille auf und bereitete sich auf das Schlimmste vor.

Das, was nun passierte, hatte er dennoch nicht erwartet. Da war keine Schrift. Nur … Schlieren, rechts von ihm. Erst milchig, dann strahlend weiß. Und dann, bevor Dorian reagieren konnte, blendend hell, wie ein Blitz, und schmerzhaft wie ein glühender Draht, der ihm in die Augen gebohrt wurde.

Er schrie auf, taumelte nach hinten, knallte gegen die Seitenwand der Kabine. Mit der Hand tastete er nach der Brille und riss sie sich vom Gesicht.

Er war blind. In der Schwärze vor seinen Augen tanzten grellrote Punkte, sein Kopf pochte im Rhythmus seines Pulses, schnell und panisch.

Dass der Vorhang aufgerissen wurde, hörte er bloß. »Ist alles in Ordnung?«

Ja zu sagen wäre völlig lächerlich gewesen. Dorian tastete sich an dem Fragenden vorbei, vermutlich war es der Verkäufer. Er musste hier raus, schnell.

»Mir ist schlecht«, murmelte er. Stieß im nächsten Moment gegen ein Regal oder einen Tisch, versuchte, sich zu erinnern, wie weit es bis zum Ausgang des Umkleidebereichs gewesen war. Vier, fünf Schritte etwa.

Wieder versperrte etwas ihm den Weg, aber es ließ sich verschieben. Eine Kleiderstange wahrscheinlich.

»Soll ich einen Arzt rufen?« Der Verkäufer klang gleichzeitig besorgt und unwillig. Er hoffte auf ein Nein. Er bekam es.

»Na gut.« Die Stimme des jungen Mannes troff vor Erleichterung. »Am besten, du gehst nach Hause und legst dich hin.«

Immerhin nahm er ihn jetzt am Arm. Führte ihn durch den Verkaufsraum bis zum Ausgang.

Dorian bedankte sich, wankte auf die Straße hinaus. Blieb stehen.

Mit dem linken Auge konnte er allmählich wieder Umrisse erkennen. Hellere Schatten im Dunkeln. Er kniff die Lider zusammen und öffnete sie wieder. Es wurde besser.

Wahrscheinlich war es so etwas wie Schneeblindheit, bloß viel schlimmer. Langsam, ganz langsam wagte er sich weiter. Vermutlich hielten die Leute ihn für betrunken, aber das war unwichtig, solange sie keine Datenbrillen trugen, denn dann wäre er ihnen in seinem Zustand hilflos ausgeliefert gewesen.

Erst in diesem Augenblick wurde es ihm bewusst. Wieder ein Blitz, diesmal innerlich und glühend heiß.

Er hielt die Brille immer noch in der Hand.

Und sie war immer noch aktiv.

Mit schweißnassen Fingern suchte Dorian nach den kleinen, metallenen Erhebungen, fand sie endlich und klappte die Bügel zu.

Er musste hier weg. Rasch, aber an Rennen war nicht zu denken. Obwohl er nur vorsichtig einen Fuß vor den anderen setzte, lief er fast unmittelbar in jemanden hinein.

»Pass gefälligst auf, wo du hingehst«, schnauzte ihn eine Frau an.

Er murmelte eine Entschuldigung und streckte die Arme nach vorn. Wieder zwei Schritte. Schatten, die vorbeihuschten, kicherten.

Je länger seine Sicht ausblieb, desto panischer wurde Dorian. Es konnte nicht mehr lange dauern, bis Bornheims Leute hier waren, vielleicht waren sie es sogar schon und er sah es bloß nicht.

Also schneller, ein bisschen wenigstens. Er versuchte etwas größere Schritte und stolperte prompt über die Bordsteinkante. Ein Auto hupte, hörte gar nicht mehr damit auf. Lenkte ganz sicher Aufmerksamkeit auf ihn, großartig.

Jeder Meter bedeutete plötzlich eine Herausforderung. Aber nach und nach begann er, die Umrisse seiner Umgebung wieder zu erahnen. Zumindest so weit, dass er nicht mehr gegen Wände oder andere Menschen lief. Einen Laternenpfahl übersah er trotzdem und stieß schmerzhaft mit der Schulter dagegen.

Zu einer Flucht, wie er sie gestern hingelegt hatte, war er so auf keinen Fall fähig. Das würde er aber bald sein müssen, denn Bertold würde die Umgebung durchkämmen lassen. Bisher hatte er sich höchstens zweihundert Meter von dem Laden entfernt. Sobald sie hier waren, hätten sie ihn innerhalb von fünf Minuten gefunden.

Die nächste Straße überqueren. Ob die Menschen, die ihm entgegenkamen, Brillen trugen, konnte Dorian nicht erkennen. Den Kopf zu senken konnte er sich nicht leisten, also musste er einfach das Beste hoffen.

Am liebsten hätte er sich versteckt und in Ruhe abgewartet, bis seine Augen sich erholt hatten. Doch erstens befand er sich dafür immer noch zu nah an dem Geschäft und zweitens war es hoffnungslos, mit dem bisschen Sehkraft einen geeigneten Ort zu finden.

Oder … vielleicht doch nicht. Die Gruppe von Menschen, auf die Dorian sich zubewegte, stand nicht einfach nur da, sie wartete. Auf die Straßenbahn.

Das war die beste Chance, die sich ihm in den nächsten Minuten bieten würde. Ein Versteck, das sich bewegte und wo es warm war.

Er stellte sich dicht zu den anderen, hoffte, in der Menge zu verschwinden. Fürchtete trotzdem jedes Mal, wenn sich schnellere Schritte näherten, dass es einer seiner Verfolger sein könnte, der ihn packen und mit sich zerren würde.

Dann fuhr die Straßenbahn ein. Dorian verfehlte die erste Stufe und wäre fast gestürzt – jemand hinter ihm lachte, doch das spielte keine Rolle. Hauptsache, er schaffte es einzusteigen und die Bahn fuhr an.

Als sich ihm plötzlich doch eine Hand auf die Schulter legte, hätte er beinahe aufgeschrien. Er wirbelte herum, konnte aber das Gesicht desjenigen, der ihn berührt hatte, nicht erkennen.

»Du solltest mit dem Mist aufhören«, sagte eine Männerstimme. »Du bist noch so jung. Mach etwas aus deinem Leben, hm?«

Ja. Die Leute hielten ihn für einen Junkie. Vor Kurzem noch wäre ihm das unangenehm gewesen, heute war es ihm egal. »Sie haben recht«, sagte er. »Danke.«

Dann ließ er sich auf einen Sitz fallen, von dem er sich vorher sorgfältig tastend überzeugte, dass er auch wirklich frei war.

Die Straßenbahn fuhr. Er hatte es geschafft, vorläufig zumindest. Und er würde so lange sitzen bleiben, bis seine Sicht wieder klar war oder jemand die Fahrkarten kontrollieren kam.

Dass er die Brille immer noch in der Hand hielt, war ihm die ganze Zeit bewusst gewesen, auch, wie groß das Risiko war, sie fallen zu lassen und damit zu zerbrechen. Nun endlich steckte er sie zurück in ihr Etui.

Was war das nur gewesen, vorhin? Eine Art … visuelle Rückkopplung, also ein technischer Fehler, der passierte, wenn man mit Datenbrille in den Spiegel sah? Oder ein Schutzmechanismus, der verhindern sollte, dass man sich selbst durch die Brille betrachten konnte?

Er lehnte seinen Kopf gegen das Fenster und wartete darauf, dass die Welt vor seinen Augen wieder hell wurde. An manchen Stellen war sie es schon, ein bisschen zumindest. Lichte Flecken, in denen die Umgebung fast so aussah, wie Dorian es gewohnt war.

Er fuhr die gesamte Strecke der Straßenbahnlinie vier Mal hin und zurück, dann erst traute er sich zu, draußen über die Runden zu kommen. In möglichst großer Entfernung zu seinem Ausgangspunkt.

Einerseits war er erleichtert darüber, wieder einigermaßen sehen zu können, auf der anderen Seite wusste er, dass seine Pläne für heute gescheitert waren. Er würde nicht erfahren, welche verborgenen Botschaften er mit sich herumtrug. Und vor allem würde er Stella nicht treffen. Was vermutlich ohnehin nicht geklappt hätte, aber allein die Vorstellung, dass es möglich war, hatte ihn glücklich gemacht.

Für den Moment war er ratlos, außerdem verfolgte ihn das Bild von Julian Bering. Ein Flugfehler, hatte in der Zeitung gestanden. War das so? Oder hatte er Selbstmord begangen? Oder …

Dorian wehrte sich dagegen, den Gedanken zu Ende zu führen. Dass der Mann Bornheim in die Quere gekommen war und deshalb hatte sterben müssen. Und wenn es so war, hatte es dann etwas mit dem zu tun, was er an Dorian hatte ablesen können?

Ich werde es nicht erfahren, weil ich mich nicht selbst von außen betrachten kann. Das Experiment mit dem Spiegel würde er keinesfalls wiederholen. Im Moment konnte er sich überhaupt nicht vorstellen, die Brille je wieder aufzusetzen.

Warum legte er sie nicht einfach irgendwo hin? Auf eine Parkbank, eine Mauer, einen Sitz in der U-Bahn? Oder warf sie in den nächsten Mülleimer?

Dorian steckte seine Hand in die Jackentasche und schloss die Finger um das Kästchen. *Weil sie etwas Besonderes ist*, dachte er. Und weil ihm niemand garantieren konnte, dass er ohne sie sicherer war.

Kapitel 16

Erst am nächsten Tag wagte Dorian sich wieder ins Stadtzentrum. In der Zeitung fanden sich weitere Details zu Julian Berings Tod. Dass vor dem Absturz kein Notsignal über Funk eingegangen, dass das Wetter hervorragend und die Sicht gut gewesen sei. Niemand konnte sich erklären, wie es zu dem Absturz gekommen war. Bering sei ein großartiger Pilot gewesen, hieß es.

Er wusste nicht, warum er es tat, aber Dorian riss den Artikel aus der Zeitung, faltete ihn zusammen und steckte ihn in die Hosentasche. Es war so undurchschaubar, was hier passierte, er brauchte jedes Puzzleteil, das er zwischen die Finger bekommen konnte.

Noch etwas brauchte er, hatte er für sich beschlossen: einen Sweater mit Kapuze oder eine Mütze – am besten beides. Die Datenbrille arbeitete mit Gesichtserkennung, also würde er sein Gesicht verdecken, so gut es ging. Vielleicht trieb er ja auch noch einen Schal auf.

Doch die Kleidercontainer, die er in der Nähe fand, mussten alle kürzlich geleert worden sein. Nirgends standen überschüssige Säcke davor, die er hätte durchforsten können. Er schlug den Kragen hoch und zog die Schultern nach oben, bis sein Kopf nur noch von der Nase aufwärts sichtbar war. Ob das schon half?

Es würde sich zeigen, früher oder später. Dorians Plan für

heute war einfach. Er würde das tun, was er schon gestern vorgehabt hatte: die Standorte aufsuchen, wo die Flyer verteilt wurden. Wenn er Glück hatte, würde er dort auf jemanden stoßen, den er kannte. Wenn er riesiges Glück hatte, würde es Stella sein.

Er begann mit der Einkaufspassage. Nicht, weil er dort dem toten Millionär begegnet war, sondern weil sie am nächsten lag.

Fehlanzeige. Als Nächstes versuchte er es bei einer Busstation, die er als besonders windig in Erinnerung hatte. Doch auch dort – niemand.

Erst an der dritten Stelle hatte er Glück. Direkt neben dem Reiterdenkmal stand eines der Mädchen aus Bornheims Villa. Vicky.

Sie war nicht mehr grau, sondern grün gekleidet, so wie er selbst früher. Trotz ihrer dicken Jacke schien sie zu frieren und bereits jetzt die Minuten bis zu ihrer Abholung zu zählen.

Oder wenigstens bis zum Mittag, wenn Bertold ihr Essen bringen würde. Das würde noch etwa zwei Stunden dauern, schätzte Dorian.

Sollte er sich ihr zeigen? Mit ihr reden? Falls sie ihn verriet, war das kein großer Schaden, bis dahin war er längst wieder untergetaucht. Im besten Fall würde er Stella über Vicky eine Nachricht zukommen lassen können. Und vielleicht erfahren, wie es ihr ging.

Die Verlockung war riesig. Trotzdem wagte Dorian sich nicht näher. Die Gefahr ging nicht von Vicky aus, sondern lag ganz woanders.

Er blieb stehen. Es war ein guter Platz, den er gewählt hatte, mit vollem Blick auf das Reiterdenkmal. Er selbst konnte sich halb hinter einer Säule verbergen und sich daran anlehnen, wenn seine Füße zu schmerzen begannen.

Eine Stunde etwa lag er auf der Lauer, bis das passierte, was er einerseits befürchtet, andererseits gehofft hatte.

Ein Mann blieb stehen, höchstens vier Meter von Vicky entfernt. Er betrachtete sie lange, studierte sie geradezu. Vicky schien das nicht zu merken. Sie lehnte am Sockel der Statue, die Flugzettel in beiden Händen, den Blick verträumt in die Ferne gerichtet.

Nach drei oder vier Minuten wandte der Mann sich ab und Dorian drehte sich sofort um, damit die Gesichtserkennung keinesfalls greifen konnte. Die Entfernung zwischen ihm und dem Unbekannten war groß, aber Dorian erinnerte sich, dass er bei seinem unbekümmerten ersten Spaziergang mit Brille die markierten Menschen ebenfalls schon von Weitem erkannt hatte.

Nach ein paar Sekunden wagte er einen vorsichtigen Blick über die Schulter, wobei er sich die Hände vor Nase und Mund hielt, als müsste er gerade niesen. Der Mann war schon am Ende des Platzes angelangt und würde nun gleich abbiegen, so wie es aussah, vermutlich nach rechts.

Dorian überlegte nicht lange. Er gab sein Versteck hinter der Säule auf und folgte dem Unbekannten – immer noch eine Hand halb über das Gesicht gelegt, falls der Mann sich umdrehen sollte. Doch das tat er nicht. Er ging zielstrebig durch ein paar enge Gassen, wobei er irgendwann sein Handy aus der Tasche zog und zu telefonieren begann.

Ob er mit Bornheim sprach? Und wenn ja, worüber? Über das, was er von Vicky abgelesen hatte?

Wenn er zuvor nicht sicher gewesen war, nun gab es für Dorian keinen Zweifel mehr: Diese ganze Flugzettelgeschichte – von wegen wohltätige Organisationen unterstützen – war bloß ein Vorwand, den man ihm und den anderen genannt hatte. Dahinter versteckte sich etwas völlig anderes. Sie waren … lebende Plakatwände. Bewegliche Infosäulen, für Menschen, denen Bornheim etwas mitteilen wollte. Was auch immer das war.

Der Mann hatte sein Handy wieder weggesteckt und steuerte jetzt auf ein Café zu. Dahinein würde Dorian ihm nicht folgen können. Zu viele Menschen und zu wenig Schutz.

Allerdings setzte der Fremde sich an einen Tisch direkt am Fenster, sein Profil war klar zu erkennen. Immer noch trug er die Brille.

Dorian umklammerte das Etui in seiner Jackentasche. Die Versuchung war riesig. Vielleicht war der Mann ja nicht nur ein Träger, ein Mitglied dieses „Kaders", sondern auch ein Markierter.

Sollte er das wagen? Konnte er es? Was, wenn die Fensterscheibe genauso wirkte wie der Spiegel in der Umkleidekabine?

Ein schneller Blick nach links und rechts. Da waren Passanten, Touristen, eine Schulklasse – niemand, der Dorian auch nur die geringste Beachtung schenkte. Und falls der Lichtblitz von gestern sich wiederholen sollte, würde er sein Tun zwar bitter bereuen, aber erwischen würde man ihn nicht zwangsläufig. Erstens würde er die Brille sofort abnehmen, sobald er die weißen Schlieren sah. Und zweitens gab es ganz in der Nähe eine U-Bahn-Station, über die er das Weite suchen konnte.

Dorian holte das Kästchen hervor und die Brille heraus. Ihm war ein bisschen übel, gleichzeitig fühlte er sich lebendig wie selten zuvor. Wenn es darauf ankam, konnte er sicher schneller rennen als der Mann im Café.

Die Bügel aufklappen, bis sie geräuschvoll einrasteten. Dorian kniff die Augen zusammen und setzte sich die Brille auf die Nase. Dann erst blinzelte er vorsichtig zwischen den Wimpern hindurch.

Diesmal gab es keinen Blitz, ein paar Sekunden lang passierte gar nichts. Es erschienen auch keine Worte neben dem Mann, der eben seinen Kaffee serviert bekam und einen ersten Schluck aus der Tasse nahm. Dafür sah Dorian etwas anderes, ein paar Meter weiter, schwebend über einem Hausdach: `16.`

Eine neue Zahl. Mit der er ebenso wenig anfangen konnte wie mit der letzten.

Er blickte zurück zu dem Mann im Café, der im gleichen Moment sein Gesicht dem Fenster zuwandte.

Durch Dorians Brille ging ein Summen, ein leichtes Vibrieren, und eine leuchtend rote Linie baute sich auf, ähnlich einem Laserstrahl. Sie verband Dorian mit dem Mann hinter der Scheibe, der nun alarmiert nach draußen starrte, während rund um ihn Worte erschienen in tiefem Grün.

```
Nathan Hollinsky
Starter
Juniorchef der Hollinsky GmbH
Einkommen: 800.000 Euro pro Jahr
Verheiratet mit Rita, keine Kinder
Zu deinen Diensten bei Bedarf.
Kompetenzen: Hochbau, Tiefbau, Häuser und Grund-
stücke ...
```

Weiter kam Dorian nicht, denn das Objekt seiner Beobachtung war aufgesprungen und offensichtlich auf dem Weg nach draußen.

Dorian zog mit einer schnellen Bewegung die Brille vom Gesicht und klappte sie im Laufen zu. Die Kopfschmerzen setzten sofort ein und das geschah ihm recht; er hätte sich dafür ohrfeigen können, dass er schon wieder jemanden auf sich aufmerksam gemacht hatte. Nun musste er den Mann abhängen, um jeden Preis. Er würde ein paar Haken schlagen und sich dann erst in einen Bus oder Zug setzen und das Weite suchen.

Hätte die Spiegelsache ihm nicht eine Lehre sein sollen? Nein, er hatte herumexperimentieren müssen. Dorian wollte sich gar nicht ausmalen, was dieser Nathan Hollinsky über ihn hatte lesen können. „Dorian Rogner, Mörder, 17 Jahre alt, obdachlos", zum Beispiel.

Allein die Vorstellung trieb ihm den Schweiß auf die Stirn. Wenn die Sache mit Emil wirklich eines der Dinge war, die man per Brille über ihn erfahren konnte, würde der Mann wahrscheinlich gleich zur Polizei gehen. Seinen Namen kannte er ja dann sowieso, wie praktisch.

War Hollinsky noch hinter ihm? Dorian warf einen flüchtigen Blick zurück. Nein, keine Spur. Wenigstens etwas.

Er bog mit Schwung um die nächste Ecke – und bremste ab, so schnell er konnte.

Aus der U-Bahn-Station, auf die er zugesteuert war, traten drei junge Leute, schwarz gekleidet. Sie drehten ihre Köpfe aufmerksam nach links und rechts, offenbar waren sie auf der Suche nach etwas. Oder jemandem. Gab es die Mambas also wirklich? Bornheims geheime Einsatztruppe? Wenn ja, war es keine Frage, hinter wem sie gerade her waren.

Hastig machte Dorian kehrt, hoffte, dass sie ihn noch nicht gesehen hatten; hoffte, dass er nun nicht Hollinsky genau in die Arme laufen würde. Aber im Zweifelsfall würde er sich lieber mit ihm anlegen als mit Gleichaltrigen, die zu dritt und vermutlich besser trainiert waren als er.

Nach rechts abbiegen, knapp hinter einem Auto die Straße überqueren, bei der nächsten Möglichkeit nach links. Niemand hinter ihm, niemand vor ihm.

Dorian lief, bis er keine Luft mehr bekam und heftiges Seitenstechen ihn zum Stehenbleiben zwang. Den Visioner hielt er immer noch in der Hand wie ein Staffelläufer seinen Stab. Erst jetzt fand er die Zeit, ihn in die Jackentasche zu stecken; den Reißverschluss zog er zu, als könnte er damit seine Spuren gründlicher verwischen.

Er war irgendwohin gelaufen und hatte dabei möglichst oft die Richtung gewechselt – nun war er in einer Wohngegend gelandet, die wenig Versteckmöglichkeiten bot. Vier- bis fünfstöckige Stilhäuser, in denen vor allem vermögende Leute wohnten. Mit seiner Jacke aus der Kleidersammlung zog er bereits erste Blicke auf sich.

Doch Dorian wusste nicht mehr, wohin. Es gab zwar eine Bushaltestelle in Sichtweite, doch seit er die Mambas aus der U-Bahn hatte kommen sehen, riet sein Bauchgefühl ihm, die öffentlichen Verkehrsmittel zu meiden. Für heute jedenfalls.

Hatten sie ihn wirklich so schnell orten können? Oder war es Zufall gewesen, dass er ihnen über den Weg gelaufen war? Patrouillierten sie durch die Innenstadt und kontrollierten die Flugblattverteiler?

Ja, das war gut möglich, auch wenn sie Dorian nie aufgefallen waren, als er selbst noch mit seinen Flyern auf der Straße gestanden hatte. Aber damals hatte er ja noch nicht einmal gewusst, dass die Mambas tatsächlich existierten.

Unwillkürlich musste Dorian an Vicky denken. Vor einigen Minuten hatte es zu regnen begonnen, ihre Flugzettel würden innerhalb kürzester Zeit durchnässt sein, ebenso wie sie selbst. Beim Reiterdenkmal gab es keine Chance, sich unterzustellen, wenn man sich an die Zehn-Meter-Regel halten wollte.

Die Vorstellung, dass sie dort stand und nichts von den wildfremden Leuten wusste, die wahrscheinlich sehr persönliche

Dinge über sie erfuhren, machte ihn plötzlich wütender als alles andere.

Und gleichzeitig neugierig, paradoxerweise. Was hätte er zu lesen bekommen, wenn er sich nicht auf Hollinsky, sondern auf Vicky konzentriert hätte? Was genau verbreitete Bornheim durch seine Schützlinge?

Der tote Julian Bering hatte von Dorians Taschenmesser gewusst. Aber waren ihm auch die Zusammenhänge klar gewesen? Oder hatte einfach nur das Reizwort Taschenmesser irgendwo gestanden, ohne weitere Erklärung?

Jedenfalls – und das wurde Dorian jetzt erst klar – mussten es eine Menge Informationen gewesen sein, denn sonst hätten die Träger ihn nicht so lange angestarrt.

Er hatte ja auch bei Hollinsky nur einen Bruchteil des Textes lesen können. Juniorchef eines Bauunternehmens, verheiratet, keine Kinder.

Starter, was immer das bedeuten mochte. Und dann dieser merkwürdige Satz: *Zu deinen Diensten bei Bedarf.*

Hieß das, Hollinsky musste tun, was Dorian von ihm verlangte, solange er die Brille besaß? Das war zumindest eigenartig. Aber vielleicht war es ja auch ein Code und bedeutete etwas völlig anderes.

Dorian fühlte, dass ihm zunehmend die Kraft ausging. Er wollte nicht mehr grübeln, er wollte nicht mehr wegrennen und vor allem wollte er sich nicht bei jedem Brillenträger, der ihm über den Weg lief, fragen müssen, ob er eine *solche* Brille trug. Im Vergleich zu jetzt war sein Leben vor der Zeit in der Villa ein reines Freudenfest gewesen. Oft langweilig, ja, aber er hatte sich nicht gefühlt, als wäre die Welt ein einziges feindliches Rätsel.

Er brauchte eine Pause. Wenn er ein paar Tage lang rauskäme

aus der Stadt, irgendwohin, wo er in Ruhe nachdenken könnte – aufs Land vielleicht, aber auf jeden Fall so weit weg wie möglich. Natürlich würde er zurückkommen wegen Stella, aber dann würde er einen Plan haben. Und mehr Kraft als jetzt.

Der Hauptbahnhof war nicht weit entfernt. Dorian würde schwarzfahren müssen, aber das war egal. Er würde einen ICE nehmen – sollten sie ihn beim nächsten Halt rauswerfen, waren es bereits gut und gern hundert Kilometer, die er zwischen sich und Bornheims Leute gebracht hatte. Vor den Bahnangestellten abzuhauen würde ein Klacks sein, Fliehen hatte er schließlich ausgiebig geübt.

Kurz bevor er das Bahnhofsgebäude betrat, nahm er den Visioner aus der Tasche, weil er sich eben an Hugos Worte erinnert hatte: *Ich kann dir helfen, schwierige Entscheidungen zu treffen*. Vielleicht wusste der Vogel ja, mit welchem Zug man am weitesten kam, oder hatte einen anderen guten Tipp – Dorian konnte jede Hilfe gebrauchen.

Er setzte die Brille auf, tastete nach dem Sensor, der das Menü aktivierte – und erstarrte.

Rote Schrift, hoch oben am Bahnhofsgebäude, so grell, dass sie in den Augen wehtat.

```
Wenn du die Stadt verlässt, ist Stella tot.
Du bleibst. Du zeigst dich einmal pro Tag an
einem Ort, den wir wiedererkennen können.
Mach jetzt keinen Fehler.
```

Dorian las die Botschaft dreimal, viermal, dann erst nahm er die Brille ab. Es war klar, dass die Worte an ihn gerichtet waren, niemandem sonst würden sie damit drohen, Stella zu ermorden.

Wieso war es Bornheim so wichtig, dass er blieb? Warum befahl er Dorian nicht gleich, dass er sich mit erhobenen Händen vor den Dom stellen und einfangen lassen sollte?

Er machte kehrt, rieb sich die Stirn, hinter der wieder leichter Schmerz zu bohren begonnen hatte.

Alles Grübeln brachte kein Ergebnis, klar war nur, dass Dorian die Drohung ernst nehmen musste. Dass er Stella keinesfalls in Gefahr bringen durfte, egal ob Bornheim bluffte oder nicht. Er würde kein Risiko eingehen.

Sein Hass auf diesen Mann fand fast keinen Platz mehr in Dorians Körper, er musste das Bedürfnis, ihn hinauszuschreien, mit aller Kraft unterdrücken. Einen Menschen gab es in seinem Leben, einen einzigen, der ihm wirklich wichtig war, ohne den er sich die Welt nicht mehr vorstellen wollte. Den würde er sich nicht nehmen lassen, eher würde er Bornheim umbringen.

Der Regen, der eben noch ein Nieseln gewesen war, wurde stärker und es war ohnehin an der Zeit, hier abzuhauen. Er hatte sich ja gerade *gezeigt* an einem charakteristischen Platz in der Stadt, also war es gut möglich, dass Bornheims Leute bald hier sein würden.

Dorian sprang in die nächste Straßenbahn, nicht in Richtung Innenstadt, sondern zum Stadtrand, in dünner besiedelte Gebiete.

Noch bevor er am Ziel war, fasste er einen Entschluss: Er würde Bornheim den Wind aus den Segeln nehmen, würde nach Stella suchen, bis er sie fand und mit ihr sprechen konnte. Dann würde er sie überreden, mit ihm abzuhauen und gemeinsam irgendwo anders hinzugehen. Vielleicht sogar in ein anderes Land, wo es nicht so kalt war und sie den Winter leichter überdauern konnten.

Warum nicht? Dorian sah es vor sich: Sie würden in einer kleinen griechischen Taverne arbeiten und sich ein weiß getünchtes Zimmer mit Blick aufs Meer teilen …

Er hielt sich den restlichen Tag an dem Gedanken fest, schmückte ihn aus und wärmte sich an ihm.

Die nächsten zwei Tage lief er wieder die ihm bekannten Plätze ab, ganz gezielt auf der Suche nach Stella. Ohne Erfolg.

Dafür stieß er am zweiten Abend an der Fassade eines Restaurants, das er durch die Brille betrachtete, auf eine beinahe rührend naive Aufforderung an ihn persönlich. In diesem verlogenen Grün.

> Komm zurück, Dorian. Niemand will dir etwas Böses tun, du gehörst zu uns. Bertold wird heute Abend um 18 Uhr am Hauptbahnhof auf dich warten. Vertrau uns.

Dorian konnte nicht anders, er musste lachen. *Vertrau uns*, na klar. Und wenn er die Stadt verließ, war Stella tot. Darauf konnte er ebenfalls vertrauen, nicht wahr?

Das einzig Positive, was er in dieser Zeit verbuchen konnte, war ein Treffer am Kleidercontainer: Ein dunkelblauer Sweater mit Kapuze und ein schwarzer Schal gaben ihm endlich das Gefühl, unerkannt durch die Stadt laufen zu können.

Auch am darauffolgenden Tag kontrollierte er wieder jeden der ihm bekannten Standorte. An einem davon entdeckte er Frederick, der sich sichtlich Mühe gab, seine Flugblätter an den Mann zu bringen.

Dorian zeigte sich ihm nicht und widerstand auch der Versuchung, seinen Freund durch die Brille zu betrachten. Er wollte niemandem einen Hinweis darauf liefern, dass er die Plätze besuchte, an denen die Zettelverteiler standen.

Ein weiterer Vormittag voller Fehlschläge. Dorians Frustration war in Wut umgeschlagen, in die sich bereits erste Verzweiflung mischte. Was, wenn Stella nicht mehr zur Flugblatt-Truppe gehörte? Wenn sie mittlerweile Brillen verteilte, ohne zu wissen, was sie da eigentlich tat? Dann würde er sie nie finden, nie. Er ging schneller, als könne er auf diese Weise vor seinen Gefühlen davonlaufen.

Und plötzlich war sie da. Stella.

Zuerst dachte er, es wäre ein Irrtum. Eine Wunschvorstellung, die so stark war, dass er sich einbildete, sie wirklich vor Augen zu haben.

Aber sie war es tatsächlich; sie stand auf den Stufen, die zu einem großen Museum hinaufführten, der Wind verwirbelte ihr karamellfarbenes Haar und die Ausstellungsbesucher ließen sich von ihr Flugzettel in die Hand drücken.

Auf einer kleinen Grünfläche, vielleicht dreißig oder vierzig Meter entfernt, fand Dorian Deckung hinter hohen, sauber zu Rechtecken geschnittenen Büschen. Keine Sekunde wandte er seinen Blick von Stella, als könnte sie verschwinden, wenn er auch nur zu lange blinzelte.

Es ging ihr gut. Sie trug immer noch Grün, das wertete er als positives Zeichen. Und er würde mit ihr reden können, er würde ihr erzählen, was passiert war. Dass er niemals fortgegangen wäre, ohne ihr Bescheid zu sagen, ach was, dass er ohne sie niemals irgendwohin gegangen wäre.

Und er würde ihr sagen, in welcher Gefahr sie schwebte. Wie sehr sie sich in Bornheim geirrt hatten.

Ein wenig Geduld musste er noch aufbringen. In geschätzt einer halben Stunde sollte Bertold hier auftauchen und ihr etwas zu essen bringen. Danach würde Dorian noch zehn Minuten warten, zur Sicherheit, und dann …

Die Vorfreude machte es ihm schwer, ruhig zu stehen. Konnte Stella seine Anwesenheit spüren? Irgendwie? Konnte sie –

Etwas rammte ihn von der Seite, mit Wucht. Warf ihn zu Boden, fiel auf ihn, drückte seine rechte Gesichtshälfte ins Gras.

Noch bevor er schreien oder etwas sagen konnte, presste sich eine Hand auf seinen Mund. Aus den Augenwinkeln sah Dorian einen schwarzen Ärmel und graue Jeans, ganz ähnlich denen, die er selbst trug.

Eine der Mambas hatte ihn erwischt.

Er wehrte sich, versuchte, den Angreifer abzuwerfen, bekam einen Arm frei, schlug blind nach oben.

»Halt still, du Idiot!«

Dorian dachte nicht daran. Er verdoppelte seine Anstrengungen und schaffte es endlich, sich ein Stück zur Seite zu drehen, einen Blick auf seinen Gegner zu werfen.

Nein.

Er fühlte, wie die Kraft seinen Körper verließ. Von allen möglichen Menschen hätte er mit diesem am wenigsten gerechnet.

Es war Melvin. Der sich nun, nachdem Dorian seine Gegenwehr aufgegeben hatte, einen Finger vor den Mund legte und zur Seite deutete. Zu einem blauen Container, auf dem der Schriftzug einer Baufirma angebracht war. »Schnell«, wisperte er.

Dorian verstand ihn kaum, so laut hämmerte sein Puls. Er ließ sich von Melvin mitziehen und gegen das Blech des Containers drücken.

»Ich weiß, du willst mir einen Haufen Fragen stellen«, flüsterte Melvin hastig. Er trug etwas an seinem Gürtel, das an einen Rasierapparat erinnerte.

War das eine dieser Elektroschockpistolen? Ein Taser?

»Aber dafür haben wir jetzt keine Zeit, ich bin nicht alleine und die anderen werden in ein paar Minuten hier sein. Sie suchen dich. *Wir* suchen dich, um genau zu sein, und es ist echt Glück, dass ich dich als Erster entdeckt habe.«

»Warum sind sie hinter mir her?« Es war Dorian klar, dass er keine ausführliche Erklärung bekommen würde, aber wenigstens einen Anhaltspunkt.

»Na, wegen der Brille. Und weil sie wissen, dass du sie benutzt hast. Damit bist du als Risiko eingestuft worden und musst weg, du weißt einfach zu viel.« Melvin warf schnelle Blicke nach links und rechts. »Max hatten sie innerhalb von eineinhalb Tagen. Er hat sie aus Neugier ausgepackt und wollte sie dann verkaufen. Ganz schlechte Idee.«

Das Kästchen in Dorians Jackentasche schien plötzlich viel schwerer zu sein. »Was ist mit Max passiert?«

Melvin sah zur Seite. »Frag nicht. Wichtig ist: Du musst vorsichtiger sein. Verschwinde von hier, so schnell du kannst, und komm nicht wieder. Sie haben mitbekommen, dass du dich an den Vormittagen in der Nähe der Verteiler aufhältst; sie lassen im Umkreis überall Leute patrouillieren und –«

»Ich werde die Brille nicht mehr verwenden«, fiel Dorian ihm ins Wort. »Wenn du willst, gebe ich sie dir. Bring sie ihnen zurück, okay? Aber dafür sollen sie mich in Ruhe lassen.«

Ein winziges Lächeln erschien auf Melvins Lippen. »Das werden sie nicht. Völlig egal, was du tust.«

Dorians Herzschlag schien seinen ganzen Körper auszufüllen. »Ihr könnt mich orten, nicht wahr? Wenn ich diesen Visioner aufsetze, wisst ihr, wo ich bin.«

»Nein.« Melvin sprach jetzt leise und hastig. »Du hast einen Master-Visioner und du hast das GPS deaktiviert. Wir können dich nicht orten, zumindest nicht in einer vernünftigen Zeit, aber sobald du die Brille aktivierst, sehen wir, was du siehst. Da ist eine Kamera dran, wie bei jeder Datenbrille, und sobald wir etwas von dem erkennen, was du siehst, machen wir uns auf den Weg.« Er warf einen flüchtigen Blick über die Schulter. »Das bedeutet, du kannst sie benutzen, aber du solltest dir gut überlegen, was du damit betrachten willst. Und jetzt hau ab, schnell! Sonst findet dich ein anderer und dann bist nicht nur du dran, sondern ich auch.« Er ließ Dorian los und schlich geduckt rückwärts. »Wir sehen uns. Hoffe ich. Versprechen kann ich es nicht, letztens sind zwei von uns verschwunden.«

Dorian fühlte Kälte in sich aufsteigen. »Verschwunden? Zwei von euch … Mambas? Du meinst –«

»Ich meine, dass wir noch viel gefährlicher leben als ihr alle zusammen.« Damit huschte Melvin davon, ein wendiger schwarzer Schatten.

Kapitel 17

Ich hatte recht. Dorian blieb geduckt hinter dem Container hocken. Melvin war nicht abgehauen, weil er das Leben in der Villa sattgehabt hatte. Wie war er bei den Mambas gelandet? Hatte er sich freiwillig gemeldet oder war er gezwungen worden?

Verschwinde von hier, so schnell du kannst, hatte er Dorian empfohlen. Der Gedanke riss ein tiefes dunkles Loch in die Freude, die er vorhin noch empfunden hatte. Endlich hatte er Stella gefunden und nun sollte er gehen, ohne sie wenigstens kurz zu sprechen? Ohne dass sie ihn gesehen hatte? Noch dazu würde er sie morgen nicht von Neuem suchen können, wenn er auf das vertraute, was Melvin ihm erzählt hatte. Bei den Verteilern würde man ihm auflauern.

Dorian glaubte nicht, dass ihm in seinem Leben jemals etwas so schwergefallen war, wie sich jetzt umzuwenden und davonzulaufen. In Richtung Straße, fort von Stella, fort von allem, was er sich so gewünscht hatte.

Aber wenn er blieb, würden sie ihn fangen. Und dann …

Er dachte an Max. Hatten Melvins Bemerkungen das bedeutet, wonach es geklungen hatte? War Max tot?

Bevor Dorian die Straße überquerte, warf er einen letzten Blick zurück zum Museum – Stella konnte er auf der Treppe nur noch erahnen. Die Hoffnung auf ein Treffen aufgeben zu müssen, fühlte sich buchstäblich so an, als würde etwas in ihm zerreißen. Aber wahrscheinlich war auch sie auf diese Weise sicherer.

Er zog sich die Kapuze tiefer ins Gesicht und wickelte den Schal hoch bis zur Nase. Der Herbst war kühl, nass und windig, aber das hatte zumindest den Vorteil, dass Dorians Tarnung nicht auffiel.

Den Rest des Tages verbrachte er in den Außenbezirken, organisierte sich Lebensmittel und grübelte. Waren Melvins Informationen verlässlich, hatte man den Mambas die Wahrheit erzählt? Konnte er es riskieren, die Brille zu benutzen, wenn er darauf achtete, nur unauffällige Dinge zu betrachten, und vorsichtig war mit Straßenschildern und auffälligen Gebäuden? Und mit den Flyer-Verteilern natürlich. Schließlich wusste Bertold, wo die jeweils standen – auf zehn Meter genau.

Also würde Dorian nicht erfahren, was man von Vicky, Frederick und vor allem Stella ablesen konnte. Aber andere Dinge würde er herausfinden. Vielleicht würde er sogar begreifen, welche Ziele Bornheim mit all dem verfolgte. Ziele, die wichtiger waren als Menschenleben, wie auf dem Etui geschrieben stand: `Du wirst mehr wissen als alle anderen und dieses Wissen wird dein Lohn und deine Bürde zugleich sein.`

Sie würden ihn ohnehin nicht in Ruhe lassen, hatte Melvin gesagt.

Da konnte Dorian genauso gut versuchen, sie mit ihren eigenen Mitteln zu schlagen. Mit ihrem eigenen verdammten Master-Visioner.

Gleich am nächsten Morgen machte er sich an die Umsetzung seines Experiments. Das Stadtzentrum war ihm dafür zu gefährlich, aber eventuell würde er ja auch in der Peripherie etwas Interessantes entdecken.

Hier draußen gab es Villenviertel, von denen er sich nicht sehr viel versprach, aber auch Möbelhäuser, Einkaufszentren und große Supermärkte. Letztere waren ohnehin notwendig zur Essensbeschaffung, da konnte Dorian zwei Fliegen mit einer Klappe schlagen.

Er würde zu Boden sehen, hatte er sich überlegt, oder in den Himmel, solange er sich nicht sicher sein konnte, dass sein Sichtfeld völlig unauffällig war.

Auf dem großen Parkplatz zwischen einem Bau- und einem Supermarkt holte er das Kästchen hervor und die Brille heraus.

War es möglich, dass Melvin ihn belogen hatte? Aber wenn er wollte, dass man Dorian schnappte, hätte er ihn gestern nur ein wenig länger festhalten müssen.

Also. Er drehte sich einmal langsam um sich selbst, hielt Ausschau nach potenziellen Verfolgern oder einem der vertrauten dunklen Lieferwagen. Nichts davon war zu sehen. Er klappte die Bügel auseinander. Es ging los.

Vor ihm war nichts als eine Reihe parkender Autos. Kein Anhaltspunkt auf den genauen Ort. Er setzte die Brille auf.

Auf den ersten Blick veränderte sich überhaupt nichts. Nur die Schrift auf dem Kästchen wurde wieder sichtbar. An den Autos war nichts markiert und auch die Leute, die ihre Einkaufswagen an ihm vorbeischoben, waren völlig unauffällig.

Er drehte sich weiter nach links, hielt gerade noch inne, bevor ein Möbelhaus in Sicht kam. Zu markant. Besser in die andere Richtung drehen. Da war der Supermarkt, von dieser Kette gab es viele in der Stadt.

Im ersten Moment dachte Dorian, er hätte sich getäuscht. Er hatte eigentlich nicht erwartet, hier auf etwas Besonderes zu stoßen, höchstens wieder auf eine schwebende Zahl. Doch damit hatte er falschgelegen.

Dieser Laden hatte eine zusätzliche Beschriftung erhalten, die knapp über dem Eingang schwebte und sich nur durch die Brille erkennen ließ. Ein merkwürdiges Wort, dessen Sinn er nicht verstand.

`Giftroulette.`

Dorian ging langsam auf den Supermarkt zu, ohne den Blick von dem rätselhaften Wort abwenden zu können. Was sollte das bedeuten?

Jemand hupte ihn an und Dorian sprang beiseite, erschrocken über seine eigene Unaufmerksamkeit. Den Umgang mit der Brille musste man üben, wie es aussah.

Er nahm den Visioner ab, klappte ihn zu und blieb ein paar Minuten bei den aneinandergeketteten Einkaufswagen vor dem Eingang stehen. Jeden einzelnen Kunden, der sich näherte, nahm er genauer in Augenschein. Wartete darauf, dass jemand mit Brille auffällig lange nach oben schaute, aber das passierte nicht. Niemand schien die Schrift sehen zu können.

Schließlich betrat Dorian den Supermarkt, folgte einem älteren Paar, das einen Wagen voller Pfandflaschen hineinschob. Langsam ging er am Obst und den Konserven vorbei, am Kaffee und den Marmeladen. An der Feinkosttheke nahm er sich drei kleine Stücke Brot mit Butter, die zum Verkosten auf einem Teller lagen. Lächelte die Verkäuferin an, die sein Lächeln erwiderte.

Es war ein normaler Supermarkt, wenn auch ziemlich groß. Einer von der Art, zu dem man extra fuhr, um Wocheneinkäufe zu erledigen und sich den ganzen Kofferraum vollzupacken.

Im Gang mit den Süßigkeiten, zwischen Keksen und Schokoladentafeln, setzte Dorian sich die Brille wieder auf. Ein erster schneller Blick in die Regale. Nichts. Er nahm sich den nächsten Gang vor. Reis, Nudeln, Zucker, Mehl. Nichts.

Aber der Supermarkt war markiert. War es dann nicht logisch, dass es hier drin etwas gab, irgendetwas Bedeutsames? Oder bezog sich das Wort über dem Eingang auf etwas anderes, etwas Allgemeines, von dem Dorian keine Ahnung hatte?

Nächster Gang. Saure Gurken, Oliven, Ketchup, Senf, Gewürze. Wieder Fehlanzeige.

Er beschleunigte seine Schritte und ermahnte sich gleichzeitig, dass Rennen in Supermärkten nicht gern gesehen wurde. Dass es auffällig war.

Da war das Kühlregal. Milch, Joghurt, Pudding. Wieder zeigte die Brille nichts, was Dorian nicht auch mit bloßem Auge hätte sehen können. Hoffentlich entging ihm nichts, weil er sich so beeilte. Denn natürlich bestand die Gefahr, dass Bornheims Leute Dorians Standort an der Markierung erkannten, dass sie wussten, welchen Supermarkt er gerade durchstreifte. Und Dorian hatte keine Ahnung, wie viel Zeit ihm blieb. Wie weit wohl die Villa von hier entfernt war? Eine halbe Stunde? Fünf Minuten? Es war riskant, länger als nötig hierzubleiben, wenn sich ohnehin nichts Ungewöhnliches zeigte.

Doch als er sich den Kühltruhen mit dem abgepackten Fleisch näherte, schwebte etwas darüber, drehte sich um die eigene Achse. Ein grünschwarzer Totenkopf.

Also doch. Das Symbol sah aus der Nähe definitiv bedrohlich aus, aber es war nicht das einzig Sehenswerte an der Fleischtruhe. Da war auch eine Notiz, in etwas dunklerem Grün.

`Giftroulette!`
`Da die Firma Tessmann-Fleischwaren trotz mehrfacher Aufforderung nicht bereit ist, unseren Wünschen nachzukommen, müssen wir zu anderen Mitteln greifen.`

> Zwischen dem 16. und 19. Oktober findet sich hier bakterienverseuchtes Hühner- und Rindfleisch dieser Firma. Wir empfehlen, zu einem anderen Produkt zu greifen.

Dorian las die Nachricht zwei Mal, bevor er hastig die Brille abnahm und zusammenklappte.

Bakterienverseuchtes Fleisch. Vor dem man gewarnt wurde, wenn man eben dieses bisschen mehr wusste als die anderen. Aber nur dann.

Er hielt die Brille unschlüssig in den Händen, den Blick auf die Stelle geheftet, an der eben noch der Totenkopf gewesen war. Jetzt war dort nichts mehr zu erkennen, absolut nichts.

Dorian verließ den Laden, er hatte das Gefühl, frische Luft zu brauchen. Außerdem würden Bornheims Leute bald auftauchen – entweder wieder Mambas oder Bertold und sein Einsatztrupp, der statt Tasern wahrscheinlich echte Waffen trug.

Der Gartenbereich des Baumarkts erwies sich als perfekter Ort, um die Umgebung unauffällig beobachten zu können. Dorian verbrachte mindestens eine Stunde zwischen Rankgittern und aufgestapelten Säcken voll Blumenerde, dabei behielt er die ganze Zeit über die große Parkfläche vor dem Supermarkt im Auge. Hielt Ausschau nach dunklen Lieferwagen und kleinen oder größeren Gruppen von Leuten, die verdächtig wirkten.

Aber es schien alles in Ordnung zu sein. Um den Supermarkt herum tummelten sich ganz normale Kunden, die völlig harmlos aussahen.

Was sie wohl auch waren. Nach zwei Stunden Wartezeit, die Dorian reglos und frierend auf seinem Beobachtungsposten verbracht hatte, verließ er den Baumarkt und ging langsam über den Parkplatz. Wich einer alten Frau aus, die sich mühsam auf ihren Einkaufswagen stützte und nur mit winzigen Schritten vorwärtskam.

Diese Leute hatten garantiert alle keinen Visioner. Und wussten nicht, dass ein gewisser Herr Bornheim mit der Firma Tessmann-Fleischwaren ein Hühnchen rupfen wollte. Es mussten nur ein paar Leute krank werden, nachdem sie das Fleisch gegessen hatten, und es würde einen Skandal geben. Die Firma würde wochenlang in den Medien sein, ihre Produkte vom Markt nehmen und den Opfern Schadenersatz zahlen müssen, vielleicht am Ende sogar in Konkurs gehen. Das war das eine.

Das andere war diese alte Frau, die kurze Zeit nach ihm den Supermarkt betreten hatte und nun versuchte, eine Packung Mehl aus dem Regal zu nehmen, das viel zu hoch für sie war.

Er half ihr, wortlos, nickte nur, als sie sich bedankte.

Da vorne war die Truhe mit dem Fleisch. Dorian näherte sich ihr, als wäre sie ein Gegner, den er auf irgendeine Weise überlisten musste.

Aber er konnte ja nicht alle Produkte der Firma Tessmann herausholen und wegwerfen. Er konnte sie nicht einmal kaufen. Allerdings konnte er auch nicht einfach die Hände in die Hosentaschen stecken und dabei zusehen, wie die Dinge ihren Lauf nahmen.

Er sah sich noch einmal sorgfältig um, hoffte von ganzem Herzen, dass er lange genug gewartet hatte und Bornheims Leute nicht jetzt, mit solcher Verspätung, den Markt stürmen würden. Dann stützte er sich mit den Händen auf dem Rand der Truhe ab und betrachtete die darin liegenden Waren durch die transparenten Scheiben.

Tessmann-Aufkleber fanden sich auf Hühnerfilets, Schweinekoteletts, Rindersteaks, Putenschnitzeln … Ach, eigentlich war fast die halbe Truhe voll mit Tessmann-Fleisch.

Heute war, wenn Dorian die Übersicht behalten hatte, der 17. Oktober, was bedeutete, dass schon seit gestern Giftroulette gespielt wurde. Und noch zwei weitere Tage folgen würden.

Was, wenn er die Firma anrief und bat, ihre Produkte zurückzurufen? Wahrscheinlich würde man ihm nicht glauben, aber zumindest versuchen konnte –

»Entschuldige bitte.«

Eine Stimme hinter ihm. Automatisch trat er beiseite, machte Platz für eine junge Frau, deren Kleinkind im Sitz des Einkaufswagens saß und an einer Apfelspalte nuckelte.

Er beobachtete, wie sie kurz überlegte und dann zwei Packungen Hühnerfilets aus der Truhe hob. Tessmann. Er hatte es befürchtet.

Sie schob die Glasscheiben der Kühltruhe zu, lächelte Dorian an und machte sich auf den Weg zum Milchregal.

»Einen Moment, warten Sie bitte!« Er hatte ihr nachgerufen, bevor er noch wusste, was er eigentlich sagen wollte.

Sie drehte sich zu ihm herum.

»Ja?«

Dorian versuchte, nicht darüber nachzudenken, wie er auf die Frau wirken musste. Nicht sehr sauber, nicht sehr vertrauenswürdig.

»Das Hühnerfleisch, das Sie eben mitgenommen haben – das ist nicht gut.« Na toll. Er hörte sich an, als hätte er einen Dachschaden.

»Wie kommst du darauf?«

Seine Erklärung würde ihr völlig irre erscheinen. Aber vielleicht konnte er sich die ja ersparen und durch das herzlichste Lächeln ersetzen, dessen er fähig war. »Glauben Sie mir einfach. Bitte.«

Die Frau warf einen Blick auf den Inhalt ihres Einkaufswagens, um dann wieder Dorian ins Auge zu fassen. »Ich kenne die Marke, ich kaufe sie nicht zum ersten Mal und das Fleisch war bisher immer gut.«

»Das kann ja sein.« Er merkte, dass er heiser wurde vor Nervosität, und räusperte sich. »Aber diesmal ist es anders. Sehen Sie, hier gibt es noch andere Hühnerfilets, nicht von Tessmann.« Er fischte eine Packung aus der Truhe und hielt sie der Frau hin. »Nehmen Sie doch die.«

Ja, sie hielt ihn für verrückt, ganz offensichtlich. Er konnte ihr ansehen, dass sie sich am liebsten einfach abgewendet hätte und gegangen wäre; sie tat es nur aus Höflichkeit nicht.

»Die sind teurer.« Sie dämpfte ihre Stimme, wollte offenbar nicht, dass die anderen Kunden etwas von dem Gespräch mitbekamen. »Ich habe genau das, was ich möchte, okay?«

»Sie sind vielleicht teurer, dafür sind sie aber nicht verseucht.« Wenn Dorian jetzt die Brille auspackte und die Frau davon überzeugte, sie kurz aufzusetzen und sich den Totenschädel anzusehen, die Warnung zu lesen … Es war immerhin eine Möglichkeit.

Er holte das Kästchen aus der Jackentasche. Aber würde er damit nicht auch die Frau in eine Sache hineinziehen, mit der sie nichts zu tun hatte? Sie dadurch noch mehr gefährden, genau wie ihre ganze Familie?

»Verseucht? Sag mal, was erzählst du mir da eigentlich?« Sie musterte ihn von oben bis unten und er konnte beinahe hören, was sie dachte: *Verwahrlost. Vernachlässigt. Wahrscheinlich auf Drogen.*

Sie würde die Brille nicht aufsetzen, sie würde ihn bloß für restlos verrückt halten und das Weite suchen. Vielleicht vorher noch jemandem Bescheid geben, dass ein merkwürdiger junger Mann hier die Kunden belästigte.

Er gab es auf. »Okay, tut mir leid, wenn ich Ihnen auf die Nerven gegangen bin. Aber tun Sie mir trotzdem einen Gefallen, bitte. Essen Sie das Zeug nicht. Und geben Sie es vor allem Ihrem Kind nicht.« Er drehte sich um und ging, teils überzeugt, dass er alles getan hatte, was möglich gewesen war, teils voller Wut auf sich selbst. Er hatte es ungeschickt angepackt und überhaupt nichts erreicht.

Du wirst mehr wissen als alle anderen. Großartig, wenn er dadurch trotzdem nichts besser machen konnte.

Er rieb sich über das Gesicht, während er auf den Ausgang zusteuerte. Als er sich noch einmal umdrehte, sah er die junge Frau, wieder über die Kühltruhe gebeugt. Sie legte die Hühnerfilets zurück und nahm etwas anderes heraus. Hoffentlich wählte sie wirklich eine unbedenkliche Marke.

Ermutigt blieb Dorian stehen. Vielleicht klappte es ja doch. Wenigstens im Kleinen konnte er verhindern, dass das Giftroulette funktionierte.

Der nächste Kunde, den er ansprach, war allerdings ein anderes Kaliber. Etwa vierzig Jahre alt und unfassbar schlecht gelaunt.

»Verseucht? Und woher willst du das wissen, du kleiner Klugscheißer?«

»Ich weiß es eben.« Das war Dorian eine Spur zu schnell herausgerutscht. »Es hat in der Zeitung gestanden, haben Sie es nicht gelesen?«, versuchte er, die Situation zu retten. Doch der Mann grinste nur schief.

»Hast du wirklich nichts Besseres zu tun, als hier rumzustehen und die Leute zu verarschen? Bezahlt dich die Konkurrenz von dieser Firma Tessmann dafür, dass du deren Produkte miesmachst?«

»Nein, ich –«

»Egal.« Der Mann fuhr Dorian mit seinem Einkaufswagen fast um. »Misch dich nicht in die Angelegenheiten fremder Leute ein, klar? Und schon gar nicht in meine.«

Einen Moment lang flackerte Schadenfreude in Dorian hoch. Dann sollte dieser Idiot eben das verpestete Fleisch essen, das geschah ihm völlig recht. Vielleicht würde er an seine Warnung denken, wenn er sich vor Schmerzen krümmte.

Er sah dem Mann hinterher, als der davonging, und wandte sich dann unmittelbar der nächsten Kundin zu – einer rundlichen Frau, die schlecht Deutsch sprach und sich sofort von ihm überzeugen ließ. Sie strich ihm über die Wange, tätschelte seine Schulter und kaufte Putenfleisch statt Huhn.

Wie es aussah, würde sich das hier zu einem Fulltime-Job auswachsen. Dorian begann gerade, sich gute Argumente und logisch klingende Sätze einfallen zu lassen, als er den Mann von vorhin wieder entdeckte. Er sprach mit einem Supermarktmitarbeiter, vermutlich dem Filialleiter, und deutete in Dorians Richtung.

Der Mitarbeiter musterte ihn mit einem prüfenden Blick, bevor er auf ihn zuzugehen begann. »Du machst unsere Ware schlecht, habe ich gehört? Was soll das, spinnst du?«

Instinktiv wich Dorian zurück. Er wollte nicht auffallen und Ärger wollte er schon gar nicht. »Ach, ich habe bloß gehört, dass es beim Hühner- und beim Rindfleisch von Tessmann Probleme mit Bakterien geben soll. Deshalb habe ich dem Herrn dort drüben empfohlen, etwas anderes zu kaufen.« Er bemühte sich um einen treuherzigen Blick. »War nur gut gemeint.«

»Das ist doch kompletter Quatsch«, brauste der Supermarktmitarbeiter auf. »Du kannst doch hier nicht rumstehen und Lügen erzählen! Geschäftsschädigend ist das!«

Dorian wich immer weiter zurück, in Richtung Ausgang. »Tut mir leid.«

»Was machst du überhaupt hier? Kaufst du ein? Sieht nicht so aus, irgendwie.«

Das war zu befürchten gewesen. Gleich würden sie ihn für einen Ladendieb halten und seine Taschen durchsuchen und dann hundertprozentig auf das Etui stoßen.

»Ich wollte einkaufen, aber mir ist aufgefallen, dass ich mein Geld zu Hause vergessen habe.« Er krümmte sich innerlich. Das war vermutlich die dümmste Ausrede, die ihm hatte einfallen können.

»Aha. Und deshalb gehst du nicht zurück und holst es, sondern bleibst hier stehen und erzählst Märchen, ja?« Der Mitarbeiter war ganz offensichtlich nicht bereit, die Sache auf sich beruhen zu lassen. »Komm mit. Wir unterhalten uns jetzt mal ausführlich.« Er winkte Dorian zu sich und deutete auf eine Tür, auf der „Zutritt für Unbefugte verboten" stand.

Dorian zuckte mit den Schultern und tat, als würde er der Aufforderung folgen, doch sobald der Mann sich umgedreht hatte, machte auch er kehrt. Lief in die entgegengesetzte Richtung, zum Ausgang hin, flankte über die Absperrung einer geschlossenen Kasse und war draußen.

Jetzt nur nicht langsamer werden. Er rannte am Baumarkt vorbei, an einem Tierfuttergroßhändler und einem großen Laden für Autozubehör. Dann war er endlich an der Straße, überquerte sie und verschwand zwischen Wohnhäusern.

Er hatte sein Bestes gegeben, das sagte er sich immer wieder. Zumindest zwei Leute hatte er davor bewahren können, unwissentlich beim Giftroulette mitzuspielen. Drei, wenn man das kleine Kind im Einkaufswagen mitzählte.

War es das, was die Brille so wertvoll machte? Bewahrte sie

einen vor Gefahren, von denen die normalen Menschen nie erfuhren – beziehungsweise erst, wenn es zu spät war?

Andererseits aber machte es ganz den Eindruck, als wäre diese spezielle Gefahr eben bewusst herbeigeführt worden. Um die Firma Tessmann zu treffen.

Dorian suchte sich einen Platz, wo er den Rest des Tages und die Nacht möglichst gut versteckt zubringen konnte. Den fand er schließlich unter einer Brücke, an einem kleinen Bach. Zu essen hatte er noch genug. Dinge, über die er nachdenken musste, auch.

Hätte er dem Filialleiter die Brille geben sollen? Damit der sich die Warnung selbst ansehen konnte? Vielleicht. Aber dann wäre die Polizei gekommen.

Der Gedanke ließ ihn nach wie vor innerlich erstarren. Emils Tod war natürlich noch immer ein aktueller Fall, auch wenn er aus den Medien verschwunden war. Dorian konnte es nicht riskieren, mit Polizisten in engeren Kontakt zu treten – selbst wenn sie ihn nicht sofort erkannten, würden sie spätestens dann hellhörig werden, wenn er keine Wohnadresse angeben konnte. Keine Telefonnummer. Nichts.

Und vielleicht … war es ja auch gar nicht wahr, das mit den Bakterien. Sondern irgendein abartiges Spiel, mit dem die Brillenträger sich vergnügten.

Das versuchte er sich einzureden, aber er schaffte es nicht.

Zu Recht, wie sich zwei Tage später herausstellte.

Dorian hatte sich verborgen gehalten, so gut es ging, nun wagte er sich erstmals wieder in die Nähe der Innenstadt und die Nachricht war praktisch das Erste, was er sah. Die Zeitungen kannten heute nur eine Headline, auch wenn sie sie unterschiedlich formulierten:

Todbringendes Fleisch, titelte die eine, *Bakterienskandal aus dem Kühlregal* die nächste. Bei den seriöseren Blättern hieß es: *Tessmann unter Druck – große Rückrufaktion für Fleischwaren* und *Fünf schwere Fälle von Listeriose – zwei Personen in Lebensgefahr*.

Immerhin stand da noch nichts von Toten. Dorian lief weiter, zu lange wollte er sich vor dem Zeitungsstand nicht aufhalten, ohne etwas zu kaufen. Aber irgendwo würde er eine Zeitung finden, ganz sicher – er wusste, wo die Leute ihre Blätter entsorgten, nachdem sie sie auf der Fahrt mit Zug oder Straßenbahn durchgelesen hatten.

Mit spitzen Fingern holte er ein zerfleddertes, kaffeefleckiges Exemplar aus einem der Papierkörbe, eine andere Zeitung fand er nur wenige Schritte weiter auf dem Boden. Er nahm sie an sich, trotz der feuchten Schuhabdrücke auf der ersten Seite. Mit seinen Errungenschaften ging er in den nächsten Park.

Die beiden Patienten, die sich in Lebensgefahr befanden, waren schon krank gewesen, bevor sie das Fleisch gegessen hatten. Ein Mann, der vor Kurzem eine Nierentransplantation erhalten hatte, und eine Rentnerin mit Herzschwäche.

Dorian dachte an die alte Frau, der er das Mehl gereicht hatte, und hoffte, dass nicht von ihr die Rede war.

Er blätterte um und sein Herz setzte einen Schlag aus.

Da war ein Foto von ihm. Es musste von der Überwachungskamera des Supermarkts stammen und aufgenommen worden sein, als er hinausgestürmt war.

Dorian fühlte, wie seine Kehle eng wurde, gleichzeitig dankte er dem Himmel für seinen Kapuzensweater und den Schal. Man konnte kaum etwas von seinem Gesicht sehen, nicht einmal Menschen, die ihn gut kannten, würden ihn auf diesem Bild identifizieren können.

Hoffte er.

Er wusste es, stand in dem Kasten, der das Bild umschloss.

Dorian biss sich auf die Lippe, merkte es aber erst, als es schmerzte.

Der Artikel war kurz, es wurde die Supermarktfiliale genannt, in der Dorian versucht hatte, die Menschen zu warnen, und der Filialleiter wurde zitiert: *Es war ein junger Mann, der die Leute davon abhalten wollte, Tessmann-Fleisch zu kaufen. Ich wollte mit ihm sprechen und ihn fragen, welchen Grund er dafür hatte, doch er lief davon.*

Von wegen, dachte Dorian. Mit mir sprechen. Aus dem Weg wolltest du mich haben. Einen Lügner hast du mich genannt.

Natürlich war davon in dem Interview keine Rede. Der Filialleiter bedauerte nur, dass dieser junge Mann, „der ein wenig verwahrlost wirkte", zu keinem Gespräch bereit gewesen sei.

Ganz am Ende des Artikels waren eine Telefonnummer und eine E-Mail-Adresse angegeben, über die man sich melden konnte, wenn man meinte zu wissen, wer der Zeuge war.

Dorian betrachtete das Foto noch einmal genauer. Wahrscheinlich würde niemand ihn erkennen, aber Bornheim würde wissen, dass er es war.

Sehr wahrscheinlich, dass man ab jetzt noch verbissener hinter ihm her sein würde als bisher.

Einen Tag später besaß Dorian eine andere Jacke, schwarz und warm, nur dass leider durch ein paar kleine Löcher im Stoff laufend Daunen hervorquollen. Den Schal hatte er behalten, der war ebenfalls schwarz und es gab Millionen von der Sorte. An seiner Kleidung würde ihn nun niemand mehr erkennen, egal wie oft er oder sie das Foto in der Zeitung betrachtet haben mochte.

Trotzdem wurde er das Gefühl nicht los, dass die Menschen ihn anders ansahen. Wahrscheinlich war das bloß Einbildung. Jeder Blick, der ihn streifte, flößte ihm Misstrauen ein. Wenn die Person eine Brille trug, drehte Dorian sofort das Gesicht zur Seite, bereit loszurennen, falls er angesprochen wurde.

Die ganze Zeit über fragte er sich, was Bornheim damit bezweckte, Menschen krank zu machen. Sicher, er wollte der Firma Tessmann schaden, die nicht bereit war, seinen Forderungen nachzukommen. Seinen *Wünschen*, um genau zu sein. Worum konnte es dabei gehen? Geld? Oder war Tessmann ein Geschäftspartner von Bornheim? Ein Konkurrent?

Erst jetzt wurde Dorian bewusst, dass er überhaupt keine Ahnung hatte, womit Bornheim sein Vermögen verdiente und in welcher Branche er tätig war.

Er gab sich Mühe, die wenigen Puzzleteile, die er bisher gesammelt hatte, zu einem Bild zusammenzusetzen, und war es auch noch so unvollständig. Bornheim verteilte Brillen, getarnt als Werbegeschenke. Ein paar der Empfänger kannte Dorian, weil er die Etuis selbst übergeben hatte. Lang zum Beispiel, diesem Chefredakteur. Der hatte gewirkt, als hätte er das Geschenk schon erwartet, ganz im Gegensatz zu Philipp Regener. Ich hätte mich nie darauf einlassen dürfen, hatte er gesagt. Und er war drauf und dran gewesen, die Polizei zu verständigen.

Ohne dass es ihm gleich bewusst geworden war, hatte Dorian den Weg zum Hauptgebäude des Mobilfunkanbieters eingeschlagen, bei dem Regener arbeitete. Das war ein konkreter Anhaltspunkt und Regener jemand, der ganz bestimmt mehr wusste. Dorian würde zu ihm fahren und ihn um Erklärungen bitten, ihn notfalls anbetteln. Diesmal würde er sich ganz bestimmt nicht auf einen Satz beschränken, sondern dem Mann seine Version der Geschichte schildern.

Regener musste etwas begriffen haben, sonst hätte er neulich nicht solche Angst gehabt. Er war keinesfalls auf der Seite des Kaders, das war deutlich gewesen. Würde er Dorian helfen, etwas gegen Bornheim zu unternehmen? Er hatte mehrmals nach dem Namen des Drahtziehers gefragt – den konnte Dorian ihm nun verraten. Sie würden sich einigen, ganz sicher, und vielleicht die Lösung des Rätsels finden.

Möglicherweise würde sich nicht sofort ein Ausweg aus dieser vertrackten Situation ergeben. Aber es würde ein großer Schritt in die richtige Richtung sein.

Die Daunenjacke erwies sich als ausgesprochen guter Griff. Dorian hatte sich gegenüber dem Bürogebäude postiert, in dem Regener arbeitete, und er fror kein bisschen, obwohl er sich kaum bewegte. Er hoffte, dass Regener um die Mittagszeit nach draußen kommen würde. Dann würde er ihn ansprechen und ihm zu verstehen geben, dass sie auf derselben Seite standen.

Die Stunden krochen dahin und das Warten war quälend. Dorian unterdrückte das Bedürfnis, die Brille aufzusetzen und das Haus nach verborgenen Zeichen abzusuchen – aber die Fassade war zu auffällig, als dass man sie nicht sofort erkennen würde, und Dorian war darauf angewiesen, hier ruhig stehen bleiben zu können. Anderswo würde er Regener nicht aufspüren, das wusste er.

Der Laternenpfahl, an dem er lehnte, begann schmerzhaft gegen seine Schulter zu drücken und Dorian ging ein paar Schritte, ohne den Gebäudeeingang aus den Augen zu lassen. Es kamen immer wieder kleine Grüppchen heraus, die sich angeregt unterhielten, dazwischen einzelne Leute, die meist auf ihrem Smartphone herumtippten, doch Regener war nicht dabei.

Allmählich begannen Dorians Füße wehzutun. Es schien in

dieser Firma üblich zu sein, außerhalb zu Mittag zu essen, wieso klinkte gerade Regener sich da aus?

Eine Stunde später kamen die Ersten schon wieder zurück, hinaus ging fast niemand mehr. Der Gedanke, bis zum Feierabend hier stehen zu müssen, nahm Dorian jede Energie. Nein, so würde er es nicht machen. Dann eben Flucht nach vorne.

Es war ihm bewusst, dass er bei Weitem nicht so seriös aussah wie beim letzten Mal, als er das Gebäude betreten hatte. Heute war er – wie hatte die Zeitung geschrieben? Ein junger Mann, der ein wenig verwahrlost wirkte. Tolle Voraussetzungen.

Er legte sich seine Worte zurecht, während er durch die Drehtür ging. Da, zur Rechten, noch vor dem Portier, war eine Art Rezeption, die von einer hübschen Frau besetzt war, vermutlich nur ein paar Jahre älter als Dorian. Er marschierte lächelnd auf sie zu.

»Hallo, mein Name ist Martin Schneider. Ich müsste kurz zu Herrn Regener, es geht um einen Job.«

Er hatte alles Mögliche erwartet. Dass die Frau ihn freundlich, barsch oder gelangweilt abweisen würde. Ein winziger Teil von ihm hatte auch gehofft, dass sie sein Lächeln einfach erwidern und ihm Stockwerk und Zimmernummer nennen würde.

Doch nichts dergleichen passierte. Stattdessen verzog sich das Gesicht der Frau zu einer weinerlichen Grimasse. »Ach. Sie wissen es noch nicht?«

Oh nein, dachte Dorian. Er verschränkte die Hände, um sie am Zittern zu hindern. »Was meinen Sie?«

Sie sah ihn an, als fragte sie sich, ob sie ihm überhaupt Auskunft geben sollte. »Er ist … nicht da.« Sie schluckte, wartete, als hoffte sie, er würde sich mit dieser Erklärung zufriedengeben. »Er ist vorgestern gestorben«, fügte sie schließlich leise hinzu.

Dorian fühlte seine Knie weich werden. Er hielt sich an der Rezeptionstheke fest und bemühte sich, nur betroffen, nicht geschockt dreinzusehen. Und schon gar nicht, als hätte er panische Angst.

»Das ist ja schrecklich«, sagte er. Seine Stimme schwankte, aber nur ein wenig. »Wie ist das denn passiert?«

»Wahrscheinlich ein Herzinfarkt beim Autofahren. Sagen sie zumindest, es gibt auch Gerüchte, dass er betrunken gewesen sein soll.« Sie schüttelte den Kopf. »Er ist von der Straße abgekommen und zwanzig Meter abgestürzt, dabei gab es dort weder Kurven noch Nebel und …« Sie tupfte sich mit dem Handrücken die Tränen von den Wangen, sichtlich bemüht, ihr Make-up nicht zu verwischen. »Er war erst neununddreißig. Das ist doch viel zu früh. Zum Glück ist niemand anderes verletzt worden, aber …«

Dorian ging ein paar Schritte rückwärts. Er musste raus, er brauchte Luft. »Danke für die Auskunft. Es tut mir wirklich leid.« Damit drehte er sich um; er musste seine ganze Beherrschung aufwenden, um nicht zur Tür zu rennen.

Vorgestern. Das war kein Zufall, niemals. Regener hatte die Brille verweigert und ein paar Tage später war er tot. Neununddreißig war tatsächlich sehr jung, um einen Herzinfarkt zu bekommen – kam das niemandem seltsam vor?

Draußen angelangt, begann Dorian zu laufen. Die Bewegung tat ihm gut, vermittelte ihm das Gefühl, vor all dem fliehen zu können, vor diesem ganzen Wahnsinn.

Was, wenn er doch zur Polizei ging? Dort die Brille auf den Tisch legte und alles erzählte?

Man würde ihn verhaften, wegen Emil. Das war einer der Gründe, warum Dorian diese Idee wieder verwarf. Der andere war schwerwiegender. Er glaubte nicht, dass die Polizei ihn beschützen konnte, wenn es darauf ankam. Menschen starben auch in Gefängnissen, vielleicht sogar leichter als anderswo. Und es war doch gut möglich, dass Bornheim einem hohen Polizeibeamten ein Werbegeschenk hatte zukommen lassen, vor nicht allzu langer Zeit.

Bei Dorian würde es vermutlich kein Herzinfarkt sein. Aber … Drogen? Eine tödliche Überdosis? Er war obdachlos, ein verwahrloster Jugendlicher. Niemand wäre sonderlich überrascht, solche Dinge passierten immer wieder.

Er rannte, bis ihm die Luft ausging und er schwarze Punkte vor den Augen sah. Erst dann blieb er stehen, stützte die Hände auf die Knie und hoffte, sich nicht übergeben zu müssen.

Was war es gewesen, das Regener das Leben gekostet hatte? Nur die Tatsache, dass er die Brille nicht wollte? Hatte er wirklich die Polizei informiert, nachdem Dorian fort gewesen war, und ihnen erzählt, was er wusste? Oder hatte Bornheim genau das durch diesen Unfall zu verhindern gewusst?

… du bist als Risiko eingestuft worden und musst weg, hatte Melvin gesagt. *Du weißt einfach zu viel.*

Dabei hatte Dorian den Eindruck, überhaupt nichts mehr zu wissen. Ihm war nicht einmal klar, was er als Nächstes tun, wo er sich am besten verstecken sollte.

Er brauchte Zeit, um nachzudenken. Ohne ständig über die Schulter sehen zu müssen, aus Angst, Bertold oder eine der Mambas hinter sich zu haben. Also nahm er den nächsten Bus zur Stadtgrenze und stieg bei einem großen Supermarkt aus, den er im Vorbeifahren entdeckt hatte. Am besten, er versorgte sich mit ausreichend Lebensmitteln für zwei oder drei Tage.

Noch an der Haltestelle blieb er stehen, betrachtete die Supermarktfassade mit den großen Fenstern. Ob auch hier Giftroulette gespielt wurde?

Während er den Parkplatz überquerte, holte er die Brille hervor und klappte sie auf.

Die Augen starr auf den Beton zu seinen Füßen richten. Dann erst langsam hochsehen.

Es schien nicht, als wäre der Laden markiert, stellte Dorian mit Erleichterung fest. Er würde also kein schlechtes Gewissen haben müssen, wenn er einfach nur seine Versorgung sicherstellte und diesmal nicht wieder Kunden vor vergifteter Ware warnte.

Sein Blick glitt zur Seite, zu der Plakatwand am anderen Ende des Parkplatzes. Dort war etwas merkwürdig, irgendetwas stimmte nicht.

Ihm entfuhr ein leiser Aufschrei: Eines der Plakate zeigte ihn. Sein Gesicht, riesengroß. Was schlimm genug war, aber nichts im Vergleich zu dem beigefügten Text.

`Dorian Rogner, 17 Jahre alt`
`Ehemaliger Läufer, geflohen`
`Im regelwidrigen Besitz eines Master-Visioners`
`Zur Jagd freigegeben.`

Seine Hände bebten, als er sich den Schal bis hoch zur Nase schob. Er konnte nicht aufhören, das Plakat anzustarren, die Worte wieder und wieder zu lesen. Die ersten drei Zeilen waren in grüner, die letzte in roter Schrift gehalten. Steckte da eine besondere Bedeutung dahinter?

Es dauerte einige Zeit, bis ihm klar wurde, dass das Plakat für Bornheims Leute sicher leicht zu orten war, und er riss sich hektisch die Brille vom Gesicht, ließ sie beinahe fallen.

Erst beim zweiten Versuch schaffte er es, die Bügel zuzuklappen.

Als er wieder hochsah, blickte er nicht mehr in sein eigenes Gesicht, sondern auf das Werbeplakat einer Versicherung, das eine fröhliche Familie beim Frühstück zeigte.

Nichts wie weg hier. Möglicherweise gab es über die ganze Stadt verteilt mehrere Steckbriefe dieser Art – aber sicher sein konnte er da nicht.

Immerhin eine Sache war damit erledigt: Er hatte sich Bornheim für heute gezeigt.

Den restlichen Nachmittag verbrachte Dorian damit, kreuz und quer durch die Außenbezirke zu streifen, und über Nacht versteckte er sich wieder auf dem Friedhof, in derselben Nische wie beim letzten Mal. Der Hunger machte ihm fast so sehr zu schaffen wie die Kälte, doch das war nichts im Vergleich zu der Angst, die ihn packte, wenn er an das Plakat vor dem Supermarkt dachte.

Es war eine Aufforderung gewesen an alle, die die Botschaft sehen konnten. An alle Besitzer eines Visioners.

Zur Jagd freigegeben.

War das der Grund, warum man ihn nicht aufforderte, sich zu stellen? Ihn aber zwang, in der Stadt zu bleiben? War es eine Art perverses Spiel für die Mitglieder des Kaders? Und einmal pro Tag musste er sich zeigen und den Spielern damit einen Hinweis auf seinen Standort geben?

Es war eine verrückte Idee. Aber nicht unmöglich.

Dann würde auch die Bezeichnung „Läufer“ passen. Einer, der davonlief. Allerdings hieß es in der Beschreibung „ehemaliger Läufer“, was vermuten ließ, dass es eher ein Name für diejenigen war, die Werbegeschenke überbrachten. Oder Flugzettel verteilten.

Ab sofort würden jedenfalls nicht nur die Mambas hinter ihm her sein.

Kapitel 18

Am nächsten Morgen war von Hunger keine Spur mehr. Dorian kannte den Effekt – von nun an würde Fasten kein Problem sein, im Gegenteil. Nur dass er sich davon nicht täuschen lassen durfte. Er musste essen, sonst würde ihm bald die Kraft ausgehen und er würde noch viel schneller frieren als jetzt.

Er fand einen kleinen Supermarkt, dessen Mülleimer sich als wahre Fundgrube erwies: eine Packung Toastbrot, deren Haltbarkeit in drei Tagen ablaufen würde, zwei Dosen Jagdwurst mit einem Verfallsdatum, das eine knappe Woche zurücklag. Mehrere Tetrapaks H-Milch, von denen Dorian eines mitnahm.

Er frühstückte auf einer Bank nahe einer Schule, wo er in der Menge der heranströmenden Jugendlichen überhaupt nicht auffiel, und versuchte, den glühenden Neid zu unterdrücken, der ihn bei ihrem Anblick überkam.

Sie trugen frische Kleidung. Sie hatten es warm in ihren Klassenräumen. Sie mussten schlimmstenfalls mathematische Gleichungen lösen und nicht die Absichten einer todbringenden Geheimorganisation durchschauen.

Vor allem aber trachtete ihnen niemand nach dem Leben.

Er blieb nur so lange sitzen, wie die Schüler ihm Deckung boten, dann machte er sich auf den Weg ins Stadtzentrum, wider alle Vernunft. Es war das gefährlichste Pflaster, das er sich aussuchen konnte, das war ihm klar, trotzdem zog es ihn mit unwiderstehlicher Kraft an. Weil es der beste Ort ist, um mehr herauszufinden, redete er sich ein. Hatte dabei aber ständig Stellas Bild im Kopf.

Das Wetter war gut genug, um die paar Kilometer zu Fuß zu gehen. Das würde Dorian Gelegenheit geben, sich eine Strategie zu überlegen.

Er würde die Brille so wenig wie möglich benutzen. Mit aller Vorsicht und immer nur für kurze Zeit. Aber er konnte es ab sofort nicht mehr riskieren, entscheidende Neuigkeiten zu verpassen. *Zur Jagd freigegeben.* Er schüttelte den Kopf, um den Gedanken zu vertreiben, es könnten Heckenschützen auf ihn lauern, verborgen hinter Autos oder vorhangverdunkelten Fenstern. Mit Gewehren im Anschlag.

Nein, so würde es nicht laufen. Viel eher würde er betäubt und verschleppt werden, bevor man ihn verschwinden ließ. Das war bei ihm ja kein Problem – niemand würde nach ihm suchen.

Er nahm sich vor, den heutigen Tag erneut zum Sammeln von Informationen zu benutzen. Vielleicht ließen sich Papier und Bleistift auftreiben, dann würde er die Dinge, die die Brille ihm zeigte, notieren und später, in Ruhe, zu ordnen versuchen.

Das klang nach einem brauchbaren Plan, der ihm einen Teil seiner Angst nahm und ihm das Gefühl vermittelte, die Situation vielleicht doch unter Kontrolle bringen zu können.

Zum ersten Mal holte er die Brille in der Nähe einer großen Kreuzung heraus. Er war schon recht nah am Stadtkern angelangt – von jetzt an musste er seine Wachsamkeit verdoppeln. Man sah von hier aus keine Straßenschilder und auch keine markanten Gebäude mit Wiedererkennungswert, aber was, wenn er einem anderen Brillenträger begegnete? Er erinnerte sich noch genau an den roten Lichtstrahl, der ihn und den Mann im Café verbunden hatte – Nathan Hollinsky, Bauunternehmer.

Wer auch immer ihn jetzt entdeckte, würde das an Bornheims Leute weitergeben. Hundertprozentig. Wenn nicht sowieso ein Signal an die Zentrale ging, sobald zwei Brillen sich verbanden.

Dorian hielt den Visioner in den Händen, noch nicht aktiviert. Am Rahmen, an der rechten oberen Ecke, befand sich ein geschwungenes M in Silber. Es fiel ihm zum ersten Mal richtig auf. Wirkte wie ein Logo, ein Markenzeichen.

Ein M für Master? Er lehnte sich an die Wand eines Restaurants, das noch geschlossen hatte, und betrachtete aufmerksam die Umgebung. Die Kreuzung, die Gebäude, die Autos – nicht nur auf der Suche nach eventuellen Feinden, sondern auch, um Veränderungen möglichst schnell feststellen zu können.

Als er sich bereit fühlte, klappte er die Brille auf, setzte sie auf, blickte sich um.

Das Erste, was er sah, war wieder eine Zahl. Sowohl in einem der Schaufenster auf der gegenüberliegenden Straßenseite als auch an der Fassade einer nahen Kirche. 8.

Darunter roter Text; Dorian überquerte die Straße, stellte sich vor das Schaufenster. Las.

`Die Showgäste sind geladen.`

Er wandte sich ab, setzte seinen Weg fort. Sie wurden immer niedriger, die Zahlen. Wie ein Countdown. Würde an dessen Ende diese ominöse Show stattfinden? War das Wort ein Code für –

Dorian dachte den Gedanken nicht zu Ende, denn dort, ein Stück weiter entfernt die Straße entlang, leuchtete ihm ein weiterer Steckbrief entgegen. Sein Gesicht, groß wie ein Auto, und die Aufforderung, ihn zu jagen.

Runter mit der Brille. Deaktivieren. Dorian atmete tief durch, dann ging er ein Stück näher, um sich das Plakat im Original zu betrachten.

Es war das gleiche wie vor dem Supermarkt. Die Versicherungswerbung mit der frühstückenden Familie. Da war ein Zufall nicht sehr wahrscheinlich – vermutlich verwandelten sich alle diese Plakate in Bilder von Dorian, wenn man die richtige Brille trug.

Wieder zog er den Schal so weit hoch, dass er ihm bis über die Nase reichte, doch das Bedürfnis, sofort abzuhauen und sich zu verstecken, blieb.

Nein. Er wollte Informationen sammeln, das hatte er sich vorgenommen. So ungezwungen er es vermochte, überquerte er die Kreuzung und mischte sich unter die Passanten auf einer der großen Einkaufsstraßen. Der nächste kurze Blick durch die Brille zeigte ihm zunächst nichts von Bedeutung – nur ein paar Details zur Geschichte einiger Häuser und zur Vergangenheit eines gewissen Rainer Bless, der Goldschmied war und seine Werkstoffe offenbar von ausbeuterischen Quellen bezog. MEIDEN stand wieder in großen Lettern unter dem Text.

Das wahrhaft Interessante fand er allerdings am Gebäude daneben. Ein Hotel, über dessen ganzes oberstes Stockwerk sich das Wort ERFOLGE zog. Darunter, etwas kleiner:

> **Tessmann** lenkt ein, kontrolliert ab sofort seine Lieferanten in Bezug auf optimale Bedingungen bei Haltung und Transport von Schlachtvieh und reduziert den Einsatz von Antibiotika auf ein Minimum. Sanktionen abgebrochen.

> **Victus** hat sich bereit erklärt, sich am Ernährungsprogramm für Somalia im verlangten Ausmaß zu beteiligen. Keine Sanktionen.

Ergotech wird die Wasserleitungen für syrische Flüchtlingslager zum Selbstkostenpreis errichten. Keine Sanktionen.

Dorian blinzelte, konnte nicht glauben, was er da las. Dass er eben einen schweren Fehler beging, wurde ihm zu spät klar, dann aber mit einem Schlag. Der Name des Hotels stand gut sichtbar über dem Eingang. Hotel Victoria. Das war mindestens genauso verräterisch wie ein Straßenschild.

Er war wirklich ein Idiot, zeigte sich der Zentrale deutlich zu oft, machte es seinen Jägern viel zu leicht.

Brille ab, nichts wie weg. Wieder rannte er, konzentrierte sich aber kaum auf seinen Weg, sondern versuchte zu begreifen, was er da eben gelesen hatte.

Bestand Bornheims Plan darin, andere Menschen und Unternehmen zum Guten zu erpressen? Zur Wohltätigkeit? Wasserleitungen für Flüchtlingslager – ja, das war eine tolle Sache, aber vermutlich hatte Ergotech nicht aus freiem Willen so großzügig gehandelt. Welche Sanktionen hatte Bornheim für die Firma geplant gehabt?

Die, die Tessmann getroffen hatten, kannte Dorian. Und nun hatte der Konzern nachgegeben – wenn die Angabe stimmte – und würde sein Verhalten zum Besseren ändern. Weil er musste.

Ihm fiel wieder ein, was Nico im Ethikunterricht gesagt hatte: dass er seine Entscheidungen danach traf, ob aus einer Handlung mehr Gutes oder mehr Schlechtes entstehe.

Wahrscheinlich war es genau das, was Bornheim tat. Und er fand es angemessen, ein paar arglosen Kunden Listerienvergiftungen zu bescheren, wenn er dafür die üblen Praktiken eines Fleischgroßhändlers ändern konnte.

Dann waren das wohl die Ziele, denen der Kader sich verschrieben hatte. Die größer und bedeutsamer waren als die Leben der Mitglieder.

Verrückt war das.

Dorian lief immer noch, hatte kaum gemerkt, dass er sich immer weiter dem Fluss näherte, in etwa der Stelle, wo er das Kästchen aufgebrochen hatte. Leuchtete nach wie vor das Wort „Mörder“ von der Hausfassade?

Er war schnell gewesen, er musste einen Vorsprung gewonnen haben. Einen letzten Versuch mit dem Visioner würde er sich heute noch leisten und dann blitzartig abhauen. Die verspiegelte Bankenfassade würden seine Verfolger identifizieren, kaum dass die Kamera der Brille das Bild übertragen hatte.

Dorian stieg die Treppen zur Flusspromenade hinunter, suchte die Stelle, wo er beim letzten Mal gesessen hatte, und blickte ein paar Minuten aufs Wasser hinaus. Er sammelte Mut, wie er sich selbst eingestehen musste. Weil er insgeheim hoffte, dass dieses eine bestimmte Wort heute nicht mehr zu sehen sein würde. Schließlich klappte er die Brille auf.

Doch, da war es wieder. Riesig und grün. `MÖRDER`. Der Anblick ließ ihn frieren, trotzdem wandte er den Blick nicht ab. Dachte nach. Möglicherweise war diese Anklage gar nicht auf ihn gemünzt. Jeder, der einen Visioner trug, konnte das Wort lesen, auch wenn er niemanden auf dem Gewissen hatte. Vielleicht bezeichnete Bornheim nicht Dorian, sondern die Mitarbeiter dieser Bank als Mörder.

Es änderte nichts an seiner Situation, trotzdem fühlte er sich erleichtert. Dorian schenkte dem giftgrünen Wort auf der anderen Flussseite einen letzten Blick, wandte sich um …

… und alles in ihm wurde auf einen Schlag kalt.

Da war eine Brücke, vielleicht hundertfünfzig Meter weiter,

die sich über den Fluss und den Fußweg spannte. Und an dieser Brücke, an einer der Stahlstreben, hing etwas.

Jemand.

Dorian fühlte seine Knie nachgeben. Registrierte die grüne Jacke. Das lockige karamellfarbene Haar, das vom Wind zur Seite geweht wurde. Der Körper an dem Seil drehte sich langsam, ganz langsam auf ihn zu …

Der Schmerz griff mit einer solchen Wucht nach ihm, dass er sich zusammenkrümmte. Sie hatten es getan, hatten sie umgebracht, sie hatten Stella getötet. Erhängt. Hingerichtet. Und es war keine Frage, warum: seinetwegen. Dabei war er doch in der Stadt geblieben, hatte sich gezeigt, mehr als einmal, hatte alles getan, was sie von ihm verlangt hatten.

Er begann auf sie zuzugehen, langsam erst, dann immer schneller. Er würde sie dort herunterholen, auch wenn er keine Ahnung hatte, wie, er würde sie noch einmal berühren, ein letztes Mal.

Er hörte sich selbst schluchzen, laut und ungehemmt. Die Tränen nahmen ihm die Sicht, er stolperte, fiel, rappelte sich wieder auf. Es war alles egal jetzt. Alles. Er hatte Stella verloren, für immer.

Die Hand, die ihm von hinten unter den Arm griff und ihm hochhelfen wollte, als er ein zweites Mal fiel, schüttelte er ab. »Lassen Sie mich!« Sein Brüllen tat ihm in der Kehle weh.

»Ich wollte dir nur helfen.« Es war ein junger Mann, Mitte zwanzig, der ihn mit schief gelegtem Kopf ansah. »Ist dir schlecht? Oder hast du etwas genommen?«

»Was? Nein!« Dorian deutete nach vorne. Zur Brücke. »Da! Sehen Sie nicht? Meine Freundin, das ist meine Freundin, sie –« Wieder brach er zusammen, kniete am Boden, bekam kaum noch Luft. Wie hatte Bornheim das nur tun können? Dorian hatte sich an seine Anweisungen gehalten und Stella ... Stella war immer so loyal gewesen, so dankbar für alles.

»Was meinst du?« Die Stimme des Mannes klang nun deutlich vorsichtiger. »Wo ist deine Freundin?«

»Na dort!« Dorian deutete nach vorne. »An der Brücke! Sie haben sie aufgehängt, wir müssen –«

»Was?« Der Mann ging ein paar Schritte in die angegebene Richtung, dann drehte er wieder um. »Du hast doch etwas genommen, oder? Soll ich dich zu einem Arzt bringen?«

»Nein. Aber ... helfen Sie mir, sie herunterzuholen? Bitte?« Seine Stimme brach im letzten Wort.

»Hör mal.« Der Mann packte ihn an den Schultern und drehte ihn zu sich. »Da ist niemand an der Brücke. Was war es, das du eingeworfen hast? LSD?«

Dorian starrte ihn an. Wandte den Kopf. Sah Stella tot von der Stahlstrebe hängen. Und begriff.

Seine Hände zitterten so heftig, dass er die Brille erst beim dritten Versuch zu greifen bekam. Er zog sie vom Gesicht, wusste nicht, ob es Angst war, die ihn innerlich zerriss, oder Hoffnung.

An der Brücke hing niemand. Kein Mensch, nichts.

Dorian rang nach Luft, wollte lachen und weinen gleichzeitig. Sie hatten Stella nichts angetan. Sie wollten ihn bloß um den Verstand bringen, aber das war egal, völlig egal. Hauptsache, sie lebte.

»Danke.« Er drückte die Hand seines Helfers. »Vielen Dank.«

»Geh zum Arzt, ja?« Der Mann runzelte besorgt die Stirn. »Wirklich.«

»Ja.« Endlich fand Dorian die Erhebungen in den Brillenbügeln und klappte sie zu. »Das werde ich tun. Noch einmal danke.« Er drehte sich um und stolperte den Kai entlang flussaufwärts, ohne zu wissen, ob er nicht seinen Verfolgern direkt in die Arme lief. Aber das musste er riskieren.

Da waren die Treppen, die nach oben führten. Er nahm jeweils zwei Stufen auf einmal – noch immer ging sein Atem keuchend. Da vorne war eine U-Bahn-Station, doch dorthin wollte er sich jetzt nicht wagen. Wenn sie ihn geortet hatten, würden sie ihm von dort wahrscheinlich entgegenkommen.

Am besten die Taktik ändern. Ein paar Meter entfernt befand sich eine Apotheke, in der sich die Menschen drängten – mindestens fünfzehn wartende Kunden. Das war ideal. Er schlüpfte durch die Tür, tat so, als würde er sich umsehen, und nahm dann Deckung hinter einem Aufsteller mit Hustenbonbons.

Es war der perfekte Platz, um Straße und Kai im Blick zu behalten, ohne gesehen zu werden. Es wäre auch der ideale Ort gewesen, um sich Tabletten gegen die Kopfschmerzen zu besorgen, die seit dem Abnehmen des Visioners wieder hinter seiner Stirn pochten, nur dass er kein Geld hatte.

In der Apotheke beachtete ihn niemand, die Angestellten waren viel zu beschäftigt mit ihren Kunden und die wiederum wirkten genervt, weil sie heute so lange warten mussten.

Es dauerte drei Minuten, schätzte Dorian, höchstens fünf, bis der dunkle Lieferwagen in der Ladezone gegenüber hielt. Bertold sprang heraus, außerdem Boris, der Sporttrainer, und zwei Männer, die Dorian bisher noch nie gesehen hatte. Bertold war der Einzige, der beim Wagen blieb, die zwei Unbekannten liefen genau die Treppe hinunter, die Dorian erst kurz zuvor heraufgekommen war, Boris rannte in Richtung U-Bahn.

Dorian zog seinen Schal hoch und stellte den Kragen auf, trotzdem fühlte er sich wie auf dem Präsentierteller. Er verschanzte sich tiefer hinter den Hustenbonbons und nahm eines der Säckchen in die Hand. Kirschgeschmack.

Zwei Minuten später tauchte Boris wieder am Ausgang der U-Bahn-Station auf und lief auf Bertold zu, der neben dem Auto stand und telefonierte. Er ließ seinen Blick ständig über die Umgebung wandern, einmal auch genau über das Schaufenster der Apotheke, doch da war kein Erkennen in seinen Augen, kein Innehalten. Trotzdem befürchtete Dorian einen Moment lang, sein Herz würde stehen bleiben.

Etwas später kamen die beiden anderen zurück, sammelten sich beim Wagen.

Allmählich leerte sich zu Dorians Schreck auch die Apotheke. Nur noch vier Kunden und wie es aussah, kamen keine neuen nach.

Er konnte nichts kaufen. Hinaus konnte er ebenso wenig. Die vier Männer standen beim Auto, aber vermutlich hatte Bertold über sein Handy die Mambas herbefohlen und die konnten nun überall auftauchen.

Vielleicht war dieses Versteck doch keine so gute Idee gewesen.

Die Frau, die eben an der Reihe gewesen war, nickte Dorian im Hinausgehen freundlich zu, nun waren nur noch drei Kunden hier und zwei von ihnen würden ebenfalls gleich abgefertigt sein. Dorians Kehle verengte sich spürbar.

Draußen schickte Bertold seine Leute noch einmal los – es wirkte nicht, als dächte er daran, bald aufzubrechen. Aber länger als zehn Minuten würde Dorian nicht mehr in der Apotheke bleiben können, dann würde er entweder freiwillig gehen müssen oder hinausgeworfen werden.

»Hallo. Womit kann ich dir helfen?«

Es war so weit. Eine junge blonde Apothekerin mit Kurzhaarschnitt war neben ihn getreten.

»Suchst du etwas gegen Husten? Oder Halsschmerzen?«

Er überlegte kurz. Nein, Husten war zu einfach. Er brauchte etwas, das ein längeres Gespräch nach sich ziehen würde.

»Ich habe seit gestern Magenschmerzen, ziemlich starke«, begann er. »Zwischendurch hören sie auf, aber nie länger als für eine Stunde. Dann geht es wieder los.«

Sie waren zur Theke gegangen, wo Dorian der Fensterfront zwangsläufig den Rücken zudrehen musste. Das war einerseits nicht schlecht, weil er von hinten noch schwerer zu erkennen war. Andererseits fühlte er sich entsetzlich schutzlos ohne Sicht auf seine Verfolger.

»Damit solltest du eigentlich zum Arzt gehen«, sagte die Apothekerin.

»Jaaa.« Dorian nickte nachdenklich. Zögerte seine Antwort hinaus, jede Sekunde zählte jetzt. »Aber ich habe erst morgen einen Termin. Und ich hatte gehofft, Sie könnten mir etwas geben, das mir bis dahin hilft.« Ein schneller Blick über die Schulter. Der Van stand immer noch am gleichen Fleck. Es war zum Aus-der-Haut-Fahren.

»Was ich dir anbieten kann, sind diese Kautabletten.« Sie holte eine Packung aus dem Regal. »Das sind Magensäurebinder, die könnten dir fürs Erste helfen.«

»Hm.« Er drehte die Schachtel zwischen den Händen. »Denken Sie, das ist das Richtige?«

Die Apothekerin seufzte. »Beschreib mir deine Schmerzen doch einmal genauer.«

»Eine Mischung aus Brennen … und Stechen.« Dorian suchte nach möglichst dramatisch klingenden Worten. »Außerdem sind manchmal Krämpfe dabei. Ja.«

Nun sah die Apothekerin besorgt aus. »Du solltest wirklich zuerst zu einem Arzt gehen. Was du da beschreibst, kann alles sein. Manchmal äußern sich Blinddarmentzündungen auf diese

Weise. Eventuell gibt es aber auch psychische Gründe für deine Schmerzen. Hattest du viel Stress in letzter Zeit? Druck? Besondere Belastungen?«

Oh ja, dachte Dorian. Das alles und noch ein bisschen mehr. Er zuckte mit den Schultern. »Na ja, Stress schon. Hat doch jeder.« Wieder ein Blick nach hinten. Sie waren noch da. Er saß in der Falle. Aber vielleicht … Dorian traf eine Entscheidung. »Wissen Sie was, Sie haben recht. Ich warte bis morgen und trinke heute einfach Tee. Vielen Dank!«

Die Apothekerin nickte ihm lächelnd zu. »Gut. Aber wenn es schlimmer wird, vor allem mit den Krämpfen, fahr ins Krankenhaus. Falls es doch der Blinddarm ist.«

»Mache ich.« Er hatte sich bereits abgewandt und versuchte, die Lage so schnell wie möglich zu sondieren. Bertold redete in sein Handy, zwei seiner Begleiter standen bei ihm, der dritte war nicht zu entdecken.

Dorian schlang sich den Schal bis über die Nase, nur die Augen lugten noch heraus. Ein erkälteter Apothekenkunde, der rasch nach Hause wollte. Das sollten die da draußen in ihm sehen, wenn sie ihn denn schon sehen mussten.

Tür auf. Der erste Schritt hinaus. Er steckte die Hände in die Jackentaschen und senkte den Kopf, beachtete Bertold überhaupt nicht, sondern ging mit zügigen Schritten den Weg entlang. Dort vorne war eine Straßenbahnhaltestelle, die von vier verschiedenen Linien angefahren wurde. Eine davon stand praktisch immer da und er würde einfach einsteigen.

Falls er so weit kam.

Bertold hatte er bereits hinter sich gelassen. Wenn er ihn erkannt hatte, hetzte er wahrscheinlich gerade seine Leute auf Dorian. Wenn nicht …

Er kämpfte gegen den Drang an, sich umzudrehen. Damit

würde er seine Chancen jedoch verringern, gleichzeitig war die Ungewissheit, ob jemand ihm folgte, ihn vielleicht gleich von hinten packen würde, kaum zu ertragen.

Weiter. Immer einen Schritt nach dem anderen. Die Station war höchstens noch zweihundert Meter entfernt.

Doch nun kam jemand Bekanntes auf ihn zu.

Boris.

War es jetzt vorbei? Würde er ihn davonzerren, in den Van, und ihn fortbringen? Ihn … beseitigen? In Dorians Kopf wirbelten die Gedanken schneller durcheinander, als er ihnen folgen konnte. Welche Möglichkeiten blieben ihm jetzt noch? Davonlaufen? Sich stellen? Oder einfach weitergehen, als wäre alles in Ordnung?

Er entschied sich für die letzte Option, vor allem, weil ihm für die beiden anderen die Kraft fehlte. Er ging auf Boris zu, bis er mit ihm auf gleicher Höhe war. Bis er an ihm vorbei war.

Es konnte nur noch Sekunden dauern, dann würden sie ihn haben. Boris kannte ihn schließlich, er hatte ihn Runden laufen lassen, sich mit ihm unterhalten. Er würde ihn an der Haltung erkennen oder am Gang.

Dorian wappnete sich innerlich gegen den Griff an der Schulter, den Ruck, der ihn zurückreißen würde. Wenn es so weit war, würde er nicht einfach aufgeben, sondern versuchen, sich loszumachen, vielleicht Passanten um Hilfe bitten. Schreien. Irgendetwas.

Doch niemand fasste oder schlug nach ihm, es sprach ihn nicht einmal jemand an. Dorian erreichte die Straßenbahnhaltestelle völlig unbehelligt; dort erst wagte er es, sich umzudrehen und nach seinen Verfolgern zu sehen.

Sie standen jetzt zu viert am Wagen: Bertold, die zwei unbekannten Männer und Boris. Keiner von ihnen sah zu ihm her.

Mit zitternden Beinen stieg Dorian in die Straßenbahn, die eben einfuhr. Er glaubte immer noch nicht, dass er Bornheims Leuten wirklich entkommen war. Es war so unfassbar knapp gewesen. Und es bedeutete nicht, dass er beim nächsten Mal wieder so großes Glück haben würde.

Kapitel 19

Die Bahn setzte sich in Bewegung, fuhr an dem Van mit Dorians Verfolgern vorbei, an der Apotheke, fuhr weiter bis zur nächsten Haltestelle. Auch da stieg niemand zu, der aussah, als gehöre er zu Bornheims Leuten. Nach und nach, ganz langsam, begann Dorian sich zu entspannen.

Nur um sofort wieder dieses entsetzliche Bild vor Augen zu haben: Stella, erhängt an der Brücke. Es war nicht echt gewesen; trotzdem wusste er, dass es ihn verfolgen würde. Der schlaffe Körper, der sich langsam um sich selbst drehte. Das bläulich verfärbte Gesicht …

Er wischte sich über die Augen, als könnte er die Erinnerung dadurch auslöschen. Im Nachhinein betrachtet, hätte er schneller begreifen können, dass man ihn zum Narren hielt. Es war so gut wie unmöglich, jemanden an einem so zentralen Ort zu hängen, ohne dass massenweise Leute das mitbekamen. Stella hätte sich gewehrt, geschrien …

Dorian lehnte den Kopf gegen das Fenster, blickte auf die vorbeiziehenden Häuser, ohne sie wirklich zu sehen. Es war lediglich seiner Tarnung zu verdanken, dass Bertold und die anderen ihn nicht erwischt hatten. Hätten sie gewusst, welche Kleidung er jetzt trug, befände er sich längst in ihren Klauen.

Er stieg in der Nähe eines Parks aus, den er von früher kannte und der eine Menge versteckter Ecken bot. Lange würde er das nicht mehr durchhalten, so viel stand fest. Die ständige Wachsamkeit; den Zwang, ununterbrochen darauf achten zu müssen, dass sein Gesicht verdeckt war; die Wellen der Angst, die über ihn hinwegschwappten, jedes Mal, wenn ihn jemand ansah, der eine Brille trug. Er war so müde.

Hätte er sich irgendeine Chance ausgerechnet, ungeschoren davonzukommen, hätte er sich Bornheims Leuten gestellt. Einfach nur, damit dieser Zustand aufhörte. Damit er … zum Beispiel nicht weiterhin vor jedem dieser beschissenen Versicherungsplakate stehen bleiben musste.

Die frühstückende Familie. Dorian holte die Brille aus der Tasche, mit mulmigem Gefühl im Bauch. Er traute diesem Ding weniger denn je. Doch diesmal würde er sie keinesfalls länger aktiviert lassen als nötig, auch wenn man ihm eine Atombombenexplosion einspielen sollte.

Ja, da war es wieder, sein Gesicht, und daneben der gleiche Text. *Dorian Rogner, 17 Jahre alt. Ehemaliger Läufer* und so weiter. Allerdings gab es jetzt einen Zusatz, ganz unten, nach der Freigabe zur Jagd.

`Zuletzt gesichtet: 21. Oktober, 10.54 Uhr, Franz-Josefs-Kai.`

Verdammt. Dorian nahm die Brille wieder ab, deaktivierte und verstaute sie schon fast automatisch, ohne auf die Kopfschmerzen zu achten, die sich sofort wieder einstellten. Es wusste also jeder der Träger Bescheid und konnte in der Umgebung gezielt Ausschau halten.

Dorian zog die Schultern hoch und senkte den Blick, ging weiter zu dem Platz, wo er die nächsten Stunden verbringen wollte. Es gab irgendwo in diesem Park eine Halfpipe für Skateboarder, dort würde er nicht auffallen. Er konnte sich in die Wiese setzen und nachdenken, einen vernünftigen Plan schmieden …

Etwas knallte von rechts gegen ihn. Jemand. Packte ihn am Nacken und am Arm und zog ihn mit sich, hinter eine Baumgruppe.

Nach einer ersten Schrecksekunde wehrte Dorian sich. Trat nach seinem Angreifer, versuchte, den eisernen Klammergriff am Hals loszuwerden, vergebens.

»Sei doch nicht so dämlich«, zischte der andere ihm ins Ohr. Dann, völlig überraschend, ließ er ihn los.

Dorian stolperte nach hinten, verlor fast das Gleichgewicht. Hätte beinahe hysterisch zu lachen begonnen, als er sah, wer vor ihm stand.

Melvin. Schon wieder.

»Hör mal, mich hätte fast der Schlag getroffen. Wo kommst du plötzlich her?«

Melvin lächelte, aber nur kurz. Als könnte es Unglück bringen. »Keine Spur von plötzlich. Ich folge dir, seit du aus dieser Apotheke raus bist.«

Dorians Herz geriet kurz aus dem Rhythmus. »Was? Aber … ich dachte –«

»Ja, keine Sorge, die anderen haben dich nicht erkannt, sonst würdest du jetzt nicht hier stehen.« Melvin zog Dorian noch ein Stück weiter vom Weg fort, in eine kleine, von Büschen abgeschirmte Senke. Dort setzte er sich auf den Boden und rieb sich das Gesicht mit beiden Händen. »Ich wusste sofort, dass du es bist, aber ich kenne dich auch besser als die anderen. Deine ganze Art, dich zu bewegen, dein Gang – alles sehr typisch.« Während Melvin sprach, huschte sein Blick ständig nach rechts und links, als erwartete er, dass jeden Moment jemand aus den Büschen springen würde. »Ich bin abgehauen«, stellte er fest.

»Was?«

»Ja. Ich bin sozusagen … desertiert. Das hatte ich mir schon bei unserem letzten Treffen vorgenommen. Aber ich wollte mich mit dir zusammentun und mir war klar, dass ich dich ohne fremde Hilfe nie finden würde. Also habe ich auf den nächsten Einsatz gewartet, bei dem es um dich ging.« Er breitete die Hände aus. »Und … peng. Du hast genau das getan, was ich an deiner Stelle auch versucht hätte. Nicht wegrennen, sondern die Gegner im Auge behalten, von einer Stelle aus, wo sie dich nicht vermuten.«

Der Gedanke, dass es so einfach gewesen war, ihn zu durchschauen und zu entdecken, machte Dorian noch im Nachhinein schwindelig. »Ich habe Bertold und seine Leute gesehen, dich aber nicht. Bist du mit mir in der Straßenbahn gefahren?«

Melvin grinste. »Klar. Hellsehen kann ich auch nicht. Ich hätte ja sonst nicht gewusst, wo du aussteigst. Ich war im Waggon hinter dir.«

»Und …« Dorian rang nach Worten. »Woher willst du wissen, dass die anderen dir nicht gefolgt sind? Dass sie nicht in zwei Minuten hier sind?«

»Tja, da können wir nur das Beste hoffen.« Melvin legte den schwarzen Rucksack ab, den er über der Schulter trug, öffnete seine Jacke und zeigte Dorian ein weit klaffendes Loch im Futter. »Jedenfalls habe ich den GPS-Sender entfernt, der in unsere Kleider eingenäht ist.« Er zippte die Jacke wieder zu. »Wenn sie mich anhand der Signale suchen wollen, brauchen sie Taucher – ich habe den Sender nämlich in den Fluss geworfen.« Er grinste erneut, wurde aber schnell wieder ernst. »Trotzdem sollten wir nicht zu lange hierbleiben.«

Schritte auf dem Weg.

Sowohl Dorian als auch Melvin duckten sich fast gleichzeitig und spähten durch die Büsche, doch es war niemand von Bornheims Leuten. Nur eine Frau, die ihren Hund spazieren führte.

Dennoch flüsterte Dorian seine nächsten Sätze. »Ich glaube, ich weiß, was Bornheim mit den Brillen vorhat. Wofür er sie einsetzt und warum er Menschen dafür sterben lässt.«

Auch Melvin antwortete mit gedämpfter Stimme. »Ja, so eine dumpfe Ahnung habe ich auch. Wobei ich noch nie einen dieser Visioner ausprobieren durfte.«

Sie sahen der Frau und ihrem Hund nach, warteten, ob sich noch weitere Leute näherten. Doch außer ein paar Kindern, die um einen Fußball stritten, und einem alten Pärchen, das sich gegenseitig stützte, war niemand in Sichtweite.

»Zeigst du sie mir mal?«, fragte Melvin leise.

Dorian brauchte ein paar Sekunden, bis er begriff. »Die Brille?«

»Ja, natürlich.« Melvin grinste. »Was dachtest du denn?«

Dorians erster Impuls war, das Etui einfach aus seiner Jackentasche zu ziehen und es Melvin in die Hand zu drücken, aber dann stoppte er mitten in der Bewegung, ohne genau zu wissen, warum.

Misstrauen? War es das? Hielt er es für denkbar, dass Melvin vielleicht immer noch seinen Aufgaben als Mamba nachkam, nur auf eine hinterhältigere Art als bisher? Dass er die Brille an sich reißen und dann die anderen herrufen würde?

»Stimmt etwas nicht?« Melvin runzelte die Stirn.

»Doch. Alles gut. Nur wirst du hier nicht besonders viel sehen, du brauchst eine Stelle, die markiert ist.«

»Markiert?« Melvin grinste. »Hübscher Ausdruck. Bei uns heißt das anders. Sie sagen immer: ›Dort ist ein Layer.‹ Du weißt schon, englisch für Schicht. Weil du mit dem Visioner das sehen kannst, was sie wie Schichten über die Wirklichkeit legen.«

Dorian gab sich einen Ruck. Wenn er Melvin nicht vertraute,

konnte er niemandem vertrauen. Er musste es einfach darauf ankommen lassen. »Da vorne ist ein … Layer. Siehst du die Plakatwand, da wo der Park an die Straße grenzt? Mit der Versicherungswerbung?« Er holte die Brille heraus.

Melvin wirkte erstaunt. »Ich dachte immer, Layers findet man vor allem in der Roten Zone. In dieser Gegend hier lohnt sich das doch gar nicht, hier hat garantiert keiner einen Visioner.«

Dorian hätte ihm erklären können, dass die Brille, seiner Meinung nach, jedes dieser Plakate in seinen Steckbrief verwandelte, egal wo es hing, aber das war jetzt nicht so wichtig. »Rote Zone? Wo soll die sein?«

»Na, so in etwa da, wo die Läufer stehen. Im Stadtzentrum und ein bisschen darüber hinaus. Bornheim zielt schließlich auf Leute ab, die es zu etwas gebracht haben und einflussreich sind. Die meisten von denen arbeiten dort.«

Das klang einleuchtend.

Dorian reichte Melvin die Brille. »Viel Spaß. Du weißt, wie man sie aktiviert und deaktiviert? Sieh dir aber bitte nur das Plakat an. Und auf keinen Fall mich.«

Melvin hielt das Gestell ehrfürchtig in den Händen. »Ich habe es noch nie ausprobiert. Es gibt einen Mechanismus, nicht wahr?«

»Ja, zum Zuklappen. Wenn du sie abschalten willst, musst du auf diese Erhebungen drücken, dann erst kannst du die Bügel bewegen.«

Mit einer Mischung aus Neugier und Unbehagen sah Dorian Melvin davongehen. Wenn er jetzt mit der Brille verschwand, einfach abhaute …

Aber diese Sorge war unbegründet. Dorian beobachtete seinen Kumpel, wie er erst die Umgebung absuchte, sich dann vor dem Plakat aufbaute, die Brille aktivierte und aufsetzte.

Sein Auflachen hörte man vermutlich durch den ganzen Park. »Ist ja unglaublich.« Er drehte sich einmal im Kreis, blickte in den Himmel, zu Boden, zur Straße hin. Dann nahm er die Brille wieder ab, klappte die Bügel hinunter und lief zu Dorian zurück.

»Es ist nicht zu fassen. Du hast wirklich einen Master-Visioner!« Er strich fast zärtlich mit den Fingern über den Rahmen.

»Wobei ich keine Ahnung habe, was genau das bedeutet.« Dorian nahm die Brille entgegen, überprüfte, ob sie wirklich deaktiviert war, und steckte sie ins Kästchen zurück.

»Ich weiß es auch nicht so richtig«, gab Melvin zu. »Aber nach dem, was man so hört, gibt es davon nur sehr wenige. Bornheim hat natürlich so einen und dann noch ein paar andere hohe Tiere.« Er ließ sich ins Gras fallen und schüttelte lachend den Kopf. »Zur Jagd freigegeben. Das kann man echt so sagen.« Es gelang Dorian nicht, das ebenso lustig zu finden, trotzdem erleichterte es ihn, dass Melvin zumindest nicht in Panik geriet angesichts dieser Ankündigung, allerdings wurde sein Freund ziemlich schnell wieder ernst.

»Sie sind wirklich hinter dir her wie die Irren.« Er beobachtete Dorian dabei, wie der das Kästchen in seiner Jacke verschwinden ließ. »Ich schätze mal, der Master-Visioner ist einer der Gründe, warum sie es so eilig haben, dich zu finden. Der kann garantiert ein paar Kunststücke mehr als das normale Modell.«

Wieder warf er einen raschen Kontrollblick in die Umgebung. »Erzähl mir mal. Welche coolen Dinge hast du so gesehen?«

Dorian zögerte. Coole Dinge? »Wenn du es wirklich wissen willst … Vorhin war es Stella«, sagte er leise. »Erhängt an einer Brücke. Es hat so real gewirkt, Melvin, das kannst du dir nicht vorstellen. Ich habe alles um mich herum vergessen, auch dass man meinen Standort erkennen konnte. Deshalb war ich noch nicht fort, als ihr angekommen seid.«

Melvin pfiff durch die Zähne. »Verdammt fies. Ich wusste überhaupt nicht, dass es eine solche Art von Layern gibt. Uns hat man erklärt, es würden damit bloß geheime Informationen weitergegeben.«

Wobei auch ein Bild eine Information sein konnte. Dorian fühlte, wie eine neue Angst ihn erfasste. Was, wenn die erhängte Stella echt war und nur der Ort nicht stimmte? Wenn man sie gefilmt und daraus einen – wie hatte Melvin es genannt? – Layer gemacht hatte?

»Hast du Stella gesehen?«, fragte er heiser. »Gestern oder heute?«

Melvins Gesichtsausdruck ließ darauf schließen, dass er den Hintergrund dieser Frage durchschaute. »Nein. Aber das heißt gar nichts. Du weißt doch, dass wir keinen Kontakt zu den Leuten in der Villa haben. Wir sind nicht einmal in der Nähe untergebracht.« Er strich sich die Haare zurück. »Ich bin sicher, es geht ihr gut. Und jetzt kümmern wir uns erst mal um unsere eigene Haut, wenn du einverstanden bist. Hast du eine Unterkunft?«

Dorian verstand nicht gleich, was er meinte. Eine Unterkunft?

»Einen trockenen, sicheren Platz zum Schlafen. Nein? Dann komm mit.«

Sie fuhren in einen der Außenbezirke, dorthin, wo die Stadt grüner wurde. Beide sprachen kaum, waren ganz damit beschäftigt, die Umgebung zu beobachten, auf Autos zu achten, die eventuell ihrer Straßenbahn folgten, und jedem der neu zusteigenden Fahrgäste wenigstens einen kurzen, prüfenden Blick zuzuwerfen. Im Unterschied zu Dorian kannte Melvin die Mambas mit Gesicht und Namen, ebenso wie die meisten anderen von Bornheims Handlangern. Sobald er beruhigend den Kopf schüttelte, entspannte sich Dorian. Zumindest bis zum nächsten Halt.

Von ihrer Haltestation waren es nur ein paar Hundert Meter bis zu Melvins Ziel. Und seine Idee war großartig, ganz ohne Frage.

Eine Kleingartensiedlung. Um diese Jahreszeit bereits verlassen, höchstens am Wochenende würden sich vereinzelt Hausbesitzer einfinden.

»Ich habe hier schon früher mal gewohnt.« Melvin lief zielstrebig den Kiesweg entlang – es war offensichtlich, dass er sich hier gut auskannte. »Leider ganz ohne dass ich eingeladen gewesen wäre, aber was soll's. Manche der Besitzer nutzen ihre Häuser nur zwei oder drei Wochen im Jahr, wenn überhaupt.« Er steuerte auf eine rot gestrichene Hütte mit weißen Fensterläden zu. Der Gartenzaun war niedrig, ihn zu überspringen kein Problem. »Na? Ist das nicht hübsch?« Aus seiner Jacke holte er ein gebogenes Stück Draht hervor, mit dem er das Türschloss bearbeitete. Zwanzig Sekunden lang, höchstens, dann stand das Haus ihnen offen. »Wir müssen vorsichtig sein. Kein Lärm und abends kein Licht. Sonst haben wir zwar nicht Bornheim am Hals, aber die Polizei.«

Dorian trat ein und sah sich um. Ein kleiner Raum mit Sitzecke und Kochstelle, ein weiterer mit zwei Betten an gegenüberliegenden Wänden. Es gab Decken, Kissen, Matratzen. Er würde heute Nacht ein Dach über dem Kopf haben und menschenwürdig schlafen können.

Melvin hatte seinen Rucksack tief unter eines der Betten geschoben und rumorte nun in der Küche herum. »Gulaschsuppe! Jeder eine Dose, was hältst du davon?« Er deutete auf den Herd. »Wann hast du zuletzt etwas Warmes gegessen?«

Das war in der Villa gewesen. Dorians Magen regte sich sehnsüchtig, doch auch sein Gewissen meldete sich. »Dass wir hier schlafen, ist eine Sache. Aber … Vorräte klauen?«

»Die ersetzen wir«, erklärte Melvin zuversichtlich. »Mach dir keine Sorgen.« Er öffnete die beiden Dosen und kippte deren Inhalt in einen Kochtopf. Nachdem er mehrere Schubladen geöffnet und wieder geschlossen hatte, fand er einen Kochlöffel und begann zu rühren. »Eine feste Regel sollten wir vereinbaren: In einem Umkreis von drei Kilometern wird der Visioner nicht eingeschaltet. Ich weiß zu wenig darüber, wie die Ortung funktioniert, und ich will, dass unser Versteck sicher bleibt.«

Innerhalb von fünf Minuten war die Gulaschsuppe so warm, dass sie leicht dampfte, und sie roch so köstlich, dass Dorian sich am liebsten sofort über den Topf hergemacht hätte. Aber er wartete, bis Melvin alles auf zwei Teller verteilt und auf den Tisch gestellt hatte.

»Guten Appetit.«

Wie groß sein Hunger wirklich gewesen war, wurde Dorian erst klar, als der Teller bereits wieder leer war. Er stöberte durch den Vorratsschrank, fand eine Packung Toastbrot, das noch essbar aussah, riss sie auf und aß weiter, bis er nicht mehr konnte.

Draußen würde es erst in zwei bis drei Stunden dunkel werden. Sie saßen eine Zeit lang schweigend da, bis Dorian die Frage aussprach, die ihn beschäftigte, seit er Melvin wiederbegegnet war.

»Wie bist du eigentlich zu den Mambas gekommen?«

Melvin drehte zwischen seinen Fingern Toaststückchen zu kleinen Kugeln. »Man hat mich eingeteilt. Da wirst du nicht groß gefragt, weißt du? Sie erklären dir, dass du ab sofort Schwarz trägst und anderswo wohnst – und das ist es dann. Du fährst morgens weg und kommst abends nicht mehr zurück.«

Mit zusammengebissenen Zähnen erinnerte sich Dorian daran, wie betroffen Bornheim getan hatte, als Melvin an dem Abend nicht zurückgekehrt war. Alles Täuschung und Lüge. Es war zum Kotzen.

»Denkst du, es gibt irgendeine Chance, dass die aufhören, uns weiter zu verfolgen? Also, dich und mich? Oder geben sie erst Ruhe, wenn wir tot sind?«

Melvin ließ sich Zeit mit seiner Antwort. »Letzteres, fürchte ich. Sie haben die Suche nach dir mehr als ernst genommen. *Wir* haben das. Und du hast ja heute gesehen, zu welchen Mitteln sie greifen. Mach jemandem vor, seine größte Angst wäre wahr geworden, und schon wirft er jede Vorsicht über Bord.« Er leckte seinen Löffel ab, obwohl der schon völlig sauber war. »Kein Vorwurf, echt nicht. Aber wäre ich wirklich auf ihrer Seite gewesen, hätten wir dich gehabt.« Er sah Dorian mehrere Sekunden lang an, bevor er etwas aus seiner Jacke holte. Eine Spritze, originalverschweißt, die Nadel noch durch eine Plastikkappe geschützt. »In dem Fall hatte ich den Auftrag, dir das hier zu injizieren. Das haben wir alle in unserer Ausrüstung. Keine Ahnung, ob es dich betäubt oder getötet hätte. Aber eins von beidem ganz sicher.«

Dorian streckte die Hand nach der Spritze aus, erstaunt darüber, wie ruhig er blieb, und hielt sie sich knapp vors Gesicht. Weder auf der Verpackung noch auf dem Zylinder war eine Beschriftung zu finden. Nur die Füllmenge war anhand einer Skala angegeben.

»Und es würde nicht genügen, einfach die Brille zurückzugeben?« Noch während Dorian die Frage aussprach, wusste er, dass die Antwort Nein lauten musste. Er hatte vom Giftroulette erfahren. Wahrscheinlich gab es noch eine Menge ähnlicher Dinge, die er Bornheims Meinung nach gesehen haben könnte.

Es war aus dessen Sicht viel vernünftiger, einen obdachlosen Siebzehnjährigen aus dem Weg zu schaffen, als zu riskieren, dass der den falschen Leuten gegenüber gesprächig wurde.

»Hinter mir werden sie jetzt genauso her sein«, meinte Melvin. »Ich weiß zwar nicht wirklich etwas, nichts, womit ich zur Polizei gehen könnte, aber für Bornheims Geschmack trotzdem viel zu viel.« Er lehnte sich zurück, schloss die Augen. »Einer meiner ersten Einsätze war die Jagd auf zwei abtrünnige Mambas. Sie hatten ihre Tracking-Chips nicht entfernt und wir brauchten nicht einmal zwei Stunden, um sie zu fangen.«

Dorians Mund fühlte sich trocken an. Er nahm einen Schluck aus der Wasserflasche, die auf dem Tisch stand. »Was ist mit ihnen passiert?«

Ein dunkler Blick aus Melvins Augen. »Keine Ahnung. Wir haben sie an Bornheims Leute übergeben. Die haben sie fortgebracht.«

»Und … du hast sie danach nicht mehr gesehen?«

»Nein. Ich fürchte, das werde ich auch nicht.« Melvin schob seinen Teller in die Mitte des Tisches. »Aber es gibt da eine große Baustelle, im Norden der Stadt. Riesig. Zweimal, als ich mit Bertold unterwegs war, haben wir einen Abstecher dorthin gemacht, um dem Chef der Baufirma etwas zu bringen. Und beim ersten Mal schaute er mich an und sagte: ›Schon wieder einer für mich?‹«

Dorian verstand nicht. »Meinst du, sie schicken die ehemaligen Mambas auf die Baustelle zum Arbeiten?«

»Schön wär's.« Melvin lachte spöttisch. »Nein, ich dachte eher an Baugruben, an Schächte, die mit Beton zugeschüttet werden. Was da drin liegt, wird nie wieder gefunden. Schon gar nicht, wenn keiner danach sucht.«

Mit einem Mal bedauerte Dorian, dass er so viel gegessen hatte. »Du denkst …« Er stockte. »Trug dieser Bauunternehmer eine Brille?«

»Oh ja. Und ich habe gehört, er soll erst vor ein paar Tagen den Zuschlag für ein riesiges Krankenhausprojekt bekommen haben. Dann gibt es bald eine neue Baustelle mit vielen möglichen Grabstätten im Fundament.« Melvin nahm die beiden Teller und trug sie zu der fleckigen Spüle in der Kochnische. »Du sagtest vorhin, du wüsstest, was Bornheim beabsichtigt. Was sein Plan ist.«

In Dorians Kopf tauchte das Bild eines grünlichen Totenschädels auf, der sich über einer Kühltruhe drehte. »Ich glaube, ich weiß es. Er will die Leute dazu zwingen, sich richtig zu verhalten. Moralisch korrekt, verstehst du? Diese Firma Tessmann zum Beispiel. Er hat verlangt, dass sie für bessere Schlachtbedingungen sorgt, und als das nicht passiert ist, hat er ihre Waren verseucht. Peng – schon gibt die Firma nach.« Er beobachtete Melvin dabei, wie der die Teller schrubbte, obwohl sie eigentlich schon sauber waren.

»Da waren noch ein paar andere Erfolgsmeldungen. Irgendein Unternehmen hat Wasserleitungen für Flüchtlingslager gebaut, ohne dafür Geld zu nehmen. Unter der Meldung stand: ›Keine Sanktionen‹. Für mich bedeutet das, dass Bornheim Leute erpresst, Gutes zu tun – auch wenn das irre klingt.« Dorian bemerkte, dass er immer schneller sprach, konnte sich aber nicht stoppen. »Das passt ja auch perfekt zu all den Ethiklektionen, die wir erhalten haben. Weißt du noch, was Nico uns gepredigt hat? Dass bei jeder Handlung wichtig ist, was unterm Strich rauskommt. Wenn man also vier Menschen schadet und dafür fünf hilft, ist das okay.«

Melvin hatte seinen Abwasch beendet und setzte sich wieder zu Dorian an den Tisch. »Siehst du das auch so?«

Gute Frage. Dorian dachte kurz nach, dann schüttelte er den Kopf. »Nein. Nicht, wenn völlig harmlose, unbeteiligte Leute mit reingezogen werden. Wie die, die durch das Fleisch krank geworden sind.« Er wischte über einen Brandfleck auf der Tischplatte – da musste jemand eine Zigarette ausgedrückt haben. »Oder wie wir. Keiner hat uns gefragt, ob wir dieses Spiel toll finden.«

»Sehr wahr«, erwiderte Melvin nach einer kurzen Pause. »Aber wir schaffen es auszusteigen. Anders als die, die in irgendwelchen Baugruben gelandet sind.«

Die Vorstellung begleitete Dorian den ganzen restlichen Tag und obwohl er müde war, fiel es ihm am Abend schwer einzuschlafen. Er bohrte sein Gesicht in das Kissen und versuchte, die ungewohnte Bequemlichkeit seines Bettes zu genießen. Die Wärme. Die Sicherheit eines gut gewählten Verstecks.

Doch die Bilder, die Melvin ihm in den Kopf gepflanzt hatte, verfolgten ihn. Die Angst, dass Stellas Körper irgendwann in einen Bauschacht einbetoniert werden könnte, ließ ihn bis nach Mitternacht nicht los.

Kapitel 20

»Wir brauchen einen Plan«, stellte Dorian am nächsten Morgen fest.

Sie frühstückten das restliche Toastbrot mit Marmelade und tranken dazu Tee, den Melvin gebraut hatte.

»Nur hier zu sitzen und abzuwarten ist mir zu wenig. Ich möchte wissen, was Bornheim als Nächstes vorhat und was dieser Countdown bedeutet. Ich will –«

»Vielleicht willst du ja zuallererst mal duschen, Dorian.« Melvin wies grinsend auf das winzige Badezimmer, das direkt an den Wohnraum grenzte. »Dafür wäre ich dir ziemlich dankbar, immerhin schlafen wir im gleichen Zimmer. Und Wäsche waschen können wir auch.«

Die Idee war großartig und das heiße Wasser eine Wonne. Danach wieder in die alten Kleider steigen zu müssen, empfand Dorian dagegen als Zumutung, also lieh er sich das, was er im Schrank des Häuschens fand: frische Unterwäsche (Feinripp und Altherrenschnitt), ein weißes T-Shirt und einen Pullover mit grauenvollem Muster in Grau und Grün, den zum Glück niemand sehen würde, wenn er seine Jacke darüber trug.

Seine Sachen wusch er im Waschbecken und hängte sie über diverse Stuhllehnen zum Trocknen.

Es war fast zehn Uhr, als Dorian fertig war, und, wie er fand, höchste Zeit aufzubrechen, doch Melvin sträubte sich.

»Wir sollten uns als Erstes um neue Vorräte kümmern. Das

mache ich gern, dafür hab ich echt Talent. Und ein Tag Pause täte mir ziemlich gut, um ehrlich zu sein. Energie tanken.«

»Auf keinen Fall.« Die Vorstellung, untätig herumzusitzen und Bornheim damit einen weiteren Vorsprung – wobei auch immer – zu verschaffen, widerstrebte Dorian heftig. Außerdem ging es um Stellas Sicherheit. »Ich muss mich einmal pro Tag zeigen. Dass ich das nicht in der Nähe unseres Unterschlupfs machen soll, da waren wir uns einig, nicht?«

»Wohin möchtest du dann?«

»In diese Rote Zone, wo es die meisten Layers gibt.« In Wahrheit hoffte er, einen Blick auf Stella zu erhaschen, sich nach dem gestrigen Vorfall versichern zu können, dass es ihr wirklich gut ging. »Willst du denn nicht wissen, ob es von dir mittlerweile auch Steckbrief-Layers gibt?«

Das Argument brachte Melvin schließlich doch auf Trab. Sie verließen das Haus, wobei sie sich zuvor vergewisserten, dass es draußen menschenleer war.

An der Haltestelle fand Dorian eine aktuelle Zeitung im Mülleimer. Die erste Seite widmete sich den Konflikten im Nahen Osten, auf der zweiten gab es einen Artikel über die Ernennung des neuen Direktors der Wirtschaftskammer. Alles sehr beruhigend bis dahin – niemand von den Leuten, die Dorian mit Brillen versorgt hatte, schien kürzlich umgekommen zu sein.

Trotzdem konnte er den Blick nicht von dem Artikel mit der Ernennung wenden. Irgendetwas war da …

Er betrachtete das dazugehörige Foto genauer: Ein kleiner kahlköpfiger Mann mit Brille – mit Brille! – schüttelte einem viel größeren, unbebrillten Mann die Hand.

Aber daran war eigentlich nichts Besonderes, es war ein völlig normales Bild, ein typisches Zeitungsfoto.

Dann sah Dorian es. Ihn.

Der Festakt hatte vor Publikum stattgefunden, vor geladenen Gästen, und dort, in der zweiten Reihe, saß Bornheim. Er lächelte und klatschte so wie die meisten anderen Leute auf dem Bild.

Die Straßenbahn fuhr ein und Dorian faltete wie ertappt die Zeitung zusammen. Erst als er kurz darauf im Waggon saß, zeigte er Melvin das Foto. »Da ist er. Du erkennst ihn auch, oder?«

»Ja. Klar.«

Dorian studierte noch einmal den Artikel und den Bildausschnitt. »Der Kerl, der da befördert worden ist, heißt Ralf Eckertshausen. Kennst du den? Hast du den Namen schon einmal gehört?«

Entschieden schüttelte Melvin den Kopf. »Noch nie.«

»Kannst du sehen, ob das eine normale Brille ist oder ein Visioner?« Dorian hielt sich die Zeitung so nah wie möglich vors Gesicht, aber er konnte keine Erhebungen an den Bügeln erkennen. Dazu war das Foto einfach zu klein.

»Ich wüsste zu gern, warum Bornheim dort war«, murmelte er. »Und was er überhaupt so treibt, geschäftlich.«

Der Gedanke ließ ihn die ganze Fahrt über nicht mehr los und mündete schließlich in eine Idee. »Ich weiß, wo wir als Erstes hinfahren.«

Die Bibliothek war riesig, Computerplätze gab es aber nicht allzu viele und wie sich herausstellte, brauchte man eine Büchereikarte, um sie benutzen zu dürfen. Um die zu bekommen, musste man sich ausweisen und das konnten sie beide nicht.

Die Bibliothekarin war eine ältere Frau, deren eiserne Ablehnung dank Melvins Charmeattacke nach zehn Minuten zu bröckeln begann.

»Wir müssen etwas für die Schule recherchieren und es ist

wirklich dringend. Wir sind zu spät dran, in zwei Stunden müssen wir unserem Lehrer die Ergebnisse präsentieren und wenn wir dann nichts in der Hand haben – ich kann Ihnen sagen …« Sein Blick war herzerweichend. »Bitte. Ausnahmsweise. Wir bringen die Ausweise heute Nachmittag oder spätestens morgen vorbei, versprochen.«

Er ließ nicht locker und irgendwann gab die Frau nach, bestand aber darauf, dass sie ihre Namen und Adressen auf eines der Anmeldeformulare schrieben. Dorian taufte sich in Paul Maring um und erfand eine, wie er fand, überzeugend klingende Wohnadresse.

»Zwanzig Minuten.« Die Bibliothekarin warf einen Blick auf ihre Armbanduhr. »Keine Sekunde länger.«

Sie bedankten sich überschwänglich und nahmen eines der freien Terminals in Beschlag.

»Wir versuchen, so viel wie möglich über Bornheim herauszufinden«, flüsterte Dorian. »Was er geschäftlich überhaupt macht, aber auch, wie es privat bei ihm aussieht, wo er wohnt, wenn er nicht in der Villa ist. Am besten natürlich auch die Adresse der Villa. Alles, was das Netz hergibt.«

Allein das Gefühl, wieder an einem Computer zu sitzen, war herrlich. Mit der Welt verbunden zu sein, an jede beliebige Information herankommen zu können.

Dorian gab „Raoul Bornheim“ in das Textfeld bei Google ein. Die Suchmaschine spuckte eine Reihe von Raouls aus, die in Frankfurt-Bornheim lebten, aber keine einzige Person mit diesem Namen.

»Mist«, murmelte Melvin neben ihm. »Vielleicht schreibt er sich anders?«

Sie versuchten es mit „Raul Bornheim“, „Raoul Borrnheim“, „Raoul Bohrnheim“ – keine der Varianten führte zu einem Ergebnis.

Ich kenne keinen Raoul Bornheim, hatte der kleine schwarze Vogel gesagt. Hugo. Aber dass das gesamte Internet ihn ebenfalls nicht kannte, ließ nur einen Schluss zu.

Raoul Bornheim war nicht der richtige Name des Mannes, der Dorian aufgenommen hatte.

Der Zeitungsartikel. Er hatte das Blatt gefaltet in die Jackentasche gesteckt und faltete es jetzt auseinander. Gab „Ralf Eckertshausen Ernennung“ bei Google ein und wurde von Treffern überschwemmt.

»Geh in die Bildersuche«, schlug Melvin vor. »Dann sehen wir gleich, ob Bornheim noch auf anderen Fotos mit drauf ist.«

Der Vorschlag war ausgesprochen clever. Innerhalb von zwei Minuten fand Dorian fünf Bilder, auf denen man Bornheim bei der Zeremonie im Publikum erkennen konnte. Er folgte jedem der Links, doch bei keinem einzigen wurde der Mann namentlich erwähnt. Er war ein anonymer Teil der Zuhörerschaft, lächelnd und applaudierend in der zweiten Reihe.

»Elender Drecksmist.« Melvin warf einen Blick auf die Uhr, die ihnen gegenüber an der Wand hing. »Wir haben nur noch sieben Minuten und sind keinen Schritt weiter. Es muss doch eine Möglichkeit geben, den Kerl irgendwie zu identifizieren!«

Sie versuchten es anders. Googelten nach Listen erfolgreicher Geschäftsleute, nach Firmeninhabern, nach Unternehmern. Aber ihnen lief die Zeit davon.

»Ich versuche es jetzt mit ‚Entwicklung‘ und ‚Datenbrille‘, vielleicht finden wir dann seine Firma.« Es war ein letztes verzweifeltes Aufbäumen, das wusste Dorian und tatsächlich fand er seitenweise Links zu Google Glass, auch dazu, dass das Projekt erst mal auf Eis gelegt worden war. Schon anhand der Abbildungen war klar, dass es sich bei Bornheims Datenbrille um eine ganz andere Sache handelte. Während Google Glass die

Träger ein wenig wie Cyborgs aussehen ließ, war der Visioner von einer normalen Brille nicht zu unterscheiden, außer man suchte nach den Erhebungen, mittels derer man den Klappmechanismus bedienen konnte.

»Okay, die Zeit ist um.« Die Bibliothekarin war hinter sie getreten und hatte jedem von ihnen eine Hand auf die Schulter gelegt. »Das war's. Gerne mehr, wenn ihr mit euren Ausweisen wiederkommt.«

Erst in diesem Moment fiel Dorian die zweite Sache ein, wegen der er schon seit Wochen dringend Internetzugang gebraucht hätte: Emil. Die polizeilichen Ermittlungen. Die Frage, ob sein eigener Name in diesem Zusammenhang irgendwo aufgetaucht war.

»Zwei Minuten noch, bitte?«

Die Frau schüttelte den Kopf. »Auf keinen Fall. Ich habe für euch ohnehin schon eine Ausnahme gemacht, jetzt ist Schluss.«

Wenn sie kein Aufsehen riskieren wollten, mussten sie nachgeben, also standen die beiden notgedrungen auf und räumten das Feld.

»Es ist zum Heulen«, konstatierte Melvin im Hinausgehen. »Ein totaler Fehlschlag. Da hatten wir endlich Zugang zum Netz und haben nichts herausgefunden, nicht das Geringste.«

Nichts von Bedeutung, da hatte er leider recht. Obwohl …

»Immerhin wissen wir jetzt eins.« Dorian stieg langsam die Treppenstufen hinunter, die vom Eingang der Bibliothek zur Straße führten. Aufmerksam betrachtete er jeden, der ihnen entgegenkam, stellte fest, dass ihm das mittlerweile zur Gewohnheit geworden war. »Wir wissen, dass es keinen Raoul Bornheim gibt. Aber einen reichen Mann mit mächtigen Freunden, der etwas vorhat, das er nicht unter seinem echten Namen durchziehen möchte. Und dem wir dabei im Weg sind.«

Seinem Gesichtsausdruck nach war das für Melvin nichts, worauf sie sich etwas einbilden konnten. Er schwieg, bis sie an der Straßenbahnhaltestelle standen. »Und was jetzt?«

Dorian überlegte. »Wo sind die Mambas normalerweise um diese Zeit?«

»Ziemlich verteilt, aber die meisten laufen in der Roten Zone herum. Ein paar patrouillieren zwischen den Zettelverteilern, ein paar trainieren und der Rest erfüllt … Aufträge. Jemanden aufspüren, jemandem folgen, etwas sabotieren …« Er hielt inne. »Das Letzte habe ich allerdings nie selbst gemacht, nur ein paar Mal davon gehört.«

Sabotieren, aha. Gut möglich, dachte Dorian, dass da auch das Verseuchen von Fleisch eines gewissen Lieferanten dazugehört.

»Ich würde so gerne nach Stella sehen«, sagte er.

»Genau das solltest du bleiben lassen.« Die Straßenbahn fuhr ein und Melvin drückte den Knopf, der die Tür öffnete. »Es ist echt unwahrscheinlich, dass sie uns zufällig aufspüren, aber wenn wir uns in der Nähe der Verteiler aufhalten, ist das, als würden wir uns selbst auf dem Silbertablett servieren.« Er setzte sich auf einen der hinteren Plätze. »Was ich damit sagen will: Es wäre wirklich unheimlich bescheuert.«

Aber ich war mehrmals dort und niemand hat mich erwischt. Der Satz lag Dorian bereits auf der Zunge, als ihm einfiel, dass er falsch war. Melvin hatte ihn erwischt. Zum Glück er und kein anderer.

Er wählte die Station an einer belebten Kreuzung, um die Bahn zu verlassen. Jede Menge Plakatwände hier und auf einer davon das Versicherungsplakat, das im Moment fast überall zu kleben schien. Dorian holte den Visioner heraus.

Mit der Brille im Gesicht studierte er seinen Steckbrief und atmete auf. Die letzte Zeile hatte sich nicht geändert.

`Zuletzt gesichtet: 21. Oktober, 10.54 Uhr, Franz-Josefs-Kai.`

Das war eine gute Nachricht. Er wollte die Brille gerade wieder abnehmen, da stachen ihm zwei Dinge gleichzeitig ins Auge. Einerseits eine neue Zahl – wie zu erwarten die 7 –, sie schwebte schillernd und grün direkt neben der Fußgängerampel.

Andererseits ein weiterer Steckbrief, drei Plakate von Dorians entfernt. Zu seiner großen Überraschung war es nicht Melvin, nach dem gesucht wurde.

Das Bild zeigte einen lächelnden, sympathisch wirkenden Mann, dessen Alter schwer zu schätzen war, mit blondem Haar, starken Geheimratsecken und strahlend blauen Augen. Seine Nase war lang und die Falten neben seinen Mundwinkeln waren ausgeprägt.

```
Dr. Andreas Vollmar, 43 Jahre
General Manager bei Emricon Pharma
Im regulären Besitz eines Starter-Visioners
Hat sich den Grundsätzen des Kaders in drei
Fällen entgegengestellt. Als Risiko eingestuft.
Könnte zur Polizei gehen, dann sollen sich
T25 und T49 um ihn kümmern.
```

Darunter, ebenfalls in Grün: `Zur Jagd freigegeben.`

War diese Aufforderung zur Jagd nur bei Dorian in diesem alarmierenden Rot gehalten? Weil man ihn besonders dringend fangen wollte? Sein Herz pumpte fühlbar schneller.

Starter-Visioner. Bei diesem Bauunternehmer, bei diesem Nathan Hollinsky, hatte in der Personenbeschreibung ebenfalls „Starter“ gestanden.

Wie gut, dass er nicht zur Polizei gegangen war. Egal ob man ihn mit Emils Tod in Verbindung gebracht hätte oder nicht: es gab dort T25 und T49. T, vermutete Dorian, stand für Träger und es schien auch bei der Polizei mindestens zwei davon zu geben. Ganz bestimmt in hohen Positionen. Sich dort hinzuwenden war damit keine Möglichkeit mehr.

Er las den Text wieder und wieder, versuchte, sich die Schlüsselwörter einzuprägen. Andreas Vollmar. Emricon Pharma. Grundsätze des Kaders.

Wenn er Vollmar dazu brachte, sich auf seine Seite zu stellen, dann waren sie drei Gejagte und ihre Chancen waren –

»Runter mit dem Ding.« Melvin stieß ihn heftig an. »Da ist eben ein Bus vorbeigefahren und sie haben garantiert gesehen, welche Linie es war.«

Dorian setzte den Visioner ab und klappte ihn sorgfältig zusammen.

Melvin betrachtete ihn von der Seite. »Gibt's was Neues? Sind sie uns auf der Spur?«

»Nein.« Mit dem üblichen flauen Gefühl im Magen scannte Dorian die Umgebung auf verdächtig wirkende Leute hin.

»Wenn alles beim Alten ist, warum hast du dann die Brille so lange aufgelassen?«

»Weil da noch ein zweiter Steckbrief war. Nein, nicht deiner, sondern der von einem gewissen Dr. Andreas Vollmar. Der muss Bornheim und seinen Leuten ziemlich auf die Zehen getreten sein, denn sie haben ihn auch zur Jagd freigegeben.«

Melvin runzelte die Stirn, als würde er sein Gedächtnis nach dem Namen durchforsten, aber ohne zu einem Ergebnis zu kommen. »Stand da, was er getan hat?«

»Nein. Nur, dass er sich dreimal den Grundsätzen des Kaders entgegengestellt hat.«

Das Gefühl, schon zu lange am gleichen Fleck zu stehen, trieb Dorian in den Schatten eines Hauseingangs, von wo aus er die Plakatwand nach wie vor im Auge behielt.

Dort war der Layer mit Vollmars Steckbrief, unsichtbar jetzt. Man sah nichts als die Werbung für einen Baumarkt. Eine Frau, die lächelnd Löcher in die Wand bohrte, während ihr Mann erschöpft in der Ecke saß.

»Übrigens hat Bornheim Leute bei der Polizei. Das steht mehr oder minder auch auf dem Steckbrief.«

»Na toll.« Melvins Laune sank mit jeder Minute. »Wir sollten das Land verlassen, ehrlich.«

Ja. Fliehen, möglichst weit weg. Das wäre das Klügste. Aber nicht ohne Stella, auf gar keinen Fall. Dorian schluckte, schob die Vorstellung weg. »Denkst du, dieser Vollmar weiß, dass man die Jagd auf ihn eröffnet hat?«

In einer müden Geste hob Melvin die Schultern. »Keine Ahnung. Wenn er zufällig das Plakat gesehen hat …«

Aber wenn nicht? Dann würde er vermutlich dem gleichen Schicksal entgegengehen wie Julian Bering und Philipp Regener.

»Ich finde, wir sollten ihn warnen.«

»Bist du irre?« Melvin vollführte mit der Hand wischende Bewegungen vor seinem Gesicht. »Wenn sie ihn jagen, werden sie ihn auch belagern. Und wir tanzen bei ihm an – tolle Idee.«

Das war ein Argument. Andererseits wusste Dorian genau, wie Bering und Regener ums Leben gekommen waren, und er schätzte die Chance, dass Vollmar der Nächste sein würde, der einen Unfall hatte, ziemlich hoch ein. »Ich würde es gern riskieren. Wir könnten einen Verbündeten brauchen, und einen einflussreichen erst recht.«

Melvin zögerte immer noch, als Dorian die nächste Postfiliale ansteuerte und dort nach den Gelben Seiten suchte. Die es zu seiner Überraschung tatsächlich immer noch gab.

Emricon Pharma hatte seinen Sitz in einem der neuen Geschäftsviertel, wie sich zeigte. Dorian kannte es, wenn auch nicht gut: hohe Neubauten, sehr moderne Architektur, massenhaft Menschen in Anzügen und Business-Kostümen. Wenn sie dort herumstanden, würden sie auffallen, er und Melvin, außer, sie tarnten sich.

Sein Blick fiel auf ein paar leere Kisten, die bei der Packstation standen.

Paketbote war keine schlechte Verkleidung, wenn man etwas genauer darüber nachdachte. Sie konnten offen nach Vollmars Büro fragen und die Chancen, dass sie wirklich Auskunft bekamen, standen zumindest fifty-fifty.

Es war einen Versuch wert.

Kapitel 21

Die neue Jacke, die sie für Melvin an einem der Caritas-Container gefunden hatten, war schauderhaft senfgelb, aber warm. Der dunkelblaue Schal roch ein wenig nach Zwiebel, erfüllte seinen Zweck dafür hervorragend: Melvins Gesicht hätte sich damit dreimal umwickeln lassen – er war so lang, wie seine Laune schlecht war.

»Wir hätten heute einfach zu Hause bleiben sollen«, murrte er, während er voller Abscheu an einem Fleck auf seinem Ärmel rieb. »Einen Tag ausruhen, nur einen. Und morgen mit neuer Energie starten. Aber nein …«

Dorian stimmte weder zu noch widersprach er. Er hatte die Paketattrappe, die er Vollmar übergeben wollte, im Postamt noch zugeklebt und die Firmenadresse daraufgeschrieben. Nun stand er vor dem Sitz des Pharmakonzerns, halb von einem parkenden Lieferwagen verdeckt, und sprach sich innerlich Mut zu.

Nach ein paar Minuten bemerkte Melvin seine Nervosität. »Es sind keine Mambas hier, wenn dich das beruhigt. Zumindest niemand, den ich kenne. Am besten, wir gehen schnell rein und hauen so rasch wir können wieder ab. Wenn der Kerl uns dafür bezahlen würde, dass wir ihn warnen, wäre das eine tolle Sache, wir bräuchten dringend –«

»Ich gehe alleine rein«, unterbrach ihn Dorian. »Kein Paketdienst schickt zwei Leute.« Er holte das Brillenetui aus seiner

Jacke. »Nimm du in der Zwischenzeit den Visioner. Falls sie mich doch erwischen, kriegen sie den wenigstens nicht. Und ich kann behaupten, ich hätte ihn draußen versteckt. Dann müssen sie mich zumindest so lange leben lassen, bis ich sie dorthin geführt habe, und …«

… und ich kann vielleicht die Flucht ergreifen.

Ja, von wegen. Er erzählte sich selbst Märchen, um sich zu beruhigen, um nicht an die Baugruben und den Beton denken zu müssen.

»Bis gleich.« Seine Stimme war ein Krächzen. »Am besten, du wartest dort drüben, bei dem Kebabstand, okay? Ich beeile mich.«

Melvin hielt ihn am Ärmel fest. »Sieh zu, dass du wieder zurückkommst, ja?«

»Klar.« Jetzt nur nicht länger nachdenken, sondern loslaufen. Wenn er erst einmal an der Rezeption vorbei war, war das Schlimmste geschafft.

Dorian konzentrierte sich auf seine Schritte, ging mit gesenktem Kopf, das Paket unter dem Arm. Auf dem Weg bis zu der hohen Glastür kamen ihm mindestens fünf Menschen mit Brille entgegen, die alle so aussahen, als könnten sie zu Bornheims Gefolgsleuten gehören. Zum Kader. Fast erwartete er, dass jemand ihn am Arm packen, ihn stoppen würde, aber er gelangte ungehindert bis zur Tür. Durch die Tür. Bis zur Rezeption.

»Womit kann ich Ihnen helfen?« Die Frau hinter der Empfangstheke lächelte ihn so zuvorkommend an, als trüge er ebenso Anzug und Krawatte wie die meisten hier in der Eingangshalle.

»Ich habe ein Paket für Dr. Vollmar.« Er hob die Schachtel ein Stück hoch. »Wo finde ich ihn?«

Sie hielt einen Moment inne, musterte ihn, diesmal genauer,

schärfer. »Achter Stock, das große Büro gleich rechts.« Sie griff zum Telefon. »Ich melde Sie an.«

Sollte sie. Hauptsache, sie ließ ihn passieren. Dorian drückte die Ruftaste des Aufzugs, hoffte, dass er schnell da sein würde. Bevor die Rezeptionistin es sich anders überlegte.

Achter Stock. Während der Fahrt legte Dorian sich die Worte zurecht. Vielleicht wusste Vollmar schon, dass er in Gefahr war. Gejagt wurde. Wenn nicht, würde Dorian ihn überzeugen müssen. Und dann vielleicht endlich, endlich Hilfe bekommen, von jemandem, der die Hintergründe des Kaders besser kannte als er.

Die Schiebetüren öffneten sich. Vollmars Büro lag, wie beschrieben, gleich rechts, sein Name war in Plexiglasbuchstaben neben der Tür angebracht.

Dorian klopfte.

»Ja bitte?« Eine weibliche Stimme, die Assistentin oder Sekretärin wahrscheinlich.

Er trat ein. »Ich habe ein Paket für Dr. Vollmar.« Der Satz kam erstaunlich flüssig heraus. »Persönlich.«

Spätestens jetzt würde es schwierig werden. Kein Botendienst bestand darauf, Pakete nur dem Empfänger selbst zu übergeben – die Unterschrift einer Sekretärin auf dem Empfangsschein war mehr als genug. Er bereitete sich auf eine Diskussion vor, notfalls auch darauf, einfach weiterzugehen, durch die Mahagonitür zu seiner Linken.

Die sich öffnete, kaum dass er den Gedanken zu Ende geführt hatte.

Heraus trat derselbe Mann wie auf dem Steckbrief, unverkennbar. Kein schönes, aber ein freundliches Gesicht. Brillenlos. Der zurückweichende Haaransatz, die Falten in den Mundwinkeln – keine Frage, Dorian war richtig.

Er hielt sein leeres Paket hoch. »Das hier ist für Sie. Darf ich …?« Zögernd ging er zwei Schritte auf Vollmars Arbeitszimmer zu.

Vollmar machte ein verdutztes Gesicht. »Ist es so schwer? Ja bitte, dann kommen Sie weiter.«

„General Manager" hatte auf dem Steckbrief gestanden. Auch wenn Dorian das nicht gewusst hätte, spätestens beim Anblick dieses Büros hätte er begriffen, dass Vollmar ein wichtiger Mann war.

Es war riesengroß und teuer eingerichtet. Dicke Teppiche, ein schwerer, alter Schreibtisch, eine Bücherwand, die bis zur Decke reichte. Dazwischen moderne Gemälde, groß wie Tischplatten. Außerdem eine lederne Sitzgruppe, auf die Vollmar nun deutete.

»Legen Sie das Paket am besten dort ab. Wo ist der Empfangsschein?«

Jetzt. Dorian holte tief Luft, hinter ihm fiel die Tür mit einem leisen Klicken ins Schloss. »Ich bin nicht wegen des Päckchens hier. Sondern, um Sie zu warnen.«

Der Mann zog die Augenbrauen hoch. »Mich zu warnen? Wovor denn?«

Er wusste es wirklich noch nicht, verdammt. »Sie sind zur Jagd freigegeben.«

Ein amüsiertes Lächeln umspielte Vollmars Mund. »Entschuldige bitte, was? Hast du gesagt, ich sei zur Jagd freigegeben?«

»Genau.« Es war keine Zeit, sich albern vorzukommen. »Der Kader, sagt Ihnen das etwas? Angeblich haben Sie sich dreimal seinen Regeln entgegengestellt, deshalb will man Sie … aus dem Weg schaffen. Zumindest vermute ich das.«

Bisher war keine Angst in Vollmars Augen zu erkennen. Eher

milde Belustigung. Er nahm Dorians Worte ganz offensichtlich nicht ernst.

»Wenn du nicht vom Paketdienst bist, sollte ich dich eigentlich rauswerfen lassen. Oder besser, du gehst von allein. Ich halte nichts von Leuten, die sich unter Vorspiegelung falscher Tatsachen irgendwo einschleichen.«

Sein Ton war immer noch freundlich, also konnte Dorian vielleicht ein paar weitere Minuten herausschinden. Sich verständlich machen.

»Sie haben doch einen Visioner, nicht wahr?« Ja, das war direkt, aber wahrscheinlich der beste Weg. »Es ist nur ein Starter-Visioner, soviel ich weiß, aber das scheint schlimm genug zu sein. Ich kenne auch nicht alle Zusammenhänge, aber ich weiß von mindestens zwei Leuten mit Visioner, die sehr plötzlich gestorben sind. Keines natürlichen Todes.« Dorian wischte sich die schweißnassen Hände an der Hose ab. Glaub mir doch, flehte er stumm. Glaub mir doch endlich.

Immerhin hatte sich eine nachdenkliche Falte auf Vollmars Stirn gebildet. »Was weißt du über meinen Visioner?«

»Gar nichts. Ich bin nur ziemlich sicher, dass Sie einen besitzen. Ich habe auch einen und hinter mir sind sie ebenfalls her. Wenn wir uns zusammentun –«

Vollmar war einen Schritt näher getreten. »Du hast auch einen? Das finde ich … erstaunlich.«

Dorian nickte. »Ist eine lange Geschichte, für die haben wir jetzt keine Zeit. Tatsache ist, dass anscheinend Leute umgebracht werden, die nicht tun, was dieser Kader von ihnen verlangt. Mich haben sie im Visier und Sie auch, wie's aussieht.«

Endlich. Endlich war da so etwas wie Besorgnis in Vollmars Gesicht auszumachen. Er ging um seinen Schreibtisch herum und nahm den Telefonhörer ab. »Manfred? Schick mir zwei

Leute rauf. Oder drei. Ja, genau. Wir regeln das dann anschließend.« Er legte auf. »Es gibt hier Security, für den Moment musst du dir also keine Sorgen machen.«

Auf diese Reaktion hatte Dorian gehofft. »Danke.« Er nahm den angebotenen Sitzplatz auf der Ledercouch ein. Und von hier aus sah er ihn nun, den Visioner, neben der Briefablage auf dem Schreibtisch. Er ähnelte seinem eigenen stark, nur dass die Fassung grünlich schillerte.

»Wer ist es denn, den der Kader umgebracht hat?« Vollmar setzte sich ihm gegenüber hin und verschränkte die Finger ineinander. »Das hätte ich doch erfahren müssen«, fügte er leiser hinzu.

»Der eine ist mit seinem Flugzeug abgestürzt. Julian Bering. Der andere hieß Philipp Regener und ist mit seinem Auto verunglückt.«

In Vollmars Blick traten erneut leise Zweifel. »Klingt für mich, als seien es Unfälle gewesen. Wieso denkst du, Bering und Regener seien umgebracht worden?«

Natürlich gab es keinen Beweis dafür, den Dorian hätte vorlegen können. Nur sein Gefühl, das war allerdings ausgesprochen stark. »Ich bin beiden begegnet. Bering war Träger eines Visioners und Regener … sicher auch.« Eines Starter-Visioners aus der ersten Lieferung. Dorians Blick wanderte wie magnetisch angezogen zu der Brille auf dem Schreibtisch. War sie aufgeklappt? Nein, zum Glück nicht. Keine Direktübertragung des Gesprächs an Bornheim.

»Wenn wir versuchen würden, gemeinsam etwas zu unternehmen, wären unsere Chancen viel größer als für einen allein.« War das ein Lächeln, das Vollmar sich verkneifen musste? Egal. Immerhin unterbrach er Dorian nicht. »Wir könnten den Kader zum Beispiel öffentlich machen, mit unserem Wissen an die Presse gehen. Wenn wir denen den Visioner zeigen und all das, was man damit sehen kann – das wäre eine Riesenstory. Alle Medien würden sie bringen und dann wäre diese ganze Geheimhaltungsgeschichte vorbei.«

Vollmar nickte ermutigend. »Klingt vielversprechend.«

»Auf jeden Fall besser, als zur Polizei zu gehen, dort hat der Kader nämlich auch Leute sitzen.«

Allmählich kam Dorian die entspannte Haltung seines Gegenübers seltsam vor. Nachdem Vollmars erste Überraschung abgeklungen war, wirkte er nun völlig gelassen.

»Welche Grundsätze des Kaders waren es eigentlich, denen Sie sich entgegengestellt haben?«, erkundigte sich Dorian.

»Was meinst du?«

»Ich meine den Text auf Ihrem Steckbrief. Da steht, Sie hätten sich dreimal ‚den Grundsätzen des Kaders entgegengestellt'. Worum ist es dabei gegangen?«

Vielleicht war die Frage zu plötzlich gekommen. Vollmars Blick wanderte zur Seite. Dann zu seiner Armbanduhr. »Es waren … Kleinigkeiten«, erwiderte er schließlich. »Sag mal … würdest du mir deinen Visioner zeigen?«

Der Themenwechsel kam unvermittelt und war Dorian alles andere als angenehm.

»Ich habe ihn nicht mitgenommen.« Unwillkürlich tastete er nach der Jackentasche, in der er das Etui sonst immer trug. »Ich dachte, falls jemand von den Mambas in der Eingangshalle lauert –«

»Das heißt, du hast ihn nicht bei dir? Wo ist er?«

Die plötzliche Schärfe in Vollmars Stimme machte Dorian stutziger als der Inhalt des Gesagten. Und dann, mit einem Schlag, begriff er. Aber zu spät, verdammt noch mal, viel zu spät.

Er sprang auf und wollte zur Tür stürzen, doch Vollmar kam ihm zuvor, stellte sich ihm in den Weg und stieß ihn zurück. So fest, dass Dorian das Gleichgewicht verlor.

Der dicke Teppich federte seinen Sturz ab. Als Dorian sich wieder aufrichtete, drehte Vollmar gerade den Schlüssel im Schloss seiner Bürotür um.

Der Steckbrief war ein Köder gewesen und Dorian war bereitwillig in die Falle gegangen. Hatte es sogar noch als gutes Omen genommen, dass er so problemlos bis in dieses Büro gelangt war. Dumm war er gewesen, unverzeihlich dumm.

»Wenn du den Visioner nicht bei dir hast, verrate mir doch bitte, wo er dann ist.«

Dorian antwortete nicht, hektisch sah er sich nach einem Ausweg um. Es gab nur diese eine Tür; im achten Stock aus dem Fenster zu steigen war keine Alternative.

»Du wirst es mir verraten, früher oder später.« Da war sie wieder, die Freundlichkeit, die Vollmar anfangs so vertrauenerweckend hatte wirken lassen. Wahrscheinlich hatte der Kader ihn deshalb dafür ausgewählt, Dorian zu fangen.

Es gab nichts Vernünftiges, was er tun konnte. Bis auf eine Sache, obwohl er nicht wusste, was sie bringen würde.

Er stand auf, rieb sich den Ellenbogen, als ob er schmerzen würde, und schlüpfte dann in einer einzigen, schnellen Bewegung hinter den Schreibtisch.

Da war er, Vollmars Visioner. Dorian griff danach und setzte ihn auf.

»Was fällt dir ein, nimm ihn sofort ab und gib ihn her!« Vollmar kam mit großen Schritten auf ihn zu, doch nun, da der Schreibtisch zwischen ihnen lag, hatte er keine Chance mehr. Sein Gegenüber war jünger, schneller, beweglicher.

»Ein Vorschlag«, sagte Dorian. »Sie sperren die Tür auf und

lassen mich laufen, dann gebe ich Ihr Spielzeug am Empfang ab.«

Vollmars Lachen klang nicht gezwungen, sondern wirklich erheitert. »Stellst du jetzt die Bedingungen?« Er blieb stehen und nun konnte Dorian erstmals die Informationen lesen, mit denen Vollmar markiert war.

Nein, hier war keine Rede mehr von „zur Jagd freigegeben". Dafür fanden sich Daten zu seiner Familie. Jede Menge Details, der Text scrollte synchron zu Dorians Augenbewegungen weiter – zu einer Rubrik mit dem Titel „Hilfreiche Kontakte". Darunter waren Namen aufgeführt, zu viele, um sie sich alle merken zu können. Hendrik Augstein, Rebecca Willer, Ivo Hagmüller … Ein Stück weiter im Text wurde es deutlich interessanter.

> Schwächen: Trinkt in Stresssituationen. Betrügt seine Frau. Angst vor Höhen und Menschenmassen. Zweimal wegen Burn-outs in Behandlung. Nimmt Tabletten gegen Bluthochdruck und depressive Verstimmungen.

»Ja, sieh mich nur an.« Vollmar lächelte. »Lass mich nicht aus den Augen, dann bekommen sie ein besseres Bild.« Er legte den Kopf leicht schief. »Zentrale? Seht und hört ihr mich gut? Dann wisst ihr ja, dass der Auftrag erfüllt ist, seid so freundlich und teilt es Bornheim mit. Der Läufer ist hier, Bertold muss ihn nur noch abholen, ich habe solange ein Auge auf ihn.«

Die Zentrale – befand sie sich auf dem Gelände der Villa, in dem Gebäude mit den vielen Computern? Das hätte Sinn ergeben, und wie. Fünfzig oder sechzig Terminals, jedes mit einem Mitarbeiter besetzt, der alles mitbekam, was das Kadermitglied sah.

Sendete die Brille auch Ton? Stimmen?

Seine Vermutungen hatten Dorian für einen kurzen Moment abgelenkt, doch er bemerkte Vollmars Vorstoß gerade noch rechtzeitig und flüchtete sich auf die Schmalseite des Schreibtischs.

»Wissen Sie eigentlich, was ich alles über Sie erfahre, während ich Sie durch diese Brille betrachte?«

Ah. Ein Moment der Unsicherheit. Es war Vollmar klar am Gesicht abzulesen, dass er es nicht wusste, aber Schlimmes ahnte.

»Gib mir jetzt den Visioner, und zwar schnell. Du hast ja keine Ahnung, was das Ding wert ist! Und dann führst du uns dorthin, wo du deinen versteckt hast, und danach ist alles wieder in Ordnung. Du kannst zu den anderen zurück, die freuen sich schon auf dich.«

Hätte Dorian nicht von Max gewusst, von den Baugruben und all den anderen Dingen, die Melvin ihm erzählt hatte – er hätte sich darauf eingelassen. Vollmar vertraut, schon deshalb, weil dessen Vorschlag genau das war, was Dorian sich wünschte. Die Brille loswerden und so weitermachen wie zuvor. In die Villa zurückkehren. Nur dass es so nicht laufen würde.

Es konnte nicht mehr lange dauern, bis entweder die Security-Leute oder Bornheims Jäger hier waren. Hätte er bloß einen anderen Treffpunkt mit Melvin verabredet. Weiter entfernt. Möglicherweise würden Bornheims Leute auch die Umgebung überprüfen. Der Dönerstand war nicht zu übersehen und Melvin ebenfalls nicht, wenn man ihn kannte …

Dorian dachte den Gedanken nicht zu Ende, denn da war etwas mit Vollmars Gesicht. Es dehnte sich in die Länge, zerfloss, als würde es schmelzen, als bestünde es aus Wachs, das gleich zu Boden tropfen würde. Die Augenhöhlen wurden lang und länger, die Augen traten hervor und nun zog Vollmar die Lippen zurück und entblößte einen Kiefer voller silbriger, messerscharfer Reißzähne.

Dorian hörte sich selbst aufschreien, er war zurückgewichen – nur fort von diesem Monster!

Er stieß mit dem Rücken gegen ein Regal, aus dem zwei Aktenordner fielen, einer davon streifte Dorians Schulter und zerschnitt seine Jacke, als wäre er ein Säbel; zurück blieb eine breite, blutige Spur, die nicht schmerzte – *natürlich nicht, weil sie nicht echt ist …*

Und Vollmar kam näher, streckte Hände nach ihm aus, die Klauen waren, mit langen, klingenförmigen Nägeln.

Dorian riss sich den Visioner vom Gesicht, woraufhin die Fratze sofort durch Vollmars freundliche Miene ersetzt wurde. Die Blutspur verschwand, alles war wieder normal. Doch das beruhigte Dorian nicht, er hatte das Gefühl, dass die Wirklichkeit ihn jederzeit wieder im Stich lassen konnte, mit oder ohne Brille. Dass die Normalität nicht mehr verlässlich, sondern imstande war, sich innerhalb von Sekunden in Horror zu verwandeln.

Der Anblick von Vollmars schmelzendem Gesicht würde ihn verfolgen, das wusste er.

Er rempelte den Manager zur Seite, rannte an ihm vorbei, drehte den Schlüssel im Schloss, drückte die Tür zum Vorzimmer auf, stürzte hinaus auf den Gang und rannte, rannte einfach, bis er zum nächsten Treppenhaus kam. Sie würden ihn mit Gewalt aufhalten müssen, er würde sich nicht ergeben, er wollte nichts wie raus aus diesem Albtraumgebäude.

Erst in der Lobby stellten sich ihm zwei schwarz gekleidete Männer in den Weg – niemand von Bornheims Leuten, dazu verhielten sie sich nicht entschlossen genug. Dorian schubste den einen im Laufen zur Seite und warf sich in die Drehtür. Kühle Luft schlug ihm entgegen.

Wie vereinbart zum Dönerstand zurückzukehren wäre Wahnsinn gewesen, also wetzte Dorian in die entgegengesetzte Richtung. Immer wieder blickte er über die Schulter zurück, doch zumindest zu Fuß folgte ihm niemand. Aus einiger Entfernung sah er einen dunklen Van näher kommen – das allein ließ ihn sofort auf das nächste Bürogebäude zusteuern und hineinlaufen. Ohne Plan, ohne eine kluge Geschichte, die er dem Portier auftischen konnte.

Direkt hinter dem Eingang blieb er stehen und sah dem Auto zu, wie es vorbeifuhr. Am Steuer saß bloß eine ältere Frau. Er musste wirklich aufpassen, dass er nicht überschnappte. Dorian verließ das Gebäude wieder, noch bevor jemand ihn hinauswerfen konnte, und lief weiter. Fuhr Bus, Straßenbahn, wieder Bus, bis er endlich die Kleingartensiedlung erreichte.

Das rote Haus mit den weißen Läden fand er ohne Probleme, nur im Türschlossknacken war er ein kompletter Versager. Er versuchte es eine halbe Stunde lang, dann gab er auf. Melvin war immer noch nicht hier und tauchte erst knapp vor Einbruch der Dunkelheit auf. So wütend, dass er beinahe Funken sprühte.

»Sag mal, weißt du, was das Wort ›Treffpunkt‹ bedeutet? Ich habe mir bei dieser Dönerbude die Beine in den Bauch gestanden. Mir allen möglichen Scheiß ausgemalt und war mir sicher, sie hätten dich erwischt. Aber nein, du lungerst hier rum, sichtbar für jeden, und wartest, bis Melvin nach Hause kommt.« Er atmete tief durch. »Warum bist du eigentlich nicht reingegangen?«, fragte er ein wenig ruhiger.

»Weil ich das Schloss nicht aufkriege und kein Fenster kaputt machen wollte.« Kein Streit jetzt, dafür hatte Dorian keinen

Nerv. »Es tut mir leid, dass ich nicht wie verabredet zum Dönerstand gekommen bin – aber es war eine Falle. Vollmar hat versucht, mich für Bornheim einzufangen.«

»Was?« Melvin ließ das Drahtstück fallen, das er eben aus seiner Jackentasche gefischt hatte, und tastete im Gras danach.

»Ich erzähle es dir gleich.«

Diesmal sah Dorian Melvin ganz genau beim Öffnen des Schlosses zu. Eine Bewegung nach oben, ein leichter Dreh nach links … Es wirkte so einfach.

»Es war kein Problem, in Vollmars Büro zu kommen«, erzählte er, sobald sie im Haus waren und die Vorhänge zugezogen hatten. »Er war superfreundlich, hat sich alles von mir erklären lassen und dann wollte er den Visioner sehen. Wurde richtig sauer, weil ich ihn nicht dabeihatte, und damit war alles klar.« Dorian schluckte, vertrieb die Erinnerung an das aufgerissene Maul und die Rasierklingenzähne. Beschloss dann, Melvin auch den Rest zu erzählen. »Ich habe irgendwann seine Brille aufgesetzt. Jetzt weiß ich, dass er seine Frau betrügt und welche Medikamente er nimmt.« Er rieb sich mit beiden Händen über das Gesicht. »Und ich weiß auch, dass die Brille noch viel raffiniertere Effekte produzieren kann als das mit Stella an der Brücke. Schmelzende Gesichter zum Beispiel.«

Melvin hatte wortlos zugehört, nun holte er das Etui aus seiner Jackentasche und legte es auf den Tisch. »Da. Ich vermute, du willst sie wiederhaben.«

Dorian griff nach dem Kästchen, mehr aus Reflex als aus dem Bedürfnis heraus, es wieder in seinen Besitz zu bringen. Allerdings – eine Sache gab es, die er damit unbedingt tun wollte, und am liebsten sofort.

»Melvin? Du musst mir einen Gefallen tun.«

»Welchen?«

»Du musst den Visioner aufsetzen und mich ansehen. Ich will wissen, was man von mir ablesen kann.«

Melvins Blick heftete sich auf das Etui. »Wirklich? Hältst du das für klug?«

»Ich halte es für notwendig.«

»Na gut. Aber nicht hier.« Nachdenklich legte Melvin den Kopf schief. »Würdest du dann auch mich mal ansehen? Nach dem Motto ›Eine Hand wäscht die andere‹?«

Das hatte Dorian befürchtet. »Tut mir leid, aber das geht nicht. In der Zentrale sieht man, was der Träger sieht, erinnerst du dich? Wenn ich dich ansehe, wissen sie sofort, dass wir zu zweit unterwegs sind. Umgekehrt haben sie vermutlich keine Ahnung, wer es ist, der mich gerade betrachtet.«

Unwillig verzog Melvin den Mund. »Da hast du blöderweise recht. Okay. Wir machen es so, wie du sagst, aber den Ort suche ich aus.«

Kapitel 22

Ein kleines Waldstück außerhalb der Stadt. Melvin hatte alles bedacht. Es gab hier weder Straßenschilder noch Plakatwände noch Gebäude, die irgendwie hätten verräterisch sein können. Nicht einmal Spaziergänger waren in Sichtweite – nicht an einem Wochentag um diese Zeit.

»Also dann.« Melvin hatte sich auf einen Baumstumpf gesetzt. »Gib mir den Visioner.«

»Gleich.« Den zweiten Teil der Vorkehrungen hatte Dorian selbst getroffen. In einer Kommode im Gartenhaus war er auf einen vergilbten Schreibblock und Stifte gestoßen. Nun reichte er Melvin das Papier und einen Kugelschreiber. »Lies mir nicht vor, was da steht. Schreib es besser auf. Wer weiß, vielleicht würde jemand aus der Zentrale deine Stimme erkennen und dann wissen sie erst recht –«

»Ziemlich clever.« Melvin nahm die Schreibsachen entgegen und klickte den Kugelschreiber ein paarmal auf und zu. »Okay. Ich bin so weit. Und du?«

Das war eine gute Frage, denn plötzlich war Dorian sich nicht mehr sicher, ob er wirklich wissen wollte, was sein Layer über ihn erzählte. Melvin wusste nichts von Emil und dessen Tod. Würde er ihm noch trauen, sobald er davon erfuhr?

Mit einiger Mühe schob Dorian seine Bedenken beiseite. Es half nichts, er musste wissen, was die Mitglieder des Kaders zu sehen bekamen, wenn sie ihn durch die Brille betrachteten.

Er zog sie aus der Tasche und gab sie Melvin, der sie ohne langes Zögern aufklappte und aufsetzte.

Da war er wieder, dieser Blick, mit dem auch Bering und die anderen Visioner-Träger Dorian gemustert hatten, als er noch Zettel verteilt und keine Ahnung gehabt hatte, dass die wirklich interessanten Informationen nicht auf den Flugblättern, sondern auf seinem höchstpersönlichen Layer aufgezeichnet waren.

Nach zwei, drei Sekunden wurden Melvins Augen groß. Er öffnete den Mund, als wollte er etwas sagen, besann sich aber noch rechtzeitig. Blinzelte kurz und las dann weiter.

Als er schließlich fertig war, saß er einfach nur da, den Blick zu Boden gerichtet, bevor er wieder aufsah und begann, das, was er ablas, aufzuschreiben.

Dorians Magen hatte sich zusammengekrampft, er fühlte sich ähnlich wie vor einer Prüfung, nur schlimmer, weil er keinen Einfluss auf das Ergebnis hatte. Was auch immer sein Layer offenbarte, er konnte es weder ändern noch löschen.

Es dauerte mehrere Minuten, bis Melvin den Stift beiseitelegte. Er nahm die Brille ab, klappte sie zusammen und steckte sie ins Etui. Es schien ihm plötzlich schwerzufallen, seinem Freund ins Gesicht zu sehen.

»Ist es so schlimm?« Dorian versuchte, seiner Stimme einen heiteren Klang zu verleihen, aber das misslang völlig.

Melvin strich über das beschriebene Papier, als könnte sich der Text dadurch ändern. Setzte dazu an, das oberste Blatt vom Block zu reißen, und tat es dann doch nicht. »Du hast mir nicht gesagt, dass du jemanden umgebracht hast.«

Da war es also. Natürlich. »Weil … weil ich nicht weiß, ob ich es tatsächlich getan habe. In der Nacht, als Nico mich in die Villa gebracht hat, da bin ich neben einem Typen aufgewacht, mit dem ich einen Tag zuvor Streit hatte. Er war tot und mein Taschenmesser lag daneben, aber ich kann mich nicht daran erinnern, mit ihm gekämpft oder ihm etwas angetan zu haben. Beim besten Willen nicht und glaub mir, ich habe es mehr als einmal versucht!«

In Melvins Kopf arbeitete es. »Sehr beruhigend für mich, nachdem ich auch in deiner Nähe schlafe.«

»Du denkst, ich würde dir etwas antun?« Dorians Empörung war echt, obwohl ihm im selben Moment klar wurde, dass er Melvin verstehen konnte. Im umgekehrten Fall wäre ihm vielleicht auch unbehaglich zumute gewesen, vor allem die Sache mit dem Nicht-erinnern-Können war unheimlich. Wem so etwas einmal unbewusst passiert war, der machte es möglicherweise auch ein zweites Mal.

»Ich hätte es dir erzählen sollen«, sagte er leise. »Am besten schon in der Villa, aber spätestens gestern. Tut mir leid, aber es ist so unwirklich für mich. Überhaupt nicht real, verstehst du?«

Erstmals blickte Melvin wieder zu Dorian auf. »Weiß Stella davon?«

Eine Frage wie ein Schlag in die Magengrube. »Nein. Ich habe mit niemandem darüber gesprochen, abgesehen von Bornheim und Nico. Aber der hat mich ja damals gefunden.«

Melvin biss sich auf die Unterlippe. Er zögerte noch einen Moment, dann riss er den beschriebenen Zettel vom Block und reichte ihn Dorian. »Hier. Ich drehe eine Runde durch den Wald, während du liest, okay? Ich muss nachdenken.«

Dorian nickte unglücklich. Es war dumm von ihm gewesen, einfach dumm, seinen Freunden nicht gleich reinen Wein einzuschenken. Aber was hätte er auch sagen sollen? *Ich habe – vielleicht – jemanden getötet? Ihm die Kehle durchgeschnitten, aber so ganz sicher bin ich da nicht?*

Er sah Melvin noch so lange nach, bis der zwischen den Bäumen verschwunden war, dann setzte Dorian sich auf den Baumstumpf. Atmete durch. Er würde jetzt in Ruhe lesen, was auf dem Zettel stand.

L57
Dorian Rogner, 17 Jahre alt
Ehemals Goethe-Gymnasium, Schule vor einem halben Jahr abgebrochen. Gewalttätiger Vater. Anlage im Sohn verstärkt vorhanden. Versteckte Aggressionen, keine Tötungshemmung. Hat, möglicherweise unter Drogen, einem Obdachlosen namens Emil mit dem Taschenmesser die Kehle durchgeschnitten.
Versuch, ihn wieder in die Gesellschaft einzugliedern, ist gescheitert, trotz persönlichen Einsatzes von T1.
Gilt nicht mehr als Läufer, da geflohen.
Ist im regelwidrigen Besitz eines Master-Visioners und hat damit Zugang zu allen Informationen. Daher hat Jagd auf Rogner höchste Priorität, da nicht ausgeschlossen werden kann, dass er die richtigen Schlüsse ziehen und die Abläufe stören wird.
Bei Sichtung sofort melden oder selbst im Sinn des Kaders handeln.
Darf nicht am Leben bleiben.

Dorian sah seine Hand, die das Blatt hielt, zittern. Es stimmte also, was Melvin schon bei ihrer Begegnung vor dem Museum vermutet hatte. Es genügte nicht, dass er bereit war, den Visioner zurückzugeben. Sie würden ihn nicht laufen lassen, ganz im Gegenteil. Er durfte nicht am Leben bleiben.

Als Melvin zurückkam, war Dorian den Text mindestens zehnmal durchgegangen und konnte ihn auswendig. Die Angst in seinem Innern war bei jedem Mal größer geworden; fast noch schlimmer war allerdings die Mischung aus Enttäuschung und Traurigkeit, die ihn dabei erfasst hatte.

Bornheim hatte so viel von ihm gehalten. Oder wenigstens so getan. Er hatte ihn glauben lassen, dass er ihn mochte und ihn fördern würde. Er musste doch wissen, dass Dorian nicht einfach abgehauen war, sondern versucht hatte, den Auftrag bei Regener zu erfüllen. Dass er in die Villa zurückgewollt hatte.

Erst hatte er ihn „zur Jagd freigegeben", das war eine Sache gewesen. Die Formulierung hatte wenigstens den Gedanken zugelassen, dass sie Dorian nur einfangen und wegsperren würden.

„Darf nicht am Leben bleiben" aber war eindeutig. Bornheim wollte ihn aus dem Weg schaffen, dabei hatte Dorian nie vorgehabt, dessen Pläne zu durchkreuzen. Er hatte keine Schlüsse gezogen, schon gar nicht die richtigen, und welche Abläufe, zum Teufel, sollte er stören?

Er faltete den Zettel zusammen und steckte ihn in die Hosentasche.

Melvin stand fünf Schritte entfernt an einen Baum gelehnt und zerlegte einen dünnen Ast in kleine Stückchen.

»Und?« Dorian fühlte sich sogar zum Sprechen fast zu matt. »Angst? Wir wissen ja jetzt, dass ich angeblich versteckte Aggressionen habe und keine Tötungshemmung. Die, die hinter mir her sind, auch nicht, wie's scheint. Wenn du willst, können sich unsere Wege sofort trennen. Keine Sorge, ich verstehe das. Und natürlich bleibt das Gartenhaus dein Unterschlupf –«

»Blödsinn«, unterbrach ihn Melvin. »Klar bleiben wir zusammen. Ich glaube nicht, dass du mir an die Kehle gehst. Außerdem sind die gleichen Leute hinter uns beiden her – wenn sie uns erwischen, haben sie wenigstens zwei Fliegen auf einen Streich.« Er grinste. »Dein Taschenmesser hast du ja hoffentlich nicht mehr, oder?«

Sie fuhren in ihr Versteck zurück und während Melvin Nudeln kochte und Soße mit weit zurückliegendem Ablaufdatum wärmte, erzählte Dorian ihm alles. Wie er mit Emil gestritten und um seinen Rucksack gekämpft, wie Emil ihm gedroht hatte … Und dann dieses furchtbare Bild im Morgengrauen, einen Tag später. Das Blut, das auf Dorian zugeflossen war. Das aufgeklappte Taschenmesser. Und kein Funken Erinnerung, der dazu passte.

»Kann es sein, dass du es verdrängt hast?« Melvin wickelte viel zu viele Nudeln um seine Gabel, bekam sie nicht alle in den Mund und ließ die Hälfte wieder hinausfallen. »Sorry«, nuschelte er. »Hunger hat gegen Manieren gewonnen.«

Die Frage hatte Dorian sich selbst schon häufig gestellt.

Melvin, immer noch kauend, hob seine linke Hand. »Kann ja auch sein, dass du nicht verdrängst, was du selbst getan hast, sondern was jemand anderes getan hat. Und du warst nur Zuschauer, aber es war so schrecklich, dass du dich nicht daran erinnern willst. Außerdem hattest du Kopfschmerzen, nicht wahr?«

Ja. Höllische. Dorian nickte.

»Siehst du? Jemand murkst Emil ab, gibt dir eins auf die Rübe und rennt weg. Wär doch möglich, oder nicht?«

Allerdings. Es fühlte sich nur nicht an, als würde es stimmen. Denn wer hätte einen Grund gehabt, Emil zu töten? Er war ein unsympathischer Kerl gewesen, aber von denen gab es viele und er hatte weder jemandem etwas wirklich Böses getan noch hatte er irgendetwas besessen, das einen Raubmord erklären würde.

Dorian legte sich früh schlafen, war aber bald wieder wach und verbrachte die halbe Nacht mit Grübeln. War es nicht merkwürdig, dass man ihm diesen Master-Visioner einfach so in die Hand gedrückt hatte und davon ausgegangen war, dass sein Auftrag schon klappen würde? Und dass Bertold ihn und sein kostbares »Werbegeschenk« nicht am vereinbarten Treffpunkt abgeholt hatte?

Erst nachdem Dorian die Brille verwendet hatte, hatten sich Bornheims Leute an seine Fersen geheftet.

Er verschränkte die Arme hinter dem Kopf, blickte zur Decke, an die das Mondlicht unscharfe Schatten warf.

Bornheim hatte ihm den Visioner anvertraut, weil Dorian bis dahin so unfassbar gehorsam gewesen war. Er hatte sich sogar verprügeln lassen, nur um die Zehn-Meter-Regel nicht zu verletzen. Sie hatten nicht vermutet, dass er das Kästchen öffnen würde.

Und – das wurde Dorian nun auch erstmals klar – sie wollten nicht persönlich in Erscheinung treten. Bornheim keinesfalls, aber auch Bertold nicht. Niemand sollte sie mit den Brillen in Verbindung bringen können. Deshalb brauchten sie Leute wie Dorian oder Max oder Melvin. Läufer. Die, wenn sie erwischt und befragt würden, nicht einmal sagen könnten, wer sie geschickt hatte. Raoul Bornheim? Den gab es nicht. Eine Villa irgendwo außerhalb der Stadt? Ja, sehr überzeugend. Keine Ahnung von der Adresse oder wenigstens dem Ort? Niemand, niemand hätte ihnen geglaubt.

Allmählich begriff Dorian auch, wie die Sache mit dem Abholen funktioniert hatte. Er übergab das Etui dem Empfänger, der packte es aus, klappte die Brille auf – und sofort wurden die

Bilder an die Zentrale übertragen. Die meldete sich wiederum bei Bertold, der sich auf den Weg zum Treffpunkt machte.

Kein Signal, keine Abholung.

Dorian schloss die Augen und drehte sich zur Seite. Sie jagten ihn also. In Ordnung. Dann würde er die Zentrale auf Trab halten. Die richtigen Schlüsse ziehen. Und die Abläufe stören, so gut er konnte.

Kapitel 23

Das monatelange, ziellose Wandern durch die Straßen zahlte sich jetzt endlich aus. Dorian wusste, wo er mit erhobenem Kopf würde gehen können, ohne sofort seine Position zu verraten, und welche Straßen er am besten nur mit gesenktem Kopf entlangging, den Blick konzentriert auf seine Schuhspitzen gerichtet.

»Du darfst nicht in mein Sichtfeld geraten.« Dorian positionierte Melvin links neben sich. »Wenn es geht, reden wir auch nicht miteinander, solange ich die Brille aufhabe. Aber wenn ich nach unten sehe, wäre es gut, wenn du meinen Arm nimmst und dafür sorgst, dass ich nicht gegen Laternenpfähle laufe. Oder gegen andere Leute.«

»Ist okay.« Melvin stellte sich einen halben Schritt hinter Dorian und griff nach seinem Oberarm. »So ungefähr?«

»Genau.« Er würde im Gegenzug vorsichtig mit plötzlichen seitlichen Kopfbewegungen sein müssen. Nicht auf Geräusche von links reagieren, sondern den Blick exakt dorthin richten, wo nichts Verräterisches lauerte.

Sie sehen, was ich sehe.

Dorian memorierte den Satz immer und immer wieder. Er würde die ganze Zeit über die Konzentration halten, beim ersten Fehler den Visioner sofort abnehmen und das Weite suchen müssen.

Die Gasse, in der sie starteten, war ideal. Graue Häuser rechts, graue Häuser links. Ein paar Geschäfte, aber keine sehr auffälligen.

Dorian hielt den Blick geradeaus, aber nicht zu hoch; etwa so, dass er zehn Meter weit sehen konnte. Ja, das war gut. Auf diese Weise waren zumindest Straßenschilder schon mal keine allzu große Gefahr.

»Los geht's.« Er nahm den Visioner zwischen beide Hände und drehte sich zur Hauswand. Aufklappen. Aufsetzen. Er sah nichts als grauen Verputz. Gut. *Sie sehen, was ich sehe.*

Langsam nach rechts drehen. Wand, die Kante einer Eingangstür, der Bürgersteig, der vor ihm lag. Die Beine der Menschen, die ihm entgegenkamen.

Mit vorsichtigen Schritten ging er los. Alles normal so weit, aber das war kein Wunder, warum sollte Bornheim auch Straßenasphalt markieren?

Irgendwann, das wurde Dorian klar, würde er den Blick heben müssen. Bisher hatte er die Layers immer auf Augenhöhe oder oberhalb davon entdeckt. Plakate, Hauswände oder frei schwebende Schriftzüge über Verkehrsampeln.

Umso überraschter war er, als er plötzlich rechts vor sich einen grünlichen Schimmer wahrnahm. Er blieb so unvermittelt stehen, dass Melvin fast in ihn hineinlief.

Sie hatten den äußersten Rand einer Fußgängerzone erreicht und Dorians Blick war auf den Drehständer vor einem Zeitungskiosk gefallen.

Da war ein Layer gewesen, ganz sicher. Vorsichtig bewegte er den Kopf nach rechts und fand, was er suchte.

Die Personenerkennung des Visioners hatte sich aufgrund des Covers eines Wirtschaftsmagazins aktiviert. Die Headline neben dem Gesicht des kahlen, bebrillten Mannes auf dem Umschlag lautete *Lass die Sonne rein.*

Dietmar Frank hieß er und war Experte für erneuerbare Energien. Windkraftwerke, Sonnenkollektoren.

Außerdem war er Mitglied des Kaders. Der grüne Text, der sich zwischen Dorian und die Wirklichkeit legte, ließ keine Zweifel offen.

```
T16
Dietmar Frank, 52 Jahre alt, verheiratet
Direktor von Frank & Hilbrich Development
Privatvermögen: 470 Mio. Euro
Im regulären Besitz eines Master-Visioners
Vertritt die Interessen des Kaders auf vorbild-
liche Weise und stellt sie vor seine eigenen.
Seinen Anweisungen ist Folge zu leisten.
```

Dorian konnte kaum die Augen von der Zeitschrift lassen. Dietmar Frank war der Erste, von dem er wusste, dass er ebenfalls einen Master-Visioner besaß.

Langsam drehte Dorian den Zeitschriftenständer weiter. Griff nach einem anderen Magazin und zog es heraus. Begann, es durchzublättern.

»Was machst du da?«, zischte Melvin hinter ihm. Er war kaum zu verstehen und seine Stimme keinesfalls zu erkennen.

Dorian schüttelte nur leicht den Kopf, hielt aber sofort wieder inne. Auch diese Bewegung würde man in der Zentrale sehen können, so wie alles andere. Es gab so viel, was man bedenken musste, und er hatte gerade erst begonnen, den Umgang mit der verdammten Brille zu lernen.

Schon auf der zwölften Seite des Magazins erkannte der Visioner das nächste Gesicht.

```
T42
Dr. Theo Wenk, 38 Jahre, ledig
Politischer Berater und Kommunikationstrainer
Im regulären Besitz eines Starter-Visioners
Erweist sich zunehmend als wertvoll für den
Kader.
Hat Schulden in Höhe von 450.000 Euro. Zu
klären: Bestechlichkeit, Erpressbarkeit.
```

Dorian hatte den Eindruck, als würde er bald den gesamten Kader kennen, wenn er die Zeitungen hier aufmerksam durcharbeitete. Lauter einflussreiche Leute. Menschen mit Macht. Wenn die sich zusammentaten und ihm an den Kragen wollten, hatte er keine Chance.

Ein Zupfen an seinem Ärmel. Es brauchte Dorians ganze Beherrschung, um nicht herumzufahren, sondern den Blick weiter auf die Zeitschrift gerichtet zu halten. Kein Grund zu erschrecken, sagte er sich. Das war nur Melvin, der dazugelernt hatte und sich anders als durch Worte verständlich machen wollte.

Dorian tastete nach hinten und erwischte Melvins Unterarm, drückte ihn. *Gleich.*

Eine der Zeitschriften wollte er sich noch ansehen, bevor sie ihren Weg fortsetzten – die Fotos waren wie ein unerwartetes Geschenk. Sie erlaubten es ihm, sich Gesichter und Informationen einzuprägen, ohne dass er dazu jemanden auffällig anstarren musste.

Und vielleicht würde er zufällig wieder auf ein Bild von Bornheim stoßen, mit großem Glück sogar auf eines, unter dem sein richtiger Name stand.

Die nächste Zeitschrift erwies sich als Augenöffner ganz anderer Art. Die Fotos zeigten hauptsächlich irgendwelche wichtigen Leute aus dem Ausland, die Dorian alle nicht kannte. Die Anmerkungen, die der Visioner zu manchen von ihnen einblendete, waren kurz und deutlich.

Sklaventreiber

Kinderausbeuter

Massenmörder

Dazu lächelten Herren in Anzug und Krawatte oder Damen in eleganten Kostümen aus der Zeitschrift heraus.

Wieder eine Berührung am Arm. Melvins Geduld schien am Ende zu sein. Die des Zeitungsverkäufers offenbar auch, er trat im gleichen Moment vor Dorian.

»Kaufst du die jetzt oder nicht?«

»Nein. Danke. Tut mir leid.«

Gerade wollte Dorian das Magazin schließen und dem Verkäufer zurückgeben, als sich wieder eine Beschreibung aufbaute, in Rot, neben dem Gesicht eines ernst dreinblickenden Mannes mit breiter Nase.

Showgast Nr. 4

Das war neu. Hektisch suchte Dorian nach dem Namen, während der Verkäufer bereits die Hand ausstreckte.

Da. Alexej Sajenko. Russischer Milliardär. Verdiente sein Geld mit –

Die Zeitschrift wurde Dorian aus der Hand gezogen, der Verkäufer steckte sie sorgfältig in den Zeitungsständer zurück. »Wenn du etwas kaufen willst, kannst du gern wiederkommen«, sagte er unfreundlich. »Vorher nicht.«

Wortlos drehte Dorian sich um und ließ sich von Melvin weiterziehen. Bis zur nächsten Ecke, dort nahm er die Brille ab.

Kaum dass die Bügel zugeklappt waren, legte Melvin los.

»Sag mal, Zeitung lesen war aber nicht ausgemacht. Ich dachte, wir wollten nach Spuren suchen und nach Hinweisen, die uns helfen, irgendwie aus dieser Scheiße wieder rauszukommen, aber –«

»Die Fotos in dem Blatt waren markiert«, unterbrach Dorian ihn. »Genauer gesagt, die Personen, die abgedruckt waren, und die Brille hat sie erkannt. Ich weiß jetzt von zwei weiteren Personen im Kader. Ein Typ, der Windräder und so Zeug entwickelt – der heißt Frank mit Nachnamen –, und ein anderer, der Politiker berät. Warte mal … Theo Lenk. Nein, Wenk.«

Er ging ein Stück weiter – an dieser Straßenecke tummelten sich viel zu viele Leute und gerade kamen zwei Männer auf ihn zu, die beide Brillen trugen und ausgesprochen ernst wirkten. Mit einer schnellen Bewegung schob Dorian seinen Schal hoch und drehte sich zur nächsten Hauswand. Wie gut die Gesichtserkennung des Visioners funktionierte, hatte er ja gerade selbst erlebt.

»Alles okay?« Melvin legte ihm eine Hand auf die Schulter. »Ist dir übel oder so was?«

»Nein.« Allerdings hatte das Lesen mit dem Visioner Dorian wieder Kopfschmerzen beschert, jedenfalls vermutete er, dass das Ziehen hinter den Schläfen daher rührte.

»Willst du jetzt mal eine Runde drehen, mit der Brille auf der Nase, und ich mache den Begleiter?«

Ein paar Sekunden lang überlegte Melvin, dann schüttelte er den Kopf. »Lieber nicht. Mir ist das Ding nicht richtig geheuer und du hast mehr Übung darin, keinen Mist damit zu bauen.«

»Okay.« Es hätte Dorian erleichtert, die Eindrücke, die die Brille ihm verschaffte, mit Melvin teilen zu können, doch er verstand seinen Unwillen. Den Visioner zu tragen war wie Seiltanzen über einem Abgrund ohne Netz. Ein falscher Schritt, ein falscher Blick und sie würden Bornheims Meute wieder am Hals haben.

Er holte ein Stück zusammengefaltetes Papier aus seiner Hosentasche, das er extra am Morgen eingesteckt hatte, und einen Stift aus der Jacke. Schrieb sich die Namen auf, die er sich gemerkt hatte.

»Na gut. Dann lass uns weitergehen.«

Augen auf den Boden richten. Brille raus. Aufklappen. Aufsetzen. Vorsichtig den Kopf heben, nur ein kleines Stück. Die erste Straße entlanggehen, nach rechts abbiegen. Hochsehen, ganz schnell, und den Kopf wieder senken.

Nein, da war nichts gewesen. Glaubte er zumindest, aber vielleicht hätte er auch länger warten müssen. Würde er aber nicht. Zu riskant.

Die nächste Straße, die war eng, verwinkelt und Dorian kannte sie gut – hier hatte er ab und zu in einem Hausdurchgang geschlafen, wenn sich nichts Besseres gefunden hatte.

Wieder hob er den Kopf und diesmal wusste er, dass er auf einen Layer gestoßen war, noch bevor er die Buchstaben wirklich entdeckte. Grüner Schimmer.

Er blieb stehen. Sah Melvin für einen Sekundenbruchteil in sein Blickfeld stolpern und sofort wieder zurückspringen. Bornheims Leute konnten ihn nicht erkannt haben, man hatte kaum mehr als seinen Haarschopf gesehen. Wenn sie die Bilder allerdings aufzeichneten, die der Visioner sendete, war es nicht ausgeschlossen, dass sie ein Standbild bekamen, das zumindest erahnen ließ, wer da gemeinsam mit Dorian unterwegs war.

Natürlich zeichnen sie alles auf, dachte er noch, bevor die Nachricht, die ihm von der Wand des gegenüberliegenden Hauses entgegenleuchtete, alle anderen Gedanken auslöschte.

Komm zurück, Dorian. Das alles ist ein Missverständnis. Wir versuchen seit Tagen, dich zu finden; wir machen uns Sorgen um dich. Einer von uns wird jeden Abend um acht Uhr vor dem Hauptbahnhof auf dich warten. Da, wo die Taxis stehen.

Du musst keine Angst haben. Wir werden dir nichts tun.

Und darunter, in roten, zerfließenden Lettern: Oder doch?

Dieser Nachsatz fühlte sich an, als würde eine streichelnde Hand plötzlich Krallen ausfahren. Nicht dass Dorian den beruhigenden Sätzen geglaubt hätte – so leicht vergaß er nicht, was auf seinem Layer vermerkt war. Aber trotzdem verliehen die beiden letzten Worte dem ganzen Text etwas Grauenvolles, Unheimliches. Als hätte das Unterbewusstsein des Schreibers seine wahre Absicht am Ende doch noch offengelegt, in blutroten Buchstaben.

Sie wollten ihn nicht nur töten, sie genossen es, ihm Angst einzuflößen. Und sie schafften es, mit zwei kurzen Worten.

Dorian wich langsam zurück, links von ihm war Melvin, also drehte er sich nach rechts, um die Straße zurückzugehen, die sie gekommen waren.

War Bornheim wirklich so dumm zu glauben, Dorian würde seiner Aufforderung nachkommen? Nachdem er die letzten Male so knapp entwischt war, nachdem er wusste, dass man ihn jagte?

Vielleicht hätte er das sogar getan. Aus Müdigkeit, Erschöpfung und Sehnsucht nach Stella. Aber nicht mehr, seitdem unmissverständlich klar war, dass man ihn töten würde, sobald er in Bertolds Hände oder die der Mambas geriet.

Was mussten sie für eine Angst vor ihm haben. Und das dummerweise völlig zu Unrecht. Bisher hatte er keine Abläufe stören können, weil er weit davon entfernt war zu durchblicken, was die Hinweise rund um ihn herum bedeuteten. Aber selbst wenn –

Ein roter Lichtstrahl, eine Linie, die sich blitzschnell aufbaute und bei jemandem endete, der gerade um die nächste Ecke bog. Eine Frau in einer schicken schwarzen Jacke; das ebenso schwarze Haar ging ihr bis zum Kinn und sie blickte genauso irritiert in Dorians Richtung wie er in ihre.

```
Natascha Eisner
Starterin
TV-Journalistin, moderiert die Sendung Eisners
Gäste. Wertvoll aufgrund von Kontakten und Au-
ßenwirkung.
Unverheiratet, seit drei Jahren in einer Bezie-
hung ...
```

Weiter kam Dorian nicht, denn die Frau hatte begonnen, auf ihn zuzulaufen, und sie war trotz ihrer hohen Schuhe erstaunlich schnell.

Wieder machte er kehrt und rannte nun doch auf das Haus zu, von dem er kurz zuvor die grün-rote Aufforderung abgelesen hatte, doch endlich zurückzukommen.

Sie hatte bestimmt seinen Namen auf dem Layer gesehen, so wie er ihren.

Was für ein verdammter Mist. Da war er nur ein paar Minuten in Gedanken und schon lief er einer anderen Trägerin in die Fänge.

»Dorian!« Nun schrie sie ihm auch noch nach. »Bleib stehen!«

Den Teufel würde er tun. Natürlich hatte er von ihr persönlich nichts zu befürchten, aber sie wusste ganz sicher, wen sie informieren musste, sobald sie ihn zu Gesicht bekam. Er würde sich nicht von ihr in irgendeine Art von Gespräch verwickeln lassen, bis Bertold und seine Leute da waren, keine Chance.

War Melvin eigentlich noch neben ihm? Für ihn musste es völlig grotesk wirken, was hier gerade geschah; wie Dorian erst in die eine, dann in die andere Richtung stürmte, ohne sichtbaren Grund.

Sobald er das Gefühl hatte, genug Abstand zwischen sich und Natascha Eisner gebracht zu haben, lief er langsamer, zog sich die Brille von der Nase und klappte sie zu.

Jetzt, endlich, konnte er sich zur Seite drehen und da war Melvin noch. Gott sei Dank. Er wirkte zwar ein wenig verwirrt, aber nicht beunruhigt. Eher neugierig.

»Die Frau, die dich gerufen hat – die kenne ich irgendwoher. Wer war das?«

Dorian zog ihn um die nächste Ecke, in einen Hauseingang.

»Natascha Eisner. Sie hat eine Fernsehsendung, eine Talkshow mit Prominenten. Politiker, Schauspieler, Schriftsteller … Mein Vater sieht sich das gern an.«

»Und deshalb kennt sie dich … oh.« Bei Melvin fiel endlich der Groschen. »Sie ist eine Trägerin? Ihre Brille war …«

»… ein Visioner, ganz genau. Und der hat sich mit meinem irgendwie verbunden. Die Dinger erkennen einander gegenseitig, keine Ahnung, wie das technisch funktioniert, aber es bildet sich ein roter Lichtstrahl und Informationen zum Träger werden eingeblendet.« Er überlegte kurz. »Diese Linie ist so was wie ein Zeichen dafür, dass man im gleichen Klub ist, wenn du verstehst, was ich meine.«

»Ja, klar verstehe ich das.« Melvin spähte aufmerksam nach

rechts und nach links; beinahe wirkte er enttäuscht darüber, dass Natascha Eisner die Suche nach ihnen offenbar aufgegeben hatte.

Die Frage war, ob sie mitbekommen hatte, dass Dorian nicht allein durch die Stadt streifte. Wenn sie seinen Begleiter beschreiben konnte, würden Bornheim, Bertold und die anderen in kürzester Zeit wissen, um wen es sich handelte.

Dorians Inneres fühlte sich bleischwer an. Sein Bedürfnis, Stella zu sehen, hatte in den letzten Tagen nicht nachgelassen, sondern wurde im Gegenteil immer stärker und er hatte insgeheim gehofft, dass es heute vielleicht klappen würde. Doch nun musste er seinen Wunsch, sie zu suchen, ein weiteres Mal aufschieben, sosehr es ihn auch schmerzte. Es war schon zu viel schiefgelaufen.

»Lass uns verschwinden. Wenn die Eisner Bornheim informiert oder diese Brillen-Verbindung automatisch in der Zentrale angezeigt wird, haben wir in ein paar Minuten jede Menge Ärger am Hals.«

Sie wechselten ihre Transportmittel alle drei bis vier Stationen, nachdem Melvin gemeint hatte, aus dem Straßenbahnfenster eine der Mambas gesehen zu haben. Ihr hektischer Zickzackkurs durch die Stadt war Dorian nur recht, er wollte nicht zur Ruhe kommen, denn dann stand ihm jedes Mal die Wand mit dem höhnischen Schriftzug vor Augen. *Du musst keine Angst haben. Wir werden dir nichts tun. Oder doch?*

»Uns gehen die Vorräte aus«, bemerkte Melvin, während sie zum letzten Mal umstiegen und auf die Straßenbahn warteten, die sie zurück zur Kleingartensiedlung bringen sollte. »Ich denke, ich kümmere mich schnell noch darum, sonst wird das heute ein trauriger Abend. Ich hab jetzt schon Hunger.«

Dorian ging es ähnlich. »Soll ich nicht mitkommen?«

»Äh … nein.« Sichtlich verlegen kratzte Melvin sich im Nacken. »Ich wollte eigentlich frisches Zeug, weißt du? Keine Sachen aus den Abfallcontainern. Ich weiß aber, dass wir gewisse Dinge unterschiedlich sehen, also dachte ich, ich erledige das alleine.« Er grinste. »Und du fragst mich dann einfach nicht, wo das Futter herkommt.«

Es war eines der ersten Dinge gewesen, die Stella Dorian erzählt hatte. Dass Melvin so geschickt war, wenn es darum ging, Sachen zu klauen. Wie er allerdings Lebensmittel für zwei Personen ungesehen aus einem Supermarkt herausbringen wollte, war Dorian ein Rätsel. »Bist du sicher? Wenn sie dich erwischen …«

»Werden sie nicht.« Melvin war die personifizierte Zuversicht. »Haben sie noch nie und glaub mir, ich tue das nicht zum ersten Mal. Denkst du, du kriegst das Türschloss diesmal alleine auf?«

»Klar.« Dorian war da zwar keinesfalls so überzeugt, wie er tat, aber irgendwie würde er die Tür schon öffnen. Nicht in zehn Sekunden, so wie Melvin, doch mit ein bisschen Herumprobieren würde es klappen. Hoffte er.

»Dann bis später. Mach keinen Quatsch, ja?«

Du auch nicht, wollte Dorian antworten, beschränkte sich dann aber auf ein halbherziges Nicken. Er wusste genau, was Melvin meinte, trotzdem hatte er die Hand schon wieder am Etui. Er würde nur ganz schnell etwas überprüfen. Etwa fünfzig Meter die Straße entlang hatte er eines der Versicherungsplakate entdeckt. Die Familie beim Frühstück, das Bild, das den Layer mit seinem Steckbrief auslöste.

Er wartete, bis Melvin außer Sichtweite war. Die Kleingartensiedlung war noch zwei Kilometer entfernt. Grob geschätzt. So nah bei ihrem Versteck hatte Dorian den Visioner noch nie benutzt, aber er wusste, es würde ihm keine Ruhe lassen, wenn er nicht erfuhr, ob sich an dem Text etwas geändert hatte.

Er würde sich beeilen.

Hier draußen am Stadtrand waren viel weniger Menschen unterwegs als in der City und keiner von ihnen beachtete ihn weiter. Trotzdem wartete Dorian, bis die beiden Brillenträger, die darunter waren, sich entfernten. Eine alte Frau mit Gehhilfe und ein etwa vierzehnjähriger Junge, der nur Augen für sein Smartphone hatte.

Er hielt den Visioner noch in zusammengeklapptem Zustand hoch, sodass er das Plakat bereits durch die Gläser erkennen konnte. Kein Straßenschild war im Bild, kein Laden, durch dessen Namen man auf Dorians Aufenthaltsort hätte schließen können.

Gut. Er klappte die Bügel auseinander und setzte das Gestell auf. Der Layer mit dem Steckbrief wurde auf der Stelle sichtbar, wie erwartet.

```
Dorian Rogner, 17 Jahre alt
Ehemaliger Läufer, geflohen
Im regelwidrigen Besitz eines Master-Visioners
Zuletzt gesichtet: 23. Oktober, 13.28 Uhr,
Bäckerstraße.
Zur Jagd freigegeben.
```

Also hatte Natascha Eisner die Begegnung an die Zentrale gemeldet. Ja, natürlich hatte sie das. Warum auch nicht, sie war Mitglied des Kaders und damit seinen Zielen verpflichtet.

Aber wenigstens war Dorian danach nirgendwo mehr entdeckt worden. Und von einem Begleiter oder gar dessen Identität stand ebenfalls nichts in dem Steckbrief.

Ruhiger als zuvor griff er nach der Brille und wollte sie eben abnehmen, als sich unter den letzten, den roten Satz weiterer Text schob, in der gleichen Farbe.

`Die Zeit wird knapp. Wer drastische Mittel ergreifen möchte, soll das tun. Wir kümmern uns um den Rest.`

Er schnappte noch nach Luft, da erschien der nächste Satz.

`Dorian, wenn du das liest: Gib auf.`
`Du hast keine Chance.`

Er schaffte es kaum, die Brille zu deaktivieren, so stark zitterten seine Hände. Es konnte doch kein Zufall sein, dass er all das genau in dem Moment zu Gesicht bekam, während es seinem Steckbrief hinzugefügt wurde.

Nein, war es natürlich nicht. Sie sahen, was er sah. Und sie veränderten den Layer im gleichen Augenblick.

Wie betäubt schlich er die wenigen Meter zur Haltestelle zurück, plötzlich nicht mehr sicher, ob er alles richtig gemacht hatte. Wenn er seinen Kopf auch nur einen Moment zur Seite gedreht hatte, bis zu dem Gebrauchtwagenhändler, dessen Schriftzug in leuchtendem Blau auf die Fassade gemalt war …

Nein, hatte er nicht. Er war zwar abgelenkt gewesen, aber er hatte den Blick nicht von der Plakatwand gelassen. Hoffte er. Wusste er. War sich so gut wie sicher.

Es dauerte ein paar Minuten, bis die Straßenbahn endlich in die Station einfuhr. Der hintere Waggon war fast leer, bis auf drei Schüler, die auf dem Heimweg waren und lautstark über ihren heutigen Bio-Test diskutierten, sowie eine Mutter mit zwei Kindern. Das kleinere schrie die ganze Zeit über.

Beim Aussteigen sah Dorian sich nach allen Seiten um, aber da war niemand. Auch beim Betreten der Kleingartensiedlung war er völlig allein, nur ein Eichhörnchen kreuzte hüpfend seinen Weg.

Wäre jemand ihm gefolgt, Dorian hätte ihn sicher gesehen. Allmählich entspannte er sich wieder. Dort vorn war das Häuschen, er musste nur noch das Türschloss knacken und vorher das Drahtstück finden, das Melvin in einem der leeren Blumentöpfe vor dem Fenster deponiert hatte.

Dass seine Angst nicht verschwunden war, merkte Dorian spätestens, als er sich bückte und das Schloss zu bearbeiten begann. Dazu musste er dem Gehweg den Rücken zukehren und das Gefühl, nicht sehen zu können, was hinter ihm passierte, machte ihn beinahe wahnsinnig. Immer wieder warf er prüfende Blicke über die Schulter, sprang beim leisesten Geräusch auf.

Doch es waren immer nur Tiere, die es sich jetzt im Herbst in der Siedlung gemütlich machten. Vögel hauptsächlich.

Nach zehn Minuten vergeblicher Quälerei beschloss Dorian, es darauf ankommen zu lassen. Egal was sich hinter ihm abspielte, er würde sich jetzt ausschließlich auf das verdammte Schloss konzentrieren und versuchen, genau das zu tun, was er gestern bei Melvin beobachtet hatte.

Und plötzlich ging es ganz einfach. Zwei kleine Bewegungen, ein Klicken und schon sprang die Tür auf.

Er zog sie hinter sich zu, als er in das Halbdunkel des Hauses eintauchte. Lehnte sich von innen dagegen und atmete durch. Wollte nie wieder hier raus.

Er schloss die Augen, aber nur so lange, bis die bedrohlichen Zeilen von vorhin erneut durch seinen Kopf spukten, ungebeten.

Die Zeit wird knapp. Du hast keine Chance. Wir kümmern uns um den Rest.

Ja, dachte er. Um meine Reste wollt ihr euch kümmern. Meine sterblichen Überreste.

Warum er plötzlich zu lachen begann, begriff er nicht. Es war nicht witzig, nichts davon. Trotzdem konnte er nicht aufhören und immerhin betäubte das Lachen sein Denken, die Sorgen, die Angst. Sicher war es auch die Ursache für die Tränen, die ihm jetzt in die Augen traten und die für lange Zeit nicht versiegten.

Kapitel 24

»Putenfilets!«, verkündete Melvin stolz.

Er war erst zwei Stunden nach Dorian zurückgekommen, dafür aber mit reicher Beute. Aus einer fleckigen, löchrigen Stofftasche, von der Dorian lieber nicht wissen wollte, woher sie stammte, holte er außerdem eine Packung Reis, vier Äpfel und eine Tafel Schokolade. Dreihundert Gramm.

»Morgen gehe ich noch mal«, verkündete er. »Ich hab den Dreh für diesen Markt raus, von jetzt an geht es schneller.«

Ungläubig betrachtete Dorian die Lebensmittel auf dem Tisch. Keines davon hatte sein Ablaufdatum überschritten. »Wie kriegst du so große Packungen aus dem Supermarkt geschmuggelt, ohne erwischt zu werden?«

»Ich bin eben ein Könner.« Melvin deutete eine Verbeugung an. »Das Geheimnis liegt darin, unauffällig zu sein und den Ausgang aus dem Lagerraum zu kennen. Geduldig sein, den richtigen Moment abwarten ...« Er hielt die Packung mit dem Fleisch hoch. »Kochst du heute mal?«

Dorian war nicht sehr geübt darin, warmes Essen zuzubereiten, aber Fleisch in eine Pfanne und Reis in kochendes Wasser zu werfen traute er sich zu.

Die ganze Zeit über, während er kochte, und später, als sie aßen, kämpfte Dorian mit dem Bedürfnis, Melvin von dem Steckbrief zu erzählen. Von dem neuen Text in Rot, der ihm keine Sekunde aus dem Kopf ging.

Es wäre fair gewesen; immerhin befand Melvin sich mit in der Schusslinie und wenn man sie erwischte, würde ihn vermutlich das gleiche Schicksal treffen wie Dorian.

Dass er dann doch nichts sagte, war reine Feigheit. Er schämte sich auch dafür, wollte aber einfach nicht riskieren, dass Melvin sich absetzte und er sich diesem ganzen Wahnsinn wieder allein stellen musste. Außerdem: Als abtrünniger Mamba würden Bornheims Leute seinem Kumpel ohnehin keine Nachsicht entgegenbringen.

Melvin war es gewesen, der von den Baugruben erzählt hatte. Von dem flüssigen Beton, in dem man jeden Körper verschwinden lassen, unauffindbar machen konnte. Er kannte also die Gefahr, in der er sich befand, trotzdem blieb er.

Die Nacht war unruhig, ein Herbststurm fegte über die Siedlung und rüttelte am Dach des Häuschens, ließ die Dachbalken knarzen, peitschte die Äste des Apfelbaums gegen die Wände.

So froh Dorian war, bei diesem Wetter nicht im Freien übernachten zu müssen, so unbehaglich fühlte er sich in den engen vier Wänden. Immer wieder kam es ihm vor, als hörte er wispernde Stimmen von draußen, die sich mit dem Heulen des Windes vermischten.

Am Morgen fand Dorian einen toten Vogel vor der Tür. Gut eine Minute lang stand er davor, betrachtete das dunkle Gefieder und den verdrehten Hals. Er dachte an Hugo und bemühte sich, darin kein schlechtes Omen zu sehen.

Der Vogel war ein Opfer des Sturms, ganz sicher.

Niemand hatte ihn getötet und an der Schwelle abgelegt.

Niemand wusste, dass sie hier waren.

Wäre es anders, hätte derjenige sich auch in die Hütte schleichen und sie beide im Schlaf erledigen können.

Dorian klammerte sich an die Logik dieses Arguments und schaffte es schließlich, sich selbst zu überzeugen. Sie mussten ihren Unterschlupf nicht aufgeben. Jetzt noch nicht.

5. Wieder eine grüne Zahl und darunter rote Schrift.

`Showgirls: L14, L27 und L38.`

Wenn Dorians Theorie stimmte, war der Countdown für die Augen aller Träger bestimmt, die roten Angaben zu dieser sogenannten Show aber nur für die Master.

L stand wohl für Läufer. Also waren die Showgirls Leute aus der Villa. Mädchen, die Dorian kannte.

»Denkst du, sie müssen tanzen? Oder … noch mehr als das?«

Dorian hatte Melvin vorgelesen, was auf dem Layer stand, bevor er die Brille deaktivierte. Nun sah er ihn von der Seite her an, sah sein genießerisches Lächeln.

Dass der Gedanke Dorian so störte, lag nur daran, dass er nicht wusste, welche Nummer die von Stella war. Ansonsten, das musste er sich eingestehen, würde ihm die Vorstellung von leicht bekleideten Showgirls ebenfalls gefallen.

Sie passte allerdings nicht zu Bornheim. Überhaupt nicht. Aber vielleicht war das ein Zugeständnis an seine Gäste, an diesen russischen Milliardär zum Beispiel.

Dorian holte den Zettel aus der Hosentasche. *Showgast Nr. 4, Alexej Sajenko.*

Eine halbe Stunde später hatte er noch einen der Gäste ausfindig gemacht. Einen gewissen Werner Mersen aus Hamburg, der – laut dem Zeitungsartikel, den Dorian wieder einmal kostenlos las – einer der reichsten Transportunternehmer Europas war. Und außerdem Showgast Nr. 7.

Melvin stupste Dorian von hinten an, ihm dauerte die Lesestunde offenbar schon zu lange, doch ein wenig würde er sich noch gedulden müssen. Während Dorian weiterblätterte, begann sich vor seinem innerem Auge ein Szenario aufzubauen, deutlich und klar.

In genau fünf Tagen würde Bornheim vermutlich einen Haufen wichtiger Leute aus der ganzen Welt versammeln und ihnen … den Kader vorstellen? Ja, was sonst? Ihnen die Brillen zeigen. Und dann? Was tat er, wenn Sajenko oder Mersen sich nicht dafür interessierten? Keine Lust hatten, ihr Leben den Zielen des Kaders unterzuordnen? Man konnte sie nicht einfach verschwinden lassen. Einmauern. Das waren schließlich keine obdachlosen Jugendlichen. Nach Milliardären würde man suchen, und wie.

Irgendetwas stimmte da ganz und gar nicht.

Die Schlange zum Beispiel, die sich zu seinen Füßen ringelte … wo kam die her?

Vor Schreck ließ Dorian die Zeitschrift fallen, wich instinktiv zurück und stieß dabei gegen jemanden. Eine weibliche Stimme schimpfte, doch er hörte es kaum, er war völlig auf das Reptil konzentriert, das sich vor ihm auf dem Boden wand. Dann den Kopf und das erste Viertel des Leibes aufrichtete, senkrecht.

Es war keine Mamba. Es war eine Kobra.

Niemand sonst schien sie zu bemerken. Nein, falsch. Niemand sonst konnte sie sehen.

Vorsichtig hob Dorian die Brille, gerade so weit, dass er darunter hindurchblicken konnte. Ein Stechen in seinen Schläfen, aber nichts zu sehen. Wie erwartet. Doch sobald er wieder durch die Gläser sah, war sie da, mit hypnotisch nach rechts und links pendelndem Oberkörper.

Dann stieß sie zu, blitzartig, und obwohl Dorian wusste, dass sie in Wahrheit nicht existierte, stolperte er erneut zurück und stieß gegen den Zeitungsständer, der umkippte.

Lautes Scheppern. Papier, das sich auf dem Boden verteilte.

»Welcher Idiot war denn das?« Der Zeitungsverkäufer stürmte aus seinem kleinen Kiosk und packte Dorian am Arm. »Du! Bist du besoffen, oder was? Wozu trägst du eine Brille, wenn du dann trotzdem gegen Dinge läufst, die größer sind als du?« Er versetzte ihm einen Stoß. »Los, bring das in Ordnung. Und das, was dreckig oder zerrissen ist, ersetzt du mir!«

Dorian stammelte eine Entschuldigung und begann, die Zeitungen aufzuheben. Sie glatt zu streichen und wieder in den Drehständer einzusortieren. Zumindest war keine von ihnen nass geworden, der Tag war trocken und sonnig. Immer noch schlängelte sich die Kobra vor Dorian am Boden, ihre gespaltene schwarze Zunge schien gegen das Foto einer bekannten Schauspielerin auf dem Titelblatt eines Klatschmagazins zu stoßen.

Sie wirkte so echt, diese Schlange. Sie warf sogar einen Schatten.

Aber sie war nichts anderes als Hugo – eine Animation –, nur dass Dorian sie nicht gerufen hatte. Und sie sprach nicht. Aber er glaubte, ein leises Zischen zu hören.

Noch während Dorian auf dem Boden kniete, nahm er die Brille ab und deaktivierte sie. Wer wusste schon, ob nicht irgendetwas Verräterisches ins Bild geraten war, als die Schlange ihn angegriffen hatte.

Die virtuelle Schlange.

Er schüttelte über sich selbst den Kopf. Wieso war er so dumm gewesen, sich erschrecken zu lassen? Sein Zurückweichen war ein Reflex gewesen, aber so etwas durfte er sich einfach nicht mehr leisten.

Wenn jemand in der Zentrale den Zeitungsverkäufer erkannt hatte, dann wussten sie jetzt, wo er steckte. Sie mussten schleunigst verschwinden.

Melvin hatte Dorian bei seiner Aufräumaktion geholfen, ohne etwas zu sagen oder zu fragen. Erst jetzt, nachdem sie beinahe fertig waren, rückte er näher heran. »Wir können nichts ersetzen. Wenn wir alles zurückgelegt haben, hauen wir ab.«

Der Verkäufer war mit einem Kunden beschäftigt; Dorian warf ihm ein schnelles »Tut mir wirklich leid« zu, dann machten sie sich aus dem Staub. Hielten nicht an, bis sie den Stadtpark erreichten, wo sie sich auf eine der Bänke am Ententeich setzten.

»Was war es?« Die Frage hatte Melvin schon die ganze Zeit sichtlich auf der Zunge gelegen. »Was hast du gesehen?«

»Eine Kobra.« Je öfter Dorian sich die Szene vor Augen führte, desto dümmer kam er sich im Nachhinein vor. »Ich wusste genau, sie ist nicht echt, aber als sie zum Biss angesetzt hat …«

»Ich verstehe schon, was du meinst.« Melvin begann, kleine Steinchen in den Ententeich zu werfen. »Ist wie im 3-D-Kino. Man weiß, dass die Granate, die von der Leinwand her auf einen zuschießt, bloß eine Täuschung ist, trotzdem weicht man aus.«

Das traf es genau. Schon in den letzten Tagen war Dorian bewusst geworden, wie froh er darüber war, dass Melvin zu ihm gestoßen war. Aber noch nie so sehr wie jetzt gerade. Jeder andere hätte über seine Schreckhaftigkeit zumindest insgeheim die Nase gerümpft, aber Melvin war ein echter Kumpel.

»Ich würde dir den Visioner wirklich gern eine Zeit lang überlassen. Vielleicht gehst du besser damit um und kapierst mehr als ich …«

Melvins Kopfschütteln war ebenso heftig wie entschlossen.

»Ich mag dieses Ding nicht. Von mir aus kannst du es gern in den Teich werfen, wenn du es loswerden willst, aber abnehmen werde ich es dir nicht.« Er sah ihn entschuldigend an. »Sorry. Der Gedanke, dass ich meinen Augen dann nicht mehr trauen kann, ist mir echt zuwider.«

In den Teich werfen. Einen Moment lang erschien diese Möglichkeit Dorian wirklich verlockend. Fort damit, egal ob in den Müll oder ins Wasser.

Aber dann siegte die Furcht, seinen Verfolgern damit einen weiteren Vorteil zu verschaffen. Im Moment konnte er alles lesen, *alles*, mehr als die meisten der Träger. Er konnte herausfinden, wer Mitglied des Kaders war, er würde wissen, wenn er einem von ihnen gegenüberstand.

Und da war auch noch diese sogenannte Show, die in weniger als einer Woche stattfinden würde. Bei deren Erwähnung er sich jedes Mal mehr als nur unbehaglich fühlte.

Allein der Gedanke daran ließ ihn auch jetzt wieder unruhig werden. »Wir sollten weitergehen«, schlug er vor. »Mitten in der Stadt so lange am gleichen Ort zu bleiben ist wahrscheinlich keine gute Idee.«

Melvin seufzte schicksalsergeben. »Fünf Minuten noch, hm? Ich finde es so angenehm, einfach ein bisschen in der Sonne zu sitzen und mit dir sprechen zu können, statt wie ein stummer Schatten hinter dir herzuschleichen.«

»Ja. Das kann ich verstehen.« Ohne es zu bemerken, hatte Dorian das Kästchen hervorgeholt. Drehte es zwischen den Händen. Wenn er jetzt die Brille aufhätte, würde er die Inschrift lesen können. *Du hast dich unseren Grundsätzen verpflichtet. Der Kader begrüßt dich als einen seiner Master …*

Wurde er langsam süchtig nach dieser Wirklichkeit, die ihm da offenstand und den meisten anderen Leuten verschlossen blieb? Obwohl er genau wusste, dass er in Wirklichkeit kein Mitglied des Kaders war, fühlte er sich in manchen Momenten, als würde er einer Elite angehören, einem exklusiven Zirkel, der mehr wusste als der Rest der Menschheit.

Noch vor Ablauf der fünf Minuten sprang Dorian auf. »Komm. Lass uns weitergehen.« Er setzte die Brille auf und sah im gleichen Moment, wie Melvin sich von der Bank fallen ließ, bäuchlings auf den Boden.

Was passiert war, begriff er erst zwei Sekunden später.

Er hatte nicht aufgepasst. Melvin wäre genau in seinem Blickfeld gewesen, bestens erkennbar für die Zentrale, wenn er nicht so schnell reagiert hätte.

Meine Güte, was bin ich für ein Idiot, ich werde uns beide noch in Teufels Küche bringen. In einer entschuldigenden Geste faltete Dorian die Hände vor der Brust und hoffte, dass Melvin es sah. Ein solcher Fehler durfte Dorian nicht noch einmal passieren, er musste sich in jeder Sekunde bewusst machen, dass er mit der Brille gleichzeitig eine riesige Verantwortung trug.

Er mied den Blick zum Ententeich, der war einfach zu charakteristisch, dafür waren die Baumkronen völlig neutral. Ebenso der Weg, der vor ihm lag.

Keine Kobra diesmal. Auch kein anderes Trugbild.

Er beeilte sich, aus dem Park herauszukommen, hoffte, dass Melvin hinter ihm war. Da vorne kam die Straße in Sicht. Dorian wartete, bis er Melvins Berührung am Ellenbogen spürte. Ein schneller Blick über den oberen Brillenrand. Da drüben war nichts als eine leere Hauswand und geparkte Autos, alles unauffällig, ausgezeichnet. Von dort aus würde er sich nach links wenden und in die Rote Zone wagen – nicht für lange, aber eine Viertelstunde musste drin sein.

Er ging los, zwei Schritte. Begriff nicht, woher das plötzliche, ohrenbetäubende Quietschen kam oder was mit einem Mal so heftig von hinten an ihm zerrte.

Es riss ihn von den Beinen und dann war da ein Schlag gegen seinen Oberschenkel. Dorian stürzte, prallte mit der rechten Schulter auf den Boden, wusste immer noch nicht, was passierte, nur, dass da jetzt Schmerz war.

Hatte jemand auf ihn geschossen? Dann hätte er den Schuss doch aber hören müssen, das war nicht möglich, das war …

Er rollte zur Seite, dabei kam die Brille ins Rutschen, glitt von seinem Gesicht. Und plötzlich war das Bild vor ihm ein ganz anderes. Etwas Rotes ragte links von ihm auf. Ein Auto, eine große Limousine, deren Fahrer gerade dabei war auszusteigen.

Dorian stützte sich auf, sah hinter sich Melvin hocken, wachsbleich. Er musste es gewesen sein, der ihn zurückgerissen hatte. Dennoch verstand Dorian nicht: Wie hatte er den Wagen übersehen können?

»Ist dir etwas passiert?« Der Fahrer war ein Mann um die vierzig, in Anzug und Krawatte. Er kniete sich neben ihn, ohne auf seine teure Hose zu achten, sichtlich unschlüssig, ob er Dorian anfassen sollte oder nicht.

»Mir geht es gut.« Sowohl das Brennen am Oberschenkel als auch das Pochen in der Schulter waren erträglich. Erst als er versuchte aufzustehen, tat es wirklich weh.

»Bleib sitzen, ich rufe einen Krankenwagen.« Der Mann holte sein Smartphone aus der Sakkotasche.

»Nicht«, sagte Dorian heiser. »Bitte. Das ist überhaupt nicht nötig, es geht mir gut.«

»So siehst du aber nicht aus.« Unsicher wies der Mann auf Dorians Bein.

Die Hose war am Oberschenkel zerrissen, die Haut darunter abgeschürft. Da war auch Blut, aber nicht viel.

»Wirklich.« Dorian bemühte sich darum, ruhig und sicher zu klingen, während er nach der Brille griff, die unmittelbar neben ihm lag. »Es ist alles in Ordnung, ich brauche wegen ein bisschen abgeschürfter Haut keinen Krankenwagen.«

Der Mann betrachtete erst sein Smartphone, dann Dorian.

In der Zwischenzeit hatte sich eine kleine Menschentraube gebildet, außerdem eine ziemliche Autoschlange hinter dem Wagen, der Dorian angefahren hatte. Immer wieder wurde gehupt.

»Hat schon jemand die Polizei gerufen?«, fragte eine Frau aus der Menge.

Polizei. Oh Gott, nein, bitte nicht.

Mit bebenden Händen klappte Dorian den Visioner zusammen und steckte ihn ins Etui zurück. Die Zentrale hatte bestimmt mehr als genug mitbekommen. Unter anderem, dass ihr Anschlag nicht geglückt war.

Denn das war es gewesen, keine Frage. Ein Anschlag auf sein Leben. Offenbar konnte die Brille nicht nur virtuelle Dinge hinzufügen, sondern auch reale Gegenstände herausfiltern. Zum Beispiel ein rotes Auto, das auf den Träger zufuhr.

Obwohl es wehtat, kämpfte Dorian sich auf die Beine. Machte zwei Schritte. Es ging, es war nicht schlimmer als früher, wenn er mit seinem Fahrrad zu schnell unterwegs gewesen war und sich falsch in die Kurven gelegt hatte.

»Es tut mir so leid«, stammelte der Mann, immer noch das Smartphone in der Hand. »Aber du bist mir einfach vors Auto gesprungen. Obwohl du vorher noch nach links geschaut hast, ich verstehe es nicht.«

»Ich auch nicht«, log Dorian. »Aber es ist nicht Ihre Schuld, wirklich nicht. Machen Sie sich keine Gedanken.«

Die Frau, die vorhin nach der Polizei gefragt hatte, telefonierte nun. Das war nicht gut. Dorian drehte sich zu Melvin um, der bisher kein Wort gesagt, aber jetzt wenigstens wieder ein bisschen Farbe im Gesicht hatte.

»Wir gehen, okay? Schnell.«

Er drückte dem Fahrer die Hand, drehte sich um und bahnte sich einen Weg durch die gaffenden Menschen. Die nächste U-Bahn-Station war nicht weit und wenn niemand sie aufhielt, würden sie fort sein, bevor ein Polizeiwagen aufkreuzte.

Auf der Rolltreppe drehte Dorian sich zu Melvin um. »Danke. Ohne dich wäre ich wahrscheinlich unter die Räder gekommen. Das vergesse ich dir nie. Ich habe das Auto nicht gesehen, kein Stück. Und das war kein Zufall oder Blödheit von mir. Die Brille hat es ausgeblendet, da bin ich mir völlig sicher.«

Melvin atmete tief durch. »Ich habe mir so was auch schon gedacht, aber das ist doch … unmöglich, eigentlich. Oder?«

Dorian quälte sich ein Lächeln ab. »Sollte man meinen.«

Aber in Wahrheit hätte ich selbst darauf kommen können, dachte er, während er humpelnd in die Bahn stieg. Julian Bering war am Steuer seines Flugzeugs gestorben, Philipp Regener hinter dem Lenkrad seines Wagens. Vielleicht hatten sie dabei ja ihre Brillen getragen. Und etwas gesehen, das gar nicht da war. Eine falsche Anzeige im Cockpit, eine Straßenkurve, wo die Strecke eigentlich gerade war. Und das war's dann.

Ganz offensichtlich war es ungesund, einen Visioner zu verwenden, wenn man auf Raoul Bornheims schwarzer Liste stand.

Zurück in ihrem Unterschlupf, begutachtete Dorian seine Verletzungen genauer. Die Schulter war blau und leicht geschwollen, aber er konnte sie bewegen – mehr als eine Prellung war das nicht.

Sein linker Oberschenkel sah schlimmer aus. Die Abschürfungen waren tief und schmerzten mittlerweile bösartig. Er würde die Stelle säubern, desinfizieren und verbinden müssen, wenn er nicht wollte, dass sie sich entzündete.

»Es gibt ein Medizinschränkchen im Badezimmer.« Melvin hielt bereits Mullbinden und eine kleine Flasche Betaisodona in den Händen. Als er Dorians Bein sah, verzog er das Gesicht. »Aua. Der Kerl hat dich schlimmer erwischt, als ich dachte.«

»War aber wirklich nicht seine Schuld und hätte noch ganz anders ausgehen können.« Mit spitzen Fingern holte Dorian ein kleines Steinchen aus der Wunde. Seit sie im Gartenhäuschen waren, schmerzte sein Kopf, ein dumpfes Pochen hinter Stirn und Schläfen. Hatte er sich den auch angeschlagen? Nein, nicht soweit er sich erinnern konnte.

»Abgekochtes Wasser«, murmelte Melvin. »Für die Wunde. So machen sie das in den Filmen immer. Sollten wir auch versuchen.«

»Ja, und eine Pinzette wäre toll.«

Es dauerte eine gute Stunde, bis Dorian den Eindruck hatte, dass die Wunde endlich sauber war. Zwischendurch befürchtete er zweimal, dass ihm schlecht werden würde, doch das verging zum Glück schnell wieder. Als Wundauflage verwendete er eine dicke Schicht Papierservietten aus einer frisch geöffneten Packung – die waren zwar sicher nicht steril, aber hoffentlich nahe dran. Nachdem er die Mullbinde darumgewickelt hatte, sah der Verband beinahe professionell aus.

Er musste gut gearbeitet haben, denn am nächsten Morgen fühlte das Bein sich deutlich besser an. Sogar beim Gehen konnte er minutenlang vergessen, dass er überhaupt verletzt war. Nur wenn er mit dem Oberschenkel irgendwo anstieß, erwachte der Schmerz wieder brüllend zum Leben.

Mit zwei Sicherheitsnadeln reparierte er notdürftig den Riss in der Hose, dann warf er einen prüfenden Blick aus dem Fenster. Nicht allzu weit entfernt, auf einem der anderen Grundstücke, machte jemand seinen Garten winterfest. Das war ungünstig.

»Wir müssen schnell sein heute. Wenn der Kerl das nächste Mal in seinem Haus verschwindet, laufen wir raus und biegen sofort nach rechts ab, okay?«

Melvin, der mit einer vier Jahre alten Illustrierten auf dem grün-rot-blau karierten Sofa lümmelte, sah erstaunt auf. »Ich dachte, nach dem, was gestern passiert ist, würdest du lieber einen Tag Pause machen.«

»Nein. Auf keinen Fall.« Die Vorstellung, einen Tag lang tatenlos in dieser staubigen Bude herumzusitzen, fand Dorian unerträglich. »Außerdem muss ich mich doch wieder zeigen.«

»Jaja. Wegen Stella.« Es wirkte, als würde Melvin sich nur mit Mühe ein genervtes Verdrehen der Augen verkneifen.

Kaum zehn Minuten später verzog der Gärtner sich in seine vier Wände, die Luft war rein. Sie verließen die Siedlung ungesehen, trotzdem war Dorian bewusst geworden, dass ihr Versteck nicht so sicher war, wie es sich bisher angefühlt hatte. Was, wenn plötzlich der Besitzer des Gartenhäuschens auftauchte? Und sei es nur, um etwas zu holen, das er dort vergessen hatte.

Sie betraten die Rote Zone noch blind. So nannte Dorian das insgeheim. Er fühlte sich, als wäre sein Sehen eingeschränkt, einfach nur, weil er wusste, dass sich rund um ihn herum abrufbare Layers befanden. Informationen, die er mit bloßem Auge nicht lesen konnte. Wahrscheinlich auch Animationen, vielleicht wieder solche, die ihm den Schlaf rauben würden, aber … sie nicht zu sehen, war schlimmer.

»Wir machen es wie gestern«, sagte Melvin, als Dorian den

Visioner aus dem Etui holte. »Ich bin hinter dir und stumm wie ein Fisch. Aber bevor du eine Straße überquerst, bleibst du stehen und gehst erst weiter, wenn ich dich leicht in den Rücken stupse. Okay?«

»Okay. Danke.« Dorian richtete die Brille auf den Boden, während er sie aktivierte, setzte sie mit gesenktem Kopf auf und blickte sich dann erst vorsichtig um.

Es waren viele Leute unterwegs, wie immer im Stadtzentrum, aber die Menschenmengen waren nicht allzu dicht. Dorian hatte sein Gesicht wieder halb hinter dem Schal verborgen, wobei ihm bewusst war, dass das nichts helfen würde, sobald ihm ein anderer Träger über den Weg lief. Dann würde die leuchtende rote Linie sich aufbauen und Bornheim wäre ihm wieder dicht auf der Spur.

Apropos Bornheim. Dorians Blick wurde von einer grünen 4 angezogen, an der Seitenfront eines Busses, der gerade in seine Haltestelle einfuhr.

Nicht mehr lange bis zum Showdown stand daneben in leuchtendem Rot.

Showdown hörte sich … bedrohlich an. Nach einem unwiderruflichen Ende. Nach einem letzten Kampf.

Oder es war einfach nur ein Wortspiel, das Bornheim Spaß machte. Showgast, Showgirls und eben … Showdown.

Noch während Dorian so dastand, wurde ihm bewusst, dass die Liniennummer des Busses deutlich sichtbar war, zum Teufel. Das in Verbindung mit der Bäckereifiliale im Hintergrund … Die Zentrale würde keine drei Minuten brauchen, um herauszufinden, wo er sich gerade befand.

Brille ab, zuklappen.

Er drehte sich zu Melvin um. »Sorry, das war ein kurzes Vergnügen, ich habe Mist gebaut. Wir müssen weg.«

Melvin sah sich um. »Was hältst du davon, wenn wir zur Abwechslung mal nach oben fliehen?« Er wies mit dem Zeigefinger auf einen nahe gelegenen Kirchturm; aus dem Fenster der Glockenstube fotografierte eben ein Tourist die Umgebung.

Die Idee war bestechend. Niemand würde sie finden, aber sie hatten ungehinderte Sicht auf alles, was sich unten auf der Straße abspielte.

Die Treppen beanspruchten Dorians Bein mehr, als er vermutet hatte; sein verletzter Oberschenkel protestierte und er brauchte gut drei Minuten länger als Melvin, bis er oben angekommen war. Doch er schaffte es, immerhin.

Sie waren um 9.17 Uhr unten losgegangen, der Kirchturmuhr zufolge. Nun war es 9.28 Uhr. Bisher schien die Luft rein zu sein, auf der Straße zu ihren Füßen tummelte sich der übliche Mix aus heimischen Passanten, die es eilig hatten, und Touristen, die gemütlich vor sich hin schlenderten.

»Siehst du jemanden von den Mambas?« Dorian stand halb verborgen hinter einem großen rothaarigen Mann, dessen Sprache er nicht verstand. Schwedisch vielleicht. Der Mann lehnte sich weit aus dem Fenster und fotografierte nach allen Seiten, dann bat er Dorian auf Englisch, ein Foto von ihm und seiner Frau zu machen.

»Pleasure«, murmelte Dorian und drückte dreimal auf den Auslöser. Neben sich hörte er Melvin nach Luft schnappen.

»Da sind sie.«

Beinahe hätte Dorian die Hände des Schweden verfehlt, als er ihm die Kamera hastig zurückgab. Er drückte sich neben Melvin ans Fenster und duckte sich dabei so weit, dass nur sein Kopf über die Kante ragte. »Mambas?«, flüsterte er.

»Nein. Bertold, Boris und zwei Typen, die ich nicht kenne. Einer hat sich vor der Pizzeria postiert, der Zweite steht an der

Bushaltestelle, siehst du sie? Boris ist gerade in Richtung Fußgängerzone gelaufen und Bertold steht gleich da vorne.« Melvin deutete auf einen hohen, bogenförmigen Hauseingang.

Ja, das war er. Dorian erkannte ihn ohne jeden Zweifel. Was hielt er da in den Händen – einen Tablet-PC? Sah ganz danach aus. Etwas Ähnliches hatten er und seine Leute schon beim ersten Mal dabeigehabt, als sie Dorian auf den Fersen gewesen waren.

»Können sie mich doch orten? Obwohl das GPS ausgeschaltet ist?«

Auch Melvin ließ Bertold nicht aus den Augen. »Nein. Aber soweit ich weiß, können sie auf die Bilder zugreifen, die die Zentrale empfängt. Bertold hofft, dass du wieder einschaltest, denke ich, und dass er dann erkennt, wo du gerade bist. So wie vorhin.«

Es ging also wirklich schnell, hier in der Roten Zone. Ein Fehler und schon waren Bornheims Leute zur Stelle.

Darf nicht am Leben bleiben.

Die Anwesenheit der Männer erfüllte Dorian plötzlich mit Panik und er wich vom Fenster zurück. Was, wenn Bertold auf die gute Idee kam, jemanden in die Kirche zu schicken? Und auf den Turm? Hier gab es keinen Ausweg, keine Fluchtmöglichkeit. Außer einem Sprung aus diesem Fenster, doch damit würde er seinen Feinden nur die Arbeit abnehmen.

»Wir sitzen hier fest«, murmelte er, damit keiner der Touristen ihn hören konnte.

Eben hatten drei junge Französinnen die Glockenstube betreten. Sie lachten, schossen Selfies und lehnten sich, als Melvin ihnen Platz machte, winkend und lachend zum Fenster hinaus.

Bitte nicht, dachte Dorian. Bitte lenkt Bertolds Aufmerksamkeit nicht auf diesen Turm, auf diese Kirche. Bitte.

Er stand an der Mauer, hatte keine Sicht mehr auf das, was draußen passierte. Vielleicht war schon jemand auf dem Weg nach oben, lief eben die Treppen hinauf.

Was dann? Niemand konnte ihn einfach entführen oder gar töten, dafür waren viel zu viele Menschen hier, ein ständiges Kommen und Gehen.

Die Spritze, die Melvin ihm gezeigt hatte, fiel ihm wieder ein. Jemandem eine Nadel durch den Stoff des Ärmels oder der Hose ins Fleisch zu jagen war einfach, ging schnell und fiel nicht weiter auf. Es musste nur Gift oder eine tödliche Dosis einer Droge darin sein und schon war das Problem erledigt.

Mit einem Mal hatte Dorian das Gefühl, keine Luft mehr zu bekommen. »Ich muss hier raus.«

Melvin musterte ihn mit einem zunächst prüfenden, dann besorgten Blick. »Ist dir schlecht? Du bist richtig blass.« Er nahm Dorian am Arm und warf gleichzeitig einen Blick aus dem Fenster, das gerade wieder frei wurde. »Es geht jetzt aber nicht. Bertold steht immer noch da, Boris auch … Die sehen uns, wenn wir rauslaufen.«

Obwohl alles in ihm sich dagegen aufbäumte zu bleiben, siegte Dorians Vernunft. Er kauerte sich in eine Ecke und konzentrierte sich auf seinen Atem. Trotzdem hatte er jedes Mal, wenn ein neuer Besucher die Glockenstube betrat, das Gefühl, sein Herz würde stehen bleiben.

Nie wieder, das schwor er sich, werde ich mich in eine solche Sackgasse begeben. Vorausgesetzt, er kam aus dieser hier heil heraus.

Es schien ihm, als verstrichen Tage, bis Melvin endlich Entwarnung gab. »Sie sind gerade gegangen«, sagte er. »Ich würde aber trotzdem lieber noch ein bisschen warten, vielleicht ist das ja ein Trick.«

Ein paar Minuten mehr waren nun auch schon egal. Dorian blieb einfach hocken, bis Melvin ihn sanft an der Schulter rüttelte.

»Los. Jetzt ist es günstig. Da ist eine ganze Gruppe englischer Touristen, die gerade wieder geht, unter die mischen wir uns.«

Zwischen den fröhlich plaudernden Briten, die meisten davon Frauen mittleren Alters, fühlte Dorian sich sicher. Er und Melvin blieben noch im Schutz der Gruppe, bis sie auf ein Café zusteuerte, erst dort schlugen sie sich in die nächste Gasse.

»Willst du zurück?«, erkundigte sich Melvin. »Du hast vorhin wirklich ausgesehen, als würdest du gleich umkippen. Wenn du möchtest –«

»Nein.« Nun, da er wieder das Gefühl hatte, notfalls davonrennen zu können, war Dorians Unternehmungsgeist zurückgekehrt. »Es ist nicht mehr lange bis zum Showdown, hat auf diesem Bus gestanden, den ich blöderweise angesehen habe. Ich muss einfach wissen, was das heißt.«

»Du könntest auch einfach in unserem Versteck bleiben und die nächsten vier Tage abwarten.« Wieder setzte Melvin diesen besorgten Blick auf. »Vielleicht hört Bornheim ja auf, dich zu jagen, wenn er seine Show gehabt hat. Das ist doch möglich.«

Das war es tatsächlich. Die Idee hatte Dorian selbst schon in seinem Kopf hin- und hergewendet, als er weit vor dem Morgengrauen aufgewacht war und an die Decke gestarrt hatte. Es war verlockend, einerseits. Andererseits fürchtete er, er würde verrückt werden, wenn er nicht wusste, was geschah. Und er wollte Stella sehen.

Angenommen, ihr würde etwas zustoßen – wie viele Jahre lang würde er sich fragen, ob er es nicht hätte verhindern können, wenn er nicht zu feige gewesen wäre? Wenn er stattdessen die Brille und seinen Kopf eingesetzt hätte?

Bisher war er Bornheims Leuten jedes Mal entwischt. Zwischendurch waren sie ihm tagelang nicht einmal nahe gekommen.

Es war Zeit, dass er endlich die richtigen Schlüsse zog. Versuchen würde er es auf jeden Fall.

Kapitel 25

Sie ließen zwei Stunden vergehen, bevor Dorian die Brille erneut aktivierte. Natürlich war es trotzdem ein Risiko, aber kein größeres, als wenn er es morgen erst wieder versucht hätte.

Rund zehn Minuten dauerte es also, bis Bertold zur Stelle war, sobald er Dorians Aufenthaltsort erkannt hatte. So war es zumindest nach seinem unachtsamen Blick auf die Busnummer gewesen. Zehn Minuten waren eine lange Zeit – eventuell würde es manchmal schneller gehen, falls die Verfolger sich ohnehin nur ein paar Gassen weiter befanden.

Warum, wusste er nicht genau, aber es hatte Dorian wieder zum Fluss gezogen, zu der Stelle, an der er zum ersten Mal durch den Visioner geschaut hatte. Wahrscheinlich wollte er wissen, ob das Bankgebäude immer noch stumm „Mörder" in die Welt hinausschrie. Außerdem war er von hier aus schon einmal entkommen, er würde es wieder schaffen – Bus, U- und Straßenbahn lagen nur wenige Schritte entfernt, ebenso die Brücke. Die allerdings verursachte ihm heftiges Unbehagen, sobald er den Blick darauf richtete. Das Bild von Stellas Körper, der an einer der Streben hing und sich langsam um sich selbst drehte, steckte ihm noch tief in den Knochen.

Würde es nach wie vor da sein, wenn er die Brille aufsetzte? Er hoffte nicht – selbst jetzt, in dem Wissen, dass es eine Täuschung war, würde er den Anblick nur schwer ertragen können.

Gleich würde er Klarheit haben.

Melvin postierte sich hinter ihm.

Sechs Minuten, hatten sie verabredet, denn natürlich würde Bertold sofort wissen, wo sie steckten. Aber sechs Minuten ließen genug Puffer, hoffentlich. Dann sollte Melvin Dorian auf die Schulter tippen, der musste die Brille deaktivieren und beide würden möglichst schnell zur U-Bahn rennen. In den Menschentrauben verschwinden.

Aufsetzen. Ja, da war der Schriftzug wieder. `MÖRDER.`Doch diesmal war auch die benachbarte Fassade markiert, mit deutlich mehr Text, grün unter dem blau-weißen Logo der Versicherung, die dort residierte.

```
Warnung!
Da die Firma Symplex & Forb trotz mehrfacher
Aufforderung nicht bereit ist, ihre Produktions-
bedingungen in Bangladesch auf ein menschenwür-
diges Niveau zu bringen, muss sie in den nächs-
ten Tagen mit Sanktionen rechnen. Wir empfehlen
allen Mitgliedern des Kaders, den Firmengebäuden
fernzubleiben.
```

Symplex & Forb, das hatte Dorian schon einmal irgendwo gehört oder gelesen, doch er konnte sich nicht daran erinnern, was diese Firma herstellte. Egal, offensichtlich hielt sie sich nicht an Bornheims persönliches Weltverbesserungsprogramm und würde das demnächst wohl bereuen.

Oder würde jemand dort die Zusammenhänge durchschauen und Bornheim anzeigen? Wieso war das bisher nicht passiert?

Weil niemand wusste, mit wem er es zu tun hatte, vermutlich. Weil der Kader zusammenhielt und die, die ausscherten, bedauerliche Unfälle hatten, so wie Regener.

Dorian prägte sich die Warnung gut ein, dann wandte er vorsichtig den Kopf nach rechts. Zur Brücke. Atmete erleichtert aus.

Nein, Stella hing nicht hier, es gab keinen einzigen Layer an der Brücke, nichts.

Eine merkwürdige Bewegung zu seiner Linken ließ Dorian langsam den Kopf drehen. Keine plötzlichen Blickrichtungswechsel, so viel hatte er schon gelernt.

Da war etwas. Am Wasser. *Im* Wasser. Er konnte Umrisse erkennen, die zu etwas Riesigem, Langem gehören mussten, das sich jetzt immer weiter an die Oberfläche bewegte.

Und dann zeigte sich tatsächlich etwas grün Schillerndes, Schuppiges … wie ein enormer Schlangenrücken, gespickt mit hohen Zacken. Es glitt durch den Fluss, majestätisch, und versank wieder.

Nicht für lange allerdings. Denn nun erhob sich ein gewaltiger grüner Drachenkopf aus dem Wasser, groß wie ein Auto. Aus dem halb geöffneten Maul glitt eine dunkelrote, gespaltene Zunge, die gelben Augen mit den schlitzförmigen Pupillen hefteten ihren Blick auf Dorian. Gierig. Hungrig.

Diesmal beherrschte er sich. Trat nicht erschrocken zurück, schon um Melvin nicht anzurempeln. So Furcht einflößend diese Wasserschlange auch wirkte, sie war nicht echt. Ein Layer, einer von der genialen Sorte.

Fasziniert beobachtete Dorian, wie das Tier sich aufbäumte, sich immer weiter aus dem Wasser erhob … und dann wurde ein Schriftzug sichtbar, zusammengesetzt aus goldenen Schuppen.

`Wir haben dich. Gleich.`

Der Drachenkopf kam näher, wurde größer und größer und nun tat Dorian doch einen Schritt zurück. Wieder ein reiner

Reflex, obwohl er diesmal nicht erschrocken war, nur … angespannt. Der Anblick war unheimlich, auch wenn er genau wusste, dass von dem Trugbild keine Gefahr ausging.

Dann versank die Schlange. Verschwand. Dorian sah ihr hinterher, versuchte noch, die Umrisse im schnell dahinfließenden Wasser zu erkennen, doch da war nichts mehr.

Bisher hatte Melvin ihm noch nicht auf die Schulter getippt, aber ganz zweifellos würde es gleich so weit sein. Dorians Zeitgefühl war ziemlich gut. Ein letzter, prüfender Blick noch auf die beiden markierten Bürotürme, dann würde er den Visioner absetzen, egal ob noch ein paar Sekunden Zeit übrig waren.

Symplex & Forb. Es war vielleicht keine schlechte Idee, die Leute dort zu warnen. Wieder eine Möglichkeit, Verbündete zu finden. Oder – in eine neue Falle zu tappen, so wie bei Vollmar.

Dorian nahm die Brille ab und klappte sie zusammen. Wieder der Kopfschmerz, schlimmer als die Male zuvor. Er rieb sich die Schläfen. »Manchmal ist es ja echt schade, dass du nicht sehen kannst, was ich –«

Er drehte sich um, aber Melvin stand nicht mehr an seinem Platz. Er war auch nirgendwo auf der Flusspromenade zu entdecken, nicht bei der Brücke, nicht auf den Treppen, die zur Straße hinaufführten.

Das konnte doch nicht sein. Er wäre doch nicht einfach so gegangen, auch wenn er plötzlich hätte pinkeln müssen oder ihm übel geworden wäre.

Dorian lief den Kai entlang, sah hektisch in alle Richtungen. Es waren Menschen unterwegs, aber Melvin war nicht unter ihnen.

Konnte es sein … War es möglich, dass jemand ihn betäubt und weggeschleppt hatte? Lautlos? Allzu sehr hatte Dorian nicht auf die Geräusche um sich herum geachtet, er war viel zu fasziniert gewesen von dem Schauspiel, das sich ihm geboten hatte.

War das Bornheims Plan gewesen? Oder war es sogar noch schlimmer: Hatte der Drachen-Layer dazu gedient zu verbergen, was wirklich im Fluss geschah? Dass ein bewusstloser Junge hineingeworfen wurde, der dann hilflos versank?

Oh Gott, nein. Wieder starrte Dorian auf den Strom, diesmal nicht auf der Suche nach der Wasserschlange, sondern nach einem Körper. Tot oder so gut wie tot.

Bitte nicht, bitte, bitte nicht.

Er begann zu rennen. Flussaufwärts, auf die Treppen zu, die direkt zur U-Bahn-Station führten. Vielleicht war ja alles nur ein Missverständnis und Melvin hatte ihn doch angetippt. Möglich, dass Dorian so fasziniert von dem Drachen gewesen war, dass er es einfach nicht gespürt hatte. Dann war Melvin jetzt vielleicht schon bei der Haltestelle und wartete.

Die Stufen hoch. Hier oben waren viel mehr Leute unterwegs, manche von ihnen musterten Dorian skeptisch, was aber sicher nur daran lag, dass er so wild um sich blickte.

Nirgendwo auch nur die geringste Spur von Melvin. Dafür hielt aber Bertolds dunkler Van gerade in der Ladezone vor dem Supermarkt gegenüber. Die Fahrertür öffnete sich.

Ohne eine weitere Sekunde zu verschwenden, rannte Dorian die Rolltreppe hinunter, die zu den Bahnsteigen führte.

Auch hier – kein Melvin.

Wenige Sekunden später fuhr ein Zug ein. Dorian nahm ihn, ohne lange nachzudenken – er fühlte sich wie betäubt. Damit, dass Melvin verschwinden könnte, hatte er nicht gerechnet.

So war es vermutlich auch nicht gewesen. Man hatte ihn fortgeschleppt, es mussten Mambas gewesen sein. Melvins ehemalige Kollegen. Schnell, leise, effizient, so wie er selbst.

Aber warum hatten sie Dorian unbehelligt am Flussufer stehen lassen? Ein kleiner Schubs hätte genügt und sie wären ihn los gewesen. Er schwamm nicht schlecht, aber fließende Gewässer waren eine Sache für sich.

Eine letzte Möglichkeit gab es außerdem noch, doch an die wollte Dorian nicht glauben. Dass Melvin nämlich einfach die Gelegenheit ergriffen hatte und abgehauen war, weil ihm die ständige Flucht an Dorians Seite gereicht hatte. Und dass er zu feige gewesen war, um das offen zu sagen.

Dorian schüttelte leicht den Kopf. So war es nicht, auf keinen Fall. Melvin war nicht der Typ, der sich hintenrum verdrückte. Hätte er gewollt, dass ihre Wege sich trennten, hätte er das klar gesagt.

Vier Stationen fuhr Dorian mit der U-Bahn, dann stieg er aus. Ohne Frage außerhalb der Roten Zone.

Er war ratlos wie selten. Angenommen, Bertold und die Mambas hatten Melvin wirklich in ihrer Gewalt. In dem Fall wäre es riskant, zur Kleingartensiedlung zurückzukehren – vielleicht pressten sie aus ihm heraus, wo sich ihr Unterschlupf befand.

Andererseits: Wenn er und Melvin doch nur durch ein dummes Versehen voneinander getrennt worden waren, war das Häuschen der einzig sinnvolle Treffpunkt.

Dorian schluckte seine Angst hinunter. Er würde es darauf ankommen lassen. Und dabei so vorsichtig wie möglich sein.

Aber weder seine Hoffnungen noch seine Befürchtungen erfüllten sich. Die Schrebergartensiedlung lag menschenleer vor ihm, als er sie betrat. In keinem der Häuschen brannte Licht, keiner der Besitzer arbeitete in seinem Garten. Die Eichhörnchen hatten wieder das Regime übernommen.

Den ganzen Abend über saß Dorian geduckt im Dunkeln am

Fenster und spähte hinaus. Ließ den Weg, den sie immer genommen hatten, nicht aus den Augen. Lauschte auf jedes Geräusch, und von denen gab es viele, aber keines kündigte sich nähernde Menschen an.

Am nächsten Morgen erwachte er mit einem tauben rechten Arm und Kopfschmerzen – er musste im Halbschlaf vom Stuhl auf den Boden geglitten und dort eingeschlafen sein. Er fühlte sich wie durchgekaut und ausgespuckt, aber die gute Nachricht war, dass er die Nacht ohne unliebsamen Besuch überstanden hatte.

Melvin war allerdings auch nicht wieder aufgetaucht.

Damit stand fest, dass er Bornheims Leuten in die Hände gefallen sein musste. Vielleicht hatte er tatsächlich den Fehler begangen, allein zur U-Bahn vorauszugehen, und dort hatten sie ihn geschnappt.

Dorian stand gut eine Viertelstunde unter der Dusche und entschuldigte sich in Gedanken bei den Hausbesitzern für den verschwenderischen Heißwasserverbrauch. Danach fühlte er sich wohler, obwohl er nicht die geringste Ahnung hatte, was er nun tun sollte. Jetzt, wo er wieder völlig allein war.

Andererseits – vielleicht war er das gar nicht.

```
Menü.
Hugo rufen.
```

Dorian war in das gleiche Waldstück gefahren, wo Melvin den Visioner aufgesetzt und seinen Layer gelesen hatte. Diesmal ging er noch ein bisschen tiefer zwischen die Bäume, er wollte sichergehen, dass ihn niemand sah. Oder hörte.

Der drollige schwarze Vogel kam von der Seite herangeflogen

und umkreiste nun einen Baumstumpf. »Du hast mich ganz schön lange links liegen lassen«, quäkte er.

»Nur aus Vorsicht.« Dorian rückte die Brille so zurecht, dass die winzigen Lautsprecher in den Bügeln genau vor seinen Ohren lagen. »Hilfst du mir trotzdem?«

Hugo landete ungeschickt auf dem Baumstumpf und brachte mit dem Schnabel ein paar zerzauste Federn wieder in Form. »Klar. Weil ich ein netter Kerl bin.«

»Ich suche Melvin.« Mit einem Mal wurde Dorian bewusst, dass er nicht einmal den Nachnamen seines Freundes kannte. »Ein Kumpel von mir. Bis gestern waren wir gemeinsam unterwegs, dann ist er plötzlich verschwunden. Ich mache mir Sorgen um ihn.«

Hugo schüttelte sein Gefieder. »Wie kann ich dir helfen?«

»Weißt du, wo Melvin steckt?«

»Nein.«

Na großartig. Die ganze Fahrt ins Grüne war völlig sinnlos gewesen.

Dorian wusste nicht, ob es an der unbequem verbrachten Nacht lag oder an der endlosen Reihe von Fehlschlägen, die hinter ihm lag – doch jetzt, in diesem Moment, war er erstmals bereit, den Kampf aufzugeben.

Er würde Stella nicht wiedersehen und das brach ihm fast das Herz. Er würde Melvin im Stich lassen, doch der lebte vielleicht gar nicht mehr. Ein Gedanke wie ein Faustschlag in den Magen.

»Angenommen, ich würde gern die Stadt verlassen. In welche Richtung soll ich fahren?« Es tat weh, das zu sagen. Die Niederlage laut einzugestehen.

»Nach Westen.« Hugos Antwort kam prompt.

»Warum?«

Der kleine schwarze Vogel spreizte die Flügel. »Weil dort die

Sonne untergeht«, sagte er mit veränderter Stimme. Sie klang tiefer und hallte, als käme sie aus einer Gruft. »Verlass die Stadt. Bring dich in Sicherheit. Bald gibt es nicht nur eine Rote, sondern auch eine Tote Zone.«

Um ein Haar hätte Dorian sich die Brille aus dem Gesicht gerissen. Bisher war Hugo das Sympathischste gewesen, was der Visioner zu bieten hatte – umso erschreckender wirkte dieser neue Ton. Als steckte hinter der drolligen Fassade eine zweite, grauenvolle Seite, die jederzeit hervorbrechen konnte.

»Zehn, neun, acht«, krächzte der Vogel und rollte mit den riesigen Augen. »Sieben, sechs … fünf!«

Keine Frage, worauf Hugo da anspielte. Die Show, diese merkwürdige Show, von der Dorian immer wieder auf den Layern las.

»Weißt du, was bei null passiert?« Dorian stellte die Frage nur widerwillig, er war so gut wie überzeugt, dass die Antwort keine schöne sein würde.

»Da wird ein Schlussstrich gezogen.« Das Flüstern schien von allen Seiten gleichzeitig zu kommen. »Die Frage ist nur, von wem.«

Es klang bedrohlich. Dorian ahnte, dass Hugo weitere Details wieder nur in Rätselform ausspucken würde. Das war wahrscheinlich seine Aufgabe – wer auch immer ihn programmiert hatte. Die Träger auf Trab halten. Nur dann helfen, wenn es gar nicht mehr anders ging.

Trotzdem versuchte er es. »Was bedeutet ‚Schlussstrich'?«

Hugo flatterte hoch, landete auf einem Ast, etwa zwei Meter über Dorians Kopf. »Das Ende natürlich, was dachtest du denn? Nicht für alle. Aber für manche. Und es ist noch nicht raus, für wen.«

»Vielleicht auch für mich?«

»Nicht, wenn du abhaust. Oder vielleicht doch.« Hugo legte den Kopf schief. »Dann wird es für dich ein anderes Ende sein. Eines, das dich lange quälen wird.«

Da war sie wieder, die Drohung. Die Erinnerung an das Bild von Stella, erhängt an der Brücke, stand Dorian erneut vor Augen.

War Bornheim das wirklich zuzutrauen? Meine Güte, was für eine Frage – natürlich! Er hatte Regener und Bering auf dem Gewissen und wenn Melvin sich nicht geirrt hatte, auch ein paar Mambas. Jugendliche in Stellas und Dorians Alter. Er hatte keine Skrupel, Menschen zu opfern, das hatte er mehr als einmal bewiesen.

»Ich weiß einfach nicht mehr, was ich tun soll«, murmelte Dorian mehr zu sich selbst, aber Hugo schien ihn gehört zu haben.

Er flog von seinem Ast und landete auf dem Boden zu Dorians Füßen.

»Spuren suchen«, gurrte er und pickte in der Erde herum. »Sie sind wie Brotkrumen und sie sind überall verstreut.«

»Überall?«

»Ja. Überall in der Roten Zone.«

Kapitel 26

Dorian kehrte mit mulmigem Gefühl in die Innenstadt zurück. Er hatte fast noch eine Stunde lang mit sich gerungen, ob er es wirklich tun sollte. Hugo war ein Geschöpf dieser verfluchten Brille, vielleicht war es seine Aufgabe, Dorian in die Hände Bornheims zu treiben.

»Kann es sein, dass du mich anlügst?«, hatte er ihn gefragt. Woraufhin Hugo den Kopf gehoben hatte, stolz wie ein Adler.

»Das habe ich noch kein einziges Mal getan.«

Also hatte Dorian beschlossen, dem Vieh zu glauben, obwohl er wusste, dass das vielleicht das Dümmste war, was er je getan hatte. Virtuelle Figuren hatten kein Gewissen, auch kein schlechtes. Was sie hatten, war jemand, der sie am Computer erschaffen hatte. Wer wusste schon, zu welchem Zweck.

Es war die Aussicht auf Spuren gewesen, die Dorian schließlich doch wieder in die Rote Zone getrieben hatte. Die Hoffnung, Hinweise auf Melvins Verbleib zu finden oder auf die wahre Natur dieser *Show*.

Doch das Erste, was er fand, war die Headline einer Zeitung, die er im Schaufenster einer Buchhandlung entdeckte. Er las sie nicht durch den Visioner, sondern einfach nur so. Es war auch keine zusätzliche Erklärung nötig, die Fakten lagen klar vor ihm. Er hätte gestern von irgendjemandem zwei Euro erbetteln und sich eine Telefonzelle suchen sollen.

Großbrand bei Textilwarenhändler
Die Hauptniederlassung von Symplex & Forb ist in der vergangenen Nacht bei einem Brand großteils zerstört worden. Besonders schwer betroffen waren die Lagerhallen – laut einem Sprecher des Konzerns beläuft sich der Schaden auf über hundert Millionen Euro. Bis auf zwei Feuerwehrmänner, die mit leichten Rauchgasvergiftungen ins Krankenhaus gebracht wurden, gab es keine Verletzten.
Die Geschäftsleitung gibt an, in letzter Zeit Drohungen aus unbekannter Quelle erhalten zu haben. Jedoch gab es keinen Hinweis auf Brandstiftung, ersten Untersuchungen zufolge ist das Feuer auf einen technischen Defekt in der Heizungsanlage zurückzuführen.

Und ob das Brandstiftung gewesen war. Dorian hatte seine Arme um den eigenen Körper geschlungen, als ob ihm das Halt geben könnte.

Wieder eine von Bornheims Sanktionen für ein Verhalten, das seinen ethischen Grundsätzen widersprach.

Wie ging das zusammen? Wie konnte jemand auf der einen Seite ein so starkes Bedürfnis nach Gerechtigkeit haben und auf der anderen Seite so zerstörerisch sein? Menschenleben riskieren, nein, sogar bewusst auslöschen?

Und Dorian war zu einem Rädchen in dieser Maschinerie geworden, einfach nur deshalb, weil Regener die Brille so vehement abgelehnt hatte. *Die zweite Lieferung.*

Die erste war wohl auch ein Visioner gewesen … schon ein Starter- oder ein Probemodell? Das einen Vorgeschmack gab auf das, was kommen würde? Und das einen dann, wenn man nicht nach den Regeln spielte, von der Straße abkommen ließ, wenn man es unvorsichtigerweise beim Autofahren trug? Wie hatte Regener nur einen solchen Fehler begehen können?

Unwillkürlich schob sich Dorians Hand über die Erhebung in seiner Jackentasche. Das Etui. Wahrscheinlich war er selbst gerade im Begriff, in die gleiche Falle zu tappen, und würde sich in Kürze wünschen, doch das Weite gesucht zu haben. Nur dass diese Vorstellung so … erbärmlich war.

Der Visioner ergänzte das Stadtbild heute vor allem um die Zahl 3. Jedes einzelne Stoppschild, das Dorian zu Gesicht bekam, war mit ihr markiert, ebenso viele Haustüren.

`T1 persönlich wird der Showmaster sein` stand dort dabei, wo genügend Platz vorhanden war.

T1. Träger Nummer eins also und das war zweifellos Bornheim selbst.

Showgäste, Showgirls, ein Showmaster – Dorian versuchte, sich vorzustellen, was damit gemeint sein konnte, aber in seiner Vorstellung tauchten nur blinkende Lichter und glitzernde Kleider auf. Darum ging es bei dieser Show mit ganz großer Sicherheit nicht.

Er lief weiter die Straße entlang. Spuren seien überall, hatte Hugo behauptet. Überall in der Roten Zone. Doch bisher war nichts zu sehen gewesen, bis auf die dämliche Drei. Sah so aus, als hätte der Vogel Dorian doch in die Irre –

Er stoppte so plötzlich, dass jemand von hinten in ihn hineinlief und ihn gleichzeitig anschnauzte, ob er nicht aufpassen könne. Doch Dorians ganze Aufmerksamkeit galt der roten Inschrift, die sich quer über die Fassade eines Drogeriemarktes spannte.

`Brauchst du Hilfe bei deiner Suche? Hier entlang.`

Darunter blinkte ein nach rechts gerichteter Pfeil, wies in eine Seitengasse.

Ihm folgen oder nicht? Lieber die entgegengesetzte Richtung einschlagen? Oder überhaupt umkehren?

Dorian blieb nicht viel Zeit zum Überlegen. Nachdem er heute nicht bereit war, darauf zu achten, ob etwas mit Wiedererkennungswert in sein Blickfeld geriet, würde er in spätestens fünf Minuten die Brille abnehmen und das Weite suchen müssen. Bis dahin würde Bertold ihm garantiert im Nacken sitzen.

Also folgte er dem Pfeil – das war das einzig Logische, nachdem er eigentlich nur hier war, um die Brotkrumen zu suchen, von denen Hugo gesprochen hatte.

Wenn sie gleich hinter der nächsten Ecke hervorspringen und sich auf mich stürzen, weiß ich wenigstens, dass mein Vater recht hatte und ich ein Vollidiot bin.

Doch niemand griff ihn an. Er wich einer Frau im Pelzmantel aus, die ihn übersah, weil sie etwas in ihr Handy tippte, hielt Ausschau nach einem weiteren Hinweis … und erstarrte.

Dort vorn stand jemand und wartete ganz offensichtlich auf ihn. Jetzt hob er auch noch eine Hand und winkte, bevor er sie auf Halshöhe führte und eine schnelle Kopf-ab-Bewegung vollführte.

Dorian stand einfach nur da und starrte die Person an. Zu keinem klaren Gedanken fähig. Er hatte ihn sterben sehen, hatte sein Blut im Gesicht kleben gehabt. Dessen ungeachtet stand er jetzt da, in seiner typisch provokanten Haltung, mit diesem unfassbar unsympathischen Grinsen. Trotzdem wäre Dorian ihm am liebsten um den Hals gefallen.

»Emil.« Es war nicht mehr als ein Wispern gewesen, für Emil aber offenbar dennoch eine Art Signal. Er drehte sich um und verschwand hinter dem nächsten Haus.

Es dauerte noch zwei oder drei Atemzüge, bis Dorian sich wieder bewegen konnte. Bis er lossprintete und gleichzeitig begriff, dass seine Erleichterung verfrüht war – er musste Emil ohne Visioner sehen, um sicher sein zu können, dass er lebte und nicht nur ein technischer Effekt war, ähnlich wie Hugo.

Im Laufen nahm Dorian die Brille ab, die ihm prompt aus der Hand glitt, aber zum Glück von seinem Schuh abgebremst wurde, bevor sie den Boden berührte. Sie sah noch heil aus, sie *musste* noch heil sein. Dorian hob sie auf, rannte weiter, bog um die Ecke – keine Spur von Emil.

Eventuell war er in dem Supermarkt da links verschwunden? Oder in einem der Hauseingänge? Da vorn, noch ein Stück vor dem Supermarkt, fiel gerade eine Tür ins Schloss.

Dorian drehte sich im Kreis, spähte noch einmal in alle Richtungen. Emil war nirgendwo zu sehen. Vielleicht war er das auch nie gewesen.

Brille zuklappen. Dieser Rückschlag durfte ihn jetzt nicht aus der Fassung bringen und vergessen lassen, dass Bertold und seine Leute immer noch hinter ihm her waren. Ihn bald einholen würden, wenn er sich zu lange in dieser Gasse herumtrieb.

Also weiter. Schneller. Die Universität lag hier ganz in der Nähe, ein riesiges Gebäude mit Innenhöfen, Treppenfluchten und zahllosen Hörsälen. Sich dort unter lauter Studenten zu verstecken war das Beste, was Dorian im Moment einfiel. Er hatte das früher schon getan, wenn das Wetter draußen scheußlich gewesen war. Ab und zu hatte er Vorlesungen besucht und sich von den Inhalten überraschen lassen. Auf diese Weise hatte er alles Mögliche über Byzanz, Medienrecht und Multidimensionalen Konsum erfahren.

Diesmal betrat er die Universität nicht, er stürmte hinein, was niemanden zu irritieren schien – die anderen dachten wahrscheinlich, er müsse zu einer Prüfung und sei zu spät dran.

Die Bibliothek, war sein erster Gedanke, dort gab es sicher Lesenischen, in denen man sich verbergen konnte. Allerdings wusste er nicht, ob er ohne Ausweis überhaupt eingelassen werden würde.

Schließlich stieß Dorian auf einen leeren Hörsaal, dessen Tür nur leicht angelehnt war. Die letzte Vorlesung, die hier stattgefunden hatte, konnte nicht lange her sein – der Stuhl, auf dem er Platz nahm, war noch warm.

Emil. War er es wirklich gewesen? Wenn man nach dem gesunden Menschenverstand ging: nein. Den toten Emil hatte Dorian ungefiltert gesehen und auch das Blut konnte er sich damals nicht eingebildet haben. Zwischen Dorian und dem lebendigen Emil hingegen hatte sich der Visioner befunden.

Er durfte nicht zu viel Hoffnung in diese Begegnung stecken. Falls es überhaupt eine gewesen war.

Nach einer halben Stunde hielt Dorian es nicht mehr aus, einfach nur herumzuhocken – er hatte es noch nicht aufgegeben, vielleicht doch einen Hinweis auf Melvins Verbleib zu finden. Oder Stella zu sehen.

Einen Moment lang nahm das sehnsüchtige Ziehen in seinem Inneren ihm fast die Luft. In den letzten Tagen hatte er sich verboten, zu viel an sie zu denken, und dank Melvins Gesellschaft war ihm das weniger schwergefallen als befürchtet.

Er wusste nun schon so viel von Bornheims Machenschaften – wenn er Stella all das schilderte, würde sie nicht weiter in der Villa bleiben wollen. Oder?

Mit ihr gemeinsam die Stadt verlassen, die Brille wegwerfen und diesen ganzen Irrsinn vergessen … Allein der Gedanke fühlte sich paradiesisch an.

Dorian schob den Stuhl zurück und stand auf, er musste raus hier. Bornheims Leute würden seine Spur inzwischen längst verloren haben und damit standen ihm wieder zehn Minuten zur Verfügung, um neue Hinweise zu sammeln.

Er nahm die erste Treppe nach unten und stieß fast mit einem Mädchen zusammen, das ihm mit gesenktem Kopf entgegenkam, den Blick auf das Display ihres Handys gerichtet.

Dorian hielt inne. Versuchen konnte er es ja immerhin. »Entschuldige bitte.«

Sie sah nicht einmal zu ihm auf. »Ja?«

»Würdest du mir dein Telefon leihen? Für zwei Minuten?«

Nun hob sie den Kopf und betrachtete Dorian von oben bis unten. »Ganz sicher nicht.«

»Bitte. Ich muss nur etwas googeln, ich beeile mich.« Wirkte sein Hundeblick? Schien so.

Die Studentin seufzte genervt und reichte ihm das Smartphone. »Eine halbe Minute, mehr nicht.«

Dorian öffnete die Suchmaschine auf dem Browser und gab „Mord an Obdachlosem“ ein.

Jede Menge Treffer, die sich allerdings auf einen drei Jahre zurückliegenden Fall bezogen, der längst aufgeklärt war.

Er scrollte nach unten, klickte zwei der Links an, deren Überschriften „Messermord an obdachlosem Mann“ lauteten, doch der Browser hatte die Seiten noch nicht einmal aufgebaut, da streckte das Mädchen wieder die Hand nach seinem Telefon aus.

»So, das war's leider. Ich muss in die Vorlesung.«

Widerstrebend gab Dorian ihr das Handy zurück. »Danke.«

Die restlichen Stufen stieg er langsam nach unten. Er hatte erwartet, dass Emils Tod ganz oben bei den Treffern zu finden sein würde – doch da war nichts gewesen.

Was nicht hieß, dass er noch lebte. Aber … es war denkbar. Allein die Vorstellung ließ tonnenschwere Gewichte von Dorians Schultern fallen.

Er beschleunigte seine Schritte. Er würde diesen Tag so gut es ging nutzen: In den Phasen, in denen er den Visioner trug, würde er nach Hinweisen auf die Show und Melvin Ausschau halten – der hatte ihm das Leben gerettet, verhindert, dass Dorian überfahren wurde. Ihn im Stich zu lassen kam einfach nicht infrage, das wäre feige und unfair gewesen. Und sobald die Brille deaktiviert war, würde er Emil suchen, dessen Lieblingsplätze kannte er schließlich.

Wieder einen konkreten Plan zu haben fühlte sich gut an. Dorian verließ das Universitätsgebäude und lief in Richtung Rathaus, durchquerte den Park und steuerte eine der Unterführungen an, von der er wusste, dass Emil sich dort gerne tagsüber aufgehalten hatte.

Aber natürlich war hier keine Spur von ihm. Dorian beschimpfte sich stumm als Idioten, weil er tatsächlich ein wenig enttäuscht darüber war.

Er hatte sich reinlegen lassen, es war nichts weiter gewesen als eine neue Täuschung des Visioners. Emil war tot. Das musste er endlich einsehen. In den Medien war bestimmt nur deshalb nichts darüber zu lesen, weil Bornheim seine Leiche hatte verschwinden lassen – Dorian zuliebe. Um ihn an sich zu binden.

Mit der Rolltreppe fuhr er beim gegenüberliegenden Ausgang wieder hinauf ans Tageslicht; da vorne war ein weiterer Park, dahinter der Kern der Roten Zone.

Brille auf. Es erschienen Informationen zu einem Kunstmuseum, an dem Dorian gerade vorbeiging. Kurz danach übersetzte der Visioner ungefragt die Speisekarte eines japanischen Restaurants, auf die er einen flüchtigen Blick geworfen hatte.

Das alles lenkte nur ab, es lenkte ab von … der Drei, die ihm erneut von einem Stoppschild entgegenleuchtete, und von dem überdimensionalen Geier, der ihm auf Augenhöhe entgegenkam, im Gleitflug, den gekrümmten Schnabel leicht geöffnet.

Eine Täuschung, nur eine Täuschung. Dorian wusste es so sicher, wie er seinen eigenen Namen kannte, trotzdem duckte er sich unwillkürlich. Um im nächsten Moment eine kräftige Hand zu spüren, die ihn im Nacken packte.

»Na endlich!«

Bertolds Stimme.

Den Kopf zu wenden war nicht möglich, also trat Dorian nach hinten aus, vergeblich, er traf seinen Gegner nicht.

»Hör auf, dich zu wehren, dann passiert dir auch nichts.«

Ja, von wegen. *Darf nicht am Leben bleiben.* Er war doch nicht verrückt, sich von Bornheims Mann für die schmutzigen Sachen auf so billige Weise besänftigen zu lassen.

Stattdessen ließ Dorian sich bäuchlings fallen. Und es klappte: Bertolds Hand glitt aus seinem Nacken und bevor sie wieder zupacken konnte, war Dorian aufgesprungen und losgesprintet. Er rannte so schnell wie noch nie in seinem Leben und vielleicht, nein, wahrscheinlich würde es vergebens sein. Sicher rief Bertold schon die anderen zu sich, erklärte ihnen, wie sie Dorian am besten den Weg abschneiden konnten.

Aber er kannte die Stadt besser, das hoffte er wenigstens. Er wusste zum Beispiel, dass es in der Passage, die sich gleich zu seiner Rechten auftun würde, einen schmalen Gang gab, der in eine Seitengasse mündete. Er war lange gesperrt gewesen, aber kurz bevor Dorian in die Villa geholt worden war, hatte man ihn wieder geöffnet.

Er rannte, immer noch mit der Brille im Gesicht – es war keine Zeit, sie abzunehmen, obwohl das natürlich ein Fehler war. Vor ihm öffnete sich ein Spalt im Boden – *nicht echt, nicht echt, nicht echt*, er wusste es, trotzdem sprang er, strauchelte bei der

Landung, lief weiter. Ignorierte den riesigen Hund, der auf ihn zuhetzte. Aus seinem Maul troff Geifer.

Dorian wich ihm aus, brachte es nicht über sich, durch ihn hindurchzulaufen – denn was, wenn er sich irrte? –, und bog in die Passage ein, in den gewölbten Durchgang. Kollidierte beinahe mit einem Jungen im etwa gleichen Alter – konnte der zu den Mambas gehören? Nein, unwahrscheinlich, falsches Outfit und viel zu überrascht über den Zusammenstoß.

Ein schneller Blick über die Schulter – kein Bertold, noch nicht. Dafür kam auf der rechten Seite gleich die Gasse, die Dorian ansteuerte. Sollte er unbehelligt auf der anderen Seite hinauskommen, war er nicht mehr weit entfernt von dem Haus, in dem er sich letztens schon versteckt hatte. Hoffentlich war die Tür immer noch defekt …

Der Gang war menschenleer und Dorian fühlte einen Anflug von Dankbarkeit. Er würde es schaffen. Wenn nicht jemand direkt hinter dem Ausgang auf ihn lauerte, würde er –

Plötzlicher Schmerz in seiner Schulter, als wäre etwas dagegengeprallt.

Ein erschrockener Aufschrei, der nicht von ihm kam.

Das Hindernis, gegen das er gerannt war, fühlte sich wie ein Körper an, aber da war nichts, niemand –

»Dorian!«

Er stolperte über etwas, das er ebenfalls nicht sah, die Brille verrutschte. Da war ein Schuh, schwarz und knöchelhoch. Enge Jeans.

»Na endlich!« Jemand lachte.

Dorian kannte die Stimme, aber sie gehörte nicht Bertold und auch nicht Boris, sondern …

Er wurde am Oberarm hochgezogen, obwohl er sich wehrte und versuchte, sich aus dem Griff zu befreien. Über den oberen

Brillenrand hinweg erkannte er sein Gegenüber nun, ohne jeden Zweifel.

Nico. Es war das erste Mal, dass er sich unter den Jägern befand. Oder das erste Mal, dass Dorian es mitbekam.

Mit einem Ruck riss er sich los, nahm die Brille ab und klappte sie noch in der gleichen Bewegung zu, während er wieder lossprintete. Dabei den scharfen Schmerz ignorierte, der hinter seiner Stirn aufflammte. Seine Chance zu entkommen war minimal, aber er würde sie nicht einfach vergeben, er musste es wenigstens versuchen.

Zehn, fünfzehn Schritte weit kam er, dann hatte Nico ihn wieder gepackt, diesmal am Unterarm. Doch er versuchte nicht, ihn zu stoppen, im Gegenteil, er übernahm die Führung und zog Dorian hinter sich her, hinaus aus dem schmalen Durchgang, auf die Straße.

In seiner ersten Verblüffung hatte Dorian sich nicht gewehrt, sondern sich von Nico weiterziehen lassen. Jetzt endlich versuchte er, stehen zu bleiben, wieder freizukommen.

»Bitte!« Nico drehte sich hastig zu ihm um, riss ihn weiter. »Ich will dir helfen, glaub mir. Aber wir müssen uns beeilen, sie sind sicher gleich da. Du hast den Visioner viel zu lange aufgelassen.«

Er wusste nicht, ob es Ratlosigkeit war oder die Hoffnung, dass Nico ihm tatsächlich helfen wollte – jedenfalls sträubte Dorian sich nicht weiter gegen das Gezerre an seinem Arm. Er passte sich Nicos Tempo an, während er mit der rechten Hand immer noch die zusammengeklappte Brille umklammerte und die Blicke der Passanten zu ignorieren versuchte.

Sie erreichten ihr Ziel, als Dorian gerade begann, außer Atem zu geraten. Im Laufen hatte Nico einen Schlüssel aus der Hosentasche gezogen und die darauf befindliche Fernsteuerung betätigt. Auf einem Parkplatz in circa zwanzig Meter Entfernung leuchteten die Blinker eines dunkelblauen Kastenwagens auf.

Ich Idiot. Dorian bremste aus vollem Tempo ab, sein Arm glitt aus Nicos Griff. Er machte kehrt, im Bewusstsein, dass er nun wahrscheinlich Bertold direkt in die Fänge lief, aber da gab es sicher noch die Chance zu entkommen. Sobald er sich jedoch in ein Auto einschließen ließ, war es damit vorbei.

Doch Dorian hatte Nicos Kondition unterschätzt, dummerweise. Innerhalb von Sekunden fühlte er dessen Hand an seiner Schulter, wurde zurückgerissen, fiel beinahe hin.

»Ich werde dich nicht entführen, versprochen, ich tue dir nichts. Hier.« Er hielt Dorian den Autoschlüssel hin. »Den nimmst du einstweilen, ja? Dann kann ich den Wagen nicht wegfahren und dich nicht einsperren. Aber bitte steig jetzt mit mir hinten ein, bevor uns jemand sieht. Da drin findet dich niemand – die anderen wissen nicht, dass ich mit diesem Auto hergekommen bin. Es ist das beste Versteck, das wir hier finden werden.«

Dorian riss den Schlüssel an sich. Testete, ob es der richtige war, ob der Van darauf reagierte. »Okay.«

Diesmal lief er freiwillig an Nicos Seite auf den Parkplatz zu, spähte durch die Fenster des Wagens, ob nicht jemand auf dem Fahrersitz wartete und das Ganze doch eine Falle war. Dann stieg er durch die Hecktür in den Laderaum ein; die Situation erinnerte ihn fatal an ihre erste Begegnung. Nur dass er damals hatte kaum klar denken können, blutverschmiert und geschockt, wie er gewesen war.

Sobald sie beide im Auto waren, zog Nico die Türen zu. Mit einem Schlag war es stockfinster.

»Es gibt hier eine Taschenlampe, warte, ich habe sie gleich.«

Rumoren. Das Geräusch von Metall, das gegen Metall schlug. Dann ein Lichtkegel, der knapp neben Dorians Gesicht vorbei auf die Innenwand des Laderaums traf.

»Danke«, sagte Nico. »Danke, dass du mir vertraust.«

»Das tue ich nicht.« Dorian hielt den Schlüssel hoch. »Aber ich habe den hier und die kleinere von zwei Gefahren gewählt. Das heißt, falls ich mich nicht verschätzt habe.«

Nico schüttelte den Kopf. »Hast du nicht. Um ehrlich zu sein: Ich gehe gerade ein viel größeres Risiko ein als du. Ich kann bloß nicht anders, es ist ...« Er ließ den Satz im Nichts enden. Setzte sich auf den Boden des Laderaums und stellte die Taschenlampe so hin, dass sie an die Wagendecke leuchtete.

Dorian steckte endlich die Brille an ihren Platz zurück, wobei er Nico nicht aus den Augen ließ. War sie es, weswegen er ihm half? War er scharf auf den Master-Visioner?

Dann allerdings hätte er ihn sich längst nehmen können. Ihn Dorian aus der Hand zu reißen wäre ein Klacks gewesen.

»Du arbeitest mit Bertold zusammen, oder etwa nicht? Du hilfst ihm, Bornheims abtrünnige Schützlinge wieder einzufangen, stimmt's?«

Nun war Nico doch leichte Erschöpfung anzumerken. Er rieb sich mit beiden Händen über das Gesicht. »Manchmal, ja. Aber viele sind es nicht, die sich aus dem Staub machen, warum auch?«

Dorian biss sich auf die Unterlippe. Er würde jetzt weder Max noch Melvin erwähnen – vielleicht kam Nico ja selbst auf sie zu sprechen.

»Aber was dich angeht, ist Bornheim sehr beunruhigt. Er hätte die Brille gern zurück, aber noch lieber würde er *dich* in die Finger bekommen.« Ein flüchtiges Lächeln ging über Nicos Gesicht, so kurz, dass Dorian unsicher war, ob er es tatsächlich gesehen hatte. »Dabei mag er dich. Ich glaube, es schmerzt ihn wirklich, dass er so weit gehen muss, aber seine Pläne sind ihm dennoch wichtiger. Und er fürchtet, dass du die Brille öffentlich machst. Oder das, was du damit gesehen hast.«

Wie die Zusammenhänge rund um den Brand bei Symplex & Forb aussahen, zum Beispiel. Oder die um den Tod von Philipp Regener. Ja, das konnte Dorian verstehen, es war ihm seit einiger Zeit klar, dass sein Wissen Bornheim nervös machen musste.

»Aber bisher habe ich stillgehalten. Wieso denkt er, dass sich das plötzlich ändert?«

Nicos Blick glitt zur Seite. »Er geht nicht gerne Risiken ein. Er spinnt ein Netz, weißt du? Ein Netz aus einflussreichen Menschen, die sich einen Vorteil davon erhoffen, mit ihm auf diese besondere Weise verbunden zu sein.«

»Der Kader«, warf Dorian ein. »Ich weiß.«

»Das dachte ich mir.« Nico verschränkte seine Arme vor der Brust. »Und wenn du so klug bist, wie ich denke, dann weißt du auch, welche Folgen es für Mitglieder hat, die nicht nach den Regeln spielen. Nur haben die davon keine Ahnung, wenn sie sich auf das Spiel einlassen. Sie halten den Kader für einen dieser Eliteklubs, nur ein bisschen geheimer und mit einem faszinierenden technischen Bonus ausgestattet, der sie immer ein bisschen mehr wissen lässt als den Rest der Welt.«

Dorian schluckte. »Aber … Bornheim sagt es ihnen doch. Es steht ganz klar auf dem Brillenetui.« Er versuchte sich an den genauen Wortlaut zu erinnern. »Unsere Ziele sind größer als wir, bedeutender als wir und sie rechtfertigen jedes Opfer«, zitierte er. »Auch unser Leben. Auch dein Leben.«

Nun lachte Nico. »Und du denkst, das nimmt in diesem Moment irgendjemand ernst? Die meisten dieser Leute haben

Macht. Für sie klingt das nach einem hochtrabenden Spruch, der nun mal mit der Aufnahme in den Kader einhergeht. Wie rituelle Worte bei einem Ritterschlag.«

Aber so war es nicht. Wie Regener am eigenen Leib erfahren hatte. Oder Bering. Die Brille konnte einem eine ganz neue Welt eröffnen, sie konnte einem im wahrsten Sinn des Wortes Durchblick verschaffen, aber sie war gleichzeitig das Henkersbeil, das auf einen niedersauste, sobald man den Kader gefährdete. Dann waren rote Autos plötzlich unsichtbar. Oder …

»Ich habe dich nicht gesehen, vorhin.« Dorian suchte in Nicos Gesicht nach Erstaunen, fand aber keines. »Es war, als wärst du nicht da.«

»Ach, deshalb bist du direkt in mich hineingelaufen. Ich dachte, du würdest mich nicht mehr erkennen.« In Nicos Augen trat ein neuer Ausdruck, einer, den Dorian nicht deuten konnte. »Das war ein Layer, der einen Teil der Realität verschwinden lässt und durch etwas anderes ersetzt, das genau zum Hintergrund passt. Der Visioner ist eine so fantastische Erfindung, Dorian – Layers sind nur *eine* Sache, es gibt noch so viel mehr, was Bornheim technisch möglich gemacht hat. Und noch mal mehr, woran er gerade arbeiten lässt.«

Dorian beobachtete Nico genau. »Du bewunderst ihn, nicht wahr?«

»Ja. Für das meiste, was er tut. Er ist … ein großer Mann.«

»Trotzdem fällst du ihm jetzt in den Rücken und hilfst mir? Verstehe ich nicht.«

Diesmal dauerte es länger, bis Nico etwas erwiderte. »Auch wenn du das jetzt vielleicht dumm findest: Ich fühle mich für dich verantwortlich. Du bist der einzige Läufer, den ich persönlich in die Villa gebracht habe. Ohne mich wärst du jetzt nicht in dieser Situation. Das ist auch der Grund, weswegen ich mir bisher große Mühe gegeben habe, die anderen von deiner Spur abzubringen, aber es wird immer schwieriger. Bornheim verliert die Geduld.«

Er wusste nicht, ob er das richtig verstanden hatte, also fragte Dorian nach. »Du hast versucht, die Suche deiner eigenen Leute zu behindern? Wie denn?«

»Ich verstehe auch das eine oder andere von Technik. Und ich habe Zugang zu allen wichtigen Schaltstellen.« Er blickte zu Boden. »Raoul würde mir nicht verzeihen, wenn er das wüsste, aber in manchen Dingen kann ich ihn einfach nicht unterstützen.«

»Das heißt aber nicht, dass ich sicher bin.« Dorian stellte das mehr für sich selbst fest. Es hatte sich vorhin ja ganz deutlich gezeigt: Bertold hatte ihn eigentlich schon erwischt gehabt.

Er nahm seinen ganzen Mut zusammen, um die Frage zu stellen, die ihm schon auf der Zunge lag, seit er Nico gegenübersaß. »Weißt du, wo Melvin steckt? Was mit ihm passiert ist?« Er blickte auf seine Hände, um die Antwort nicht von Nicos Gesicht ablesen zu müssen.

»Ich habe keine Ahnung. Wie kommst du jetzt auf Melvin? Der wohnt doch schon lange nicht mehr in der Villa.«

»Ja, das weiß ich, aber …« Dorian bremste sich. Vielleicht wusste Nico nichts von den Mambas, obwohl das schwer vorzustellen war. Oder er log, um Dorian die Wahrheit zu ersparen. »Und Stella? Wie geht es ihr? Sie ist noch in der Villa, oder?«

Eine merkwürdige kleine Pause entstand, als würde Nico angestrengt überlegen, was er darauf am besten antworten sollte. »Es geht ihr gut«, sagte er dann leise. »Und ja, sie ist noch in der Villa.«

Es fühlte sich an, als senkte sich etwas Heißes, Schweres in

Dorians Magen. »Aber irgendetwas stimmt nicht, oder? Los, sag schon, was ist mit Stella?«

Wieder diese Pause. Dann sah Nico hoch, mit einem Blick, in dem etwas wie Angriffslust lag. »Ich kann nicht alle beschützen, verstehst du? Ich tue mein Bestes für dich, aber manches kann ich einfach nicht ändern.«

»Was meinst du?« Dorian war kurz davor, aufzuspringen und Nico am Kragen zu packen. »Was kannst du nicht ändern? Sag mir, was los ist, bitte!«

»Nicht so laut.« Nico drehte den Kopf zur Seite, lauschte. Entspannte sich erst allmählich wieder. »Man kann dich bis nach draußen hören, wenn du so schreist.«

Dorian ballte die Hände zu Fäusten und kämpfte um Selbstbeherrschung. »Du hast eben gesagt, dass du nicht alle beschützen kannst, und damit hast du Stella gemeint, nicht wahr? Warum braucht sie Schutz? Sag es mir.«

Nico schien es sichtlich zu bereuen, nicht besser auf seine Worte geachtet zu haben. »Ich weiß nichts Konkretes. Tut mir leid, wenn ich dich beunruhigt habe, das war wahrscheinlich Quatsch.«

Er log, dafür hätte Dorian beide Hände ins Feuer gelegt. »Es hat mit der Show zu tun, oder? Was ist da geplant? Das weißt du doch, das *musst* du wissen!« Er war wieder zu laut geworden, das merkte er selbst.

Aber diesmal ermahnte Nico ihn nicht, sondern sah ihn nur mit gerunzelter Stirn und leicht geöffnetem Mund an. »Show? Welche Show?«

Es war zum Wahnsinnigwerden. »Du hast doch auch einen Visioner, oder etwa nicht?«

»Doch.«

»Dann kennst du diesen Countdown, der in der ganzen Stadt

heruntergezählt wird. Heute sind wir bei drei. Und neben oder unter diesen Zahlen gibt es immer wieder Hinweise auf eine Show. Die musst du doch gesehen haben!«

Nico wirkte irritiert. »Die Zahlen schon. Die Sache mit der Show nicht.«

Dann waren die rot beschrifteten Layers wohl wirklich nur für die Mitglieder des Kaders bestimmt, die einen Master-Visioner ihr Eigen nannten.

Dorian sah Nico an, ratlos. »Ich dachte, Bornheim will dich zu seinem Nachfolger machen?«

»Das heißt nicht, dass er mich in alles einweiht, was er tut.« In einer verlegenen Geste strich er sich das Haar aus der Stirn. »Wir hatten letztens ein langes Gespräch und er meinte, manche Dinge würde er lieber allein regeln, noch. Das sei besser, vor allem für mich.« Nico blickte zur Seite, als hätte er mehr gesagt, als er eigentlich sagen wollte.

Damit würde Dorian sich allerdings nicht zufriedengeben. »Wenn das so ist, wieso glaubst du dann, dass Stella beschützt werden muss?« Er konnte förmlich sehen, wie Nico sich eine ausweichende Antwort zurechtlegte, also beugte er sich vor und packte ihn am Arm. Fest. »Sie ist verdammt wichtig für mich. Wenn es sie nicht gäbe, wäre ich längst aus der Stadt abgehauen, und dann –« Er hielt inne, bevor ihm mehr herausrutschte, als ihm lieb war.

… und dann wäre Melvin nicht verschwunden.

Nein. Dass er ein paar Tage mit Melvin verbracht hatte, würde er Nico nicht verraten. Wer wusste schon, was er weitererzählte, und sei es auch aus bloßer Unachtsamkeit?

»Ich weiß, dass du und Stella … dass ihr sehr eng wart. Wenn du versprichst, dass du keinen Unsinn machst …«

»Ja? Was dann?«

Wieder schien Nico mit sich zu kämpfen. »Sie hat morgen draußen Dienst und sie wird am Reiterdenkmal stehen. Das kennst du, oder?«

»Klar. Da war ich selbst ein paarmal.« Dorian hätte Nico umarmen können, wäre da nicht das Gefühl gewesen, dass er ihm etwas Entscheidendes verschwieg.

»Vielleicht kannst du sie ja überreden, mit dir wegzugehen. Ihr setzt euch in den nächsten Zug und fahrt … irgendwohin. Hundert, zweihundert Kilometer weiter.« Nico holte sein Portemonnaie aus der Hosentasche und zog zwei Fünfzigeuroscheine heraus. »Da.«

Im ersten Moment zögerte Dorian. Geld anzunehmen, ohne dafür eine Gegenleistung zu bringen, fühlte sich für ihn immer ein bisschen schäbig an. Aber diesmal ging es um sein Leben, so viel war sicher, und wahrscheinlich auch um das von Stella.

Langsam griff er nach den Scheinen. »Wieso?«

Nico fragte nicht, was er damit meinte. »Es ist eine Kleinigkeit und vielleicht interpretiere ich viel zu viel hinein«, sagte er nach kurzem Nachdenken. »Aber ich habe in Raouls Büro vorgestern die Liste mit den Zimmerzuteilungen gesehen, die ab Anfang nächsten Monats gelten.«

Dorian zuckte mit den Schultern. Ja, eine solche Liste gab es, sie hing neben dem Eingang zur Küche und sie wurde immer wieder erneuert, weil Leute dazukamen.

Oder … verloren gingen.

»Und?«, fragte er.

»Stellas Name war nicht mehr dabei.«

Die Information fühlte sich für die Dauer von ein, zwei Atemzügen harmlos an, dann gewann sie plötzlich an Gewicht. Wie ein schwerer Stein auf Dorians Brust, der ihm den Atem nahm.

Bornheim wusste bereits, dass Stella im nächsten Monat nicht mehr unter seinen Schützlingen in der Villa sein würde. Es konnte natürlich sein, dass er sie zu den Mambas stecken wollte – das wäre schlimm, aber trotzdem noch die beste der bestehenden Möglichkeiten. Viel wahrscheinlicher war aber, dass es einen anderen Grund gab. Einen, den Dorian sich auf keinen Fall ausmalen wollte, dennoch stellte das Bild der erhängten Stella sich wieder ein. Er presste die Fäuste gegen die Augen und kämpfte gegen die Emotionen an, die in seinem Inneren aufwallten.

Er wusste noch ganz genau, wie es sich anfühlte, den Menschen zu verlieren, der einem am meisten bedeutete. Er hatte im Krankenhaus an dem Bett gestanden, in dem seine tote Mutter lag, und hatte nichts tun können, um sie wieder zurückzuholen – sie war weg, für immer, und seitdem war die Welt für ihn ein feindlicher Ort gewesen. Bis er Stella begegnet war.

Ein zweites Mal würde ihm das nicht passieren. Egal was er dafür tun musste, egal was es ihn kostete.

»Du sagst, du versuchst, Bertold und seine Leute von meiner Spur abzubringen – wie genau machst du das?« Dorian hatte seine Stimme noch nicht ganz im Griff. Räusperte sich. »Sie können mich doch nicht orten, oder?«

»Nein, weil du das GPS deaktiviert hast, zum Glück. Und sie noch keinen Zugriff auf die Log-Dateien der Mobilfunkzellen haben, über die du deine Daten empfängst.« Nico hob alarmiert den Kopf, als draußen eine Gruppe laut sprechender Männer sich dem Wagen näherte, doch sie gingen vorbei und er entspannte sich wieder. »Aber sie sehen, was du siehst«, wiederholte er fast wortwörtlich, was auch schon Melvin Dorian erklärt hatte. »Bornheim ist dabei, das zu ändern, er hat bereits versucht, jemanden bei einem Mobilfunkunternehmen zu ködern, aber das scheint schiefgegangen zu sein.«

Dorian nickte zu jedem von Nicos Worten. Regener, das war Regener gewesen. Dessen Belohnung eine Master-Brille gewesen wäre, wenn er Bornheim die Möglichkeit zur Überwachung aller Träger gegeben hätte.

»Sie sehen, was ich sehe, okay.« Jetzt war seine Stimme wieder fest. »Und was tust du?«

Nico schmunzelte. »Ich störe das Bild ein wenig. Das kann ich natürlich nur dann, wenn ich zufällig gerade an einer der Schaltstellen sitze und wenn mir niemand über die Schulter sieht.«

Dorian fragte sich, ob Nico in der Villa immer noch Ethik unterrichtete. Diese spezielle Form von Ethik, die notfalls auch über Leichen ging, wenn es der guten Sache diente.

»Wo soll ich dich hinbringen?« Nico warf einen schnellen Blick auf die Uhr. »Ich muss mich in zwanzig Minuten bei Bornheim melden und werde sagen, ich hätte dich verfolgt, aber du seist mir entwischt. Vielleicht schaffe ich es auch, die anderen in eine falsche Richtung zu dirigieren, aber das kann ich nicht zu oft tun.« Er lächelte. »Wer sich zu häufig irrt, sinkt sehr leicht in Raouls Ansehen. Du willst gar nicht wissen, unter welchem Druck Bertold steht, weil er dich noch nicht gefunden hat.«

Die Vorstellung, sich von Nico irgendwohin fahren zu lassen, behagte Dorian nicht. Vielleicht war dieses ganze Gespräch im Heck des Wagens nur ein Täuschungsmanöver gewesen, um sein Vertrauen zu erschleichen und ihn erst recht wieder in Bornheims Gewalt zu bringen.

Aber wozu dann der Aufwand? Nico hätte ihn längst mit der Taschenlampe niederschlagen, ihm den Schlüssel aus der Hand nehmen und losfahren können.

Er würde es riskieren. Allerdings würde er sich nicht einmal in die ungefähre Richtung seines Verstecks bringen lassen.

»Okay«, sagte er. »Du kennst die Kletterhalle an der Marswiese? Dort möchte ich hin.«

Nicos erstaunten Blick nahm er schulterzuckend zur Kenntnis, bevor er ihm den Autoschlüssel reichte. »Oder in die Nähe. Lass uns fahren.«

In dem Moment, als Nico die Hecktüren schloss, hätte Dorian seine Entscheidung am liebsten wieder rückgängig gemacht. Jetzt war er wehrlos. Jetzt hatte er möglicherweise verloren und die ganze mühsame Zeit des Versteckens und Davonlaufens war umsonst gewesen.

Dann fuhr der Wagen an und Dorian beschloss, das Denken sein zu lassen. Er konnte jetzt nichts mehr ändern, er hatte seine Entscheidung getroffen und würde mit den Folgen leben müssen. Oder daran sterben.

Als der Wagen eine Viertelstunde später wieder stoppte und die Hintertür sich öffnete, war Dorian tatsächlich überrascht. Kein bewaffnetes Empfangskomitee, keine Schläger. Nur Nico, der ihn eilig herauswinkte.

»Dort vorn ist deine Kletterhalle. Mach's gut, Dorian. Und denk daran: Verlass die Stadt. Genug Geld dafür hast du jetzt.«

»Ja. Danke.« Er umarmte Nico kurz und ungeschickt, blickte sich noch einmal sorgfältig um – nein, niemand zu entdecken, der wie ein Verfolger aussah – und lief davon. Auf die Kletterhalle zu, die er von früher kannte und der er sofort wieder den Rücken kehren würde, sobald Nicos Auto außer Sichtweite war.

Kapitel 27

Es gab eine Menge Wald in dieser Gegend. Eine Gelegenheit, die Dorian nutzen sollte? Ja. Wahrscheinlich. Vielleicht war es die letzte.

Er hatte das Etui schon hervorgeholt, bevor er ins Halbdunkel unterhalb der Baumkronen eintauchte. Die ersten paar Minuten hielt er sich auf dem Weg, dann schlug er sich seitlich in die Büsche. So weit, dass niemand ihn sehen konnte.

Der Baum, den er durch die Brille sah, hätte überall wachsen können. Dorian rief das Menü des Visioners auf.

```
GPS: aus
Übersetzungsfunktion: ein
Warnungen: ein
Spezielle Informationen: ein
Wahrheit: ein
```

Mit seinen Augen steuerte er bis ans Ende der Menüleiste.

`Hugo rufen.`

Der Vogel erschien sofort, possierlich wie immer. Fast immer. Er hüpfte vor Dorian am Boden herum, putzte sein Gefieder und sperrte dann den orangefarbenen Schnabel auf. »Wie kann ich dir helfen?«

Es war in erster Linie eines, das Dorian interessierte. »Weißt du, was bei der Show in drei Tagen passieren wird?«

Kurze Pause. »Eine Show ist eine Veranstaltung, bei der etwas gezeigt wird. Das wird auch hier so sein.«

»Aber vielleicht gibt es bei dieser Show ja etwas Besonderes.« Dorian suchte verzweifelt nach einem Schlüsselwort, das Hugo dazu bringen würde, etwas Brauchbares zu liefern.

Der Vogel flatterte hoch und flog zwischen die Äste, landete auf einem davon, aber nur, um sich sofort wieder abzustoßen und zu Dorian zurückzukehren.

Er hatte Hugo im Verdacht, dass der diese Kapriolen nur drehte, um Zeit zu gewinnen. Doch immerhin kam er mit einer Antwort wieder, auch wenn sie nur aus einem Wort bestand.

»Showeffekte.«

»Wie bitte?«

»Die wird es geben. Showeffekte.«

Dorian bemühte sich um Geduld. »Und wie sehen die aus?«

Hugo gab einen Zwitscherlaut von sich, der entfernt an ein Kichern erinnerte. »Das weiß ich nicht. Ich bin nämlich nur ein Vogel.«

»Und nicht einmal ein richtiger«, gab Dorian zurück, wobei ihm vage bewusst war, wie albern er sich benahm. Ein virtuelles Tier durch Provokationen aus der Reserve locken zu wollen war … bescheuert.

»Lauf zur Tankstelle«, krächzte Hugo unaufgefordert.

Dorian war kurz davor, die Brille wieder abzunehmen, aber einen letzten Versuch wollte er noch starten. »Warum lässt du die Rätsel nicht bleiben und sagst mir einfach, was du weißt? Es ist wichtig für mich.«

Sah es nur so aus oder wurde Hugo größer? Bog sein Schnabel sich schärfer? Die kugelrunden Comicaugen jedenfalls verengten sich zu denen eines Raubvogels und färbten sich rot. »Das habe ich eben getan. Ich habe dir einen Hinweis gegeben, nutzen musst du ihn selbst.« Auch seine Stimme war nicht mehr die gleiche. Tiefer, rauer, bedrohlicher. »Und vergiss nicht, auf die Wahrheit zu achten.«

Dorian hatte die Hände bereits auf den Brillenbügeln liegen. Mit dieser Version von Hugo wollte er so wenig wie möglich zu tun haben, und wenn sie zehnmal virtuell war.

»Ich habe die Wahrheit immer angeschaltet«, erwiderte er.

Mittlerweile war Hugo auf die Größe eines Steinadlers angewachsen, sein schwarzes Gefieder glänzte. »Da bist du wahrscheinlich der Einzige.«

Es dämmerte bereits, als Dorian den Wald verließ. Ganz automatisch überprüfte er die Umgebung auf verdächtige Gestalten und Autos, entdeckte aber weder das eine noch das andere.

Ihm standen noch gute vierzig bis fünfzig Minuten Fahrt bevor, mit Bussen und Straßenbahn, danach das mühsame Aufbrechen des Türschlosses … und zu essen war auch kaum noch etwas da.

Immerhin musste er nicht lange auf den Bus warten. Dorian setzte sich in eine der hinteren Reihen und kämpfte gegen das Bedürfnis an, die Augen zu schließen. Er würde einschlafen, gar keine Frage, und das durfte er nicht.

An der Umsteigestelle warteten kaum Menschen. Kein gutes Zeichen, das hieß, die Straßenbahn war wohl eben erst abgefahren. Dorian setzte sich auf die Metallbank des Wartehäuschens. Starrte vor sich hin. Bemerkte erst nach gut einer Minute, worauf er starrte.

Eine Tankstelle, genau gegenüber auf der anderen Straßenseite. Das gelbe Firmenschild leuchtete gegen den dunkelblauen Himmel des hereinbrechenden Abends, an drei der Zapfsäulen standen Autos.

Dorian stand auf, überquerte die Straße. Die Brille setzte er erst auf, als er vor einer der freien Tanksäulen stand.

Nichts. Kein Layer, so genau er auch hinsah. Dafür erhielt er eine ganze Ladung Informationen zu dem Mann, der zehn Meter entfernt gerade seinen BMW betankte.

Norbert Drabitsch, 49 Jahre alt
Direktor der Velchip GmbH
Verheiratet mit Christa, zwei Kinder
Verlässt sich in Verhandlungen auf seine Intuition, schätzt Detailwissen und selbstbewusstes Auftreten bei seinen Geschäftspartnern.
Spielt Tennis und betreibt Sporttauchen.
Politische Einstellung: liberal.
Schwachpunkt: Eitelkeit, springt auf Schmeicheleien an und lässt sich in seinen Entscheidungen davon beeinflussen.

Dorian betrachtete den Mann, der betont lässig ans Heck seines Wagens gelehnt dastand. Wenn er jetzt hinging und Hallo, Herr Drabitsch sagte, wäre der Effekt sicher sehenswert. Und wenn er dann Wie war's letztens beim Tauchen? dranhängte, dann –

Dorians Gedanken kamen zu einem scharfen Stopp. Sein Blick war mehr aus Zufall als aus Absicht zu dem Tankstellenshop geglitten und dort war ein Layer. Oder mehrere. Viele, viele kleine rote Worte.

Fast wäre Dorian in ein Auto gelaufen, das eben in die Tankstelle einfuhr, doch diesmal nicht, weil die Brille es aus seiner Wahrnehmung filterte, sondern weil er weder nach links noch nach rechts geschaut hatte.

Vor dem Shop war ein Stapel Kanister aufgebaut. Auf jeden

Behälter war ein gelbes Dreieck aufgeklebt, das eine emporlodernde Flamme in Schwarz zeigte. Und über jedem dieser Warnschilder leuchtete in Rot ein Wort: `Showeffekt`.

Das Symbol auf den Aufklebern kannte Dorian, es stand für die Warnung vor leicht entflammbaren Stoffen. Auf Benzinkanistern war ein solcher Hinweis durchaus sinnvoll.

Er schob die Brille ein Stück die Nase hinunter. Die rote Schrift verschwand.

Er brachte sie wieder in Position. `Showeffekt`.

Das also hatte Hugo gemeint.

Dorian spürte, wie sich sein Magen umdrehte. Die ganze Zeit über hatten die Anspielungen auf diese ominöse Show ihm Unbehagen bereitet, aber er hatte die Bilder, die sich dazu einstellen wollten, immer erfolgreich abwehren können.

Diesmal nicht, diesmal sah er Explosionen und Feuer und schreiende Menschen vor sich, brennende Menschen. Bornheim musste völlig irre geworden sein.

Wie in Trance nahm Dorian die Brille ab und ging zurück zur Haltestelle. Stella. Was hatte Nico gesagt? Dass er nicht alle beschützen konnte. Und dass Dorian gemeinsam mit Stella abhauen sollte.

Er wusste genau, was er morgen tun würde. Und er musste jetzt doppelt vorsichtig sein, um nicht noch in letzter Minute erwischt zu werden. Hatte er an der Tankstelle irgendetwas betrachtet, woraus man seine Position ableiten konnte?

Er glaubte nicht. Und auch die Frau, die ihm immer wieder Blicke zuwarf, seit er in der Straßenbahn saß, tat das vermutlich, weil er so mitgenommen aussah in seiner zerrissenen Hose und der fleckigen Jacke. Sie trug jedenfalls keine Brille. Und stieg zwei Stationen später aus.

Das Schloss knackte Dorian diesmal schon mit Routine, es kostete ihn kaum noch eine Minute. Danach setzte er sich an den Tisch im dunklen Wohnzimmer und ließ die Müdigkeit seinen Körper durchfluten.

Leichter Wind ließ die Äste der Obstbäume vor dem Fenster erzittern. Schwarze Schatten vor einem dunkelgrauen Hintergrund.

Dorian wusste nicht, wie viel Zeit vergangen war, bis er sich wieder rührte. Langsam aufstand und im blassen Licht der Taschenlampe den Küchenschrank durchsuchte. Er fühlte sich viel zu schlapp, um eine der Konserven warm zu machen, also griff er nach einer Rolle Kekse, riss sie auf und aß die Hälfte, bevor er wahrnahm, wie alt sie schmeckten. Wahrscheinlich auch schon seit fünf Jahren abgelaufen. Egal.

Er aß, bis nichts mehr da war, dann legte er sich hin und zog sich seine Decke bis ans Kinn hoch. Wenn Nico die Wahrheit gesagt und sich nicht geirrt hatte, würde Dorian morgen Stella wiedersehen. Zum ersten Mal nach einer Zeitspanne, die ihm unendlich schien.

Und er würde alles geben, was er hatte, damit es nicht das letzte Mal war.

Kapitel 28

Die Reiterstatue lag knapp fünfzig Meter vor ihm und Dorian hatte Deckung hinter einem Lieferwagen gesucht, aus dem gerade Möbel entladen und in den eleganten Altbau getragen wurden, vor dem der Wagen parkte. Von hier aus konnte er aber nichts ausrichten. Er konnte Stella noch nicht einmal sehen, dafür war er zu weit entfernt.

Keine Mambas, allem Anschein nach. Kein Bertold, kein Boris. Es war kurz vor zehn Uhr vormittags – aus seiner Erfahrung als Zettelverteiler wusste er, dass um diese Zeit niemand aus dem Team vorbeikam. Jedenfalls nicht so, dass man es bemerkte.

Die große Zwei hatte er bereits vor einer halben Stunde zum ersten Mal gesehen, als er den Visioner kurz aktiviert hatte. Es wurde also weitergezählt, noch bis übermorgen. Doch so lange würde er nicht mehr hier sein, hoffte er.

Das einzige Versteck, wenn man es so bezeichnen wollte, das näher an Stella lag als sein aktuelles, war ein A-förmiger Werbeaufsteller mit Wahlplakaten auf einer handtuchgroßen Grünfläche. Der reichte Dorian nur bis zum Bauch, aber wenn er sich duckte und so tat, als würde er sich die Schuhe zubinden, dann konnte es klappen.

Die Kapuze auf dem Kopf, den Schal bis zur Nase hochgewickelt, schlenderte er auf die Bäume hinter dem Aufsteller zu und hoffte, dass man ihm nicht anmerkte, wie sehr er innerlich vibrierte. Hinter den Wahlplakaten ging er auf ein Knie und nestelte an seinem Schuh herum.

Gleich würde er zu Stella gehen und mit ihr sprechen. Ihr alles erklären und sie überzeugen, dass sie mit ihm kommen musste, zu ihrer eigenen Sicherheit. Er würde sie überzeugen, dass es um ihr Leben ging. Doch vorher wollte er noch etwas anderes tun. Er holte die Brille hervor.

Stella war nur noch zwanzig Schritte von ihm entfernt, doch außer Informationen zum Reiterstandbild zeigte der Visioner nichts an. Weil Stella sich herdrehen musste. Wenn sie ihm nur ihr Profil zuwandte, funktionierte die Personenerkennung nicht.

Und dann tat sie es. Blickte nach links, in Dorians Richtung, und hielt dem Pärchen, das eben auf sie zukam, eines ihrer Flugblätter entgegen. Die grüne Schrift erschien mit einem Schlag.

L27
Stella Haffner, 17 Jahre alt
Vater unbekannt, Mutter Claudia Haffner, drogenabhängig, verstorben, als Stella fünf war. Danach: drei Pflegefamilien, jede davon problematisch. Achtmal davongelaufen, beim letzten Mal mit Erfolg.
Sehr verlässlich, vertrauenswürdig, kann mit verantwortungsvollen Aufgaben beauftragt werden. Großes Interesse für Geschichte und Literatur, geschickt im Umgang mit anderen Menschen.
Schwächen: Konzentrationsprobleme, mangelnde Geduld, in manchen Dingen naiv.

Dorian hockte wie versteinert hinter seinem Aufsteller. Was er da in mageren Worten über Stellas Leben erfuhr, war bedrückend. Zudem kam er sich vor wie ein Voyeur – wie viel lieber hätte er das alles aus ihrem eigenen Mund gehört, sie dabei im Arm gehalten, sie aufs Haar geküsst, auf die Stirn.

Doch das war nur das eine, das ihn lähmte und ihm das Aufstehen unmöglich machte.

Das andere war die erste Zeile ihres Layers. Dorian glaubte nicht, dass er sich täuschte, doch er wollte sichergehen, um jeden Preis. Langsam zog er den zerknitterten Zettel aus seiner Hosentasche, auf dem er sich immer notierte, was er von den abgelesenen Layern im Gedächtnis behalten hatte.

Showgirls: L14, L27 und L38.

Er hatte sich richtig erinnert. Stella war eines der Showgirls. Damit ergaben Nicos Worte von gestern einen unzweifelhaften, tödlichen Sinn.

Brille runter. Ihm schien, als würden mit jedem Wechsel zwischen gefiltertem und ungefiltertem Blick die Kopfschmerzen schlimmer. Und sie vergingen nicht mehr von selbst, sondern blieben, hämmerten hinter seinen Schläfen, unabhängig davon, ob er den Visioner wieder aufsetzte oder nicht. Egal. Den Zettel wieder in die Hosentasche stecken. Einen prüfenden Blick nach allen Seiten werfen, sich vergewissern, dass der Schal hoch genug saß. Aufstehen.

Jeder einzelne Schritt, den Dorian auf Stella zuging, fühlte sich unwirklich an. An manche Details ihres Gesichts hatte er sich nicht mehr genau erinnern können. An den Schwung ihrer Augenbrauen, zum Beispiel. Daran, wie sich ihre Lippen teilten, wenn sie lächelte. Und sie lächelte ihn tatsächlich an, als er sich ihr näherte. Gleichzeitig hielt sie ihm eines ihrer Flugblätter entgegen.

Sie erkannte ihn nicht.

Dorian hatte mit allem Möglichen gerechnet, aber nicht damit. Ja, er verbarg sein halbes Gesicht, ja, sie hatten sich mehr als zwei Wochen nicht gesehen – trotzdem.

Er nahm das Flugblatt. »Danke.«

»Sehr gerne.« Immer noch lächelte sie, etwas fragend jetzt, aber ohne das geringste Anzeichen, dass sie ihn erkannte.

Die Zeit war knapp, das wusste Dorian. Er konnte nicht warten, bis bei ihr vielleicht doch der Groschen fiel, so gerne er das auch getan hätte. Also zog er die Kapuze vom Kopf und den Schal unters Kinn. Erwiderte ihr Lächeln.

Stella erstarrte mitten in der Bewegung. Sie stand reglos da, schien nicht zu bemerken, dass sich die obersten drei Blätter von ihrem Zettelstapel lösten und langsam zu Boden segelten. »Dorian.« So leise, dass er es kaum hören konnte.

»Ja.« Er hatte sich Sätze zurechtgelegt, doch die waren wie weggeblasen. »Es tut mir leid, dass ich dich so überfalle«, stammelte er. »Ich kann dir auch nicht alles so ausführlich erklären, wie ich möchte, aber … bitte komm mit mir.«

Ungeschickt war das gewesen, er sah es sofort an der Art, wie Stellas Gesicht sich verschloss.

»Bitte«, setzte er nach, noch bevor sie Nein sagen konnte. »Du wirst später alles verstehen, versprochen, aber jetzt musst du mir vertrauen. Es geht um … deine Sicherheit.«

Er streckte die Hand nach ihr aus, sie wich zurück.

»Hör mal, Dorian, dass du abhaust, ohne ein Wort, einfach so, das ist die eine Sache. Da habe ich mich eben in dir geirrt.« Es musste sie getroffen haben, sie konnte es nicht verbergen. »Aber nicht alle Leute sind so. Ich gehe ganz bestimmt nicht.«

Er hätte es sich denken können, nachdem er ihren Layer gelesen hatte. Sie war immer wieder von ihren Pflegefamilien abgehauen und nun, wo sie einen Platz gefunden hatte, an dem sie sich zu Hause fühlte, wollte sie nicht mehr fort. Um keinen Preis.

»Ich bin nicht aus Spaß gegangen.« Dorian bemühte sich, ruhig und vernünftig zu klingen. »Ich wollte unbedingt zurück zur Villa, aber niemand hat mich abgeholt. Und seitdem sind Bertold und seine Leute hinter mir her. Ich bin zur Jagd freigegeben, wie sie das nennen.«

Gerade eben noch hatte Stellas Miene reine Ablehnung ausgedrückt, nun mischte sich Spott darunter. »Zur Jagd? Och. Ballern sie mit Schrotflinten hinter dir her? Ernsthaft, Dorian, woher nimmst du diesen Quatsch?«

»Glaub mir doch.« Er war kurz davor, ihr die Brille zu zeigen, doch das hätte die Dinge nur noch komplizierter gemacht. Sie war keine von den Mambas und sie hatte vermutlich noch nie eines der Kästchen in Händen gehalten. Egal, am besten, er fragte nicht lange, sondern setzte ihr den Visioner einfach auf. Sie würde seinen Layer lesen und dann war keine große Erklärung mehr vonnöten.

Er hatte das Etui schon in der Hand, als ihm eine Passantin auffiel, die Stella mit großem Interesse betrachtete. Durch eine Brille.

Blitzartig drehte er sich zur Seite, vergrub sein Gesicht wieder in den Falten des Schals.

Die heftige Bewegung irritierte Stella sichtlich. »Was stimmt denn nicht mit dir?« Ihre Stimme schwankte zwischen Wut und Ratlosigkeit. »Hast du … Drogen genommen?«

Dorian begriff, was in Stella vorging. Wieso diese Möglichkeit ihr Angst machte, an wen sie dabei dachte.

»Nein. Ich schwöre dir, das habe ich nicht. Noch nie.« Aus den Augenwinkeln sah er, wie die Frau sich umdrehte und fortging. »Ich kann dir alles erklären« – mein Gott, das war der abgedroschenste Satz aller Zeiten – »aber ich brauche ein bisschen Zeit dafür. Komm mit, bitte.«

Sie betrachtete ihn nachdenklich. »Ich war echt traurig, als du weg warst. Sie haben gesagt, du seist einfach nicht beim Treffpunkt aufgetaucht. Wie Melvin.«

»Das war gelogen.« Dorian griff nach ihrer Hand, rechnete damit, dass Stella sie wegziehen würde. Doch das tat sie nicht.

»Ich habe Ewigkeiten gewartet, aber es hat mich niemand abgeholt. Melvin wäre ebenfalls gern zurückgekommen, doch ihn haben sie … anderswo untergebracht.«

Hastig blickte Dorian sich um, es konnte nicht mehr lange dauern, bis Bertold auftauchte. »Los. Lass uns gehen.«

Sie schüttelte den Kopf. »Du kennst doch die Zehn-Meter-Regel.«

»Ja, aber …« Er versuchte es auf andere Weise. »Übermorgen. Da findet ein besonderes Event statt, weißt du davon?«

Nun strahlte sie ihn an. »Ja! Ein Empfang und ich werde dort Tabletts mit Brötchen herumtragen. Bornheim hat mich persönlich ausgesucht, ich habe ein total schickes Kleid bekommen, extra dafür.«

Bornheim, dieses Arschloch. Hatte dafür gesorgt, dass seine Showgirls sich sogar darauf freuten, in die Luft gejagt zu werden.

»Es wird dort etwas passieren. Etwas Schlimmes. Bitte, Stella, glaub mir. Wir hauen hier ab, wir fahren weg, ins Warme …«

Nun entzog sie ihm doch ihre Hand. »Hör auf mit dem Unsinn. Sag mir, was du genau meinst, und ich rede mit Bornheim. Er würde nie jemanden von uns in Gefahr bringen, das solltest du eigentlich wissen.«

In manchen Dingen naiv. Beinahe hätte Dorian gelacht, wenn es nicht so traurig gewesen wäre und Bertold jeden Moment hätte auftauchen können.

»Ich weiß es einfach. Ich weiß ein bisschen mehr als die meisten.« Hatte das arrogant geklungen? Wahrscheinlich, denn Stellas Miene verschloss sich wieder.

Sie würde seine Sorgen nicht teilen, nicht einfach so – aber vielleicht seine Gefühle? »Stella. Du bist so wichtig für mich. Ich habe jeden einzelnen Tag an dich gedacht und Sehnsucht nach dir gehabt. Wenn dir etwas zustößt, dann weiß ich nicht, wie ich damit zurechtkommen soll. Ich will, dass wir zusammen sind.«

Sie zögerte kurz, dann nickte sie. »Das will ich auch. Warum kommst du nicht einfach mit mir in die Villa zurück? Du und Bornheim, ihr klärt alle Missverständnisse und die Dinge laufen wieder wie früher. Er freut sich sicher, er war sehr bedrückt, nachdem du verschwunden bist.«

Sehr bedrückt, aha. So konnte man es vermutlich auch ausdrücken. »Ich kann nicht mitkommen. Sie bringen mich um.«

Mit einem Ruck wandte sie sich von ihm ab. »Du spinnst. Sie haben dich ›zur Jagd freigegeben‹ und wollen dich angeblich töten und mir wird auch etwas ganz Furchtbares passieren, bloß weil ich ein paar reichen Schnöseln Häppchen serviere.« Langsam drehte sie sich wieder zu ihm um. »Das hört sich an, als würdest du plötzlich an Verfolgungswahn leiden, Dorian. Umso wichtiger wäre es, dass du mit zurückkommst, es haben schon ein paar Leute in der Villa psychologische Hilfe bekommen.«

Ein schwarzer Van mit dunklen Scheiben kam in Sicht. Er fuhr langsam, als würde er eine Parkmöglichkeit suchen – oder etwas anderes.

Der Platz mit dem Reiterstandbild war für Autos gesperrt,

aber wenn der Wagen dort am Rand stehen blieb, waren Bertolds Leute auch zu Fuß innerhalb von zwanzig oder dreißig Sekunden hier.

»Wo findet dieser Empfang statt?« Dorian ließ den Wagen nicht aus den Augen.

»In einem von Bornheims Häusern. Er hat gesagt, es ist wunderschön, mit Marmorböden und Marmorsäulen und –«

Das Auto hatte angehalten, wie Dorian es befürchtet hatte. Die Beifahrertür öffnete sich.

Dorian packte Stellas Arm und zerrte sie von dem Denkmal fort. Er begann zu rennen, hoffte, sie würde so überrascht sein, dass sie sich nicht sträubte mitzukommen, doch sie folgte ihm nur ein paar Schritte weit. Dann riss sie sich los.

Er blieb trotzdem nicht stehen. Sein Inneres schmerzte, als wäre da etwas knapp vor dem Zerbersten, aber er rannte weiter. Hörte, wie Stella ihm etwas nachrief, verstand aber nur Bruchteile. »Passiert nichts« war darunter und »vernünftig«.

Er drehte sich nicht mehr um. Steuerte den ersten Zugang zur U-Bahn an, lief aber nicht bis zu den Bahnsteigen, sondern floh auf die öffentliche Toilette. Sperrte sich in eine der Kabinen und wartete, bis sein Atem zur Ruhe kam.

Wenn sie ihn die Treppe hatten hinunterverschwinden sehen, würden sie annehmen, dass er auf einen bald eintreffenden Zug hoffte. Oder bei einem anderen Ausgang wieder nach oben lief. Hier würden sie ihn nicht suchen, hoffentlich.

Er wartete. Gewöhnte sich nach und nach an den unangenehmen Geruch, der ihn umgab. Hörte immer wieder Leute kommen und gehen, Spülungen rauschen, Händetrockner anspringen. Vertrieb sich die Zeit damit, die Sprüche und Zeichnungen zu betrachten, die die Wände der Kabine bedeckten. *Fuck you* stand da blau und riesengroß, direkt vor ihm, in Augenhöhe.

Nachdem seiner Schätzung nach ungefähr eine Stunde vergangen war, holte Dorian langsam die Brille heraus, setzte sie auf und stellte sich so knapp vor die Wand, dass die beiden blauen Wörter sein gesamtes Sichtfeld einnahmen.

Zwei oder drei Minuten lang blieb er so stehen, er wollte sichergehen, dass sie in der Zentrale seine Botschaft auch wirklich mitbekamen.

Dann nahm er den Visioner ab und machte sich auf den Heimweg.

Kapitel 29

Vor ihm auf dem Tisch lag die reichliche Ausbeute seines Streifzugs beim nahe gelegenen Supermarkt, doch Dorian hatte überhaupt keinen Appetit. Die Ereignisse des Tages setzten ihm zu, immer wieder ließ er das Gespräch mit Stella innerlich Revue passieren.

Er hätte ihr die Brille zeigen sollen, gleich, anstelle seines ganzen Geschwafels. Er hätte ihr sagen sollen, was er für sie empfand und wie stark das war. Stattdessen hatte er sich wie ein Vollidiot benommen. Kein Wunder, dass sie ihn für therapiebedürftig hielt, er hatte ihr ja überhaupt keine Hintergründe für seine Behauptungen genannt. Ihr nichts erklärt. Aus Zeitnot, ja, aber das war keine Ausrede, die er gelten lassen konnte. Er hatte es vermasselt. Am liebsten hätte er sich ins Bett verkrochen und geheult.

Nur dass dafür keine Zeit war. In zwei Tagen würde Stella Bornheims Showeffekte am eigenen Leib kennenlernen, wenn es Dorian nicht gelang, das zu verhindern.

Vorher noch einmal mit ihr zu sprechen war nicht möglich. Es war zwar erst früher Nachmittag und Stella würde wohl immer noch am Reiterdenkmal stehen, aber diesmal blieb Bertold ganz sicher in ihrer Nähe. Vielleicht hatten sie sogar einen Plan geschmiedet für den Fall, dass Dorian wieder auftauchte. Dass Stella ihn aufhalten sollte, zum Beispiel, ihn ablenken, die Zeit vergessen lassen.

Sie würde das tun, mit gutem Gewissen. Schließlich war sie der Überzeugung, dass eine Rückkehr in die Villa das Beste für ihn wäre.

Ihm blieben nur noch wenige Stunden und er wusste einfach nicht, wie er sie nutzen sollte. Herausfinden, wo die verdammte Show stattfinden würde, und dann die Polizei alarmieren?

Als ob er das könnte. Wenn er wenigstens Bornheims richtigen Namen gekannt hätte, dann wäre es möglich gewesen zu recherchieren, wo seine Häuser sich befanden. Aber so …

Er würde im Dunkeln tappen, ziellos herumlaufen und warten müssen, bis es passierte. Am darauffolgenden Tag würde er darüber in der Zeitung lesen – von der Explosion oder dem Brand, über die Anzahl der Todesopfer. Wenn er dann die Brille aufsetzte, würde er erklärt bekommen, warum diese Menschen hatten sterben müssen. Ein paar reiche Unbekannte. Und Stella.

Es gab nur einen, an den Dorian sich wenden konnte. Auch auf die Gefahr hin, dass er ihn auf eine falsche Spur locken oder überhaupt nur Unsinn von sich geben würde. Immerhin war sein letzter Hinweis ein Augenöffner gewesen.

Dorian machte sich auf den Weg.

Kein Wald diesmal, nur eine Mauer. Grau verputzt, mit ein bisschen Efeu bewachsen. Von dieser Sorte musste es im Umkreis Hunderte geben.

Hugo saß davor im Gras und zog einen virtuellen Regenwurm aus der Erde, der ihm jedoch entkam und mit hastigen Bewegungen davonkroch, um sich wieder in den Boden zu bohren, bevor Hugo ihn erneut erwischte.

»Die Show«, wiederholte Dorian ungeduldig, nachdem der Vogel seine erste Frage ignoriert hatte. »Wo findet sie statt?«

Hugo blinzelte. »Dort, wo es am schlimmsten ist.«

»Wie bitte? Wo was am schlimmsten ist?«

»Alles.« Diesmal wuchs Hugo nicht, er verfärbte sich. Von Schwarz zu schmutzigem Grau, seine Augen wurden erst rot, dann milchig weiß. Er sah aus wie ein toter Vogel. Ein Zombie-Vogel. »Alles, was in dir ist und vor und hinter dir. Die Angst, die Unsicherheit, die Drachen. Alles.«

Dorian setzte sich auf den kalten Boden und stützte die Ellenbogen auf die Knie. »Bitte keine Rätsel. Dafür habe ich nicht die Zeit. Sag mir eine Adresse, eine Richtung – oder sag mir Bornheims richtigen Namen.«

Hugo putzte seinen Flügel und verlor dabei eine Feder nach der anderen. »Du musst nur hinsehen«, krächzte er. »Dann kannst du dein Ziel nicht verfehlen. Aber überlege dir gut, ob du das wirklich willst. Vielleicht kostet es dich mehr, als du dir vorstellen kannst.«

Darüber musste Dorian keine Sekunde lang nachdenken. Für ihn zählte jetzt Stellas Leben, und um es zu retten, würde er fast alles in Kauf nehmen.

Wobei er, wenn er ganz ehrlich war, selbst ebenfalls gern überleben würde.

»Hinsehen«, wiederholte er. »So wie jetzt? Das meinst du doch.«

»Genau das meine ich«, bestätigte Hugo. »Hinsehen, auch wenn es schwerfällt. Dann ganz besonders. Auf die Zeichen achten. Es gibt eine Menge Torwächter, die den Ort schützen. Du solltest vorsichtig sein.«

Dorian begriff immer noch nicht, aber er hatte nun oft genug mit Hugo gesprochen, um zu wissen, dass er nichts Konkretes mehr aus ihm herausbringen würde. »In Ordnung«, sagte er. »Ich werde nach Drachen Ausschau halten.«

Er war froh, die Brille abnehmen zu können und den Zombie-Vogel nicht mehr sehen zu müssen. Alles, sogar Hugos Erscheinungsbild, wies auf nahendes Unheil hin. Auf Tod. Dorian fragte sich, ob die anderen Träger der Master-Visioner das ebenso verstörend fanden wie er.

Den restlichen Nachmittag und den Abend verbrachte er damit, seine nächsten Schritte sorgfältig zu planen und alle Informationen über die Show zusammenzuschreiben, die er bisher gesammelt hatte.

Als er damit fertig war, tat Dorian, was er schon gestern hatte tun wollen, es sich aber aus Respekt verboten hatte. Er holte unter Melvins Bett dessen Rucksack hervor und trug ihn zum Tisch. Atmete einmal tief durch, bevor er ihn öffnete.

Zuoberst lag ein schwarzes Langarmshirt, zusammengefaltet, deckte alles ab, was sich darunter befand. Dorian nahm es heraus und legte es auf den Stuhl neben sich. Mamba-Outfit.

Weiter. Eine Trinkflasche, leer. Ein Paar schwarze Lederhandschuhe – um Fingerabdrücke zu vermeiden? Ein Päckchen Papiertaschentücher.

Dann der Taser, den Melvin am Gürtel getragen hatte, bei ihrer Begegnung vor dem Museum. Auch aus der Nähe sah das Gerät aus wie ein elektrischer Rasierapparat, nur dass sich anstelle von Klingen zwei Elektroden am vorderen Ende befanden.

Schließlich, am Boden des Rucksacks, unter einem weiteren Shirt und drei zusammengerollten Paar Socken, etwas Unerwartetes. Dorian sah zweimal hin, bevor er vorsichtig in den Rucksack fasste und herausholte, was sich als Letztes darin verbarg.

Eine Pistole. Schwarz und schwer. „Glock 17 Gen4“ stand auf dem Lauf.

Er hatte so etwas noch nie in der Hand gehabt, geschweige denn damit geschossen. Waffen dieser Art kannte Dorian nur aus Computerspielen. Und wenn deren Programmierer gut recherchiert hatten, dann war das hier eine Pistole mit Safe-Action-System. Entsichern und Sichern passierten automatisch beim Drücken und Loslassen des Abzugs.

Dass die Mambas mit Feuerwaffen ausgerüstet waren, hatte Melvin nie erwähnt. Dorian wurde im Nachhinein übel. Er hatte damit gerechnet, dass sie ihn fangen und jemandem übergeben oder ihm diese Spritze setzen würden, aber dass sie ihn theoretisch auch hätten erschießen können …

Behutsam legte er die Pistole in den Rucksack zurück und den Rest der Sachen wieder obendrauf. Er würde versuchen zu vergessen, dass diese Waffe sich jetzt in seinem Besitz befand, aber er fürchtete, das würde er nicht schaffen.

Die Eins war nicht grün, sie war golden und im Schaufenster des riesigen Buchladens wirkte sie wie verfrühte Weihnachtsdekoration. Keine erklärenden Worte dazu diesmal.

Dorians Plan sah vor, Zeitungen zu durchforsten nach Hinweisen auf das Event – immerhin waren bekannte Leute eingeladen worden. Da war es denkbar, dass die eine oder andere Redaktion darüber berichtete. Ein einziger kleiner Artikel mit einer Andeutung auf den Ort der Veranstaltung würde sein Leben so sehr erleichtern.

In der Buchhandlung gab es einen eigenen Raum nur für Zeitungen und Zeitschriften – dort suchte Dorian sich einen Winkel, der vom Kassenpult aus schwer einzusehen war.

Drei Zeitungen blätterte er durch, doch da war nichts. Keine Ankündigung, keine Erwähnung, weder mit bloßem Auge noch mit Visioner, wie er frustriert feststellen musste. Dafür erfuhr er, wer Showgast Nr. 5 war: Paola Stavransky, eine offenbar sehr bekannte Anwältin für Menschenrechte.

Nur half ihm das nicht bei seinem Problem, kein Stück. Also würde er sich auf das verlassen müssen, was Hugo vorgeschlagen hatte. Hinsehen. Auf die Zeichen achten.

Und die Brille nur noch abnehmen, wenn es sich nicht vermeiden ließ.

Insgeheim hoffte Dorian, dass Bornheims Leute mit den Vorbereitungen für die Show beschäftigt waren. Dass sie den Veranstaltungsort bewachten und nur wenige von ihnen in der Roten Zone unterwegs waren.

Wenn er sich irrte, würde er es früh genug merken.

Einen Moment lang überlegte er, ob es nicht doch klug gewesen wäre, Melvins Rucksack mitzunehmen. Oder wenigstens den Taser. Aber beide Waffen waren ihm im Grunde unheimlich. Weder wollte noch konnte er damit umgehen.

Beim Hinausgehen übersetzte der Visioner ihm die Schlagzeile der chinesischen Tageszeitung, die im Ständer neben der Kasse hing, und empfahl ihm anschließend, die Straßenbahnlinie 71 zu meiden, weil es auf der Strecke zu einem Unfall gekommen war.

Draußen sah er sich gründlich um. Nach allen Seiten. »Dort, wo es am schlimmsten ist«, wäre er richtig, nur war nirgendwo etwas Entsprechendes zu entdecken. Die Straße lag friedlich vor ihm – beim Überqueren ging er trotzdem auf Nummer sicher und spähte oben über den Brillenrand. Alles gut. Also weiter.

Erst vor der Filiale einer großen Fast-Food-Kette blieb er wieder stehen, abrupt. Sein eigener Name leuchtete ihm aus den Fenstern entgegen.

`Dorian,`

wir wollen dir nichts tun. Stella hat uns erzählt, du denkst, wir würden dich jagen und töten wollen. Das ist nicht wahr. Bitte vertrau uns. Komm zum Treffpunkt am Bahnhof. Komm nach Hause.

Er musste sich beherrschen, um nicht laut aufzulachen. Sie hielten ihn für dämlich, gar keine Frage. Als ob er vergessen könnte, was er mit eigenen Augen gesehen hatte. Das Plakat. Die erhängte Stella. Die Kobra. Und dann war da dieses unsichtbare Auto gewesen, das ihn beinahe überfahren hätte.

Nein, Bornheim musste sich etwas Besseres einfallen lassen als: *Komm nach Hause.*

Weil im Moment jeder Weg richtig oder falsch sein konnte, entschied Dorian sich dafür, den vertrautesten zu nehmen, den in Richtung Stadtpark.

Er kam schnell voran, ließ sich von den Layern nicht ablenken, die gelegentlich an den Hauswänden auftauchten – meistens Details zu den Menschen, die im entsprechenden Haus wohnten oder arbeiteten. Manchmal Übersetzungen.

Erst als er an einer alten Frau vorbeiwollte und sie sich zu ihm umdrehte, blieb ihm die Luft weg.

Ihr Gesicht war ein Totenschädel, ihre Hände nur noch bleiche Knochen, ebenso wie die Gehhilfe, auf die sie sich stützte.

Dorian war stehen geblieben und starrte die Frau an, was sie mit einem unwilligen Kopfschütteln quittierte. »Was ist denn mit dir los?«

Er war versucht, die Brille abzunehmen, drehte dann aber einfach nur den Kopf weg, murmelte eine Entschuldigung und lief weiter.

Auf den Park zu. Den Ententeich. In dem bäuchlings ein toter

Körper trieb. Den niemand außer ihm wahrzunehmen schien – ach, von wegen *schien*. Keiner sah ihn, weil er gar nicht da war. Umso verstörender war es, dass plötzlich die Enten begannen, an dem Toten herumzupicken.

Dorian schob die Brille nach unten, nahm die damit verbundenen Kopfschmerzen in Kauf. Nein, keine Leiche, Enten aber schon. Jemand hatte gerade Brotkrümel ins Wasser geworfen, an die Stelle, wo der Layer sich befand.

Die Show würde dort sein, wo es am schlimmsten war, hatte Hugo erklärt. Wasserleichen fand Dorian bereits ziemlich schlimm – bedeutete es, dass er auf dem richtigen Weg war?

Er drehte sich einmal um die eigene Achse, hielt nach Bertold oder seinesgleichen Ausschau, bevor ihm einfiel, dass die sich ja auch jederzeit aus seiner Wahrnehmung ausblenden konnten.

Also noch ein Kontrollblick ohne Brille. Wieder setzten Kopfschmerzen ein, heftiger diesmal. Dorian drückte seine Hände gegen die Schläfen. Weiter. Den Park verlassen, der Straße folgen. Dorian überquerte einen Markt, hier gab es kaum Layers und bis auf zwei Leute war niemand markiert.

Als er den Platz mit all seinen Obst-, Gemüse- und Delikatessenständen hinter sich gebracht hatte, lag auch die Rote Zone längst hinter ihm. Wie Melvin richtig gesagt hatte, fanden sich dort die meisten Layers, hier hingegen –

Vor Dorian bewegte sich etwas. Etwas Großes. Im ersten Moment dachte er, ihm wäre nun auch noch schwindelig geworden, doch dann begriff er, dass es nicht er selbst war, der schwankte. Es war das Haus direkt vor ihm. Mindestens fünf Stockwerke hoch. Es stürzte ein.

Mit einem Schrei sprang Dorian zur Seite – wieder ein Reflex wider besseres Wissen. Es war ihm völlig klar, dass diese Katastrophe nicht wirklich passierte, dass die herabstürzenden Steine ihn nicht treffen konnten, dass er Bornheim ein weiteres Mal auf den Leim ging, aber sein logisches Denken war langsamer als die Urinstinkte seines Körpers.

Er spürte, dass er jemanden anrempelte, nein, umstieß, dass er selbst das Gleichgewicht verlor und hinfiel.

»Bist du besoffen oder was?« Ein Mann um die dreißig, in Arbeitshosen und einem hellblauen T-Shirt mit dem Logo eines Elektrikerunternehmens auf der Brusttasche, stützte sich auf die Ellenbogen hoch.

Dorian fühlte, wie der Schmerz in seinem Kopf explodierte und sein Magen sich zusammenkrampfte, gleich würde er sich übergeben müssen. Das Gebäude stürzte immer noch ein, Staub wirbelte auf.

»Es tut mir leid. Mir ist schwindelig geworden.«

Der Mann war mittlerweile aufgestanden und hielt Dorian eine Hand hin. »Du siehst auch echt blass aus. Solltest vielleicht zum Arzt gehen.«

»Das wird schon. Danke.« Das letzte Wort war nur noch ein Wispern; er brauchte seine ganze Kraft, um seinen Mageninhalt bei sich zu behalten.

Brille runter. Das Haus stand noch – natürlich –, es war eine Täuschung gewesen, aber die schwarzen Punkte, die sich vor seinen Augen rasant vermehrten, waren echt.

Dorian fand ein kniehohes Mäuerchen und setzte sich, beugte seinen Oberkörper vor und versuchte, ruhig zu atmen. Nicht zu kotzen. Nicht umzukippen.

Wenn sie mich jetzt finden, dachte er halb besorgt, halb belustigt, dann haben sie echt leichtes Spiel. Jackpot für die Mambas.

Aber niemand kam, obwohl es lange dauerte, bis Dorian sich gut genug fühlte, um wieder aufzustehen. Doch auch dann ging er nur langsam, immer eine Hand an der Hausmauer neben sich, um sich notfalls abstützen zu können.

Noch bevor er das Gebäude erreichte, das vor seinen Augen gerade eingestürzt war, bog er nach rechts ab. Er konnte sich nicht überwinden, daran vorbeizugehen, obwohl ihm klar war, dass nichts passieren würde.

Das ist der Plan, dachte er. Der Ort, an dem die Show stattfinden wird, ist auf diese Weise abgeschirmt. Bornheim wollte keinen Träger dabeihaben, der nicht dorthin gehörte.

Dorian würde die Brille tragen müssen, um eine Chance zu haben, das Haus zu finden, das war ihm klar gewesen. Aber er hatte nicht damit gerechnet, dass es diesmal so schwierig sein würde. Und so schmerzhaft.

Er wartete, bis der Druck hinter seinen Schläfen nachließ, und ging langsam weiter, den Visioner in der Hand. Erleichtert, dass er nicht jede Sekunde mit einer neuen Überraschung, einem neuen Schockeffekt rechnen musste. Beunruhigt, weil er bei jedem Schritt fürchtete, einen Hinweis zu verpassen.

Als die Kopfschmerzen sich so weit zurückgezogen hatten, dass er sie nur noch wahrnahm, wenn er sich darauf konzentrierte, setzte er die Brille wieder auf.

Es änderte sich nichts. Kein einziger Layer in Sichtweite, egal wohin er blickte. Um sicherzugehen, dass der Visioner in Ordnung war, zückte Dorian noch einmal das Etui.

`Du hast dich unseren Grundsätzen verpflichtet. Der Kader begrüßt dich als einen seiner Master. Du wirst mehr wissen als alle anderen und dieses Wissen wird dein Lohn und deine Bürde zugleich sein …`

Alles in Ordnung, dann war es wohl so, dass sich hier einfach nichts befand, das einer Markierung würdig gewesen wäre. Trotzdem behielt Dorian die Richtung bei, wider besseres Wissen. Es war so angenehm, nicht von Sinneseindrücken überflutet zu werden, und vielleicht fand sich ja trotzdem ein Hinweis auf den Schauplatz, wo Bornheim seine Show abziehen würde.

Zwanzig Minuten später wurde Dorian klar, dass er sich in die eigene Tasche log. Die Tatsache, dass er so gemütlich vor sich hin spazieren konnte, war nichts weiter als der Beweis dafür, dass er in die falsche Richtung ging. Sich selbst schonen zu wollen würde nichts bringen, also wandte er sich nach links. Unwillig.

Aber es war die richtige Entscheidung gewesen. Wenn man das so nennen konnte. Nicht lange und es tauchten wieder Layers auf, von der abschreckenden Art. Ein Sumpf zum Beispiel, unter dem sich ziemlich sicher eine Straßenkreuzung befand; was Dorian stattdessen sah, waren viel zu groß geratene Alligatoren, die aus dem schlammig braunen Wasser auftauchten und wieder versanken.

Über den Brillenrand zu spähen würde er bleiben lassen. Die Kopfschmerzen waren momentan fast nicht spürbar, es war mehr, als wäre da hinter seiner Stirn nur noch die Erinnerung an den grauenvollen Schmerz. Diesen angenehmen Zustand würde Dorian nicht bewusst aufs Spiel setzen.

Es kostete ihn große Überwindung, den Sumpf zu betreten, obwohl er wusste, dass er nicht versinken würde. Er tastete bei jedem Schritt nach festem Boden, verlagerte sein Gewicht nur zögernd von einem Fuß auf den anderen. Dass von allen Seiten Alligatoren auf ihn zuschwammen – auf ihn zuzuschwimmen schienen –, irritierte ihn weit weniger als das Gefühl, dem Boden unter seinen Füßen nicht trauen zu können.

Beim sechsten oder siebten Schritt schaffte er es schließlich doch, sich zu entspannen. Nur um unmittelbar danach gegen ein Hindernis zu stoßen, das zwar nicht hoch war, aber ihn trotzdem zu Fall brachte.

Die Brille rutschte ein Stück. Mit dem Blick in die Realität meldeten sich auch die Kopfschmerzen zurück.

Die Gehsteigkante war es gewesen und damit hatte Dorian in gewisser Weise sogar noch Glück gehabt, denn knapp dahinter stand ein Baugerüst im Weg, von dem er eben nicht das Geringste gesehen hatte.

Niemand half ihm diesmal auf, dafür hörte er abschätziges Murmeln, von dem er nur die Worte »nutzlos« und »betrunken« verstand. Was in Ordnung war. Nutzlos und betrunken war immerhin nicht gleichbedeutend mit verdächtig und gefährlich.

Die Kopfschmerzen blieben. Sie waren nicht so höllisch wie vorhin, aber ignorieren ließen sie sich nur noch schwer.

Langsam setzte er seinen Weg fort. Der noch unangenehmer werden würde, je näher er dem Ziel kam, so viel war klar. Allerdings – wer sagte, dass er jeden Meter davon zu Fuß zurücklegen musste?

Fünf Minuten später saß er in einem Bus, der ungefähr die Route fuhr, die Dorian hatte einschlagen wollen. Hinaus in eines der teuersten Wohnviertel überhaupt.

Einfach nur dazusitzen tat ihm gut. Er verbot sich den Blick aus dem Fenster. Layers, die in großem Tempo an ihm vorbeizogen, verstärkten den Kopfschmerz, außerdem verwischte er seine Spur, wenn er eine Zeit lang einfach nur die Lehne vor sich betrachtete. Der Zentrale nichtssagende Bilder zu liefern war sicher keine schlechte Idee.

Lange durfte er ohnehin nicht mehr im Bus bleiben, er wollte keinesfalls das Ziel verpassen. Wenn er nicht sogar schon daran vorbei war.

Die Haltestelle, an der Dorian den Bus verließ, lag direkt an einem Park. Er stieg aus und hielt sich ein paar Sekunden lang an dem schmiedeeisernen Gitter fest, das die Grünfläche umzäunte. Auf Dauer tat das Tragen der Brille ihm nicht gut, die Schmerzen verschlimmerten sich von Mal zu Mal, sobald er sie abnahm – ging das den Mitgliedern des Kaders auch so? Oder war es ein spezieller Spaß, den Bornheim sich nur für ihn ausgedacht hatte?

Er schloss kurz die Augen, dann warf er den üblichen prüfenden Blick über die Schulter.

Nur um direkt in Emils Gesicht zu sehen.

Diesmal war kein Zweifel möglich, sie standen kaum fünf Schritte voneinander entfernt und Dorian hätte diese Züge unter Tausenden wiedererkannt. Das fettig-schmutzige Haar, das ihm auf die Schultern fiel, war unverändert, ebenso der Bierbauch, den das fleckige T-Shirt nie ganz bedeckte. Es waren andere Kleidungsstücke als die, in denen Dorian ihn kannte, doch das war das Einzige, was sich geändert hatte.

Er schluckte trocken. »Emil?«

Ein Wispern, so leise, dass er es fast nicht hören konnte. Gebannt sah er zu, wie Emil grinste, die Schultern hob und seinen Shirt-Kragen nach unten zog.

Eine gezackte, klaffende Wunde, tiefrot.

Dorian starrte sie an, konnte die Augen nicht abwenden. Hatte wieder alle Einzelheiten vor sich. Das Blut, das Taschenmesser, Nico …

Zitternd fuhren seine Hände zur Brille hoch. Dass seine Kopfschmerzen sich wohl gleich verdoppeln würden, war jetzt völlig egal. Selbst wenn er sich auf die eigenen Schuhe übergeben musste, dann war das nun mal so. Hauptsache, er bekam endlich Gewissheit, ob Emil noch am Leben war.

Der wandte sich im gleichen Augenblick ab und marschierte davon, in einem eigenartig vergnügten, hüpfenden Gang. Wie es kleine Kinder manchmal taten.

Das war das unheimlichste Detail an der Begegnung – auf gewisse Weise schlimmer als der durchschnittene Hals.

Stechender Schmerz hinter der Stirn, als Dorian die Brille abnahm. Aber die hüpfende Gestalt war immer noch da, nur dass sie jetzt wieder normale Schritte machte. Schnelle Schritte. Dorian begann, Emil hinterherzugehen, gab es aber bald auf. Er würde umkippen, sobald er zu rennen versuchte.

Aber … er wusste es nun, nicht wahr? Emil lebte, auch wenn Dorian nicht begriff, wie das möglich war, bei dem tiefen Schnitt durch den Hals, den er eben gesehen hatte.

Er ließ das Erlebnis immer wieder in seinem Kopf ablaufen, mit dem Erfolg, dass er sich zehn Minuten später selbst völlig verunsichert hatte. War es wirklich Emil gewesen? Wahrscheinlich. Außer, die Brille hatte ihm auf besonders gerissene Weise etwas vorgegaukelt, hatte einem beliebigen Mann, der da stand, das vertraute Gesicht aufgesetzt.

Mit beiden Händen massierte Dorian seine Schläfen, bevor er den Visioner wieder aufsetzte. Ging er überhaupt noch in die richtige Richtung? Am Park war er längst vorbei und die Straßen, die er nun entlangschwankte, kannte er nicht.

Dafür machte er fünf Minuten später eine neue Bekanntschaft, unfreiwillig. Ein Mann trat aus einem eleganten Restaurant, an der Seite einer hübschen jungen Frau; er beachtete Dorian nicht, sein Blick streifte ihn nur ganz flüchtig – doch das genügte, damit ihre Brillen Verbindung aufnahmen.

```
Prof. Dr. Gabriel Veith, 50 Jahre
Präsident der Gesellschaft für Herzchirurgie
Im regulären Besitz eines Master-Visioners
Vertritt die Grundsätze des Kaders auf vorbild-
liche Weise ...
```

Das war alles, was Dorian mitbekam, bevor er es schaffte, die Brille zu deaktivieren. Er wich zurück, der Schmerz pumpte in seinem Kopf, löschte sogar die Angst aus. Das durfte aber keine Rolle spielen, er musste diese Straße jetzt überqueren, schnell, musste weg von diesem Mann.

Eine Hand auf der Schulter. »Du bist das? Dieser Läufer, nach dem gesucht wird?« Veith sprach leise, offenbar wollte er nicht, dass seine Begleiterin mitbekam, worum es ging.

Das war zumindest eine Chance. Vielleicht würde der Mann von ihm ablassen, wenn er befürchten musste, dass Dorian die falschen Dinge sagte.

»Lassen Sie mich.« Er befreite seine Schulter aus Veiths Griff und lief dann einfach los, über die Straße, ohne sich umzusehen, schon aus Angst vor den neuen Schmerzsalven, die eine schnelle Kopfbewegung wahrscheinlich auslösen würde.

»Du wirst gesucht!«, rief der Mann ihm nach. »Es gibt Menschen, die machen sich Sorgen um dich!«

Und das zu Recht, dachte Dorian bitter. Dumm nur, dass es nicht stimmte. Sie machten sich Sorgen darüber, dass er – wie stand es auf seinem Layer? – die Abläufe störte.

Innerhalb kürzester Zeit waren die schwarzen Punkte wieder da und Dorian schaffte es nur mit Mühe bis in die nächste Seitengasse, wo er sich auf die Treppen einer Schule setzte und den Kopf in den Händen verbarg.

Wenn er ehrlich zu sich selbst sein wollte, war er knapp davor aufzugeben. Alles lief gut, solange er die Brille trug, ohne sie abzunehmen oder über den Rand zu spähen – doch sobald er sie absetzte, waren die Kopfschmerzen mehr, als er aushalten konnte. Und es schien, als würde dieser Effekt mit jedem Tag schlimmer werden.

War das der Grund dafür gewesen, dass Regener den Visioner auch beim Autofahren getragen hatte? Um die Schmerzen zu vermeiden?

Sogar simples Nachdenken tat weh. So ähnlich musste sich schwere Migräne anfühlen. Wenn jetzt irgendjemand von Bornheims Leuten kam und ihn fortschleppte – er würde sich nicht wehren können. Nicht fliehen. Nichts.

Und er musste damit rechnen, dass das jederzeit passieren konnte. Dieser Prof. Dr. Veith war ihm nicht gefolgt, aber er hatte Bornheim informiert, jede Wette. Und falls Dorian sich schon in der Nähe der Showbühne befand, würde es nicht lange dauern, bis Bertold oder ein anderer dieser Mistkerle hier war.

Das ließ Dorian nun doch wieder auf die Beine kommen, sobald der schlimmste Schmerz sich verflüchtigt hatte. Seine Augen tränten zwar, während er sich die Straße entlangquälte, aber er würde jetzt nicht aufgeben. Nicht, solange er noch irgendwie kriechen konnte.

Das Schicksal meinte es gut mit ihm: Ein paar Hundert Meter weiter lag die Filiale einer großen Fast-Food-Kette. Die meisten Tische waren besetzt, aber Dorian fand einen, der nicht nur frei war, sondern auf dem noch ein Tablett mit leeren Pappbehältern und Getränkebechern stand. Er würde so tun können, als wären es seine Reste. So schnell würde niemand ihn rauswerfen.

Er blieb fast eine Stunde lang sitzen. Sein Platz befand sich nicht direkt am Fenster, aber nahe genug, um auf die Straße hinaussehen zu können. Bei einem der dunklen Lieferwagen, die vorbeifuhren, war er beinahe sicher, dass es Bertolds war.

Irgendwann waren Dorians Kopfschmerzen so weit verblasst, dass er sie kaum noch spürte. Sie waren aber nicht fort, sondern verhielten sich eher wie ein schlafendes Tier, das jederzeit wieder brüllend zum Leben erwachen konnte.

Wenn ich wenigstens Geld hätte, um Tabletten zu kaufen, dachte er, als er kurz nach dem Verlassen des Fast-Food-Restaurants an einer Apotheke vorbeikam. Doch er besaß nur die hundert Euro, die Nico ihm zugesteckt hatte. Für einen ganz bestimmten Zweck, den schönsten, den Dorian sich vorstellen konnte. Er würde dieses Geld nicht aus anderen Gründen anrühren, auch wenn sein Schädel platzte.

Als er diesmal die Brille wieder aufsetzte, verspürte er tatsächlich Angst. Nicht vor dem, was er sehen würde, sondern davor, dass er damit später wieder das Tier wecken könnte.

Nur wenige Minuten darauf wusste Dorian, dass er sich vor der falschen Sache gefürchtet hatte.

Kapitel 30

Sie waren zu zweit, sie kreisten über ihm und ihr Kreischen zwang ihn immer wieder dazu, sich die Ohren zuzuhalten.

Hugo hatte gewusst, wovon er sprach. Drachen. Scheußlicher, als Dorian sie je in Filmen oder auf Bildern gesehen hatte. Sie wirkten verkrüppelt, als würde kein Körperteil wirklich zum anderen passen; ihre Klauen waren lang wie Schwerter und ihre Zähne messerscharf und spitz – aber nicht in der gleichmäßigen Art, wie man es von Zähnen erwarten würde. Eher wie bei einer eingeschlagenen Fensterscheibe, bei der oben und unten gläserne Zacken in allen Größen stehen geblieben waren.

Einer der Drachen war grau, der andere braun. Sie stießen abwechselnd zu Dorian hinab, der sich alle Mühe gab, sie zu ignorieren, sich aber dennoch immer wieder dabei ertappte, wie er sich duckte. Oder erschreckte Laute von sich gab. Zweimal schon hatten ihn Passanten angesprochen, ob denn auch alles mit ihm in Ordnung sei.

Das war es. Oder wäre es gewesen, wenn er nur mit den Drachen hätte zurechtkommen müssen. Gleichzeitig fürchtete er aber, dass sie nur ablenken sollten von einer tatsächlichen Gefahr. Einer Baustelle, über deren Rand man abstürzen konnte. Einem weiteren ausgeblendeten Auto oder diesmal vielleicht gleich einem Bus.

Oder, und das war am naheliegendsten, man würde einfach seine Verfolger unsichtbar machen, so wie letztens Nico. Es konnte also jede Sekunde so weit sein, dass jemand ihn packen und mit der Spritze betäuben würde. Und es würde sicher nicht beim Betäuben bleiben.

Der graue Drache war wieder im Anflug. Seine Schwingen überspannten die ganze Straßenbreite, er steuerte direkt auf Dorian zu, der unwillkürlich auswich und gegen jemanden prallte. Wieder einmal.

»Willst du Ärger?« Ein bulliger Kerl in Lederjacke, der nach Bier roch, hatte Dorian am Handgelenk gepackt. Ließ nicht locker. »Los. Ich will eine Entschuldigung hören.«

Wenn's weiter nichts war, die konnte er haben. »Tut mir sehr leid.«

Der Mann verfestigte seinen Griff. »Bin nicht überzeugt. Versuch's noch mal.«

Dorian hatte bereits den Mund geöffnet, doch er brachte keinen Ton heraus, denn nun verformte das Gesicht seines Gegenübers sich, als wäre es aus Wachs. Es wurde zu Emils Gesicht. Dann zu Bornheims. Und am Ende zu Dorians eigenem.

»Bist du schwerhörig oder blöd?«, herrschte der Kerl ihn an und obwohl die Stimme fremd war, sah es für Dorian so aus, als würde er sich selbst beschimpfen, sich selbst festhalten, während über ihm jetzt der braune Drache kreischte.

Er begann zu lachen. Weil er nicht anders konnte. »Es tut mir wirklich leid«, keuchte er. »Glauben Sie mir bitte. Es war überhaupt keine Absicht und ich lache Sie auch nicht aus, ganz bestimmt nicht.«

Wahrscheinlich war es Glück, dass bereits vier oder fünf Leute stehen geblieben waren und die Szene beobachteten, sichtlich unschlüssig, ob sie eingreifen sollten oder nicht. Vor ihnen wollte der Lederjackentyp Dorian nicht schlagen, das sah er ihm am Gesicht an. An seinem eigenen.

Wieder musste er ein Lachen niederkämpfen und versuchte diesmal, es mit einem vorgetäuschten Hustenanfall zu tarnen

»Verschwinde.« Sein Gegenüber ließ ihn los, aber nur, um ihm einen Stoß gegen die Schulter zu versetzen. »Du bist ja nicht ganz normal. Hau ab und komm mir ja nicht wieder unter die Augen.«

Dorian wollte Danke sagen, doch das Wort blieb ihm im Hals stecken.

Die Drachen hatten sich entfernt, fast wie aufs Stichwort in dem Moment, als der Mann Dorian endlich losgelassen hatte. Doch an ihrer Stelle hatte er nun etwas viel Erschreckenderes entdeckt.

Stella, die am Rand eines Dachsimses stand, in ihrer grünen Jacke, einen Stapel Flugblätter in der Hand. Sie blickte nach unten, als wollte sie die Höhe abschätzen.

Dorian verharrte wie angewurzelt, bekam nur am Rande mit, dass die Passanten, die eben seine Auseinandersetzung mit dem Mann in der Lederjacke beobachtet hatten, langsam weitergingen.

Umso genauer sah er dafür, wie Stella schwankte. Wie ihr die Zettel aus der Hand rutschten und nach unten segelten, sich in der Luft voneinander lösten und sanft am Boden landeten.

Das würde Stella nicht, wenn sie fiel. Sie würde mit einem satten, dumpfen Laut aufprallen und liegen bleiben. Schwer verletzt. Oder tot.

Es ist nicht echt, sagte Dorian sich. Die Brille will mich das sehen lassen, um mich abzulenken, um mich fernzuhalten von dem Austragungsort dieser verdammten Show. Aber ist Bornheim nicht klar, dass ich damit erst so richtig verstehe, was für ein kranker Typ er ist? Wer mir solche Bilder zeigt, zeigt damit gleichzeitig, wie gefährlich er ist. Wie irre. Und wie verlogen, wenn er denkt, dass er mit seinen Aktionen die Welt irgendwie besser macht.

Dorian ging einen Schritt näher heran. Stella rührte sich nicht, sie blickte auch nicht nach unten, sondern geradeaus. Träumerisch.

Wenn er die Brille abnahm oder über den Rand hinwegsah, würde sie verschwinden. Mit Sicherheit. Und dann konnte er einfach weitergehen, dorthin, wo die Drachen jetzt kreisten, hoch über der Stadt und kilometerweit von seinem jetzigen Standort entfernt.

Aber er wusste, was dann passieren würde. Dass die Schmerzen dann wieder einsetzen würden, vielleicht noch stärker als vorhin. Allein die Vorstellung war Furcht einflößend. Später, bevor er nach Hause fuhr, musste er den Visioner ohnehin abnehmen. Das würde schlimm genug werden.

Zudem wusste er ja, dass das Ganze nicht real war, was er zu sehen glaubte, sonst wäre er nicht der Einzige gewesen, der hier stand und nach oben starrte. Trotzdem blieb dieser winzige Rest Ungewissheit. Was, wenn doch?

Genau in dem Augenblick, als er beschloss, sich abzuwenden und einfach seinen Weg fortzusetzen, ging Stella in Flammen auf. Dorian hörte das Prasseln des Feuers ebenso wie ihre Schreie, sah, wie sie verzweifelt um sich schlug und von der Kante wegtaumelte, nach hinten, aus seinem Blickfeld.

Er hatte ebenfalls aufgeschrien, vor Schreck und Schmerz gleichermaßen – so oft konnte er sich gar nicht sagen, dass alles nur Täuschung war, um es nicht trotzdem entsetzlich zu finden. Die Bilder würden ihn verfolgen, das wusste er, sie schürten seine Angst vor dem, was morgen vielleicht wirklich passieren würde.

Und genau das musste Bornheims Plan sein. Er führte Dorian

seine furchtbarsten Albträume vor Augen, als Warnung oder um ihn in den Wahnsinn zu treiben – aber das würde ihm nicht gelingen.

Hinsehen, hatte Hugo gesagt, auch wenn es schwerfällt. Dann ganz besonders. Auf die Zeichen achten. Es gibt eine Menge Torwächter.

Eine sterbende Stella als einen dieser Torwächter einzusetzen entsprach Bornheims widerlichem Stil. Andererseits konnte er sich der Wirkung sicher sein – immerhin hatte er auf ähnliche Art verhindert, dass Dorian die Stadt verließ.

Aber diesmal würde der Trick nichts nützen. Auf dem Dach war jetzt nur noch aufsteigender Rauch zu sehen, die Schreie waren verstummt, die Menschen um Dorian herum schienen nur ihn seltsam zu finden, sonst nichts.

Also ging er weiter. Obwohl er seine Beine kaum spürte – dafür fühlte er jeden einzelnen Herzschlag in seinem Kopf, in seinem Bauch, bis in die Fingerspitzen. Er ging dorthin, wo die Drachen kreisten.

Die nächsten zehn Minuten blieb er tatsächlich unbehelligt. Es war, als hätte Bornheim keine Idee mehr, womit er ihn noch quälen sollte. Als hätte er alle seine Trümpfe ausgespielt und nun am Ende aufgegeben.

Erst als Dorian so weit gekommen war, dass er sich allmählich ausrechnen konnte, wo das Haus sich befand, um das die Drachen sich tummelten, ging die Welt wieder in den Albtraummodus über.

Briefkästen, aus denen Blut tropfte, sich am Boden sammelte, um dann in Rinnsalen über die Straße zu laufen. Eine riesige Spinne, die sich an einem grün schillernden Faden von der Oberleitung abseilte. Zombie-Gesichter, immer wieder, vor allem an Menschen, bei denen Dorian nicht damit rechnete. Kleine Kinder, die an der Hand ihrer Mutter dahinmarschierten und ihm plötzlich eine grauenvoll entstellte Fratze zuwandten.

Dorian hatte die Zähne zusammengebissen, damit ihm keine unwillkürlichen Schreckenslaute mehr entfahren konnten. Doch mit jedem Schritt hasste er Bornheim heftiger. Er wünschte sich fast, dass Bertold oder ein anderes dieser Dreckschweine neben ihm halten und versuchen würde, ihn zu fangen. Er würde den Kampf dann vielleicht nicht gewinnen, aber er würde jemandem wehtun, und zwar richtig.

Doch keiner von ihnen tauchte auf, unbegreiflicherweise. Es sah ganz danach aus, als gebe Nico immer noch sein Bestes, um Dorian zu schützen. Er musste wissen, dass sein Plan nicht funktioniert hatte, dass Stella sich geweigert hatte, die Stadt zu verlassen, weil Dorian zu ungeschickt gewesen war, sie zu überzeugen …

Sich seine eigene Dummheit vor Augen zu führen würde jetzt nichts nützen. Er sollte sich besser darauf konzentrieren, seine Wut einzudämmen; gerade eben hatte ihn ein älterer Mann versehentlich angerempelt und Dorian war knapp davor gewesen, ihn anzubrüllen.

Die große Spinne hatte viele Verwandte, die nun immer öfter aus den Kanalgittern krochen – zu Dutzenden und mit schauderhafter Geschwindigkeit.

Die Kobra vor einigen Tagen hatte Dorian erschreckt, aber vor den Spinnen ekelte er sich. Auch die kleinsten von ihnen waren noch handtellergroß und sie krabbelten alle in seine Richtung, wichen erst im letzten Moment aus. Immer wieder blieb er stehen, trotz besseren Wissens. Die Vorstellung, auf eines der Tiere zu treten, war sehr lebendig in seinem Kopf.

Auch wenn er wusste, dass es nicht möglich war. Er wusste, wusste, wusste es, aber seine verdammten Instinkte reagierten einfach schneller als seine Vernunft. Und allmählich hatte er das Gefühl, dieser Widerspruch könnte demnächst seinen Verstand in Mitleidenschaft ziehen.

Wieder hatte er angehalten, beinahe ohne es zu merken, und nun kroch eine der Spinnen über seinen Schuh.

Dorian schüttelte sie ab, trat ins Nichts, während ihm gleichzeitig bewusst war, wie das für Unbeteiligte aussehen musste. Doch diesmal sprach ihn niemand an, sie glotzten nur. Wahrscheinlich wirkte er mittlerweile zu abgedreht, als dass jemand freiwillig mit ihm Kontakt aufnehmen würde.

Und wenn schon. Er ging weiter, trotzig jetzt, trat nach Spinnen, die nicht existierten, begann irgendwann zu rennen. Er musste nur wissen, wo das Gebäude war, die Showbühne, der Ort, an dem Stella sterben sollte, ganz real diesmal.

Die Drachen waren am gleichen Ort geblieben. Einer von ihnen spie Feuer in den Himmel, der sich allmählich abendlich verdunkelte. Es hätte fantastisch aussehen können, wenn Dorian noch in der Lage gewesen wäre, etwas schön zu finden. Aber er war nun nah am Ziel, diese Straße entlang, die zu einer Art Park führte, da musste das Anwesen sein, von dem Nico gesprochen hatte.

Es passte. Stilhäuser, Villen, teure Wohnbauten. Und ganz am Ende der Ort, den Dorian gesucht hatte. Damit wusste er, was er hatte herausfinden wollen. Hoffentlich. Wenn Hugo ihn nicht belogen hatte, auf Bornheims Anweisung hin, wenn die Quälerei dieses Tages nicht ein einziges großes Ablenkungsmanöver gewesen war.

Dorian verbot sich, diesen Gedanken weiterzudenken. Er war hier richtig. Er *musste* hier richtig sein. Beinahe rechnete er damit, dass nun, nachdem er sich so nah am Zentrum des Geschehens befand, Bertold und seine Leute auftauchen würden.

Oder eine Horde Mambas. Begeistert darüber, dass er ihnen freiwillig in die Arme gelaufen war.

Doch es war jemand anders, der auf Dorian wartete. Wieder fiel es ihm schwer, die Fassung zu bewahren.

Aus dem Schatten eines Hauseingangs trat Melvin. Dass es sich bei seinem Anblick um eine Täuschung handelte, war keine Frage, denn er trug seinen Kopf unter dem Arm.

»Guten Abend, Dorian.«

Nein, er würde nicht mit der leeren Luft sprechen. Mit diesem Abbild seines Freundes, das ihm schon beim bloßen Hinsehen Übelkeit verursachte. Er ging an Melvin vorbei, wortlos. Wandte sich in die andere Richtung.

»Warte!« Die Stimme klang unbeschwert und belustigt. Sie klang sehr nach Melvin.

Umso schlimmer, dachte Dorian; trotzdem blieb er stehen.

»Nicht weitergehen. Das ist keine gute Idee.«

Das Haus ist dort, wo es am schlimmsten ist. Alles, was in dir ist und vor und hinter dir. Die Angst, die Unsicherheit, die Drachen. Alles.

Hugo war ein cleveres Vieh. Schlimmer als jetzt konnte es kaum noch werden. Aber das sprach zumindest dafür, dass Dorian bei seiner Suche erfolgreich gewesen war. Bitte. Hoffentlich.

»Bornheim wird dich hier nicht gern sehen.« Es war verstörend, den abgetrennten Kopf beim Sprechen zu beobachten. Dorian konzentrierte sich auf den Baum, der ein Stück rechts von Melvin wuchs.

»Ist mir klar.«

»Du solltest dir gut überlegen, was du tust. Ich war auch zu sorglos und sieh dir nur an, was sie mit mir gemacht haben.«

Allein die Vorstellung, dass Melvin die Wahrheit sagen könnte, ließ vor Dorians Augen wieder die schwarzen Punkte auftauchen. Aber es war nicht Melvin, mit dem er sprach. Es war ein Layer, der aussah wie sein Freund und dem Bornheim die Worte in den Mund legte. Es war eine Lüge, die man sehen und hören konnte.

Für heute war es genug. Dorian hatte keine Kraft mehr und er hatte immerhin ungefähr herausgefunden, was er wissen musste. »Ist okay.« Seine Stimme war rau und kaum verständlich. »Ich gehe. Mach's gut.«

»So gut ich kann«, rief Melvin ihm nach. »Vernünftig, dass du gehst. Lass dich nicht aufhalten.«

Dorian machte kehrt und ging die Straße zurück, die er gekommen war. Er zwang sich, nicht hinter sich zu schauen, obwohl er das unbestimmte Gefühl hatte, dass Melvin ihm eventuell seinen Kopf nachrollen würde, nur um seine Reaktion zu erleben.

Doch das geschah nicht. Es schien, als wäre Frieden eingekehrt. Dorian gelangte unbehelligt zur nächsten Straßenbahnhaltestelle, der einfahrende Zug verwandelte sich nicht in einen widerwärtigen Wurm und der Fahrer nicht in einen Werwolf.

Bevor Dorian sich in den Bus setzte, der ihn zur Kleingartensiedlung bringen würde, suchte er sich einen ruhigen Platz; eine niedrige Mauer nahe einem mehrstöckigen Wohnhaus, aus dessen Fenstern warmes Licht fiel. Einige Atemzüge lang empfand er nichts als brennenden Neid auf die Menschen, die dort wohnten. Familien, Paare. Die meisten von ihnen sorglos oder wenigstens nur mit normalen Sorgen belastet. Geld, Beruf, ein kleiner Streit.

Im nächsten Moment wurde Dorian klar, wie falsch er lag. Wäre es so einfach gewesen, hätte er zu seinem Vater zurückgehen können, mit dem er in genau einer solchen kuschelig beleuchteten Wohnung gelebt hatte. Nur dass das Licht das einzig Warme dort gewesen war.

Er schloss die Augen. Nahm die Brille ab und klappte sie zusammen, blind. Wartete auf die Kopfschmerzen, die nicht kamen. Zählte bis hundert. Bis zweihundert. Öffnete die Augen dann wieder, langsam.

Da war er, der Schmerz. Bohrend und ziehend zugleich, aber viel erträglicher als am Nachmittag. Wäre er ganz ausgeblieben, wenn Dorian die Augen länger zugelassen hätte?

Während der Fahrt im Bus schlief er beinahe ein. Wankte dann durch die finstere Kleingartensiedlung und brauchte diesmal fast fünf Minuten, um das Türschloss zu knacken.

Ohne auch nur die Schuhe auszuziehen, ließ er sich auf das Bett fallen. In seinem Kopf dröhnte es noch, aber das war erträglich, besser jedenfalls als die Bilder, die sich einstellten, sobald er die Augen schloss.

Die monströse Spinne, die von der Oberleitung hing. Stella, die in Flammen stand. Melvins Kopf, der sprach, obwohl er vom dazugehörigen Körper getrennt worden war. *Sieh dir nur an, was sie mit mir gemacht haben.*

Dorian blieb liegen, bis sein Gedankenkarussell zum Stillstand kam, dann ging er in die Küche und zwang sich, die Reste seines letzten Müllcontainer-Streifzugs zu essen. Trockene Toastscheiben, einen halben Apfel, drei Eiswaffeln. Was danach noch übrig war, wollte er für den nächsten Morgen aufbewahren, obwohl er stark daran zweifelte, dass er etwas runterbringen würde.

Bevor er sich erneut hinlegte, holte er Melvins Rucksack unter dem Bett hervor. Eines der schwarzen Shirts würde er morgen tragen. Und den Rest mitnehmen.

Die folgende Nacht war eine Abfolge von Schreckensbildern.

Sein Schlaf, den er so dringend brauchte, war durchsetzt von Träumen, in denen Menschen schmolzen, sich in Insekten verwandelten oder in Horden über ihn herfielen und ihn erstickten. Und Drachen, immer wieder Drachen. Mehrmals erwachte Dorian mit einem Ruck und dem Gefühl, keine Luft mehr zu bekommen. Doch kaum hatte sein Atem sich wieder beruhigt und der Schlaf ihn eingeholt, schuf sein Gehirn neue Horrorszenarien. Erdspalten, die plötzlich aufklafften und ganze Straßenzüge in die Tiefe stürzen ließen. Autos, die zu quallenartigen Wesen wurden. Ein steinerner Riese, der Dorian verfolgte und aus seinem Mund glühende Lava auf ihn herabregnen ließ. Und schließlich wieder Stella, die plötzlich ihren Kopf mit Melvins tauschte und lachte, lachte, lachte …

Noch vor dem Morgengrauen gab Dorian es auf. Er fühlte sich, als hätte eine Tonnenlast ihn mehrfach überrollt, jede Bewegung war anstrengend. Sein Kopf tat zwar nicht weh, war aber so schwer, als hätte ihn jemand mit Blei ausgegossen. Allein die Vorstellung, die Brille wieder aufsetzen zu müssen, erfüllte ihn mit Schaudern.

Und es war noch so furchtbar viel Zeit bis zum Nachmittag.

Auf keinen Fall wollte er zu früh aufkreuzen, denn mit jeder Minute, die er sich in der Nähe des Veranstaltungsortes befand, wuchs die Wahrscheinlichkeit, dass er entdeckt wurde. Zu spät sein durfte er aber noch weniger, denn bisher wusste er nicht einmal, wie er auf das Grundstück gelangen sollte. Das bewacht sein würde, keine Frage. Und nicht nur von virtuellen Gestalten, sondern von Bertold, seinen Leuten und vermutlich auch noch von privaten Sicherheitskräften.

Nicht daran denken. Sonst würde ihn auch die letzte Kraft verlassen. Besser war duschen. Kalt, heiß und wieder kalt, bis die Haut prickelte. Danach fühlte Dorian sich zwar immer noch schwach, aber wenigstens klarer im Kopf. Sein Plan – wenn man das so nennen konnte – nahm langsam Gestalt an.

Er zog sich Melvins Shirt an, das war schon mal ein guter Schritt. Damit und mit seiner schwarzen Daunenjacke darüber würde man ihn vielleicht für eine der Mambas halten. Nachdem er nun wusste, wo das Haus ungefähr lag, musste er für den Weg dorthin nicht mehr als vierzig Minuten einrechnen. Die Brille würde er dabei nicht aufsetzen, er verspürte kein Bedürfnis, den Torwächtern, wie Hugo sie genannt hatte, früher zu begegnen als unbedingt nötig. Wenn er erst einmal angekommen war, würde er weitersehen.

Er verfluchte sich dafür, dass er gestern schon zu zermürbt gewesen war, um an dem kopflosen Melvin vorbeizugehen und sich das Grundstück aus größerer Nähe zu betrachten – aber das war nicht mehr zu ändern.

Erst gegen Mittag brach er auf. Brachte vorher noch das Gartenhaus so gut wie möglich in Ordnung, da er nicht damit rechnete zurückzukehren. Bedankte sich stumm bei dem Besitzer, als er die Tür hinter sich zuzog, und hoffte, der würde nicht zu wütend über die vertilgten Vorräte sein.

Die Fahrt in den Nobelbezirk verlief reibungslos, obwohl Dorian jede der Stellen wiedererkannte, an denen ihm tags zuvor fast das Herz stehen geblieben war vor Schreck.

Hier war er der alten Frau mit dem Totenschädel begegnet, da Emil, dort war das Haus eingestürzt. Und hier waren zum ersten Mal die Drachen aufgetaucht.

In manchen Momenten schien es Dorian, als könnte er diese Dinge auch ohne den Visioner sehen. Er zuckte zusammen, als plötzlich etwas Großes neben dem Straßenbahnfenster auftauchte, an dem er saß. Doch es war nur ein Lkw.

Als die Bahn sich der Stelle näherte, wo gestern Stella auf dem Dach gestanden hatte, wandte Dorian sich ganz bewusst ab. Ihm war klar, dass allein der Anblick des Simses ihn dazu veranlassen würde, nach einer Rauchsäule Ausschau zu halten oder nach verbrannten Überresten. Er umklammerte mit dem linken Arm Melvins Rucksack, den er auf dem Schoß hielt, die rechte Hand hatte er tief in der Jackentasche vergraben, wo sie sich um das Brillenetui schloss. Immerhin war er ausgerüstet. Obwohl ihm das nichts nützen würde, falls man ihn schon erwartete. Und selbst wenn nicht – das Grundstück würde umzäunt sein, von Kameras überwacht, von Sicherheitsleuten umstellt …

Je mehr er sich seinem Ziel näherte, desto mutloser wurde Dorian. Was er hier geplant hatte, war eine kopflose Aktion – *kopflos, haha*, hörte er Melvin förmlich kichern – und sie würde wahrscheinlich scheitern, bevor sie noch richtig begonnen hatte.

Er blieb unschlüssig stehen, nachdem er ausgestiegen war. Den gleichen Weg einzuschlagen wie am Vortag war Unsinn. Nur ein Vollidiot würde direkt auf das Haus zumarschieren. Auf ein Haus, das er überhaupt nicht kannte. Von dem er nicht wusste, wie es aussah.

Es wurde Dorian erst jetzt richtig klar, wie groß der Fehler war, den er gestern begangen hatte, und am liebsten hätte er sich geohrfeigt.

Er hatte sich von einem irrealen Melvin davon abhalten lassen weiterzugehen, hatte gedacht, er müsste am nächsten Tag nur dorthin, wo die Drachen kreisten. Was vielleicht sogar stimmen mochte, nur dass er die ohne Brille nicht sehen konnte. Also blieben ihm nun zwei Möglichkeiten: entweder den Visioner aufzusetzen und dann bis auf Weiteres nicht mehr abzunehmen oder auf gut Glück loszuspazieren und zu hoffen, dass er das richtige Anwesen schon finden würde.

Er entschied sich für die zweite Variante. Vielleicht hatte er ja Glück und es gab überhaupt nur ein Haus, das groß und herrschaftlich genug war, um das richtige zu sein.

Er ging ein Stück weiter die Straße entlang, peilte die Parallelgasse zu der an, in der er gestern kehrtgemacht hatte. Den Schal hatte er diesmal bis über die Nase gewickelt, am liebsten hätte er sich gänzlich unsichtbar gemacht.

Seine Hände, mit denen er die Gurte des Rucksacks umklammerte, waren eiskalt. *Wer weiß, durch welchen Layer ich gerade laufe.*

Es war sichtlich eine Gegend, in der reiche Leute wohnten. Auf der Straße parkten fast keine Autos, dafür entdeckte Dorian in Carports innerhalb der Umzäunungen einen Jaguar, diverse Mercedes-Modelle und, durch das Tor einer sich eben öffnenden Garage, einen Ferrari.

Da. Am Ende des bebauten Geländes, ein Stück weiter links, öffnete sich eine schmale Gasse, an der ein Grundstück mit breiter Auffahrt lag. Ein hoher, schmiedeeiserner Zaun mit vergoldeten Spitzen. Eine Allee aus gestutzten Buchen, die einen Weg aus weißen Steinen säumten. Und schließlich, an den Rand eines kleinen, privaten Waldes geschmiegt, ein Herrenhaus, das der Villa, in der Dorian gewohnt hatte, in nichts nachstand. Eher im Gegenteil.

Das musste es sein. Oder doch nicht? Da vorn lag ebenfalls ein riesiges Anwesen, eines mit schlossähnlichen Türmchen und einem Park, der es umgab.

Fantastisch. Dorian konnte beim besten Willen nicht sagen, über welchem der Häuser die Drachen gekreist waren. Bei keinem der beiden hatte er den Eindruck, dass Vorbereitungen für einen Empfang getroffen wurden. Sie lagen ruhig da, fast idyllisch.

Was ihm schon gestern durch den Kopf gegangen war, schien nun immer wahrscheinlicher zu werden. Dass er nämlich einem riesigen Ablenkungsmanöver aufgesessen war. Initiiert von Hugo, dem er einfach geglaubt hatte, obwohl er eine Ausgeburt des Visioners war.

Langsam, sehr langsam ging Dorian weiter.

Die beiden großen Anwesen waren durch eine Straße getrennt – die hohen Mauern auf beiden Seiten ließen sie beinahe wie einen Tunnel wirken. Er ging sie entlang, vielleicht half ein anderer Blickwinkel.

Ungefähr die Hälfte der Straße hatte er hinter sich gebracht, als er Motorengeräusche hörte. Er drehte sich um und sah gerade noch das Heck eines schwarzen Wagens vorbeifahren – ein Anblick, der ihn in letzter Zeit immer nervös gemacht hatte, aber diesmal nicht, diesmal war es ein gutes Zeichen. Natürlich musste es keines der Autos aus Bornheims Flotte sein, aber zumindest war das möglich.

Dorian beschleunigte seine Schritte. Wenn seine Hoffnung sich bewahrheitete, war das Haus auf der linken Seite das richtige. Das mit dem Wäldchen, in dem man sich vielleicht verstecken konnte …

Er hastete weiter, es dauerte erstaunlich lang, bis er die Rückseite des Grundstücks erreichte. Auch hier eine hohe Mauer, doch das war besser als der Eisenzaun mit den scharfen Spitzen an der Front.

So wie jenseits dieser Einfassung standen auch diesseits Bäume – nicht so dicht, dass man sie als Wald hätte bezeichnen können, aber ausreichend, um Sichtschutz zur Straße hin zu bieten. Auf einen dieser Bäume zu klettern und von dort aus auf den Mauerrand zu springen war wohl möglich. Aber es war auch ein riesiger Aufwand und die Wahrscheinlichkeit, sich dabei zu verletzen, war größer als die auf Erfolg.

Dorian hielt Ausschau nach Überwachungskameras. Direkt an der Mauer entdeckte er keine, aber das hatte gar nichts zu sagen. Vermutlich waren sie in der Nähe des Hauses angebracht und filmten in alle Richtungen.

Innerhalb von zwei Minuten hatte er einen Baum gefunden, dessen Äste tief genug gewachsen waren, um sich ohne große Schwierigkeiten an ihnen hochschwingen zu können. Dorian kletterte so weit nach oben, wie er sich sicher fühlte, und suchte eine stabile Position.

Bevor er den Sprung wagte, würde er sich vergewissern, dass er das richtige Grundstück gewählt hatte. Was nur mithilfe des Visioners möglich war – es würde also doch nicht ohne Schmerzen abgehen. Aber egal was er gleich sehen würde, auf keinen Fall durfte er sich so erschrecken lassen, dass er das Gleichgewicht verlor.

Und er musste hoffen, dass Nico immer noch die Signale störte, die Dorians Visioner sandte. Sonst wusste die Zentrale, wo er sich befand, mit aller Genauigkeit. Und dann hatten sie ihn innerhalb von Minuten.

Alles keine ermutigenden Aussichten.

Dorian wappnete sich innerlich, während er die Brillenbügel aufklappte. Die Umgebung wirkte völlig friedlich, also würde alles, was er gleich Schreckliches sah, Täuschung sein und damit kein Grund, auch nur zusammenzuzucken.

Er schloss die Augen, während er den Visioner aufsetzte, wartete auf Geräusche – Kreischen, Heulen, Explosionen –, doch alles blieb völlig ruhig. Also wagte er einen ersten Blick.

Keine Drachen, keine Zombies, kein Meteor, der vom Himmel fiel. Trotzdem wusste Dorian genau, dass er das richtige Haus gefunden hatte.

Eine große goldene Null drehte sich über dem Giebel und über einem Wort in Rot: `Showdown`.

Damit war alles klar. So schnell er konnte, nahm Dorian die Brille wieder ab und wie erwartet schoss Schmerz durch seine Schläfen, stromschlagartig. Es wurde schlimmer, von Mal zu Mal – jedenfalls bei geöffneten Augen.

Vorsichtig kletterte er auf den Boden zurück, schnappte sich seinen Rucksack und lief tiefer zwischen die Bäume. Nach kurzer Zeit begann das Gelände anzusteigen und die Anstrengung verdoppelte das Hämmern in Dorians Kopf. Stehen blieb er trotzdem erst, als er eine kleine Anhöhe erreichte. Hier wuchsen keine Bäume, sondern hohes Gras, in das Dorian sich fallen ließ.

Der Boden war kalt und feucht, trotzdem tat es gut, einfach nur dazuliegen, während der Wind über die Halme strich.

Als die Kopfschmerzen allmählich nachließen, öffnete Dorian die Augen und blickte in den Himmel. Wolkenverhangen, nur ab und zu blitzte Blau hervor. Es musste zwischen zwei und drei Uhr nachmittags sein, wenn er sich nicht völlig verschätzte. Bevor die Dämmerung anbrach, würde er nicht zur Mauer zurückgehen; die Show selbst begann sicherlich erst am Abend und die Hilfskräfte würden ein bis zwei Stunden vorher eintreffen. Unter ihnen Stella.

Wenn Dorian überhaupt bis ins Haus kam, hatte er anschließend zwei Möglichkeiten, zwischen denen er sich bisher noch nicht hatte entscheiden können.

Entweder er schnappte sich Stella und zerrte sie davon, notfalls mit Gewalt. Überließ alle anderen ihrem Schicksal und suchte mit ihr das Weite. Spätestens, wenn sie die Zeitungen vom nächsten Tag las, würde sie verstehen, warum er so gehandelt hatte.

Die zweite Möglichkeit bestand darin, Bornheim von dem abzuhalten, was er vorhatte. Den Showdown zu verhindern. Auch das … notfalls mit Gewalt.

Dorian holte tief Luft. Schlang die Arme um den Rucksack und presste ihn an sich.

Kapitel 31

Rötlich graues Licht lag über dem Haus, von oben drängte Dunkelheit nach. Dorian war wieder auf den Baum geklettert und versuchte, sich die goldene Null vor diesem Himmel vorzustellen. Der Countdown für die Show war abgelaufen und Dorian musste einige Mühe aufbringen, um den Gedanken zu unterdrücken, dass für seinen eigenen Countdown vielleicht das Gleiche galt.

Diesmal hatte er den Rucksack umgehängt, darin befand sich auch das Kästchen mit dem Visioner. Aus der Jackentasche konnte es viel zu leicht herausrutschen, bei dem, was Dorian vorhatte.

Er war bereit für den Sprung, auch für drei oder vier Versuche, vorausgesetzt, er verstauchte sich nicht schon vorher den Knöchel.

Eine Möglichkeit, über die er gar nicht näher nachdenken wollte.

Das Haus war gut vierhundert Meter entfernt, das kleine Wäldchen, die Mauer und eine parkartige Grünfläche lagen dazwischen, trotzdem bekam Dorian mit, dass dort bereits einiges los war. Immer wieder fuhren Autos durchs Tor, die Scheinwerfer wie suchende Augen in der hereinbrechenden Dunkelheit.

Die nicht sein Verbündeter war, wie Dorian allmählich begriff, jedenfalls nicht nur. In der anbrechenden Nacht würde er bald nicht mehr sehen können, wohin er sprang, und dann konnte er es genauso gut gleich bleiben lassen. Denn sein Ziel, die Mauer, war nur wenige Zentimeter breit und auch bei Tageslicht war die Gefahr abzurutschen groß.

Ein Windstoß trieb Stimmfetzen bis zu ihm; jemand rief etwas. Was genau, war nicht zu verstehen, aber es klang nach einer Anweisung. Waren die Servicekräfte schon da und halfen beim Ausladen der Speisen und Getränke? Möglich, alles möglich.

Vorsichtig und auf jede seiner Bewegungen bedacht stand Dorian auf. Keinesfalls durfte er mit dem Rucksack oder einem Fuß am Baum hängen bleiben. Er überprüfte seine Position, wippte ein wenig auf dem Ast auf und ab, fasste die angepeilte Stelle auf der Mauer ins Auge – und dann sprang er.

Sein rechter Fuß landete auf der Mauerkrone, mit dem linken hingegen blieb er am Rand hängen. Seine beiden Hände fanden Halt. Blitzschnell zog er das linke Bein hoch. Ging in die Hocke, um das Gleichgewicht zu bewahren, und verharrte für ein paar Sekunden in dieser Haltung.

Er hatte es geschafft, beim ersten Mal. Vielleicht war das ein gutes Zeichen und die Dinge würden reibungsloser laufen, als er zu hoffen gewagt hatte. Betont langsam und vorsichtig ließ Dorian sich auf der Innenseite des Mauerwerks hinunter, keinesfalls wollte er sein Glück überstrapazieren.

Zwischen den Bäumen fühlte er sich sicher, obwohl das Geräusch seiner eigenen Schritte ihn nervös machte. Erst als er den parkähnlichen Teil des Anwesens erreichte, Wiese statt Waldboden, gelang es ihm, sich lautlos weiter fortzubewegen. Dafür war er hier viel leichter zu entdecken, egal ob er aufrecht oder geduckt auf das Haus zulief.

Je näher er kam, desto deutlicher hörte er, wie betriebsam es am Haupttor zuging. Jemand wies offenbar Lieferanten an, ihre

Waren ins Haus hineinzutragen oder an anderen Stellen zu deponieren.

Als er Schritte auf dem Kiesweg hörte, der um das Gebäude herumführte, versteckte Dorian sich hinter einem Gebüsch. Er wagte einen Blick, doch was er sah, war nicht spektakulär. Ein Mann, der vier Getränkekisten auf einem kleinen Wagen vor sich herschob und neben einer weiß getünchten Tür abstellte. Dahinter führte wohl eine Treppe in den Keller, schätzte Dorian. Er kniff die Augen zusammen. Es wurde in der hereinbrechenden Dunkelheit immer schwieriger, noch etwas zu erkennen, und die Rückseite des Anwesens war nicht beleuchtet. Leider. Oder: zum Glück.

Er würde sich jetzt entscheiden müssen, auf welche Art er sein Vorhaben weiterführen wollte. Ob mit oder ohne Visioner.

Über dieser Frage hatte er im Vorfeld am intensivsten gebrütet. Gerade hier, in Bornheims eigenem Reich, gab es vielleicht die aufschlussreichsten Layers überhaupt. Hinweise, so etwas wie interne Notizen für Bornheims Bedienstete. Oder wieder abschreckende Bilder, die ihn vom Ort des Geschehens fernhalten sollten. Einmal hatte das ja schon geklappt. Dann würde er diesen Horrorvisionen erneut folgen wie einem roten Faden und am Ende vielleicht in Bornheims Schaltzentrale landen. Oder direkt in der Show …

Andererseits konnte der Visioner ihm auch buchstäblich das Genick brechen. Indem er ihm eine Tür anzeigte, wo sich in Wahrheit ein hohes Fenster befand, und dann würde es heißen, er habe sich freiwillig in den Tod gestürzt. Dass das abwechselnde Aufsetzen und Wiederabnehmen der Brille kaum eine Alternative war, wusste Dorian ja mittlerweile.

Er beschloss, seinem Instinkt zu folgen. Er würde den Visioner verwenden – falls er das nicht tat und die Sache schiefging, würde er sich sonst immer fragen, ob er nicht vorhandene Hinweise übersehen hatte.

Die Entscheidung war zumindest für den Moment richtig, stellte er fest, kaum dass er die Brille aufgesetzt hatte. Die Umgebung wurde unmittelbar heller, die Konturen des Hauses glühten in sanftem Orange. Über dem Dach rotierte immer noch die goldene Null. `Showdown`.

Wieder kam jemand mit einem Transportwagen den Kiesweg entlang. Er stellte ihn neben den Getränkekisten ab und machte sich auf den Rückweg – allerdings nur ein paar Schritte weit, dann blieb er stehen.

In Dorian wurde alles eiskalt. Hatte der Mann ihn gesehen, gehört, auf irgendeine Weise bemerkt? Er kauerte sich noch tiefer hinter den Busch.

Vielleicht war es ja die Brille gewesen, die irgendein Licht gespiegelt und Dorian damit verraten hatte.

Doch der Mann drehte sich einfach nur um und ging zu den abgestellten Kisten zurück. Er zog etwas aus der Hosentasche, machte sich an der Tür zu schaffen und öffnete sie schließlich. Dann erst lief er den Weg zurück, den er gekommen war.

Wenn es je eine Gelegenheit geben würde, unbemerkt ins Haus zu gelangen, dann diese. Die offene Tür war ein unverhofftes Geschenk, aber Dorian musste es schnell annehmen. Und hoffen, dass er nicht in einer Sackgasse landete.

Ein letzter Blick nach allen Seiten. Irgendwo zu seiner Rechten glühte ein Layer grün im Dunkeln, doch dafür hatte Dorian jetzt keine Zeit. Er lief geduckt über die Grünfläche, kam sich dabei so angreifbar vor wie noch nie. Je näher Dorian dem Haus kam, desto mehr erwartete er, dass plötzlich jemand »Stehen bleiben!« rufen würde, dass eine Horde Sicherheitskräfte sich ihm an die Fersen heften und ihn packen würde.

Doch abgesehen davon, dass er ein kleines Tier aufschreckte, das blitzartig weglief, passierte nichts. Er erreichte die offene Tür, drückte sich hindurch und landete in einer Art Lagerraum. Große Rollen Plastikfolie lehnten an der Wand, in manchen Regalen stapelten sich Büroutensilien, in anderen standen Glasflaschen mit undefinierbarem Inhalt.

Dorian riss sich den Rucksack vom Rücken und holte den Taser heraus. Nur für den Fall, dass der Mann von vorhin zurückkam und ihn entdeckte. Obwohl Dorian überhaupt nicht einschätzen konnte, ob er imstande war, jemanden auf diese Weise zu verletzen.

Dort rechts war eine Tür aus weiß lackiertem Metall. Dorian bereitete sich innerlich auf eine Enttäuschung vor. Wenn diese Tür verschlossen war, befand er sich in einer misslicheren Lage als eben noch hinter seinem Busch. Dann musste er ungesehen wieder aus dem Lagerraum verschwinden und sich einen anderen Eingang suchen.

Ein leises Quietschen, als er die Klinke nach unten drückte. Ein weiteres, als die Tür sich in den Angeln bewegte. Offen. Geschafft.

Er schlüpfte hindurch, zog sie so leise wie möglich ins Schloss, sah sich um und erstarrte. Im ersten Moment dachte er, dass das, was er vor sich sah, nur die Ausgeburt des Visioners sein konnte.

Ein Bär, der auf den Hinterbeinen stand und die Vordertatzen mit den langen Krallen drohend erhoben hatte. Das Maul war weit aufgerissen, als würde er brüllen, doch es kam kein Laut heraus.

Daneben ein Adler auf einem Steinhaufen, die Schwingen weit ausgebreitet.

Ausgestopft, beide.

Dorian ging langsam näher, berührte vorsichtig das Fell des Bären, gefasst darauf, dass der sich doch plötzlich bewegen und ihm die Klauen in den Körper schlagen würde. Aber das Tier war tot, wahrscheinlich schon seit Jahrzehnten, wenn man die Mottenlöcher in Betracht zog, die sich da und dort im Pelz fanden.

Das Gleiche galt für den Adler, dessen gelbe Glasaugen an Dorian vorbeistarrten, ebenso wie für die anderen Tierpräparate, die in dem länglichen Raum aufgereiht standen, eines neben dem anderen. War das hier eine Art Privatmuseum?

Allem Anschein nach ja. In schwach beleuchteten Vitrinen fanden sich faustgroße Kristalle neben nadeldurchbohrten, schillernden Käfern und jahrhundertealten Schriftrollen.

Offenbar war Bornheim nicht nur an zukunftsweisender Technik, sondern auch an alten Dingen interessiert. Und die bewahrte er hier auf, in dieser Halle, die keine virtuellen Effekte brauchte, um unheimlich zu wirken – ein wenig wie eine unterirdische Schatzkammer. Oder ein Königsgrab mit unzähligen, willkürlich durcheinandergewürfelten Grabbeigaben.

Beinahe hätte Dorian sie übersehen. Sie stand zwischen einem marmornen Taufbecken, auf dem vergoldete Engel tanzten, und einer mittelalterlichen Rüstung, der das rechte Armstück fehlte.

Stella.

Die Augen ebenso starr und gläsern wie die des Adlers, eine Hand leicht erhoben, als wollte sie jemanden grüßen. Ihre Mundwinkel waren in einem schiefen Grinsen festgefroren, aus ihrem linken Ohr und aus ihrem Mund quoll etwas, das wie Holzwolle aussah. Füllstoff.

Dorian fühlte seine Knie nachgeben, obwohl sein Verstand ihn förmlich anbrüllte, dass der Visioner schuld war an diesem

Bild, dass es keinesfalls echt war. Niemand, kein noch so krankes Hirn konnte auf die Idee kommen, Stella zu töten und auszustopfen – es war ein Layer.

Allerdings spürte Dorian etwas Kaltes und Festes unter den Fingern, als er ihre Hand anfasste. Die Berührung war echt. Alles kalt, tot. Das Gefühl passte zum Bild.

Ohne nachzudenken, riss er sich die Brille vom Kopf und hörte sich im selben Moment aufstöhnen; der Schmerz blendete ihn für einen Moment, ließ die Welt weiß aufglühen.

Aber das war es wert gewesen. Was vor ihm stand, war eine Marmorstatue in der gleichen grüßenden Haltung und während Dorian sich die Tränen aus den Augen wischte, verfluchte er sich für seine Dummheit. Hätte er nicht die Hand, sondern das Haar oder auch nur die Jacke berührt, hätte er den Betrug sofort gemerkt. Sich die Quälerei erspart.

So schnell er konnte, setzte er den Visioner wieder auf. Wartete, bis der Kopfschmerz ein wenig abebbte. Besser. Auch wenn der Layer nun wieder sichtbar war – und seine Wirkung auf Dorian nach wie vor nicht verfehlte.

Allein für die Idee, ihm ein so abartiges Bild vorzusetzen, hasste er Bornheim mit einer Heftigkeit, die er nie für möglich gehalten hatte. Und für die Verlogenheit, mit der er ihnen allen vorgegaukelt hatte, sie wären ihm wichtig.

Er umklammerte den Taser fester. Egal was sie ihm noch vorsetzen würden, egal wie grauenvoll der Anblick sein würde, Dorian hatte nicht die Absicht, sich davon noch einmal irritieren zu lassen. Er hatte noch nicht mal mehr Angst, dass ihm etwas zustoßen könnte, er war einfach nur so wütend wie nie zuvor in seinem Leben.

Ohne groß nach rechts oder links zu schauen, lief er zwischen den Reihen der Exponate weiter, da vorne befand sich eine Tür, falls sie denn echt war. Ja. War sie. Sie ließ sich sogar öffnen und Dorian in eine Bildergalerie eintreten. Dunkelrote Wände, schwere Ölgemälde daran – zu jedem davon zeigte sich sofort ein Layer mit Daten und Fakten, Jahreszahlen und Lebensläufen der Künstler. Viel grüne Schrift. Dorian las nichts davon, er verspürte nur den heftigen Wunsch nach einem Messer, mit dem er Bornheims Schätze hätte aufschlitzen können, von oben nach unten, kreuz und quer, bis nur noch Fetzen aus den Bilderrahmen hingen.

Das Pochen in seinen Schläfen war nicht mehr allzu schmerzhaft, eher wie der Rhythmus einer Trommel, die ihn antrieb. Weiter. Weiter. Weiter.

Die nächste Tür. Der nächste Saal. Und offenbar näherte Dorian sich allmählich dem Ort des Geschehens, denn hier hatte Bornheim spezielle Torwächter platziert.

Käfer. Drei Stück, halb so hoch wie der Raum, mit rissigen Panzern und scheußlichen Mundwerkzeugen. Natürlich waren sie nicht echt und nach allem, was Dorian in den letzten Tagen gesehen hatte, wäre es ihm leichtgefallen, sie zu ignorieren. Wenn sie sich nicht genau vor die Tür zum nächsten Raum gestellt hätten.

Er wartete, aber sie bewegten sich nicht von der Stelle. Klapperten nur mit den zangenartigen Mundwerkzeugen, die lang waren wie Schlachtermesser.

Er würde durch sie hindurchgehen müssen. Dreimal setzte er an, ebenso oft bremste er wieder ab, bevor er mit den riesigen Tieren in Berührung kommen konnte.

Albern, sagte er sich, während er gleichzeitig das Bedürfnis bekämpfte, mit dem Taser auf das hässliche Viehzeug loszugehen und dann zuzusehen, wie die Käfer mit zuckenden Beinchen auf dem Rücken lagen.

Nur dass das nicht passieren würde, denn vor ihm befand sich genau genommen gar nichts; um das zu wissen, musste er nicht erst die Brille abnehmen. Was er keinesfalls tun würde.

Stattdessen schloss Dorian die Augen. Hielt beide Hände vor sich, um nicht gegen Hindernisse zu stoßen, die durch die Käfer verdeckt gewesen waren, und ging langsam, Schritt für Schritt, vorwärts.

Er ertappte sich dabei, wie er die Luft anhielt, als er auf Höhe des Layers angekommen war. Als könnte er versehentlich etwas von den Käfern einatmen.

Kein Hindernis, keine Falle. Die Tür war alles, gegen das Dorian mit ausgestreckten Händen stieß.

Er öffnete die Augen erst wieder, als er den Käfersaal verlassen und den nächsten Raum betreten hatte. Eine Art Eingangshalle, von der aus eine breite, mit roten Teppichen belegte Treppe ihren Ausgang nahm, um sich kurz darauf in einen rechten und einen linken Teil aufzuspalten.

Zwei Möglichkeiten, eine davon ziemlich sicher falsch.

Dorian hielt inne, versuchte zur Abwechslung, sich nicht von dem leiten zu lassen, was er sah, sondern von dem, was er hörte. Ein Empfang machte Lärm und selbst wenn er noch nicht begonnen haben sollte, musste man etwas von den Vorbereitungsarbeiten hören können.

Doch da war nichts. Keine Musik, keine Stimmen, kein Gelächter, kein Gläserklirren. Irgendwo tickte eine große Uhr, sonst war es fast unwirklich still.

Vielleicht war dieses Haus einfach zu weitläufig und die Wände waren zu dick, als dass Geräusche bis hierher dringen konnten.

Oder … der Showdown hatte auf unerklärliche, unbemerkte Weise bereits stattgefunden, bevor Dorian irgendetwas hatte tun können, und die Stille war die eines Totenhauses.

Er lief den Treppenabsatz hinauf, sah sich hektisch nach links und rechts um, versuchte, sich zu entscheiden. Hoffte beinahe auf einen möglichst furchterregenden Layer, denn der wäre ein klarer Hinweis auf den richtigen Weg.

Am Ende entschied er sich für die linke Abzweigung, ohne Grund, nur aus einem Gefühl heraus, und das schien richtig gewesen zu sein, denn prompt verwandelte sich das Treppengeländer in eine Riesenschlange, dick wie ein Oberschenkel und mindestens sieben Meter lang.

Er beachtete sie kaum, rannte hinauf ins nächste Stockwerk, wo wieder einmal Emil lag, die Beine ausgestreckt, den Oberkörper an die Wand gelehnt. Immer noch mit der klaffenden Wunde quer über den Hals. Auch das beeindruckte Dorian nicht mehr. Als er an ihm vorbeilief und Emil winkte, zeigte Dorian ihm bloß seinen Mittelfinger, reduzierte nicht einmal mehr sein Tempo. Er konnte den Gedanken, dass es schon zu spät, dass vielleicht längst alles verloren war, kaum ertragen – aber noch schlimmer war die Ungewissheit.

Der Gang gabelte sich, Dorian ging instinktiv nach rechts, betrachtete jede der Türen – es war, als würde er wieder versuchen, die Kästchen an den richtigen Empfänger zu bringen.

Immer noch absolute Ruhe im Haus. Das aber bei voller Beleuchtung. Er begriff es nicht.

Der nächste Flur, wieder eine Abzweigung. Diesmal entschied Dorian sich für links … und verlangsamte seine Schritte. Dort vorn, genau ihm gegenüber am Ende des Korridors, befand sich eine Tür. Und darauf ein Layer.

Das Holz, aus dem die Tür bestand – bestehen musste –, war nicht zu sehen, weil Tausende von Maden darauf herumwimmelten. Nebeneinander, übereinander.

Es war ekelerregend, aber Dorian nahm das nur noch in einem weit entfernten Teil seines Bewusstseins wahr, denn viel wichtiger war: Er musste am Ziel sein. Hinter dieser Tür befand sich etwas, das es wert war, von unerwünschten Besuchern abgeschirmt zu werden.

Einen Moment lang lauschte er. Waren da Stimmen? Sprach jemand? Trotz all seiner Abgebrühtheit konnte er sich nicht durchringen, das Ohr gegen das Türblatt zu legen. Auch so war klar, dass in diesem Raum kein Empfang stattfand, keine Party. Aber irgendetwas war da.

Dorian streckte die Hand schon nach der Klinke aus, die zwischen den sich windenden Maden herausragte, besann sich aber. Ließ den Rucksack von den Schultern gleiten und holte die Pistole heraus.

Natürlich würde er nicht schießen. Aber falls er da drin auf Mambas stieß oder Bertolds Team vollzählig versammelt war, hatte er bessere Chancen, heil wieder fortzukommen, wenn er gefährlich wirkte.

Er steckte den Taser in den Hosenbund, nahm die Pistole in die rechte Hand und öffnete mit der linken die Tür.

Kapitel 32

Ein großer Raum mit hohen Fenstern. Antike Möbel. Ein riesiger Schreibtisch. Ein Kamin, auf dessen Sims alte Fotografien und ein mit Goldrand eingefasster Spiegel standen, der aussah, als hätte er einmal einer Königin gehört.

Es war, als hätte Dorian die gleiche Situation schon einmal erlebt, nur in einer anderen Villa und in einem völlig anderen Zusammenhang. Dies hier war Bornheims Büro, kein Zweifel. Nur von ihm selbst war nichts zu sehen.

Dorian betrat das Zimmer, bedacht darauf, seine Schritte nur auf die Teppiche zu setzen. Er kämpfte gegen eine Enttäuschung an, die ihm das Atmen schwer machte. Nach allem, was er die letzten Wochen und vor allem die vergangenen zwei Tage durchgestanden hatte, fand er nichts weiter vor als ein leeres Büro. Bornheim hatte ihm eine falsche Fährte gelegt und in gewisser Weise hatte Dorian das bereits geahnt – aber da war nichts anderes gewesen, woran er sich hätte orientieren können, und wenn er nichts tat, würde Stella …

Stella. Er fühlte, wie ihm Tränen in die Augen traten. Er würde sie verlieren, wie er alle Menschen verlor, die ihm etwas bedeuteten. Sie starben oder wurden zu Bestien, wie sein Vater, oder verschwanden spurlos, wie Melvin.

Bei Stella würde es am schlimmsten sein, denn sie hätte er retten können, wenn er cleverer gewesen wäre. Aber sie war wer weiß wo, ohne zu ahnen, was auf sie zukam.

Dorian atmete zitternd ein und presste die Lider aufeinander. Als er die Augen wieder öffnete, stand Bornheim vor ihm. Er musste eben hinter einem der raumhohen Bücherregale hervorgetreten sein.

Oder es war gar nicht er selbst, sondern nur ein Layer, der Dorian ablenken sollte. Vielleicht würden ihm gleich Reißzähne wachsen oder Krakenarme oder –

»Dorian!« Er klang ehrlich überrascht. »Endlich! Ich bin wirklich erleichtert, dich zu sehen. Ich dachte, wir hätten dich verloren.«

Nein, er würde bei diesem Theater nicht mitspielen. »Wo sind die anderen?«

»Welche anderen?«

»Die Gäste.« Dorian suchte in seinem Gedächtnis nach den Namen. »Alexej Sajenko. Werner Mersen. Und …« Showgast Nummer fünf war eine Frau gewesen, er hatte ihren Namen nicht behalten, aber der war auch gar nicht so wichtig. »Und Stella.«

»Du weißt eine Menge.« Bornheim deutete auf den Visioner. »Man erfährt viel, wenn man diese Wunderdinger trägt, nicht wahr? Aber es ist nicht ungefährlich.«

Beinahe hätte Dorian ihm ins Gesicht gelacht. Man sah viel, ja, aber nicht, wenn man Bornheim betrachtete. Er selbst war nicht markiert, schon gar nicht mit seinem richtigen Namen. Was für eine Überraschung. Doch vielleicht rückte er jetzt endlich mit der Wahrheit heraus. »Ja, nicht ganz ungefährlich, da haben Sie recht. Dummerweise haben Ihre Tricks bei mir nicht funktioniert. Ich habe echt viel Glück gehabt.«

»Welche Tricks meinst du?«

»Oh, den mit dem Auto zum Beispiel, der war wirklich nicht schlecht. Hätte auch fast geklappt.« Er musste aufpassen, denn wie es aussah, spielte Bornheim auf Zeit. Versuchte, ihn in ein Gespräch zu verwickeln.

Dorian hob die Pistole. »Sagen Sie mir, wo die anderen sind.«

Bornheim betrachtete erst die Waffe, dann wieder Dorian. »Ich verstehe nicht, warum du so aufgeregt bist. Wir haben dich gesucht, weißt du? Wenn du den Visioner getragen hast, müsstest du das irgendwann gelesen haben.«

Ja, richtig. Wieder war ihm zum Lachen zumute. *Komm zurück, Dorian. Das alles ist ein Missverständnis. Wir versuchen seit Tagen, dich zu finden; wir machen uns Sorgen um dich.*

»Sie glauben wirklich, ich wäre Ihnen so einfach in die Falle gegangen?«

Bornheim schüttelte den Kopf, versuchte offenbar, ratlos zu wirken. »Ich habe dir immer gesagt, meine Tür steht dir offen, aber durchgehen musst du selbst. Das hätte ich mir sehr gewünscht, deshalb habe ich dir die Nachrichten geschickt. Aber es gibt keine Falle. Warum sollte ich dir eine stellen?«

Er war so verdammt überzeugend, der Mann. Trotzdem würde es ihm nicht gelingen, Dorian vergessen zu lassen, was der gesehen und erlebt hatte. »Vielleicht, weil ich zu viel weiß.«

»Was denn zum Beispiel?« Nun war Bornheims Aufmerksamkeit spürbar gestiegen. Und möglicherweise war es ein Fehler, die Karten auf den Tisch zu legen, aber es ging jetzt um alles. Also würde Dorian auch alles riskieren.

»Zum Beispiel, was mit Julian Bering und Philipp Regener geschehen ist. Unfälle, die keine waren, nicht wahr? Ich kann mir gut vorstellen, auf welche Weise sie passiert sind, und ich wette, Sie können das auch.«

Bornheim blickte zu Boden, dann wandte er sich um und trat hinter seinen Schreibtisch. Stützte sich mit beiden Händen auf der Tischplatte ab. »Du hast recht.«

Damit hatte Dorian nicht gerechnet. Er gab es zu? Er hatte zwei Männer auf dem Gewissen, mindestens, und gab es zu?

»Es gab wichtige Abmachungen mit ihnen und sie haben sich nicht daran gehalten. Die beiden haben alles, was wir erreichen wollen, in Gefahr gebracht. Allerdings wäre ihnen nichts passiert, wenn sie ihre Visioner zurückgegeben hätten, statt sie weiterhin zu verwenden.« Bornheim hob die Schultern. »Die Vorteile eines Geschäfts nutzen zu wollen, ohne den eigenen Teil der Abmachung einzuhalten – das rächt sich.«

War aber verständlich, wenn man von den Gefahren nichts wusste.

Dorian fühlte, wie die Pistole in seiner schweißnassen Hand zu rutschen begann, und packte sie fester. »Max und Melvin haben keine Vereinbarungen gebrochen und sind trotzdem …« Er unterbrach sich. Es war ein Fehler, sich auf Diskussionen einzulassen, statt sich auf das Wesentliche zu konzentrieren.

»Max und Melvin sind freiwillig gegangen«, sagte Bornheim nach einer kurzen Pause. »Sie haben sich einfach gegen das Leben entschieden, das ich ihnen angeboten hatte.«

»Und deswegen mussten sie sterben?«

Bornheims Augen wurden groß. »Wieso denn sterben? Wie kommst du auf die Idee, dass sie tot sind?«

Unwillkürlich ließ Dorian die Hand mit der Waffe ein Stück sinken, aber nur, bis er sah, wie Bornheim nach einer Art Fernbedienung griff. Schwarz, länglich, mit einem rot blinkenden Licht am oberen Ende.

Showtime. »Legen Sie das wieder hin. Sofort. Bitte.«

Irritiert sah Bornheim ihn an. Tat schließlich, was Dorian verlangte.

»Und jetzt sagen Sie mir, wo die anderen sind. Die Gäste. Die Showgirls.«

»Showgirls?«

»Ja, zum Teufel!« Nun brüllte Dorian; er musste die zweite Hand ebenfalls an die Pistole legen, damit sie nicht zitterte. »Stella und die beiden anderen, die Sie zum Servieren abkommandiert haben. Versuchen Sie nicht, mir etwas vorzumachen, Stella hat es mir selbst erzählt.«

Allmählich schien Bornheim nun doch nervös zu werden. »Sie sind im anderen Gebäude. Jenseits der Straße, das ist das Haus für die offiziellen Anlässe.«

Das mit den Türmchen, das gehörte ihm also auch. Dorian biss die Zähne so fest aufeinander, dass es beinahe wehtat. Klar, dass Bornheim sich nicht im gleichen Haus befinden wollte, in dem er sein Feuerwerk zündete.

Aber wieso hatte der Visioner die Null über diesem Haus hier rotieren lassen? War das ein Irrtum gewesen? Ein weiteres Täuschungsmanöver, extra für Dorian? Oder sollte es eher so etwas wie ein Zeichen des Triumphs sein, wie eine Flagge, die über der Burg eines siegreichen Feldherrn wehte?

Wieder griff Bornheim nach der Fernbedienung, bemüht unauffällig.

»Hände weg!« Dorian sprang näher. Blinkte das rote Lämpchen schneller? Gab es da etwa eine Zeitschaltung?

»Jetzt hör mir mal zu.« Offenbar hatte Bornheim beschlossen, sich nicht weiter von der auf ihn gerichteten Waffe beeindrucken zu lassen. »Für mich ist der heutige Abend sehr wichtig. Ich habe keine Ahnung, was mit dir los ist und was ich mit dir tun soll, aber ich werde keinesfalls zulassen, dass du mir mit deinem Auftritt die Arbeit von Jahren zunichtemachst.« Er sah ihn fest an. »Unter keinen Umständen. Und jetzt leg die Pistole weg.«

Dorian konnte den Blick nicht von der Fernbedienung abwenden. »Damit Sie in Ruhe Ihre Showeffekte zünden können?«

»Ich weiß nicht, wovon du sprichst.« Bornheims Stimme war schärfer geworden. »Weglegen, sagte ich.«

Er dachte nicht daran. Bornheim hatte selbst zugegeben, dass er über Leichen ging, wenn er es für richtig hielt. Die Pistole war das Einzige, was Dorian einen kleinen Vorteil verschaffte.

Darf nicht am Leben bleiben. Der Satz drängte sich ausgerechnet jetzt wieder in sein Bewusstsein. Bornheims eigene Anweisung.

Nein, er würde die Pistole nicht weglegen. Um keinen Preis.

»Bringen Sie mich zu Stella. Oder holen Sie sie her.«

Wieder stützte Bornheim sich auf die Tischplatte, beugte sich vor. Von seiner vorhin demonstrativ zur Schau getragenen Geduld war nichts mehr zu spüren.

»Du hörst jetzt sofort mit diesem Schwachsinn auf, ich denke nicht daran, mich von dir –«

Der Schuss traf das Fenster hinter Bornheim, das sich in fliegende Splitter auflöste. Kühler Abendwind wehte ins Zimmer, die schweren Vorhänge blähten sich auf wie Segel.

Dorians Hände zitterten stärker als je zuvor. Er hatte eigentlich die Wand treffen wollen, die Kugel war näher an Bornheims Kopf vorbeigegangen, als er es beabsichtigt hatte.

Und wie laut das gewesen war.

»Bist du wahnsinnig?« Bornheim hatte nicht damit gerechnet, dass Dorian wirklich den Abzug drücken würde, das war ihm deutlich anzusehen. Er war zur Seite gesprungen und seine Miene hatte einen neuen Ausdruck angenommen. Da war kein Zorn mehr, eher etwas wie Konzentration, als müsste er ein schwieriges mathematisches Problem bewältigen.

»Also gut. Du willst Stella sehen, und zwar unbedingt jetzt.«

»Ja. Unbedingt.«

Aus den aufgeblähten Vorhängen schälten sich nun Gesichter, gequält verzerrte Grimassen.

Layers, dachte Dorian, nichts als Layers, alles nicht echt, alles nur dazu da, um mich abzulenken, mir Angst einzujagen.

Er wandte den Blick ab, konzentrierte sich auf Bornheim. »Jemand soll Stella herbringen.« Er hob die Waffe ein Stück, in der Hoffnung, dass er damit seiner Forderung mehr Gewicht verlieh. »Und zwar gleich.«

Offenbar nahm Bornheim ihn jetzt ernst, endlich. Er nickte. »Du willst, dass ich jemanden anrufe, ja? Das ist dir lieber, als mit mir gemeinsam nach drüben zu gehen?«

Dorian überlegte, aber nur kurz. Auf dem Weg von einem Grundstück zum anderen konnte alles Mögliche passieren. Sie konnten Sicherheitsleuten begegnen oder Bertold und seiner Truppe. Wahrscheinlich patrouillierten auch Mambas irgendwo im Dunkeln und die waren mit den gleichen Waffen ausgestattet wie er selbst.

»Sie soll hergebracht werden. Aber nur von einer Begleitperson. Okay?«

»Ja. Aber dir ist klar, dass ich dazu das Telefon benutzen muss? Das heißt, ich muss es auch anfassen.«

Was war denn das für ein dummer Einwand? »Ja, natürlich ist mir das klar.« Wieder bauschten sich die Vorhänge zu neuen Formen. Totenköpfen diesmal, mit tiefen, dunklen Augenhöhlen. Einer davon klappte den Kiefer auf, zu einem riesigen, knöchernen Maul.

Zu spät fiel Dorians Blick wieder auf Bornheim, der eben nach der Fernbedienung griff, sie in die Hand nahm –

Der Schuss war gefallen, bevor Dorian auch nur einen Gedanken hatte fassen können – er wusste nur, dass er schneller sein musste als Bornheim, dessen Daumen bereits auf einer der Tasten lag. Dass er den Showdown verhindern musste.

Er musste getroffen haben, denn Bornheim wurde von den Füßen gerissen und gegen die Wand geschleudert. Stürzte zu Boden. Blieb liegen.

Dann Stille. Nur ein hoher, singender Ton in Dorians Ohren, der allmählich leiser wurde.

Er ließ den Arm mit der Waffe sinken. Machte einen Schritt vorwärts, dann noch einen. Wenn er weiterging, konnte er hinter den Schreibtisch sehen und dann würde er wissen, ob er … ob er diesmal …

Bornheim lag auf der Seite, sein graues Haar war am Hinterkopf rot verfärbt, Blut sickerte langsam auf den Boden.

Doch das kam nicht von einer Schusswunde, das konnte nicht sein, Dorian hatte von vorn auf ihn gezielt.

Er sah es erst, als er näher kam. Das Loch im Anzug, direkt an Bornheims rechter Schulter. Oberhalb des Schlüsselbeins. Da war kaum Blut, aber unterhalb von Bornheims Körper bildete sich eine kleine Lache. Natürlich, es musste eine Austrittswunde geben.

Immer noch die Pistole in der Hand, kniete Dorian sich neben Bornheim hin und tastete mit der linken Hand nach dessen Hals. Puls. Ja. Ganz sicher.

Bornheim lebte, das war gut, aber noch viel wichtiger war, dass er den Auslöser für den Showdown nicht hatte drücken können.

Dorian stand auf und sah durch die zerschossene Scheibe auf das andere Grundstück – die Fenster der Villa waren erleuchtet, nirgendwo waren Flammen zu sehen oder Rauch oder Zeichen einer Explosion. Kein Showdown. Er hatte es tatsächlich geschafft. Jetzt nur noch Stella holen. Hinüberlaufen zu dem anderen Haus. Sie an der Hand nehmen. Und dann fort von hier.

Er richtete sich wieder auf; merkte, dass er schwankte. Dass sein Herz viel schneller schlug als sonst, und viel lauter. Schock, war das ein Schock?

Den konnte er sich jetzt nicht leisten. Er brauchte seine ganze Kraft, um auch noch den Rest durchzuziehen, und er würde das packen, verdammt!

Einmal tief durchatmen. Neuer Versuch. Diesmal klappte es, Dorian kam auf die Beine, drehte sich um – und sah Emil in der Tür stehen. Breitbeinig, die Arme vor der Brust verschränkt. Schon wieder dieser Scheiß-Layer, Dorian hatte die durchtrennte Kehle jetzt wirklich oft genug gesehen.

»Gute Arbeit, Kleiner.«

Ja, das war auch Emils Stimme. Hatte er die schon mal gehört, als Special Effect? Er konnte sich nicht erinnern, aber es war auch egal, er würde durch Emil hindurchlaufen wie durch die Käfer vorhin.

»Hey, stopp!« Emil wich zur Seite, packte ihn gleichzeitig am Arm und schleuderte ihn in den Raum zurück. »Du gehst nirgendwohin.«

Es war Dorian gelungen, die Pistole nicht fallen zu lassen, und nun richtete er sie auf Emil, mehr aus Hilflosigkeit als in der Absicht, wieder zu schießen.

»Willst du mich zweimal killen?« Emil lachte und klopfte sich auf die Brust. »Nein, oder? Hat dir doch schon beim ersten Mal so zu schaffen gemacht.«

Dorian brachte keine Antwort heraus. In seinem Kopf lieferten sich widersprüchliche Gedanken einen erbitterten Kampf. Da, an der Tür, stand wirklich Emil. Oder zumindest ein Mensch, der ebenso klang wie er. Und auch so roch, wenn Dorian es recht bedachte. Es war kein Layer. Trotz des durchschnittenen Halses.

»Ich habe dich nicht umgebracht«, bekam er mühsam heraus. Es klang wie eine Mischung aus Feststellung und Frage.

»Nein, hast du nicht, dafür hättest du doch gar nicht die Eier, mein Kleiner.« Emil deutete auf die Stelle hinter dem Schreibtisch, wo Bornheim lag. »Ich bin ja auch echt erstaunt, dass du das durchgezogen hast, mit dem Schießen. Kompliment. Hätte ich dir nicht zugetraut.«

»Weil du nichts von Menschen verstehst.« Eine zweite Person hatte das Zimmer betreten, die Hände in den Hosentaschen, ein freundliches Lächeln im Gesicht. Nico.

»Hallo, Dorian. Schön, dich zu sehen. Und hey – ganz in Mamba-Schwarz. So soll es sein. Du bist ja in gewisser Weise auch einer von meinen Leuten.«

Im ersten Moment war Dorian nicht sonderlich schockiert. Das hier war ein Layer, es war keinesfalls echt. Konnte nicht echt sein. Wäre Nico tatsächlich hier, hätte er sich sofort um Bornheim gekümmert, seinen Mentor, seinen väterlichen Freund.

Dorian musste den Visioner abnehmen, er musste wissen, wer da wirklich vor ihm stand. Allerdings war er dann gut zehn Minuten lang wehrlos vor Schmerz.

»Als Erstes legst du jetzt diese Waffe ab, hm?«, schlug Nico vor. »Die brauchst du nicht mehr, du hast schon alles erledigt, was wir von dir wollten.«

Die Art, wie er sprach, diese scherzhaft lockere Freundlichkeit, die so typisch für Nico war, vertrieb Dorians Ungläubigkeit. Automatisch richtete er die Mündung auf Nicos Brust. »Was meinst du damit?«

»Tu sie weg. Dann sage ich es dir.«

Dorian legte die zweite Hand an den Pistolengriff. »Besser, du sagst es mir, ohne Bedingungen zu stellen.« Er wusste, er würde nicht mehr schießen, unter gar keinen Umständen. Auch wenn Nico jetzt auf ihn zugehen und ihm mit einer Hand die Waffe wegnehmen würde, während er ihm mit der anderen eine knallte – Dorian würde nicht mehr schießen.

»Ich meinte, dass du genau das getan hast, was ich wollte. Danke. Wir haben nachgeholfen, das ist schon wahr, aber du warst eine perfekte, artige Marionette.«

Das ergab alles überhaupt keinen Sinn. »Du wolltest, dass Bornheim stirbt? Dass ich ihn umbringe? Warum?«

Nico machte einen Schritt auf ihn zu und Dorian korrigierte die Richtung der Waffe, blitzschnell. Es musste bedrohlich genug ausgesehen haben, denn sein Gegenüber blieb stehen.

»Weil Raoul ein Dummkopf ist. Er hat eine der großartigsten technischen Entwicklungen der letzten Zeit an der Hand – das muss ich dir ja nicht erzählen, du hast es erlebt. Er ist allen anderen auf dem Gebiet der Augmented Reality damit weit voraus. Und was tut er? Statt sich damit zu einem der reichsten Männer des Kontinents zu machen, will er die Welt verbessern. Was Quatsch ist und niemals klappen kann.« Nico rieb sich über die Stirn. »Er verschenkt die Brillen, verkauft noch nicht einmal Werbeeinblendungen, obwohl die Träger zu den wohlhabendsten und mächtigsten Leuten überhaupt zählen. Stattdessen will er sie dazu bringen, sich anständig zu verhalten.« Nico lachte auf. »Was denkst du, wie viele von denen da wirklich mitspielen?«

Dorian warf einen schnellen Blick zum Schreibtisch. Von seiner Position aus konnte er nur Bornheims rechtes Bein sehen und das bewegte sich nicht. »Keine Ahnung. Eine ganze Menge, wie es scheint.«

Nico verschränkte seine Hände ineinander. »Aber nur so lange, bis jemand ihnen einen besseren Vorschlag macht. Ihnen zeigt, wie sie den Visioner zu ihrem Vorteil nutzen können, vor allem zu ihrem finanziellen.« Sein Lächeln vertiefte sich. »Zehn Leute aus Raouls Kader habe ich bereits abgeworben, ohne dass er es gemerkt hat, damit gibt es mehr als genug Startkapital, um die Brille auf den Markt zu bringen. Für verdammt viel Geld.«

Langsam, aber sicher begannen Dorian die Zusammenhänge zu dämmern. Bornheim selbst hatte in ihrem allerersten Gespräch erwähnt, dass er Nico zu seinem Nachfolger machen wollte. Und der hatte das anscheinend nicht mehr erwarten können.

»Du wolltest, dass ich ihn erschieße, damit du ihn beerben kannst?«

»Im Idealfall, ja.« Nico klang völlig ungerührt. »Außerdem wollte ich, dass meine Klienten sehen, was der Visioner wirklich kann. Die Spezialanimationen habe ich allein für sie und für dich erstellt, ebenso wie die Informationen in Rot. Du hast ganz wunderbar demonstriert, wie leicht man jemanden auf diese Weise lenken kann, du warst sozusagen mein Showstar.«

Etwas in Dorians Kopf rastete ein, es war, als würden Zahnräder ineinandergreifen. Die Layers, die er gesehen hatte, waren nur zum Teil Bornheims Werk gewesen – der Großteil ging auf Nicos Konto.

Der rote Teil.

„Zur Jagd freigegeben", zum Beispiel. Das zerfließende „Oder doch?" unter Bornheims Versicherung, Dorian werde nichts passieren, wenn er zurückkam. Die Drohung, dass Stella sterben würde, wenn er die Stadt verließ. Und alle Informationen zu dieser ominösen Show.

»Aber … der Countdown war echt«, murmelte er vor sich hin.

»Ja.« Nico strahlte blanke Selbstzufriedenheit aus. »Für heute hatte Raoul geplant, den Kader international zu machen. Er hat eine hochkarätige Gästeliste zusammengestellt, acht Leute, von denen er dachte, dass sie seine Sache unterstützen würden. Die sind jetzt da drüben und unterhalten sich mit den Mastern. Tja.« Er hob amüsiert die Hände, als Dorian die Pistole, die er hatte sinken lassen, wieder in Position brachte.

»Die Show«, sagte Dorian leise, »war also eine Art Produktpräsentation für Leute, mit denen du Geschäfte machen willst?«

»Einerseits«, bestätigte Nico. »Sie waren zugeschaltet. Haben das Gleiche gesehen wie du und natürlich auch deine Reaktionen mitbekommen. Besser hätte man ihnen nicht klarmachen können, wie mächtig so ein Visioner ist, wenn man den richtigen Trägern die richtigen Layers vorsetzt.« Er lehnte sich rücklings gegen den Schreibtisch. »Du kannst damit die Welt verschönern, zu einem magischen Ort machen. Du kannst dafür sorgen, dass jemand, wenn er dich anblickt, jemand ganz anderen sieht. Du kannst dem Brillenträger alles vorgaukeln. So wie wir dir dein ganz spezielles Programm vorgeführt haben, ganz für dich allein geschaffen.«

Er warf einen Blick über die Schulter, dahin, wo Bornheim lag, als wollte er sich vergewissern, dass er noch da war. »In dem Sinn war die Show auch eine Show für dich. Ein Schauspiel, das dich davon überzeugen sollte, dass Raoul etwas Furchtbares plant.«

Dorian war innerlich kalt wie noch nie. Also hatte Bornheim ihm die Wahrheit gesagt. Er hatte heute Abend niemanden töten wollen, Stella sollte wirklich nur Häppchen servieren, niemand war in Gefahr gewesen. Bertold war ihm nur so beharrlich auf den Fersen gewesen, um ihn wieder nach Hause bringen zu können. Ihn und den Master-Visioner. Und Bornheims Tür hätte Dorian immer offen gestanden, das war keine Falle gewesen. Allerdings …

»Auf meinem Layer steht, dass ich nicht am Leben bleiben darf. War es nicht riskant, das zu programmieren? Hätte ja einer der Träger ernst nehmen können.«

Lässig schüttelte Nico den Kopf. »Das steht da nicht.«

»Doch. Ich weiß es genau, und zwar …« Dorian unterbrach sich.

Die Erinnerung an den Moment im Wald war plötzlich glasklar. Er hatte den Layer nicht gesehen. Er hatte nur gelesen, was Melvin aufgeschrieben hatte. *Versteckte Aggressionen, keine Tötungshemmung. Darf nicht am Leben bleiben.*

Wahrscheinlich war davon kaum etwas wahr gewesen und Dorians Layer erzählte nichts weiter als seine traurige Familiengeschichte.

Nico sah offenbar, dass Dorian begriff. »Ja. Unser gemeinsamer Freund hat gute Arbeit geleistet. Hat auf dich aufgepasst und dafür gesorgt, dass Bertold dich nicht doch noch erwischt. Es wäre gar nicht in meinem Sinn gewesen, wenn die Dinge sich einfach so aufgeklärt hätten.«

Mit einem Mal fand Dorian die Vorstellung, doch auf Nico zu schießen, nicht mehr so abwegig. Er hätte nach der gescheiterten Übergabe gefahrlos in die Villa zurückkehren können, wenn er dem Layer geglaubt hätte, der ihm den Treffpunkt am Bahnhof vorschlug. Es wäre so leicht gewesen.

Aber da hatte es ja auch noch den anderen gegeben: *Wenn du die Stadt verlässt, ist Stella tot.* Begleitet von anschaulichen Bildern.

Allein dafür, für dieses Entsetzen, das Nico ihm eingejagt hatte, hätte er ihn am liebsten erschossen.

Was er nur konnte, weil er die Pistole hatte. Die er nur besaß, weil er sie aus Melvins Rucksack geholt hatte. Den Melvin nur zurückgelassen hatte, damit Dorian die Waffe nahm und damit Bornheim tötete.

In gewisser Weise war das am schlimmsten. Dass Melvin ebenfalls Teil dieses widerlichen Plans gewesen war. Dorian hatte ihm vertraut, ohne je im Geringsten an ihm zu zweifeln.

»Wie hast du Melvin dazu gebracht, mir das anzutun?«

Nicos Lächeln war beinahe mitleidig. »Da war nicht viel Überredung nötig. Er war schon Feuer und Flamme, als ich angedeutet habe, ihn zu den Mambas holen zu wollen. Weißt du, Melvin ist einer von denen, die in echt miesen Verhältnissen aufgewachsen sind. Ihm geht es wie mir – er möchte Geld verdienen und er war ein perfekter Flügelmann. Schon seit Monaten meiner Meinung, dass es Irrsinn ist, mit diesen Brillen kein Vermögen zu machen.« Nico hob die Schultern und ließ sie wieder fallen. »Er wird reich werden, unser Melvin. Und du könntest das auch, Dorian. Du hast dich fantastisch geschlagen in den letzten Tagen, du wärst wirklich wertvoll für unser Team.«

Nie im Leben. Er würde mit Nico keine gemeinsame Sache machen, niemals. So war er nicht. So wollte er nicht sein. »Vergiss es«, brachte Dorian mühsam heraus. »Ich finde euch zum Kotzen. Dich und Melvin – und Emil sowieso.«

Emil. Das nächste Rätsel. Oder doch nicht, denn wenn der mit Nico schon länger unter einer Decke steckte, konnte es für die beiden kein Problem gewesen sein, ihm ihr kleines Theaterstück vorzuspielen. Wahrscheinlich war da die Spritze wirklich zum Einsatz gekommen. Irgendeine K.-o.-Droge, die sie ihm verabreicht hatten, während er schlief. Deshalb war es ihm anschließend auch so schlecht gegangen. Dann ein scheinbar toter Mann, eine riesige Blutlache. Ein freundlicher Helfer, der Dorian deckte und ihm ein Dach über dem Kopf verschaffte. Und was für eines.

Er sah Emil herausfordernd an. »Was war es denn, was ihr da in der Unterführung verschüttet habt?«

Emil zwinkerte. »Schweineblut.«

»Na, das war dann ja wenigstens passend.«

Dorian konnte sich nicht erinnern, sich je zuvor so leer gefühlt zu haben. Als seine Mutter gestorben war, hatte er gedacht, vor Schmerz nicht mehr atmen zu können, aber immerhin hatte dieser Schmerz ihn erfüllt, so sehr, dass er es kaum hatte ertragen können.

In gewisser Weise war die Leere schlimmer. Und sie würde unendlich sein, wenn er herausfinden sollte, dass auch Stella Teil dieses Komplotts gewesen war. Doch danach wollte er weder Emil noch Nico fragen. Wenn es stimmte, musste er es von Stella selbst hören. Später.

»Jetzt sei so freundlich und gib mir die Pistole.« Nico streckte die Hand aus.

»Ich bin doch nicht irre.« Langsam und ohne die beiden aus den Augen zu lassen, bewegte Dorian sich auf den Schreibtisch zu. Warf einen Blick darüber hinweg, nur ganz kurz – Bornheim lag in genau der gleichen Position da wie zuvor. Atmete er? *Oh bitte, er muss atmen.*

Es war ironisch, beinahe war es zum Lachen. Die ganze Zeit über hatte Dorian sich Vorwürfe wegen eines vorgetäuschten Mordes gemacht, hatte sich versteckt, die Polizei gemieden – nur um jetzt einen richtigen zu begehen.

»Die Pistole.« Nico war näher gekommen, die Hand immer noch ausgestreckt. Hatte er keine Angst? War er so sicher, dass Dorian nicht schießen würde?

Nun begann auch Emil, ihn zu umkreisen, von der anderen

Seite. Beide gleichzeitig konnte Dorian nicht in Schach halten, außer, er schoss wirklich noch einmal, und allein die Vorstellung war –

Er hatte Emil unterschätzt. Wie schnell der manchmal sein konnte. Wie geschickt. Während Dorians Hauptaugenmerk immer noch auf Nico lag, war Emil herangeschnellt, hatte ihn von hinten gepackt – und ihm den Visioner vom Gesicht gezerrt.

Es fühlte sich an, als würden Dorian heiße Nägel in die Schläfen gedrückt. Er hörte sich aufschreien, presste die Lider aufeinander, fühlte, wie die Pistole ihm aus der Hand gerissen wurde, doch das alles war egal, verblasste neben dem allumfassenden Schmerz.

Sie sprachen, aber er verstand sie nicht. Nicht wirklich. Er kauerte gekrümmt auf Ellenbogen und Knien und drückte die Hände gegen die Stirn, als könnte er so seinen Kopf davor bewahren, aufzuplatzen wie ein rohes Ei.

Als er Minuten später mit tränenden Augen wieder aufblickte, sah er Emil und Nico bei Bornheim stehen und sich beraten. Er blinzelte. Sie sahen besorgt drein, das hieß vermutlich, dass Bornheim doch noch lebte.

Wahrscheinlich war es das, was Dorians Kampfgeist einen letzten Schub verlieh. Er kämpfte sich wieder auf die Füße – wenn auch weniger leise, als er es geplant hatte.

Seine beiden Gegner drehten sich zu ihm um. Emil hielt die Pistole, der Schnitt an seinem Hals war ohne die Brille nicht zu sehen. Weil er nicht existierte.

Nico trug den Visioner, der in seinem gut geschnittenen Gesicht wie eine Pilotenbrille wirkte. »Ich bin jedes Mal wieder begeistert von diesen Dingern«, sagte er und schnippte lässig mit dem Finger gegen die Menütaste. »Eben habe ich mir die Tür noch mal von außen angesehen, ist das nicht unglaublich?

Mein Kompliment, dass du in dieses ekelige Gewusel hineingegriffen hast.«

Sein Kopf fühlte sich immerhin so weit besser an, dass Dorian neben Schmerz auch wieder etwas anderes fühlen konnte. Wut. In einem Ausmaß, wie er es bisher nicht gekannt hatte. Und er würde nichts tun können, um die beiden aufzuhalten. Jetzt nicht mehr. Emil hatte ihm offenbar auch den Taser aus dem Gürtel gezogen und nun war Dorian unbewaffnet und in viel zu schlechtem Zustand für einen Kampf.

Er kniff die Augen zusammen. Da drüben, nicht weit von Bornheim entfernt, lag etwas. Das, was er fallen gelassen hatte. Keine Fernbedienung. Ein Handy.

Aber dir ist klar, dass ich dazu das Telefon benutzen muss? Das heißt, ich muss es auch anfassen.

Das war es also gewesen, wonach Bornheim gegriffen hatte. Nur dass die Realität nicht mit Dorians Wahrnehmung übereingestimmt hatte. Diese verdammte, verdammte Brille.

»Was werdet ihr mit mir tun?«

Nico maß ihn mit einem Blick, in dem ein Anflug von Mitleid lag. »Was denkst du denn? Wir werden warten, bis Raoul es hinter sich hat, das sollte nicht mehr allzu lange dauern. Dann werden wir die Polizei rufen und so tun, als hätten wir ihn gerade gefunden und dich direkt daneben. Du hast wunderbare Fingerabdrücke hinterlassen und auf deinen Händen wird man Schmauchspuren nachweisen können. Tja. Einer der verwahrlosten Jugendlichen, um die Raoul sich immer so rührend gekümmert hat, hat sich gegen ihn gewendet.« Er trat einen Schritt auf Dorian zu. Lächelte. »Übrigens lese ich da gerade spannende Dinge über dich.«

Was in Dorian hochkochte, war reiner Hass. Er fegte seine Gedankengänge klar: Eben hatte Nico einen Fehler gemacht. Er hatte Dorian auf eine Idee gebracht, die möglicherweise genial war. Vorausgesetzt, Nico wusste nicht alles über den Visioner. Hatte nicht alles ausprobiert.

Riskant war es trotzdem, allein der Pistole wegen. Aber Dorian zählte darauf, dass Nico Emil nicht erlauben würde zu schießen. Nicht, solange er Dorian als Bornheims Mörder brauchte.

Da vorn war die Tür. Daneben der Kamin.

Er rannte los, nicht ganz so schnell, wie es ihm möglich gewesen wäre – er wollte ihnen eine Chance geben und wettete insgeheim, dass Nico der Schnellere von beiden sein würde.

Richtig geschätzt. Noch vor der Tür fing er ihn ab, drängte ihn zur Seite. Dorian wehrte sich, versuchte, Nicos Hände abzuschütteln, zog ihn dabei immer näher an den Kamin heran.

Griff nach dem Spiegel und hob ihn hoch, als wollte er ihn Nico auf den Kopf schlagen. Der wich zurück und Dorian brachte die Spiegelfläche genau vor sein Gesicht.

Es ging schnell, dauerte kaum zwei Sekunden. Nico heulte auf, drehte sich weg, tastete nach dem Visioner, so wie Dorian es damals getan hatte.

Keine Zeit für Genugtuung. Bevor Emil reagieren konnte, warf Dorian den Spiegel nach ihm und sprintete durch die Tür hinaus.

Kapitel 33

Er lief den Gang entlang, da vorne irgendwo musste die Treppe sein, hier hatte vorhin Emil gesessen – er selbst, kein Layer – und da waren sie endlich, die Stufen.

Dorian erreichte den Vordereingang – er musste auf das Nebengrundstück, zu den Gästen und Master-Trägern des Kaders, er brauchte eine ganz spezielle Person, und das schnell.

Er war fast bis zum Tor am schmiedeeisernen Zaun gelangt, als jemand ihm in den Weg trat.

Melvin. Er packte Dorian an der Schulter und versuchte, ihm den Arm auf den Rücken zu drehen, doch er hatte offenbar nicht mit dem Ausmaß an Wut gerechnet, dem er sich jetzt gegenübersah.

Dorian versetzte ihm erst einen Stoß gegen die Brust, dann einen Faustschlag ins Gesicht, wobei ihm egal war, was genau er traf. Hauptsache, es tat weh, und das musste es, wenn er danach ging, wie seine eigene Hand sich anfühlte.

»Du Arschloch!«, schrie er Melvin an, der zurücktaumelte und dann auf ein Knie niederging. »Du ekelhafter kleiner Scheißer!« Er widerstand der Versuchung, ihm auch noch einen Fußtritt zu verpassen, und rannte stattdessen weiter. Zum nächsten Tor an der nächsten eleganten Einfahrt.

Dort stand Bertold, wirkte im ersten Moment alarmiert angesichts des Eindringlings, dann verblüfft, als er Dorian erkannte. »Du? Was machst du plötzlich hi–«

»Bornheim liegt angeschossen drüben im anderen Haus, in seinem Büro«, keuchte Dorian schon halb im Weiterlaufen. »Nico ist dort, aber er hilft nicht, er wartet nur, dass Bornheim stirbt.«

Glaubte Bertold ihm? Oder nicht? Jedenfalls ließ er ihn weitersprinten, auf das hell beleuchtete Haus mit den Türmchen zu. Erst dort, am Eingang, scheiterte Dorian an zwei Security-Leuten.

Er hätte es sich denken müssen – wenn es stimmte, was er über die Gäste wusste, war zumindest ein russischer Milliardär darunter und der würde nicht unbewacht reisen.

Über die Köpfe der Sicherheitskräfte hinweg sah er lachende und plaudernde Menschen, unter ihnen der Hamburger Transportunternehmer, mit einem Champagnerglas in der Hand.

Dann traten drei Leute auf die Terrasse, einer davon rauchte Zigarre, aber der war es nicht, der Dorians Herz höher schlagen ließ.

Er hatte sich den Namen gemerkt und jetzt schrie er ihn. »Dr. Veith! Kommen Sie bitte mit, es ist etwas passiert, es gibt einen Verletzten!«

Dass der Mann ihn wiedererkannte, hielt Dorian für unwahrscheinlich, aber er reagierte sofort. Lief die Terrassentreppe nach unten, auf Dorian zu, zog ihn mit sich. »Schwer verletzt? Wo ist er?«

»In dem anderen Gebäude, einmal über die Straße.«

Veith zog einen Schlüssel aus seiner Sakkotasche und drückte ihn Boris in die Hand, der Bertolds Platz eingenommen hatte. »In meinem Auto liegt eine Arzttasche, die bringen Sie mir bitte so schnell wie möglich nach. Hat schon jemand einen Krankenwagen gerufen?«

Es wurde hektisch; Veith rannte in die eine, Boris in die andere Richtung. Niemand achtete mehr auf Dorian, der sich an den hohen, schmiedeeisernen Stangen des Zauns festhielt und einige Momente lang nur dastand. Ohne Ziel. Vor niemandem auf der Flucht. Es fühlte sich fremd an.

Er konnte jetzt einfach gehen, wenn er wollte, keiner würde ihn aufhalten. Langsam löste er sich vom Zaun. Ging zurück zu dem Haus, in dem Bornheim lag, und setzte sich auf die Treppe mit dem roten Teppich. Spürte erst jetzt, wie müde er war.

Sirenengeheul. Blaulicht vor der Einfahrt. Zwei Sanitäter, die an ihm vorbeihasteten, ohne ihm auch nur einen Blick zuzuwerfen.

So müde.

Wie durch einen Nebel bekam Dorian mit, dass sie Bornheim im Laufschritt wegbrachten, auf einer Trage, mit einer Sauerstoffmaske über Nase und Mund. Das war ein gutes Zeichen, schätzte er. Es gab noch Leben in Bornheim, das man retten konnte.

Er lehnte seinen Kopf gegen die Marmorstreben des Geländers und schloss die Augen. Irgendwann würde jemand ihn rütteln und auffordern mitzukommen. Zu erzählen. Zu gestehen.

Doch die Berührung, die ihn wieder hochblicken ließ, war viel zarter. Ein sanftes Streicheln über die Stirn, übers Haar. Stella.

Er schlang seine Arme um sie, wortlos, drückte sie wahrscheinlich viel zu fest an sich, aber es ging nicht anders, er musste sich vergewissern, dass sie wirklich hier war, bei ihm.

»Was ist passiert?« Stella löste sich von ihm, strich ihm mit einem Finger über die Lippen. »Ich habe mitbekommen, dass du einen der Gäste geholt hast, einen Arzt. Sie sagen, Bornheim sei angeschossen worden.«

Er blickte an ihr vorbei, nickte.

»Was für ein Glück, dass du hier warst und so schnell reagiert hast. Wie kommst du überhaupt her? Weißt du auch, wer geschossen hat?«

Wieder nickte er, es war, als würde sein Kopf sich ganz von selbst bewegen, als würde sein Mund die Worte ohne sein Zutun formen. »Das war ich.«

Sie blieb, damit hatte Dorian nicht gerechnet. Sie sah fassungslos aus, murmelte mehrmals, dass sie das nicht verstehe, aber sie blieb. Behielt seine Hand in ihrer. Ließ sie erst los, als die Polizei eintraf und Dorian noch einmal bekräftigte, dass er es gewesen war, der auf Bornheim geschossen hatte.

Er hatte vermutet, dass sie ihm Handschellen anlegen würden, doch das taten sie nicht. Ein freundlicher junger Polizist setzte sich neben ihn ins Heck des Wagens, dann fuhren sie los.

Dorian verbrachte die halbe Nacht in einem kleinen Raum an einem hässlichen, zerkratzten Tisch und erzählte die Geschichte, immer und immer wieder. Nicht alle Details, das nicht. Den Kader ließ er außen vor, auch Stella erwähnte er nicht.

Aber dass er obdachlos gewesen war und Bornheim ihn aufgenommen hatte. Dass er ihn auf kleine Botengänge geschickt hatte und Dorian einmal so neugierig gewesen war nachzusehen, was das Päckchen beinhaltete, das er da auslieferte. Auf diese Weise war er in den Besitz der Datenbrille gelangt und die habe ihm wohl nach und nach den Verstand geraubt. Bis er davon überzeugt war, dass Bornheim ihn töten wollte.

Wie er an die Waffe gekommen war? Dorian hatte nicht die geringste Absicht, Melvin zu schützen. Erzählte bereitwillig, dass sie einem Freund gehört hatte, der irgendwann ohne seine Sachen abgehauen war.

Es war schwer abzuschätzen, ob sie ihm glaubten. Er konnte die Brille nicht vorweisen, das war das Hauptproblem. Nico war halb blind durchs Haus getaumelt. Ohne Brille allerdings. Sie hatten ihn vernommen und seine Geschichte wich meilenweit von Dorians ab. Er hatte erzählt, er habe Dorian daran hindern wollen, auf Bornheim zu schießen, sei aber zu spät gekommen. Nun war Nico wieder auf freiem Fuß.

Emil war verschwunden.

Was am wichtigsten war, und das ließ sich Dorian in dieser Nacht immer wieder bestätigen: Bornheim lebte. Das Problem war auch nicht die Kugel, die keine Organe oder große Blutgefäße getroffen hatte, sondern die schwere Gehirnerschütterung, die daher rührte, dass er mit Wucht gegen die Kante der Maueröffnung am Fenster geprallt war. Man hatte ihn noch nicht vernehmen können.

Am nächsten Tag stellten sie Dorian einen jungen Anwalt zur Seite, der die Geschichte noch einmal hören wollte. Der ihn bat, sich zu überlegen, ob er wirklich geschossen habe. Es konnte doch sein, dass er sich irrte? Wenn er so verwirrt gewesen war?

Kurz danach wurde er einem Richter vorgeführt. Dorian blieb bei seiner Version. Hörte irgendwann auf zu sprechen. Betrachtete nur noch seine Hände, die auf der Tischplatte lagen, und nahm schweigend zur Kenntnis, dass über ihn Untersuchungshaft verhängt wurde.

Dann ließen sie ihn in Ruhe. Er durfte sich Bücher aus der Gefängnisbibliothek holen und las den ganzen Tag. Der Kerl, mit dem er sich die Zelle teilte, war geschätzt ein paar Jahre älter als er und sein Ton war freundlich. Was er sagte, verstand Dorian nicht, der andere sprach nämlich nur Russisch.

Die ganze Zeit über verbot Dorian es sich, zu viel nachzudenken. Über Stella zum Beispiel, von der er nicht wusste, wann er sie wiedersehen würde. Über seine Zukunft – sobald er eine außerhalb der Gefängnismauern hätte. Allzu rosig würde sie nicht werden. Eher dornig.

Doch davon abgesehen – er konnte es in manchen Momenten selbst kaum glauben – fühlte er sich wohl. Es war warm, es war trocken, er bekam zu essen. Er musste vor niemandem davonlaufen, auch wenn es angeblich drei echt miese Schläger gab, ein paar Zellen den Gang rauf. Ihm waren sie noch nicht begegnet.

Nur manche der Nächte waren hart. Er hatte keinen Visioner mehr, trotzdem schien sein Schlaf voll mit Layern zu sein. Immer wieder träumte er davon, mit der Brille durch die Straßen zu laufen, wieder zu fliehen durch eine verfallene, von Monstern bewohnte Stadt, doch jedes Mal, wenn er den Visioner abnahm, befand sich bereits ein neuer darunter.

Zwar schaffte er es dann, sich selbst aus dem Schlaf zu reißen, lag danach aber lange wach, starrte ins Dunkel und fragte sich, ob die Layers noch da waren. Ob er mit seinem Visioner immer noch die brennende Stella auf dem Dachsims würde sehen können. Das einstürzende Haus. Die Schlangen und Spinnen und Maden.

Nach etwas mehr als einer Woche wurde er kurz nach dem Mittagessen aus der Zelle geholt.

»Du kannst gehen«, erklärte ihm der Polizist. »Komm mit, dann kriegst du gleich deine Sachen.«

Dorians erster Impuls war zu widersprechen. Was sollte das heißen, er konnte gehen? Wieso plötzlich? Und … wohin? Wie betäubt ließ er sich seine Kleider aushändigen, zog sich um und folgte dem Beamten zum Ausgang.

Wahrscheinlich steckte sein Vater dahinter. Der ja immer

noch sein gesetzlicher Vormund war und erfahren haben musste, was sein Sohn verbrochen hatte.

Doch als er aus dem Tor der Strafanstalt trat, wartete dort Bertold vor dem Wagen, dessen Anblick Dorian in den letzten Wochen derart in Angst und Schrecken versetzt hatte.

Er blieb in einigem Abstand stehen. »Was wird das?«

»Ich hole dich ab. Bornheim hat die Kaution für dich bezahlt. Wir fahren nach Hause.«

Sie sprachen nicht viel während der Fahrt. Erstmals saß Dorian vorne, konnte aus dem Fenster sehen, bekam eine Ahnung davon, wo die Villa lag.

War das ein gutes oder ein schlechtes Zeichen?

»Wir haben Nico gefunden«, sagte Bertold, kurz bevor sie am Ziel waren. »Und Melvin. Emil sowieso. Wenn wir jemanden wirklich fangen wollen, schaffen wir das auch, weißt du?«

Dorian antwortete nicht, er war zu beschäftigt damit, seine Gedanken zu ordnen. Was sollte das werden? Eine Gegenüberstellung, damit Bornheim eine Entscheidung treffen konnte, wem er glauben wollte?

Sie begegneten niemandem, als sie die Villa betraten. Bertold führte Dorian in sein altes Zimmer und für einen kurzen, verrückten Moment war es so, als wäre er vor Kurzem noch hier gewesen. Als hätten die Ereignisse der vergangenen Wochen nicht stattgefunden.

An diesem Tag traf er Bornheim nicht mehr, dafür aber Stella. Sie begegnete ihm vorsichtiger als beim letzten Mal. Als wäre sie auf der Hut.

Sie saßen zu zweit in einem der kleineren Zimmer, die an den Salon grenzten. Drei von vier Wänden waren mit geschnitzten Regalen verstellt, die voll waren mit alten, ledergebundenen Büchern.

Von dem Visioner hatte Stella mittlerweile erfahren, nichts Genaues zwar, aber genug, um sich ein Bild machen zu können. Dieses Bild schmückte Dorian nun aus. Beschrieb ihr, was er alles gesehen hatte, ließ dabei jedoch die Layers weg, deren Inhalt sie selbst betraf. Erklärte ihr, wie er zu dem Schluss gekommen war, dass Bornheim ihn töten wollte.

Sie hielt seine Hand, während sie zuhörte. »Und du sagst, jeder von uns hat eine Art Charakterbogen, den man mit der Brille lesen kann?«

»Ja. Deshalb mussten wir in der Stadt rumstehen, schätze ich. Damit die Leute, die die Personenerkennung des Visioners testen wollten, auch etwas zu sehen bekamen.«

Sie verschränkte ihre Finger mit seinen. »Und … hast du gelesen, was auf meinem Layer steht?«

Er zögerte kurz, entschloss sich aber dafür, sie nicht zu belügen. »Ja.«

»Sagst du mir, was es ist?«

Er betrachtete ihrer beider Hände, während er sprach. »Da steht, dass du eine üble Kindheit hattest. Es steht etwas über deine Mutter da und darüber, dass du oft von deinen Pflegefamilien abgehauen bist.« Nun sah er ihr doch in die Augen. »Es tut mir leid. Ich wollte dich nicht ausspionieren.«

»Schon okay.« Sie beugte sich zu ihm und küsste ihn, ganz kurz nur und leicht. »Wenn es irgendjemand wissen darf, dann du.«

Kapitel 34

Ein großer Tisch, Stühle mit hohen Lehnen. Bornheim saß an der Stirnseite, sein Gesicht war blass. Wenn er sich bewegte, schonte er seine rechte Schulter. Dorian fühlte sich jedes Mal schuldig, wenn er ihn ansah.

Sie waren zu sechst. Bertold und Boris standen an der Tür, Melvin und Nico saßen Dorian gegenüber am Tisch. Nico hatte ihn freundlich gegrüßt, als wäre nie etwas vorgefallen; Melvin starrte nur mit verschlossener Miene zu Boden.

»Wir haben einiges zu klären«, begann Bornheim und sah sie nacheinander an. Lächelnd, wie ein wohlwollender Richter. »Lasst es uns kurz machen. Dorian hat auf mich geschossen, dummerweise ausgerechnet an dem Abend, als ich den Kader in eine neue Ära führen wollte.« Er schüttelte bedauernd den Kopf. »Das ist es, was mich dabei am meisten stört. Aber gut. Wirklich große Unternehmungen müssen kleine Rückschläge aushalten können. Trotzdem werdet ihr verstehen, dass ich das Geschehene nicht einfach so hinnehmen kann, richtig?«

Es war eine rhetorische Frage, auf die niemand antwortete.

Bornheim strich sich das Hemd über der Schulter glatt, an der sich der Verband befinden musste. »Dorian, du hast geschossen, weil du überzeugt warst, dass ich im nächsten Moment mein eigenes Haus in die Luft jagen würde? Mit allen Gästen darin? Und mit deiner Freundin?«

»Ja.« So, wie Bornheim es jetzt sagte, klang es tatsächlich unglaublich. »Ich dachte, Sie hätten Leute eingeladen, die Sie für besonders miese Schweine halten, um sie alle auf einen Schlag zu beseitigen.«

Bornheim unterdrückte ein Lächeln. »Interessante Idee. Aber nicht mein Stil.« Er senkte den Blick, nachdenklich. »Ich muss mich bei dir entschuldigen. Das alles hätte ich leicht verhindern können, wenn ich Nico nicht so sehr vertraut hätte. Das war dumm von mir. Mir hätten einige Dinge auffallen können, aber ich habe sie ignoriert, weil ich dachte, sie wären nicht wichtig. Vielleicht wollte ich sie auch einfach nicht wahrhaben.«

Offenbar sah er die stumme Frage in Dorians Augen. »Damit meine ich zum Beispiel die Tatsache, dass wir dich nach deinem missglückten Auftrag bei Regener nicht abgeholt haben. Nicos Idee. Er sagte, wenn ich wollte, dass du einmal eine verantwortungsvollere Aufgabe in unserem Unternehmen einnimmst, müsstest du mit schwierigen Situationen wie dieser umgehen können. Außerdem hättest du Ausdauer, du würdest es bestimmt am nächsten Tag noch einmal versuchen.« Bekümmert hob Bornheim die Schultern und verzog schmerzlich das Gesicht. »Sobald du den Visioner aktiviert hattest, sind wir natürlich sofort los, aber wir haben dich nicht mehr gefunden. Mein Fehler, wie gesagt.«

Er wandte sich Nico zu. »Der Fehler, den ich bei dir begangen habe, ist weitaus größer. Und die Folgen schmerzen mich viel mehr als meine Schulter. Du hast Dorian dazu gebracht, mich für ein Monster zu halten, das man ausschalten muss.«

Nico wollte zu einer Entgegnung ansetzen, aber Bornheim unterbrach ihn mit einer kurzen Handbewegung. »Wir haben dein kleines, persönliches Rechenzentrum untersucht und die Layers überprüft, die du für Dorian bereitgestellt hast. Nur abrufbar mit der Kennung dieses einen, spezifischen Visioners.

Das Bild, das sich aus ihnen ergibt, ist so klar, dass es keiner weiteren Erklärung bedarf.«

Nico sah nach wie vor ungerührt drein. »Ich habe einen kleinen Parcours für Dorian zusammengestellt. Ein Spaß, nichts weiter. Dass er so furchtbare Schlüsse daraus gezogen hat, tut mir wirklich außerordentlich leid.«

Dorian hatte sich halb von seinem Sitz erhoben, doch Bornheim bedeutete ihm mit einer Handbewegung, ruhig zu bleiben.

»Ganz richtig, Nico«, sagte er leise. »Solltest du mit dieser Geschichte vor Gericht stehen, kämst du wahrscheinlich ungeschoren davon. Es war ein Spaß, der schiefgelaufen ist. Das passiert schon mal bei neuen Technologien. Dumme Sache.« Bornheim beugte sich vor. »Aber weißt du was? Das ist nicht die Geschichte, die du erzählen wirst. Du wirst sagen, du hättest Dorian zum Schießen gezwungen, und ich werde das bezeugen.«

Jetzt geriet Nicos fröhliche Gleichgültigkeit erstmals ins Wanken. »Das werde ich ganz sicher nicht.«

Das Lächeln, das Bornheim aufsetzte, war angsteinflößend. »Nein? Nun, ganz wie du möchtest.« Er seufzte. »Aber du kennst ja die Mitglieder des Kaders. Und ich muss dir sagen, ein paar von ihnen sind überhaupt nicht begeistert über das, was da passiert ist. Sie waren sehr ungehalten darüber, wie der Abend geendet hat, von dem sie sich so viele wichtige neue Kontakte versprochen hatten.« Sein Lächeln vertiefte sich. »Und sie sind sehr darauf erpicht, das Sicherheitsleck im System zu finden. Ich sagte, ich hätte das im Griff und wenn der Schuldige die Konsequenzen seines Tuns nicht tragen würde, dann«, er zwinkerte Dorian tatsächlich zu, »dann würde ich ihn zur Jagd freigeben. Und, Nico, du weißt, was das bedeuten kann. Du weißt, wie dein Layer aussehen würde, und bei manchen unserer Mitglieder ist es extrem schwer abzuschätzen, wie sie auf derartige Informationen reagieren.«

Nico und Melvin verständigten sich über einen stummen Blick, der verriet, dass Bornheim gewonnen hatte.

Er selbst wusste es auch. »Das ist Sinn und Zweck des Kaders, wisst ihr? In diesem Fall würde vor einem Gericht der Falsche für das bezahlen, was passiert ist. Einfach, weil man euch nichts beweisen kann. Der Kader hat eine Schwäche für Gerechtigkeit.« Bornheim stand auf. »Ihr werdet euch selbst anzeigen. Was ihr erzählt, erfahrt ihr noch, auf jeden Fall wird der Visioner dabei kein Thema sein.« Wieder das angsteinflößende Lächeln. »Darauf kann ich mich doch sicher verlassen.«

Kapitel 35

Es war kalt, aber die Sonne schien. Dorian und Stella gingen Hand in Hand den Hügel hinauf, von dem aus man auf die Zentrale blicken konnte.

Die letzten drei Tage in der Villa waren ruhig gewesen. Dorian hatte zwei Gespräche mit Bornheim geführt. In einem hatte er noch ein paar Dinge erfahren, zum Beispiel, was die Kleiderfarbcodes in der Villa bedeuteten. Ebenfalls von Nico eingeführt. Bornheim hatte sich über die Kleidung seiner Schützlinge nie Gedanken gemacht und erst jetzt hatte Nico gestanden, dass er damit die Villenbewohner für seine eigenen Zwecke sortiert hatte: Blau für die, denen er nichts zutraute, Grün für die Intelligenten, die Bornheim aber nie verraten würden. Rot für die, bei denen Nico etwas Rebellisches erahnte. Die man irgendwann einmal fragen konnte, ob sie sich nicht den Mambas anschließen wollten. Die danach auf jeden Fall verschwanden, egal ob sie zustimmten oder sich weigerten.

Bornheim hatte angekündigt, nach Max und den anderen abgängigen Bewohnern suchen zu lassen. Zu überprüfen, ob einem oder mehreren von ihnen etwas zugestoßen war. Er hatte fassungslos auf Dorians Andeutung reagiert, dass einige der früheren Villenbewohner vielleicht tot und für immer in betongegossenen Gebäudefundamenten verschwunden waren.

Aber vielleicht hatte Melvin in diesem Punkt gelogen. Hoffentlich.

Wie sein richtiger Name lautete, hatte Bornheim Dorian trotz Nachfrage nicht verraten.

Im zweiten Gespräch war es um seine Zukunft gegangen: Bornheim hatte ihm offen erzählt, wie er beim Zusammenstellen des Kaders vorging. Dass er die Leute zwar selbst sorgfältig auswählte, sie aber nie persönlich kontaktierte, sondern immer über Mitarbeiter wie Nico, die dem oder der Betreffenden die erste Lieferung zukommen ließen. Einen Starter-Visioner mit begrenzter Funktionsdauer. Damit konnten sie noch keine allzu bedeutsamen Informationen abrufen, aber doch genug, um zu erahnen, wozu die Brille imstande war. Sie konnten etwa die Gesichtserkennung an bestimmten Orten testen, wo junge Leute Flyer verteilten.

An dieser Stelle hatte Dorian Bornheim in seiner Erklärung unterbrochen. »Was steht denn nun tatsächlich auf meinem Layer? Ich kenne nur Melvins Version.«

»Die falsch ist, wie du dir wahrscheinlich denken kannst.« Bornheim strich sich über den grauen Bart. »Bei dir bekommt man die Basisdaten zu sehen und ein paar Details zu deinem Leben. Dass dein Vater dir gegenüber immer wieder gewalttätig geworden ist. Und zwei Reizworte: ‚Emil' und ‚Taschenmesser'.« Bornheim lächelte schuldbewusst. »Manche der Kader-Anwärter wollen demonstriert bekommen, dass sie ihr über den Visioner gewonnenes Wissen auch mit Effekt einsetzen können.«

Auf Kosten meiner inneren Ruhe, dachte Dorian.

»Aber wir haben Nicos Bearbeitungs-Logs für deinen Layer mittlerweile durchgesehen«, fuhr Bornheim fort. »Er hat immer wieder etwas geändert. Bevor du zu Regener gegangen bist, zum Beispiel. Für ihn sahen die Informationen ganz anders aus, ziemlich genau wie die, die Melvin dir geschildert hat. Dass die Mitglieder des Kaders aufgefordert seien, dich zu beseitigen.

Und dass es dafür eine Belohnung gebe. Wahrscheinlich hat das den Ausschlag dafür gegeben, dass Regener die zweite Lieferung partout nicht wollte.«

Und dass er mich aufgefordert hat, mit ihm gemeinsam zur Polizei zu gehen, erinnerte sich Dorian. *Sie wollen dich töten.*

»Genau das ist Nicos Absicht gewesen.« Bornheim sprach nun mehr zu sich selbst, schüttelte immer wieder den Kopf. »Dich draußen zu haben, wo er dir vorgaukeln konnte, was immer er wollte. Er hat sogar extra für dich Hugo erfunden. Und dann dein Besuch bei Vollmar, erinnerst du dich? Da wäre es Bertold fast gelungen, dich zurückzuholen, doch dann hat Nico diese Horrorvisionen eingespielt und du hast die Flucht ergriffen.«

Dorian schwieg. Er würde noch einige Zeit brauchen, um all das zu begreifen. Und noch länger, um es zu verkraften.

»Aber Sie arbeiten auch nicht mit sauberen Methoden«, sagte er nach einiger Zeit. »Sie erpressen die Leute und zünden ihnen die Häuser an, wenn sie nicht klein beigeben.«

»Ich lasse anzünden«, erklärte Bornheim in ausgesucht freundlichem Ton. »Das ist nicht die beste Art, um jemanden dazu zu bringen, sich anständig zu verhalten, aber es ist eine sehr wirkungsvolle.« Er wartete sichtlich darauf, dass Dorian sich dazu äußern würde, doch der schüttelte nur leicht den Kopf.

»Du hast Erfahrungen mit dem Visioner gesammelt«, fuhr Bornheim also fort, »und du weißt, was für ein mächtiges Instrument er sein kann. Politiker reden viel und bewegen wenig. Leute aus der Wirtschaft bewegen eine Menge, aber nur in die Richtung, die ihnen den meisten Profit verspricht. Wir wollen die Welt in bessere Bahnen leiten – nicht immer auf ganz gesetzestreue, dafür aber auf effektive Art.«

Auf diese Weise war das Gespräch weitergegangen. Dorian hatte sich alles angehört, aber nur wenig dazu gesagt. Seinem Gefühl nach suchte Bornheim einen Ersatz für Nico und allein der Gedanke, dessen Platz einzunehmen, war abschreckend. Außerdem … behagten ihm Bornheims Methoden nicht. Sie mochten effektiv sein, aber sie waren ganz sicher nicht richtig.

»Vielleicht bin ich spießig.« Dorian legte Stella einen Arm um die Schultern. »Aber ich finde, man kann nicht einfach selbst Regeln aufstellen. Mit Gewalt. Über die Köpfe aller anderen hinweg – nicht mal dann, wenn die Regeln im Kern gut sind.«

Sie sagte nichts, aber sie lehnte sich an ihn.

In den letzten Tagen hatte sie überhaupt wenig gesprochen, hauptsächlich hatte Stella zugehört. Aufmerksam und konzentriert, wenn Dorian ihr in allen Details erzählte, was ihm seit seinem Verschwinden aus der Villa widerfahren war. Es hatte sie beschäftigt, das war unverkennbar gewesen, aber sie hatte sich kaum dazu geäußert.

»Es ist ein großartiges Angebot«, meinte sie nach einiger Zeit. »Ein sorgenfreies Leben, eine Berufsausbildung. Was auch immer du möchtest.«

»Ja. Solange ich nach Bornheims Pfeife tanze.« Dorian löste seinen Arm von Stella und drehte sich zu ihr um, sah ihr ins Gesicht, in dieses wunderschöne Gesicht. Alles, was er wissen wollte, konnte er dort lesen, ganz ohne Brille. »Du möchtest gern hierbleiben, nicht wahr?«

Wieder antwortete sie lange nicht. Blickte hinunter zur Villa und zuckte schließlich ratlos mit den Schultern. »Es ist mir nicht mehr so wichtig. Früher dachte ich …«

Er nickte ihr aufmunternd zu. »Was dachtest du?«

Sie zögerte immer noch. »Dass ich das hier festhalten muss. Das Haus, die Gemeinschaft, eben alles, was Bornheim mir angeboten hat. Aber nicht um jeden Preis.« Sie legte Dorian die Arme um den Hals. »Er hat mir erzählt, warum du nicht aus der Stadt geflohen bist, obwohl du gefürchtet hast, dass sie dich umbringen könnten.«

Er fühlte, wie ihm die Röte ins Gesicht schoss. »Na ja … weißt du …«

Sie rettete ihn aus seiner Verlegenheit, küsste ihn, lange und zärtlich. »Es ist mir nicht mehr so wichtig«, wiederholte sie. »Vor allem will ich mit dir zusammen sein.«

Es war, als würde eine neue Welt sich vor Dorians Augen öffnen. »Egal wo?«

Stella runzelte die Stirn. »Nein, egal ist das überhaupt nicht. Es sollte schon paradiesisch schön sein. Mauritius oder Hawaii oder so.«

Dorian kramte in seiner Hosentasche und förderte zwei Geldscheine zutage. »Ich habe noch hundert Euro«, sagte er.

Sie legte den Kopf schief, lächelte und küsste ihn dann auf die Nasenspitze. »Das ist mehr als genug.«

POZNANSKI
EREBOS
Loewe

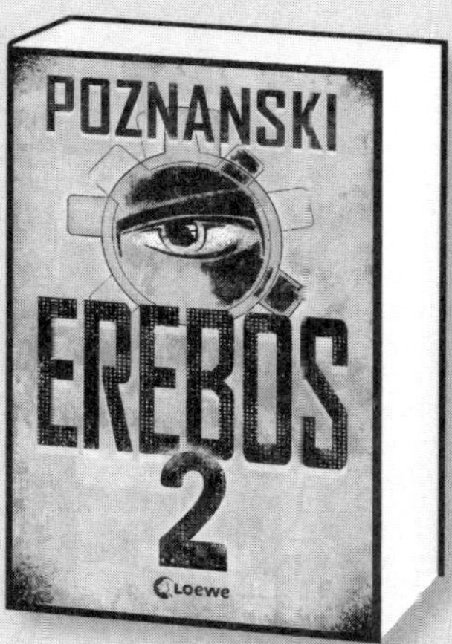
POZNANSKI
EREBOS
2
Loewe